The Yearling
鹿苑长春

（美）金·罗琳斯 ● 著　　代芳芳 ● 译　　何亮 ● 丛书编辑

图书在版编目(CIP)数据

鹿苑长春/(美)金·罗琳斯著；代芳芳译. —北京：首都师范大学出版社，2017.2（2019.7重印）

（奥斯卡经典文库）

ISBN 978-7-5656-3251-8

Ⅰ.①鹿… Ⅱ.①金… ②代… Ⅲ.①长篇小说－美国－现代 Ⅳ.①I712.45

中国版本图书馆 CIP 数据核字(2016)第 260026 号

LUYUAN CHANGCHUN

鹿苑长春

(美)金·罗琳斯 著　代芳芳 译

责任编辑	刘志勇

首都师范大学出版社出版发行

地　址	北京西三环北路 105 号
邮　编	100048
电　话	68418523（总编室）　68982468（发行部）
网　址	http://cnupn.cnu.edu.cn
印　刷	龙口市新华林文化发展有限公司
经　销	全国新华书店
版　次	2017 年 2 月第 1 版
印　次	2019 年 7 月第 2 次印刷
开　本	880mm×1230mm　1/32
印　张	14.125
字　数	314 千
定　价	39.00 元

版权所有　违者必究

如有质量问题　请与出版社联系退换

总序：电影的文学性决定其艺术性

不是每个人都拥有将文字转换成影像的能力，曾有人将剧作者分成两类：一种是"通过他的文字，读剧本的人看到戏在演。"还有一种是"自己写时头脑里不演，别人读时也看不到戏——那样的剧本实是字冢。"为什么会这样，有一类人在忙于经营文字的表面，而另一类人深谙禅宗里的一句偈"指月亮的手不是月亮"。他们尽量在通过文字（指月亮的手），让你看到戏（月亮）。

小说对文字的经营，更多的是让你在阅读时，内视里不断地上演着你想象中的那故事的场景和人物，并不断地唤起你对故事情节进程的判断，这种想象着的判断被印证或被否定是小说吸引你的一个重要原因，也是作者能够邀你进入到他的文字中与你博弈的门径。当读者的判断踩空了时，他会期待着你有什么高明的华彩乐段来说服他，打动他，让他兴奋，赞美。现实主义的小说是这样，先锋的小说也是这样，准确的新鲜感，什么时候都是迷人的。

有一种说法是天下的故事已经讲完了，现代人要做的是改变讲故事的方式，而方式是常换常新的。我曾经在北欧的某个剧场看过一版把国家变成公司，穿着现代西服演的《哈姆莱特》，也看过骑摩托车版的电影《罗密欧与朱丽叶》，当然还有变成《狮子王》的动画片。总之，除了不断地改变方式外，文学经典的另一个特征，是它像一个肥沃的营养基地一样，永远在滋养着戏剧，影视，舞蹈，甚至是音乐。

我没有做过统计，是不是20世纪以传世的文学作品改编成电影的比例比当下要多，如果这样的比较不好得出有意义的结论的话，我想换一种说法——是不是更具文学性的影片会穿越时间，走得更远，占领的时间更长。你可能会反问，真是电影的文学性决定了它的经典性吗？我认为是这样。当商业片越来越与这个炫彩的时代相契合时，"剧场效果"这个词对电影来说，变得至关重要。曾有一段时期认为所谓的剧场效果就是"声光电"的科技组合，其实你看看更多的卖座影片，就会发现没那么简单。我们发现了如果两百个人在剧场同时大笑时，也是剧场效果（他一个人在家看时可能不会那么被感染）；精彩的表演和台词也是剧场效果；最终"剧场效果"一定会归到"文学性"上来，因为最终你会发现最大的剧场效果是人心，是那种心心相印，然而这却是那些失去"文学性"的电影无法达到的境界。

《奥斯卡经典文库》将改编成电影的原著，如此大量地集中展示给读者，同时请一些业内人士做有效的解读，这不仅是一个大工程，也是一件有意义的事。从文字到影像；从借助个人想象的阅读，到具体化的明确的立体呈现；从繁复的枝蔓的叙说，到"滴水映太阳"的以小见大；各种各样的改编方式，在进行一些细致的分析后，不仅会得到改编写作的收益，对剧本原创也是极有帮助的，是件好事。

——资深编剧　邹静之

主编的话：跟随文学人物走进各种各样的命运险境

能参与《奥斯卡经典文库》丛书的编辑工作，我感到特别的荣幸和高兴。说实话，这套丛书的编辑过程不仅给我，也给我们整个编辑团队带来了莫大的兴奋感。

兴奋之一：这是国内首次以大型丛书的形式出版经典电影的文学原著，这无疑是奉献给广大读者的一场阅读盛宴，我们相信无论何种口味的读者，都会从这套丛书里找到自己的最爱，甚至找到陪伴自己一生的精神伴侣。

兴奋之二：我们选择的书目全部是奥斯卡奖得奖或者提名的电影原著。奥斯卡本身就是全球最值得大众信赖的品牌之一，在奥斯卡异常严格的选拔标准下，这一批电影原著小说的艺术质量，还有部分原著是第一次出中文版本，我们之前也并未读过，但读过之后，深为震撼——世界一流的小说确实能带给人直击心灵而又妙不可言的独特感受。

兴奋之三：这套丛书让我们重新认识了文学原著和电影作品之间的互动关系。有的作品我们只看过小说，没有看过电影；而有的作品我们只看过电影，没有看过小说（后一种情况更多一些）。于是在编辑的过程中，我们重新补课，将同一故事的两种艺术形式尽量都补看完整。补完课才发现，文学与电影之间的关系真是太有趣了——电影或者因为时长所限、或者因为视听特性的发扬、或者因为求新求变，通常都要对原来的文学作品做出取舍和改动，电影编剧和导演如何取舍如何改动，背后其实都隐藏着电影创作者的深入思考。而很多文学名著又被不同的电影创作者多次改编，这些不同的电影版本所体现出来的电影创作者的不同趣味、不同表达以及独特个性，每每让我们生发出一种"又发现了一片新大陆"的感觉。我们作为读者和观众，往往会为哪一个电影版本改得更好而争论得面红耳赤——而对于那些两种艺术形式都没看过的朋友来说，我个人的建议，最好先读小说，充分展开自己的想象世界之后，再去看电影，收获绝对不一样。

兴奋之四：比起编剧和导演对文学作品的改编，演员、明星们对文学人物的演绎无疑更能引起大家的好奇和关注，在看完小说之后，带着悠闲而挑剔的眼光，再去评论、比较电影里的明星的表现，甚至去评论、比较不同版本的明星的表现，这给我们带来了数不清的快乐时光。

因为部分原著小说和电影也是我们第一次接触，以上所呈现的，都是我们在编辑过程中非常真实的感受。我们也非常期望我们的工作能带给广大读者同样的兴奋和快乐。《奥斯卡经典文库》为您精心挑选的这些非常优秀的原著小说，完全值得您腾出一点业余时间，全身心投入其中，跟随着那些精彩的文学人物走进各种各样的命运险境，去迎接那些意想不到的感动和震撼。

——北影老师　何亮

导读：再见，童年

这是一个关于成长的故事，也是一个关于人与自然的故事，还是一个能走进我们内心的艺术世界。每个人的童年都有一个隐秘的角落，里面可能镌刻着只属于自己的美好回忆，也可能存留着不愿透露的隐痛。本书的主人公裘弟是家里唯一活下来的孩子，在父母的精心呵护下，成长于大自然的怀抱之中，生活在类似野生动物园的大森林里。与他相伴的是松树、浣熊、护理、野猪、群狼、虎豹、蛇、鹤以及自己饲养的那头小鹿。而唯一的邻居草翅膀却因病夭折，他不得不面临令人心痛的生死离别。作为本书的译者，我认真地分析着书中的每一句话，细细地体味着书中人物的每一丝心情，曾为裘弟制作的小水车欢欣鼓舞，曾为裘弟在森林中奔跑的笑声而感动，曾为小鹿欢快的脚步欣喜不已，曾为小鹿威胁到家人的生活而难过，曾为裘弟的离家出走感到惋惜，曾为草翅膀的离去泪流满面……

书中出现了大量描绘自然环境的文字段落，作者不停地将他们生活的环境以优美的文字展示给我们，"一缕青烟从茅屋的烟囱中袅袅升起，刚刚脱离了红泥烟囱束缚的青烟看上去是蓝色的，但缓缓升入四月蔚蓝的天空后，却变成了一抹灰色。"小说的开头即展现出一幅安逸的生活场景，为裘弟、爸爸贝尼、巴克斯特妈妈一家人的生活拉开了序幕。"成群结队的蜜蜂们已经发现了家门旁的楝树，正在楝树淡紫色的花丛中贪婪地钻来钻去,看上去好像整个丛林中再也没有其他花丛一样。三月的黄色茉莉花、五月即将盛开的桂花以及木兰花好似都被他们抛之脑后。"原本还在玉米地中劳作的裘弟,在蜜蜂的吸引下,放下了锄头,带着寻找蜂巢的目的狂奔向心心向往的银谷。

这是一幅多么欢快的画面,随时徜徉在大自然的怀抱中。另外,在和缺趾老熊的较量中,裘弟和爸爸享受到了狩猎的乐趣,也学到了爸爸对"人与自然"的态度。爸爸贝尼教育裘弟"不是为了肉,而是为了取乐"才捕猎,告诉他始终都要对动物抱有理解和同情。这不正是我们应该对大自然抱有的态度吗?

当下社会,人与自然的冲突无处不在,对大自然的过度索取已经令大自然不堪重负,水土流失、土地沙化、沙尘暴时时刻刻在威胁着人类。在"丛林浩劫"一章中,作者讲述了饱受狂风暴雨摧残的丛林,动物们遭受了灭顶之灾,那头孤独无助的孤狼值得我们同情,它们甚至被灭族。还有无数在灾难中丧生的小动物,无不预示着生活的艰难以及大自然的脆弱。好在冬天过去,春天到来,在与天搏斗、与人搏斗的战役中,裘弟一家仍然在顽强地生活着,他们心态豁达、乐观,向我们传达着各种人生道理。

坚强而幸福的一家三口过着自由自在的垦荒农耕生活。但天真活泼的裘弟始终无法摆脱孩童的孤独,没有可以常常玩耍的伙伴。直到小鹿的到来,他孤独的心灵终于获得了释放。小鹿成了他的伙伴,他陪它说话、陪它玩耍、陪它出游、陪它睡觉,甚至会省下自己的食物来喂养它……然而,渐渐长大的小鹿却啃吃了他们全家赖以生存的庄稼,他想尽办法却无法阻止它。如果任其毁坏,裘弟一家只会陷入颗粒无收、弹尽粮绝的窘境。可是，小鹿却怎么都无法理解主人们的生活，爸爸贝尼不得不狠心让裘弟杀死小鹿，对于裘弟来说这绝对是天崩地裂般的灾难。

为小鹿执行死刑后，痛苦不堪的裘弟离家出走了。经过一系列的危险、绝望、饥饿，孤独再次来袭，他只能回到父母的身边，回到熟悉的巴克斯特岛地。再也无法外出打猎的父亲佝偻着身子告诉裘弟，"每个人都希望拥有美好而安逸的生活。儿子，生活确实美好，但并不安逸。生活能压倒一个人，就算他站起来，生活能再压倒他。我这辈子的生活就不安逸。每个大人都要承受寂寞，这可怎么办？如果他被生活压倒了，他怎么办？当然，最好的选择就是勇敢地接过生活的重担勇往直前。"爸爸已经无法挑起生活的重担，裘弟决定代替爸爸扛起生活的大旗。坚强的妈妈已然负责起了田间的活儿，她并没有哭天抢地，而是默默地承受了一切，独自去唯一的邻居家换玉米种子，准备重新种上。

裘弟最终选择了告别童年，让寂寞伴随自己的一生。梦中再次响起了小鹿呦呦的鸣叫声，但他却再也不是那个无忧无虑的孩童了。再见，童年！

目 录

第一章	小水车	001
第二章	裘弟的家	017
第三章	缺趾老熊	023
第四章	遗憾的是枪走火了	030
第五章	裘弟的好伙伴	047
第六章	大吃一顿	055
第七章	一桩好买卖	060
第八章	归途的收获	072
第九章	大凹穴	077
第十章	收获一条大鲈鱼	088
第十一章	小鹿的鸣叫	099

第十二章	出拳帮忙	125
第十三章	三位伤兵	136
第十四章	响尾蛇	143
第十五章	小鹿，是我	164
第十六章	黑夜猎狐	185
第十七章	希望您赐他几只红鸟	200
第十八章	裘弟的怀念	221
第十九章	弥漫暴风雨	227
第二十章	长途寻觅野兽的踪迹	247
第二十一章	丛林浩劫	273
第二十二章	缺趾老熊的再次挑衅	280
第二十三章	饿狼夜袭	288
第二十四章	活捉十头小熊	301
第二十五章	准备庆祝节日	323
第二十六章	缺趾老熊赴盛会	341
第二十七章	奥利弗一家被气走	382
第二十八章	孤寂的狼	385
第二十九章	烟苗被踩坏	391
第三十章	春耕悲剧	397
第三十一章	跃过最高的栅栏	404
第三十二章	用水汪汪的眼睛盯着他	415
第三十三章	再见，童年	423

第一章 小水车

一缕青烟从茅屋的烟囱中袅袅升起，刚刚脱离了红泥烟囱束缚的青烟看上去是蓝色的，但缓缓升入四月蔚蓝的天空后，却变成了一抹灰色。裘弟一直抬头凝望着袅袅升起的青烟，思考着。厨房中的炉火马上就要熄灭了。看来妈妈正在收拾午饭用过的餐具，因为今天是星期五，按照惯例，妈妈需要用荞麦制成的扫帚清扫地面。如果妈妈能用玉米壳制成的刷子清洗地板，那么裘弟可真是运气爆棚了。因为妈妈擦洗地板的时候，总会忘记裘弟的存在，直到裘弟跑到银谷① 她才会想起来。裘弟将肩膀上的锄头扶正，站着没动。

假如眼前这些杂草茂盛的玉米苗消失了，开垦耕地也一定是件让人开心的事情。成群结队的蜜蜂们已经发现了家门旁的楝树，正在淡紫色的花丛中贪婪地钻来钻去，看上去好像整个丛林中再也没有其他花丛一样。三月的黄色茉莉花、五月即将盛开的桂花以及木兰花好似被它们抛之脑后。突然，裘弟想到了一个主意，如果跟着这些拥有金黑相间的身躯、排成线形快速飞行的蜂群，或许就能找到一个存满了金黄色蜂蜜的蜂巢。家里的果子受冻后剩下的不多了，过冬用的蔗糖浆也已经吃光。如果能找到一棵有蜂巢的树，这将会是一件比锄草更具价值的事情，晚一天锄草也不要紧。空气中满满的春意盎然，裘弟内心也充满了暖意。此时他像是一只钻

---

① 林中裘弟经常玩耍的地方。——译者注

进了楝树花丛中的蜜蜂一样,一心只想越过耕地、穿过树林、沿着大路狂奔到那条水流潺潺的小溪旁边,因为有蜂巢的大树一定在小溪附近。

他将锄头搁在树干围成的栅栏边,沿着玉米地的边缘向前走去,直到他看不见小屋以后,才用双手撑着翻过栅栏。家里的猎狗裘利亚已经被爸爸的货运大卡车带去了格拉汉姆斯维尔。不过当哈巴狗列波以及新加入的混血狗潘克看到他翻越栅栏的时候,便迅速地跑到了他的身边。潘克的叫声尖锐而高亢,列波的叫声却低沉得发闷。当它们看到翻越栅栏的人是裘弟时,便可怜兮兮地摇起了尾巴。裘弟将它们赶回围场,但它们并未离开,只是站在他的身后默默地看着他。裘弟心想,这两个家伙真是糟糕透了,除了会追捕、撕咬猎物以外,真是一无是处。当然,除了早晚裘弟给它们端来盛满食物残渣的食盆时,其他时间它俩对裘弟也是毫无兴趣。但老裘利亚却非常平易近人,虽然因为衰老已经开始掉牙的它只忠诚于裘弟的爸爸贝尼·巴克斯特一个人,裘弟曾经试着讨好裘利亚,结果猎狗先生却毫不理会他的讨好。

爸爸曾经和他说过:"十年前,你和裘利亚都还是小家伙,它只是个小狗崽,而你也只有两岁。有一次,你不小心伤到了这只小狗崽,所以后来它再也不相信你了。猎狗都是这个样子。"

绕过棚屋和饲养槽,裘弟迅速向南拣了条近道穿过那片黑漆漆的橡树林。他希望得到的小狗是像郝陀婆婆饲养的那只卷毛狗一样,会用小把戏逗人开心。每当郝陀婆婆笑得前仰后合、开心不已的时候,卷毛狗就会跳到她的裙子上,用舌头去舔她的脸,同时还会不断摇晃着自己那毛茸茸的尾巴,看上去像是在和主人一起开心。裘弟也想有一只会舔自己脸的宠物，形影不离地跟着他，能够成为和对爸爸忠贞不贰的裘利亚一样的宠物。他拐上那条砂石路后便一路向东跑，虽然只要两英里就能抵达银谷，可裘弟感觉自己完全可以一直跑一直跑。只要跑起来，他就感到两条腿再不像锄地时那样酸痛。他慢慢放缓脚步，想在路上多逗留一段时间。他早已经跑过了高大的松树，还将它们狠狠地抛在了身后。他正走着的道路被两边密密麻麻的沙松围成一个树下隧道，给人一种紧迫感。每棵沙松都那么纤细，在孩子看来，这细得简直可以当作引火的柴火啦！他的眼前出现了一个斜坡，他在斜坡前停下脚步。四月的天空犹如嵌入一副画框，这个画框是由黄褐色的沙地以及苍松构成的。它的蔚蓝色好似裘弟身上的土布衬衣，这是由郝陀婆婆家的靛青色染料染成的蓝色。静静地飘浮着的小片云彩，犹如一个个的棉花糖。当他抬头仰望天空的时候，太阳躲了起来，云朵也由白色变成了灰色。

裘弟心想："太阳落山之前还会下点小雨。"

走在下坡的路上，裘弟情不自禁地跑了起来。他已经踏上了前往银谷的路，这条路上铺满了细沙。到处盛开着火莓子、楝木花和沥青花。他放慢脚步，以便慢慢地欣赏身旁那些姿态万千的植物，树木一棵挨着一棵，灌木丛一片连着一片，每一种都令他感到既熟悉又新奇。他走了过去，看到那棵曾经被他刻上了野猫脸的木兰树。木兰树的出现说明小溪就在附近，他不禁感到奇怪，为什么小溪、河流或者湖泊附近生长的是高大的木兰树，而丛林地上却生长着贫瘠的松树？明明是同样的雨水和泥土滋养出来的啊。牛啊马啊骡子啊，甚至狗都是一样的，但树却不同，不同的地方生长的树就是不一样。

"可能是由于树不能动吧，"裘弟得出了自己的结论，"它们唯一的食物就是根下泥土中的东西。"

斜坡的倾斜度突然加剧，裘弟脚下突然出现了二十英尺左右的落差，落差直通到泉水边。山坡两边长满了密密麻麻的木兰树、月桂树、夹皮槐树以及橡胶树。裘弟走在凉爽而光线暗淡的树荫下，一步步朝着泉水而去。忽然，他感到一阵愉悦袭上心头。这个地方真是惬意又隐蔽。

泉水清澈得犹如井水，看不出来是从沙地的哪个地方冒出来的，只看到噗噗地往外冒泡。这股泉水好似被捧在了坡地的双手之间，被翠绿色的、枝叶繁茂的双手紧紧握住。沙土中，水泡冒出来的地方形成了一个旋涡。旋涡中翻滚着沙砾。走过泉眼，可以看到正从更高的地方汩汩而下的主流，白色的石灰岩上被打开一条通道，一道溪流急速冲下来。这条溪流最终汇入乔治湖，而乔治湖最终会成为圣约翰河的一部分，水域宽阔的圣约翰河正向北源源不断地流入大海。一想到这里就是大海的源头，裘弟简直太兴奋了。没错，大海的源头不止一个，然而此处的这个却是只属于他的。他高兴极了，因为除了自己以及那些来喝水解渴的飞禽走兽之外，谁也没有来过这里。

漫无目的地游走令裘弟身上开始热了起来，他似乎感到了幽暗的山谷伸出了凉爽的手抚摸着自己。他卷起身上那条蓝色斜纹布裤子的裤腿，抬起满是泥泞的脚丫，慢慢走进了汩汩的泉水中。他的脚趾陷进泥沙中，细细的沙粒立刻挤进脚趾缝里，爬上了他瘦瘦的脚面。泉水冰凉，裘弟瞬间感到皮肤被冻住了。之后，泉水冲击着他的小腿，发出潺潺的流水声，这种声音和感觉令他舒畅无比。他抬起脚再踏下去，在涉水前进中，他想把自己的大脚趾伸到那些光滑的石头下面。他看到一群柳条鱼在自己眼前闪过，快速游向了下游水面更为宽阔的小溪。他在浅浅的水中追逐着鱼群。突然,鱼群消失了,仿佛它们从来不曾出现过。于是,裘弟走到那棵老槲树下,树根大部分都裸露在地表而且悬空,因此在这儿形成了一渊深潭。他心想,柳条鱼鱼群或许就在深潭里。然而,他只看到一只从泥浆中挣扎出来的青蛙,青蛙瞪着裘弟,突然就恐惧地颤抖起来,一下子又躲到浸在水中的树根中去了。裘弟情不自禁地笑了起来。

"我又不抓你,我可不是小浣熊。"他冲着青蛙消失的地方喊道。他头顶的枝叶形成的帷幕在微风中拉开了,阳光照射下来,照耀着他的头发、肩膀。虽然长着硬茧的双脚感到了水的冰凉,但头顶的阳光带来了温暖,他感到非常舒服。微风停了,阳光也消失了。他蹚着水走到溪流对岸,踏着稀疏的植被。他被一棵长得很矮的棕榈树的叶子刷了一下,这才想起来自己衣兜里放着一把小刀,而且去年圣诞节的时候就已经计划给自己做一架玩具小水车了。

他从来没有自己一个人尝试过,而每当郝陀婆婆的儿子奥利弗从海外归来的时候,都会给他做一架小水车。于是,他开始专心致志地干活,眉头皱起、全力回忆着能让小水车保持平滑旋转的准确角度。他折了两根树枝,又用小刀把树枝削成了两个形状大小无异的"Y"形支架。他清楚地记得,奥利弗做那根圆圆的、光滑的轮轴时非常小心。半坡上长着一棵野樱桃树。裘弟爬上樱桃树,折了一段光滑、顺直得犹如铅笔一样的小枝条。他又挑选了一片棕榈叶,并从上面割出了两条四英寸长、一英寸宽的坚韧叶片。每条叶片上都被他割出了一条纵向的缝,而且缝的宽度也必须要正好适合樱桃枝。这时,棕榈叶片必须保持一定的角度,仿佛磨坊的风车长臂一样。裘弟细心地调整着叶片的角度,又分开了那两个"Y"形的树枝,这样它们差不多和樱桃树枝做成的轮轴宽度相同。最后,他将准备好的这些东西插到了泉水下方的溪流沙地里。

泉水深度虽然只有几英寸,但水流湍急,且源源不断。棕榈叶制成的小水车叶片一定要刚好触及水面。裘弟不断寻找着合适的深度,一直等自己找到满意的位置才停下来。之后,他将带有叶片的樱桃树枝制成的轮轴轻轻地放在"Y"形树枝上。但轮轴并没有动,裘弟急忙用手转了转,以便它能更加服帖地卡在树枝的缺口上。轮轴动了,细弱的棕榈叶片在边缘碰触到水流的同时,开始上升并离开水面,在轮轴的转动下,形成一定角度的第二片棕榈叶的边缘也接触到了水流。细弱的叶片升起、降下,一圈一圈地转了起来。叶片不停地转动,小水车工作正常。看上去和林恩镇上那架带动磨玉米机的大水车一样,发出阵阵有节奏的旋律。

裘弟做了一个深呼吸,便趴在小溪边芦苇丛生的沙滩上,在小水车的转动中沉醉下去。上升,翻转,下降;上升,翻转,下降……小水车散发着迷人的魅力。沙地里源源不断地冒出汩汩的泉水,所以潺潺小溪也会永远流淌。这股泉水是大海的源头。因此,除非飘落的树叶或者松树折断的树枝掉下来阻挡了细弱的叶片,否则小水车也将永远不会停下转动的步伐。就算他长大成人,长成他爸爸一样的年纪,小水车依然会像新造时一样不断地呼呼转动。

裘弟用力挪开那块硌着自己肋骨的石块,简单地在沙地上挖了几下,便挖出一个能容纳自己肩膀和臀部的沙坑。他将头枕在沙地上,伸出手臂舒服地躺了下来。他的身上立刻像盖上了一条光亮斑驳的被子,那是温暖的、淡淡的阳光。他尽情地享受着阳光和沙滩,悠闲地欣赏着不停转动的小水车。水车的转动具有催眠的作用，裘弟的眼皮开始跟着棕榈叶片的升降耷拉下来。叶片上飞溅出银色的水珠，猛一看好似流星的尾巴。水车发出的声音听上去像是一群小猫在舔食物。尔后传来一阵呱呱的青蛙叫声，接着又全都安静下来。有那么一瞬间，他感觉自己仿佛悬挂在柔软的扫帚草堆成的溪流河畔，青蛙和小水车带出来的银色水珠也如流星尾巴一样和他一起悬挂在那里。然而，被悬挂着的他一次又一次地从高高的边缘跌落了下来，而且还美美地沉醉在软软的扫帚草堆里。接下来，飘浮着朵朵白云的蓝天也压了下来，裘弟睡着了。

当他醒来时，他还以为自己已经离开小溪到了另外一个地方。现在这里完全是另一个世界，恍惚之间，他以为自己还没有从梦中走出来。太阳落山了，四周的光和影子也不见了，老槲树的黑色树干也消失了，翠绿的、闪着光泽的木兰树叶也消失了，原本从野樱桃树叶之间漏下来的阳光编织出来的、镶有金色花边的图案也消失了。四周的一切都陷入了一片温柔的灰色中。他置身于一片轻盈朦胧的雨雾之中，从瀑布中飞溅出的雨雾令他皮肤微痒，但并不潮湿。他翻转身子，面朝天空仰卧，天空呈现出一片如野鸽柔软的胸脯一般的灰色。

他躺在那里，犹如一株急需浇灌的幼苗，吮吸着蒙蒙细雨。直到他的脸、衬衫全都湿透了，才恋恋不舍地离开了舒服的沙坑。起身后他发现了一串新鲜的足迹，原来，当他睡着的时候，曾有一头鹿来过溪水边。那尖尖的、小巧的足迹是一头母鹿留下的，足迹深深地陷于泥沙中。由此看来，裘弟判断出这头母鹿体形庞大，或许它的肚子里还有未出生的鹿宝宝。它之所以敢放心地跑到这里饮水，大概是没看到躺着的裘弟吧。但它很快便闻到了他的气味，所以才会惊恐地在沙地上打转，于是留下了一片凌乱的足迹。对岸上坡的足迹后面留下了长长的拖沓痕迹，或许当母鹿发现他之前还没来得及喝水，发现他后便匆忙转身逃走，沙土也被它踢得高高的。裘弟只希望它现在不会忍受饥渴，希望它没有钻到那片矮小的树丛中瞪大眼睛惊恐地望着他。

他四处走着寻找其他足迹，岸边也留下了几只松鼠上蹿下跳的痕迹，松鼠往往胆儿大。还有一只小浣熊留下的足迹，它那留着长指甲犹如人类手掌一样的足迹清晰地印在了沙地上。只是他并不知道它来这里的具体时间，除了爸爸没人能告诉他这些家伙到底是什么时间经过这里的。但他可以肯定确实有一头母鹿曾经来过，而且受到惊吓跑掉了。他再次回到小水车旁，看到它仍然在稳稳地转着，仿佛它一直都在那里一样。棕榈叶做成的叶片虽然纤细，但展示出了无限的力量，顽强地抵抗着潺潺流水。因为雨雾的原因，叶片已经发亮了。

裘弟抬头看天，只看到一片灰蒙蒙的雨雾，他不知道现在是一天中的什么时辰，不知道自己究竟睡了多长时间。他抬脚就到了小溪的西边。那里是一片开阔的平地，长满了光滑的冬青。当他站在平地上犹豫着是否离开的时候，毛毛细雨已经悄悄地消失了，仿佛它从来没有来过。西南方向吹来一阵微风，太阳也露出脸来，浮云汇集到一起，变成了体形庞大的白色羽毛枕。东方升起一道绚烂的彩虹，它是那样的色彩斑斓，那样的可爱诱人。裘弟心想，看着它，谁都会开心不已。大地翠绿无垠，天空湛蓝如洗，在雨后的夕照下一切都变成了金黄色。所有的青草、灌木丛、树木，都沾满了水珠，在夕照下熠熠生辉。

他的内心升起一股喜悦的气流,如同那不可抗拒的潺潺流水。他张开双臂,让喜悦和肩头并齐。他好像变成了一只展翅欲飞的鸵鸟,在原地快速地旋转起来,而那股狂热的喜悦气流也变成了气流龙卷风。他感到气流就要冲出来,自己快要爆炸了,一阵眩晕令他倒在了地上。他就这样闭上眼睛,舒展地躺在了草堆上。大地在旋转,他也跟着旋转。当他睁开眼睛的时候,他看到湛蓝的天空和棉花糖一般的白云也在旋转。裘弟、大地、树木、天空浑然一体。一切停止了转动,他的头脑也恢复了清醒,这才站起身。虽然仍有些头重脚轻的感觉,但内心却感到非常轻松。今天和普通的日子一样,总有一天会再次来临。

裘弟转身朝着家的方向飞奔而去。松林中的空气湿润而芳香,原本疏松的沙地在淋过雨后也变得结实了,深深地呼吸着芬芳的空气使裘弟感到归途如此舒畅。太阳快要落山的时候,他终于看到了环绕着巴克斯特耕地的那片红松林了。在红彤彤的夕照映衬下,一棵棵红松耸立着,黑压压一片。鸡群咯咯叫唤的声音传来,他想它们一定刚刚吃饱。他走进耕地,看到那久经风雨的灰色栅栏已经发亮了,这明媚的春光真是无所不能。用枝条和红泥堆砌而成的烟囱中袅袅升腾起浓浓的炊烟,炉灶上大概已经准备好了晚饭,烤炉里的面包大概也烤熟了。希望爸爸还没有从格拉汉姆斯维尔赶回来,爸爸不在家,或许自己不应该离开家,他还是第一次有这种想法。要是妈妈需要木柴,发现自己不在家会发火的。就算爸爸遇到这样的情况大概也只会摇头说一声"这家伙……"可是他听到了那个老伙计的打鼾声,看来爸爸一定是先回来了。

耕地里到处都是欢快的嬉戏声。牛圈里的小牛犊不停地叫唤着,一旁的母牛声声应和着;拴在门前的马低声嘶鸣;

鸡群边刨着泥土边咯咯地叫唤；正在享用食物的狗狗们也会惬意地吼叫两声，带着饥饿感饱餐一顿真是无比美好。家畜们心怀希望地等待着更美好的生活。冬季结束的时候，它们全都掉了膘，因为草料和谷物不充足，连干扁豆都处于匮乏的状态。可是现在已经进入了四月，牧场一片嫩绿，牧草肥沃香甜，连小鸡仔都会去享受嫩尖的小草。黄昏之前，狗狗们发现了一窝小兔子，于是得以饱餐一顿。它们对巴克斯特家餐桌上的剩菜碎骨已经没了兴趣。裘弟看到了躺在货车下面的老裘利亚，跑了几英里的它看上去已经筋疲力尽了。他推开用板条钉成的栅栏门，向爸爸走了过去。

贝尼·巴克斯特正在木柴堆旁边。他身上穿的依然是结婚时穿的黑呢子外套。为了体面，每当他去教堂或者外出做生意时总是穿着这件衣服。衣服的袖子很短，但这可不是因为贝尼比以前更高的缘故，而是因为经过几个夏季的湿润天气和反复熨烫之后，衣服的面料缩水了。当裘弟看到爸爸正穿着礼服、用那双大手抱起一大捆木柴的时候，便立刻跑了过去，这原本是他该做的事情。

"爸爸，我来！"

现在，裘弟只希望用自己的殷勤来掩饰自己的失职。

爸爸直起腰说道："小家伙，我还以为你失踪了！"

"我去了趟银谷。"

"这种天儿，去那里再合适不过了。去哪儿都可以，但是你怎么会想到去那么远的地方？"贝尼问道。

要问他为什么会去那里，这个问题确实很难回答，大概是一年前……裘弟只能一点点回顾着自己放下锄头的那一刻到底想到了什么。

"啊，我本来是想跟着采蜜的蜂群去找那棵有蜂巢的树。"

裘弟终于想起了自己原本的目的。

"找到蜂巢了吗?"

裘弟一脸茫然地看着爸爸。

"太倒霉了,我现在才想起来,之前完全忘记了。"

裘弟突然觉得自己好像一只正在野地里追逐田鼠的猎狗,愚蠢至极。他害臊地看着爸爸,而爸爸淡蓝色的眼睛正微微含笑。

"裘弟,鬼才会害臊呢!你说老实话,找蜂巢是不是一个极好的闲逛借口?"

裘弟哧哧地笑了出来。

"闲逛,在我想去找蜂巢之前就已经有这个念头了吧。"裘弟承认了。

"我早就料到了。我为什么会料到?因为我去格拉汉姆斯维尔之前,就跟自己说过,裘弟一个人在那里锄地,肯定锄不了多长时间。如果我是个孩子,在这么美好的春天,我又会怎么做?接着我就想到了,我一定会去好好玩玩,不管去哪儿,我一定要玩到天黑才回家。"

裘弟感到一股暖意流过心田,但这股暖意并非来自那红彤彤的太阳。裘弟用力地点点头。

"我真是这么想的。"裘弟说道。

"但是,你妈可不这么想。"贝尼朝着房间点下头,"她可不觉得闲逛有什么好。可能大部分女人一辈子都不会了解闲逛对一个男人的诱惑力。我永远都不会告诉她你曾离开过玉米地。要是她问我你去了哪里,我一定会说你就在附近的某个地方。"

爸爸冲着裘弟眨眨眼睛,裘弟也冲着爸爸眨眨眼睛。

"为了家庭和平,我们两个男人必须联手。好了,现在你需要赶紧把这捆柴给你妈送过去。"

于是，裘弟使劲抱着木柴，匆忙地离开了堆着木柴的房间。妈妈正跪在炉灶前为晚饭忙碌着，饥肠辘辘的裘弟被扑鼻而来的饭香逗引得更加饥饿无力了。

"妈，是甜薯油酥饼吗？"

"当然是啦。你们两个在外面闲逛那么久。马上就可以吃晚饭了。"

裘弟将整捆木柴都扔进柴火箱里，然后又匆忙地跑到了家畜圈。因为爸爸正在给母牛挤奶。

"妈妈说，晚饭准备好了，要我们赶紧过去。"他说道，"需要我来喂那个老家伙吗？"

"我喂过了，小家伙，这就像我不得不给那些穷家伙们施舍一样。"爸爸离开了那张挤奶专用的三角小凳子。"赶紧把牛奶拿进去，别跟昨天似的把奶洒一地，看好脚下别摔跤。老实点儿，牛妈妈……"

爸爸离开母牛，进到牛圈里去了，因为里面还拴着区列克赛的小牛崽。

"到这儿来，牛妈妈，好家伙……快点儿……"

母牛晃晃悠悠地向小牛崽走了过去。

"老实点，去那里，你贪嘴的模样真是跟裘弟一样。"

贝尼抚摸完这母子俩，便和裘弟一起回屋了。爷儿俩分别在水盆中洗漱一番，用挂在厨房外的毛巾擦了擦水。与此同时，巴克斯特妈妈边摆放餐具边等待着他们。她身形庞大，占据了长条桌的整整一侧。裘弟和爸爸分别坐在了妈妈的两边，爷儿俩都认为妈妈本来就应该坐在主位。

"今天，你们两个都饿坏了吧？"妈妈开口问道。

"我能吃几十斤饼外加一大桶肉。"裘弟夸张地说道。

"真是原形毕露,看你眼睛瞪得都快超过你的肚子了。"

"我要是不比他多那么点学问,肯定跟他说的话一样,"爸爸随声附和道,"每次从格拉汉姆斯维尔回来,我都快要饿晕了。"

"还不是因为你在那里喝的酒太多了。"妈妈说。

"今天可没怎么喝,因为吉姆·邓白请客才喝了一点点。"

"真是这样你就不会因为喝酒太多而伤身子了。"

现在的裘弟什么都听不见,他所有的精力都集中在他的盘子上。自从来到这个世界上,他从来没像现在这么饿过。而且,经过漫长的物资匮乏的冬季以及漫长的春季,和家里的家畜一样,他们一家人的吃食也并不充足。现在,妈妈居然准备了一顿如此丰盛的晚餐,这足以招待牧师啦。不仅有菜包咸肉丁,还有土豆洋葱烧沙鳖(昨天看到沙鳖的时候它可还活着呢),甚至有带酸味的橘子软饼,最后就是那盘甜薯酥饼了,就在妈妈的胳膊旁边。他想吃更多的软饼、沙鳖肉,可是过去的痛苦经验给了他足够的教训,真是苦恼。他苦恼的是,要是真吃太多,他的肚子将没有空间留给油酥饼了。

"妈妈,我能不能现在就吃油酥饼?"

妈妈停下了给自己加餐的动作,熟练地切了一块油酥饼,慷慨地递给了裘弟。裘弟马上埋下头去享受这美味可口的香甜油酥饼。

"我为了做这个饼,费了多少力气,你看看你,我还没缓过神来,你竟然都狼吞虎咽地吃掉了。"妈妈抱怨着。

"我确实吃得非常快,但我一定会牢牢记住它的美味。"裘弟附和道。

吃完饭,裘弟感到吃得好饱。就连平时吃饭吃得如麻雀一样少的爸爸也吃光了整盘东西。

"感谢上帝,我快要撑死啦。"贝尼说道。

巴克斯特妈妈叹口气说道:"哪位行行好,帮我点上蜡烛,让我也能早点收拾完,坐下来好好歇一歇,享受一会儿。"

裘弟站起来点亮蜡烛。在摇曳的黄色烛光笼罩下,裘弟出神地望着窗外那轮圆圆的明月。

"这么好的月光,点蜡烛太浪费了。"爸爸说道。

贝尼也踱步到窗前,爷儿俩一起赏月。

"孩子,看到这样的明月,你想到了什么?还记得我们曾经约好要在四月满月的时候做什么吗?"

"我想不起来了。"

面对季节的变换,裘弟没有什么感触,也许只有到了爸爸这样的年纪,才能清楚地记得从年初到年末月亮的阴晴圆缺吧。

"你忘了我跟你说过的事情?我可以肯定我绝对跟你说过。裘弟,怎么样?熊从冬眠的巢穴里钻出来的时候是不是正好是四月满月时?"

"缺趾老熊?你跟我说过,等它出来的时候,我们要抓住它。"

"没错,就是这个。"

"你说过,只要我们找到它留下足迹的地方,基本就能确定它的巢穴在哪里,找到巢穴我们就能找到那头缺趾老熊。"

"它太肥了,而且非常懒。睡了一个冬天,它的肉一定更加鲜美。"

"趁着它还犯迷糊,还没完全清醒,想抓住它应该非常容易。"

"就是这样。"

"那么，爸爸，我们什么时候去？"

"锄完地，找到它的足迹，我们就去。"

"我们怎么才能抓住它呢？"

"最好的办法就是，我们先到银谷的泉水边上去，看看它有没有去那里喝过水，有没有留下脚印。"

"今天有一头体形庞大的母鹿去喝过水，但我当时睡着了。爸爸，我还做了一架小水车放在了小溪里，它转得特别好。"

巴克斯特妈妈刷锅、刷碗的声音突然消失了。

"你这个狡猾的小东西！我还真是头一回知道你自己偷偷地跑出去了。你简直滑得跟条泥鳅一样。"妈妈说道。

裘弟大声笑了起来："妈妈，我骗你的。你听我说，我就骗你这一回。"

"你骗我，可我却要跪在炉灶前面给你做什么甜薯油酥饼。"

可是妈妈看上去并没有真发火。

"妈妈，你就当我是一条只吃草和草根的小害虫吧。"裘弟用甜腻的声音哄着妈妈。

"你这么说只能让我更加恼怒。"妈妈说道。

就在这个时候，裘弟看到妈妈的嘴角上扬了，虽然她努力想恢复原状，但根本不管用。

"妈妈你笑了，你笑了，笑了就是说你不生气喽？"

他跑到妈妈身后解开了妈妈的围裙，围裙落到了地上。妈妈立刻扭过她肥胖的身体，抬手就打了过来，可她的手却轻轻地落在了裘弟的脸上，她在和儿子闹着玩。裘弟感到了下午曾经感受过的兴奋，他再次忘我地转啊转啊，就像下午在草堆中旋转一样。

"你要是把盘子都打翻了,看我怎么教训你。"妈妈说道。

"妈妈,我控制不了我自己,我要晕了。"

"我看你是昏了头了,你明明就是昏了头了。"

没错,四月确实让裘弟昏了头。春天的明媚令他眩晕。他醉了,好像那个周六晚上喝醉酒的雷姆·福列斯特一样。太阳、空气以及灰蒙蒙的雨雾一起酿制了烈性的美酒,他在这样的美酒中沉醉。令他沉醉的还有小水车、母鹿的造访以及爸爸帮他隐瞒起来的闲逛,还有不可缺少的妈妈牌甜薯酥饼以及他们之间的嬉闹。所有的一切都令他沉醉。房间里的烛光散发出安乐的气氛,屋外的月光也同样烘托着这种氛围,这一切仿佛令他难以平静。他遥想着缺趾老熊,那头凶恶得如强盗一般、又黑又壮、失去了一个脚趾的老熊,他仿佛看到缺趾老熊正用两条后腿挣扎着在冬眠的巢穴中站起,一边欣赏着久违的满月,一边尽情呼吸着春日里新鲜的空气,和现在正在欣赏这些的裘弟一样。裘弟蔫着脑袋爬上床,翻来覆去地难以入睡。

经过一天的狂欢,他的内心留下了难以抹去的记忆。所以,在他今后的人生岁月里,只要到了四月,大地一片翠绿,春风香气扑面而来的时候,他就会想起这些往事,仿佛解开了久久难以痊愈的伤疤。而某一件已经模糊的儿时记忆,总会勾起他浓浓的乡愁。明亮的月夜,一只夜鹰叫唤着飞走了。裘弟却突然进入了梦乡。

第二章 裘弟的家

贝尼·巴克斯特并未入睡,他妻子那肥胖的身躯正熟睡在他的身旁。每至满月时分,他总是难以入睡。他总觉得很奇怪,月光这么亮,怎么没人想到下地干活呢?所以,他常常会在这个时候下床到外面砍一棵可以当柴火的树,或者下地锄裘弟没锄的玉米。

"我觉得,今天这个事我本应该狠狠揍他一顿。"他心想。

在他小的时候,要是自己偷偷跑出去玩或者偷懒,一定会饱尝一顿毒打。他的父亲一定会罚他不准吃饭,并且会逼着他立刻到小溪边毁掉自己做的小水车。

"但回头一想就明白了,这么无忧无虑的孩童时光又能有多长呢,太短了。"

每当他想到以前的时光,总要感叹一下自己不曾存在过的童年。他的父亲曾是牧师,非常严厉,像是《旧约》里的上帝。可是他们的生活靠的不是传道,而是在伏流西亚镇附近经营的一个小农场。他父亲靠这个小农场来养活一大家子。他曾经教大家念书、写字、读《圣经》。但是家里的每一个孩子,从他们能拿得动种子袋、能跟在父亲身后摇摇晃晃地耕几亩玉米田开始,就已经加入了干农活的行列。他们经常干活干到骨头痛,连正处于发育时期的小手指都要僵硬抽搐之后才能得到休息。他们食物短缺,肚子还时常受到蛔虫的折磨。所以,长大成人的贝尼,身高并不比其他人高多少。他脚掌短小,肩膀狭窄,肋骨和屁股突出,怎么看都是一副柔弱的模样。那天,他站在福列斯特一家人中间,看上去就像一棵被夹在高大橡树之间的西奥槐树苗。

雷姆·福列斯特低着头看着他,说道:"怎么看你都像一个贝尼①,太小了。钱倒是非常不错,但你这也太小了。嗨,小贝尼·巴克斯特……"

从此之后,这就变成了他唯一的称号。在投票选举的时候,他在选票上写了自己的本名"艾世拉·巴克斯特"。可是当他去付税金的时候,对方却写成了"贝尼·巴克斯特",他也没有提醒对方改正。可事实上他真的犹如金属货币一样坚硬,如铜一样结实,同时他还具有铜一样的柔软属性。他诚实善良,所以杂货店的老板、磨坊主和马贩子都非常喜欢他。伏流西亚镇上有一家杂货店,店主鲍尔斯是一个和贝尼一样的诚实人。那次店主多找给贝尼一块钱,虽然贝尼的马瘸腿了,但还是步行了几里地返回镇里把钱还给了店主。

"等下一次再还给我也可以啊。"鲍尔斯说道。

"我知道,但这钱又不是我的,我可不想把它带进棺材。不管我是活着还是死了,不属于我的东西我一定不会带着的。"贝尼回答道。

然而,对于那些不理解贝尼为什么要搬到附近森林里去的人来说,如果听到贝尼说的这些话,他们的疑问或许能得到相应的解释。缓缓流淌的深水河河面有小艇、独木舟、平地驳船、装货拉客的帆船和轮船,整个河面都热闹非凡。河两岸的居民们都认为贝尼·巴克斯特要么是一个疯子,要么是一位勇士。他居然带着新婚的妻子放弃了正常的生活,跑到了野兽豺狼出没的荒凉丛林,在佛罗里达丛林深处住了下

---

① 贝尼:英国货币单位一便士的音译。——译者注

来。福列斯特一家搬到那里去还在大家的理解范围之内,他们家人多,而且多是身材高大、身强体壮、好斗的男人,他们需要新房子,需要不受人打扰的自由。但是,贝尼·巴克斯特呢?根本不会有人打扰他。

事实上,贝尼之所以搬走,并不是因为受到了打扰,而是因为他的心灵受到了侵扰。在乡村、农场经营区、市镇上,距离很近的邻里之间,在思想、行动以及产权上爆发了一定的冲突和矛盾。虽然遇到困难时大家也会彼此帮助、表现出一定的友谊,但同时也在彼此戒备、彼此怀疑,甚至爆发争吵。他的父亲对他非常严厉,没想到长大后的自己却生活在一个缺少坦诚和信任、人心险恶的社会中,所以,他感到非常烦恼。

或许是因为他受到了太多的伤害,所以广袤的、与世无争的丛林所具有的寂静和安宁深深地吸引了他。他看上去很粗野,可实际上却是一个性情温和的男人。人们之间的争吵深深地伤害了他的性情,然而深入丛林却治愈了他的心灵。虽然丛林中的生活更加艰难,需要走很远的路才能买到日用品、才能到市场上交换谷物,但在那里开发出来的耕地只属于他自己。比起那些人,这里的野兽所表现出来的掠夺性更低。狼、熊、夜猫和豹子会侵扰家畜,也在意料之中,但人与人之间的凶恶却无法预料。

当他三十岁左右时,贝尼和这位身体体积是自己两倍大、丰满活泼的女孩儿结了婚。他赶着牛车,载着他的新娘和必要的生活用品一路颠簸地开进了丛林深处。在这里,他已经提前用自己的双手盖好了一间茅屋,并且在布满沙松的林海中选好了一块地,他的所作所为真称得上是男子汉。这是一块位于松岛中心的肥沃土地,是他花钱从福列斯特家买来的,而福列斯特家距离这里只有四英里远。在干旱的丛林里，这里之所以被称为松岛，是因为这里是一个由红松组成的岛地。高大挺拔的红松，就像林海中的标志一般。在丛林的背面和西面也分布着这样的岛地，因为有特殊的土质以及丰富的水量，才形成了这种布满植被的岛屿。有些地方甚至长出了种类繁多的硬木。这里到处都是槲树、红月桂树、木兰树、橡胶树、冬青树、野樱桃树和胡桃树。

但是这里水源不够充足，也是这里唯一一个无法令人满意的地方。在这里，井可是无价之宝，因为地下水位非常深。要是灰泥和砖瓦的价格能便宜些，巴克斯特岛的居民也不用非得跑到百英亩的区域最西头的"凹穴"①去取水。在佛罗里达的石灰岩地区，凹穴属于常见的地质现象。不知从哪里迸发出来的地下泉水在地面形成小溪或泉流。有时候，因为底层太薄而遭塌陷，往往会形成一个有水或干涸的大凹穴。不幸的是巴克斯特岛形成的大凹穴是干涸的，没有任何流水。可凹穴周围高高的岩石斜坡上不断地渗透出清澈的地下水，在凹穴底部形成一片清澈的水塘。原本，福列斯特家族想卖给贝尼的就不是一块好地，但贝尼以用现金交易为条件购得了它。

当时贝尼就说："只有那些野鹿、狐狸、猞猁狲以及响尾蛇等野物才会在丛林里生养繁殖，我可不会到那些灌木丛里面生养儿女。"

福列斯特兄弟们拍着大腿，就听到一阵哄笑声从他们的大胡子下面钻了出来。

---

① 凹穴：地质学上的"凹穴"被称为"斗淋"，是石灰岩地区的下陷深坑，凹穴中的水和看不见的暗河与地下水相通。——原注

雷姆尖声喊道："一个贝尼的小钱还能成什么大气候？你这个小狐狸的爹爹这次可是捡到大便宜了。"

这件事已经过去很多年了，但贝尼感觉雷姆的尖叫声依然回荡在自己的耳边。为了不惊醒妻子，贝尼翻身的时候非常小心。曾经，他也是为了自己的儿女能过得更好所以才搬到这块长满红松的肥沃土地上。儿女接连出生，但孩子们好像都继承了贝尼那娇小瘦弱的身躯，完全没有继承奥拉·巴克斯特那庞大的、适合生养的体形。

"或许真是因为雷姆的诅咒才会这样。"贝尼心想。

婴儿们身体瘦弱，都不幸地夭折了，好像从来没有来过这个世界。贝尼在松林中清出一块空地，把他们一个个地掩埋在那里。那块地土质疏松，很容易就能挖个坑。坟地的面积越来越大，最后贝尼只能用篱笆将坟地圈起来，这样才能防止家畜的破坏。每一个死去的孩子都得到了贝尼亲手刻制的一块木头牌子，可以想象，明亮的月光下那些木头牌子都直直地矗立在孩子们的坟前。有的上面刻着名字，小艾世拉、小奥拉、梯·威廉；有的上面只写着类似的文字，巴克斯特家的婴孩，享年三个月零六天。还有一块上刻着贝尼的文字，他甚至没有见过白天的光亮。他不断地回顾着曾经的往事，犹如独自经过围栏时一根一根抚摸着那些木棍。

可是，不断地生养之后，间隔了很长一段时间。一直到贝尼在不断的耕地中感到孤独，而妻子看上去也已经过了生育年龄的时候，裘弟·巴克斯特出生了，并且一直茁壮成长。当裘弟两岁、开始摇摇晃晃走路的时候，贝尼来到了南北战争的战场。贝尼以为只要几个月就能回来，便将妻子和儿子带到河边，希望那位好友郝陀婆婆能帮助照顾他们。但是，直到四年后，贝尼才带着满身的战争痕迹回到这里。于是，他便带着感谢的心情,领着妻子和儿子回到了丛林里,开始享受宁静和平、与世无争的生活。

裘弟的妈妈一直以一种淡漠的态度对待这唯一的儿子,可能她将所有的爱和关怀都给了那些已经离世的孩子们。但贝尼的内心却对自己的独子充满爱意。他非常关心他,他的爱简直已经超越了父爱。他感觉那个常常屏住呼吸、瞪着眼睛认真观察风雨日月、花鸟兽禽等自然现象的孩子,明明就是自己小时候的模样。所以,如果有一个风和日丽的四月天,孩子出门闲逛,做自己想做的事情,贝尼也能切身体会到究竟是什么吸引了孩子,他完全能够理解孩子的心情。

妻子扭了扭肥胖的身躯,在睡梦中发出一声声呓语。他知道,每次当孩子的妈妈严厉训斥孩子的时候,他都会不遗余力地采取保护行动,仿佛变身为保护孩子的堡垒。那只飞往远处森林的夜鹰发出了久久的悲鸣。但因为距离遥远,听上去却像是一种美妙的声音。窗前明亮的月光已经消失不见了。

"让他去闲逛吧,让他乱蹦乱跳吧,让他做自己的小水车吧,总有一天,他会再无心思去理会这些东西的。"贝尼心想道。

第三章 缺趾老熊

裘弟费力地睁开眼睛，小卧室的东窗透进了早晨柔和的曙光。他心想："总有一天我要偷偷跑到树林里，在那里睡到自然醒，从周五睡到下周一。"他不知道究竟是暖暖的曙光还是桃树上骚动的鸡群将他唤醒的。他只听见鸡群扑棱着翅膀，不断地从栖息的桃树枝上飞下来。曙光慢慢变成橘红色，在这抹橘红色的映衬下，耕地远处的松林依然是一片黑压压的景象。四月的太阳总是出来得特别早，时间尚早，但相比妈妈来叫还是自己起床更好。他惬意地翻个身，但身下却传来了沙沙作响的声音，那是床垫中干燥的玉米壳发出的。窗外也传来了公鸡的啼叫声，一听就是那只多米尼克品种的公鸡。

"叫啊，你尽管叫，我倒要看看你是怎么喊我起床的。"裘弟喃喃低语道。

东方的天空渐渐亮了起来，光线也越来越融合。一道金色的阳光投射到了和松树一样高的地方。当裘弟正在观察着金色阳光时，太阳露出了脸庞，看上去它更像是一个黄铜材质的平底锅，只是被挂到了松树顶上。一阵清风拂过，仿佛是被不断扩大的光亮从瞬息万变的东方挤了过来。清风吹过粗布窗帘，挤进室内。接着又跑到了裘弟的床前，抚摸着他的脸庞。裘弟感觉到软绵绵、凉飕飕的，犹如触摸到一块干净的毛皮。裘弟继续躺在舒适的被窝里，他在犹豫着是否要跳出去迎接即将到来的白昼。最后，他还是决定离开被窝，站在了床前那块鹿皮地毯上。他的裤子就挂在伸手可触的地方,而且幸运的是他的衬衫正好是正面的,他可以直接穿上。裘弟穿戴整齐,现在的他已经不需要睡眠或者考虑其他的事情,只要准备好迎接即将到来的白昼以及厨房里散发出的烙饼香味即可。

"早上好,妈妈,我爱你。"裘弟站在厨房门口说道。

"你别跟那些家畜或猎狗似的,除了肚子空的时候会爱我,其他时候根本就不想理这个拿着盘子的妈妈。"妈妈说道。

"那是因为妈妈拿着盘子的时候最漂亮。"裘弟情不自禁地笑了起来。

他一边吹着口哨,一边跑到放着脸盆的木架子旁边,再用脸盆到木头水桶中舀水。他决定这次不再用强碱肥皂洗,而是用清水清洗手和脸,他先将头发沾湿,然后用手指分开头发、抚平,之后又拿着一面小镜子开始端详自己的容貌。

"妈,我真是丑死了!"裘弟喊道。

"说得没错,自从巴克斯特这个姓出现以来,就从没出现过一个好看的巴克斯特。"

裘弟对着镜子皱起鼻子,鼻梁上的雀斑一下子就挤到了一起。

"我多么希望我能黑得跟福列斯特兄弟那样。"

"幸亏你不像他们那样,你应该感到骄傲才对。那些家伙的心和他们皮肤一样黑。你姓巴克斯特,而每一个姓巴克斯特的人都是正直而清白的。"

"看你说的,好像我没有继承你的血统似的。"

"我们家的人虽然不像巴克斯特们这样瘦小,但他们的心也一样正直而清白。如果你能学会干活,肯定也会和你爸爸一样是个男子汉。"

镜子中的小脸颧骨高耸,散布着不少雀斑,肤色略显发白，但看上去却很健康，犹如一块细沙地。每次他去教堂或伏流西亚镇的时候，一头乱发总是令他苦恼。他的头发粗糙蓬松，犹如一头干草。虽然他的爸爸每月月底的周末早上都会为他精心修剪，但头发依然在脑后长成一簇一簇的。他的妈妈经常把他的头发称作"鸭屁股"。他大大的眼睛呈现出蓝色，每次皱眉思索或者专心研究他的课本、观察某样新奇东西的时候，他的眼睛就会眯成一条缝。只有这种时候，妈妈才会承认这是她生的孩子。

这种情况下，妈妈总会说："他总算有地方像我们阿尔弗斯特家族的人了"。

裘弟又把镜子转到侧面，好观察他的耳朵。但他可不是想看看耳朵是否干净，而是因为他想起了那天的痛苦经历。雷姆·福列斯特用他那只大手捏着裘弟的下巴，而另一只大手却拉拽着裘弟的耳朵。

"小东西，你这耳朵竖在你这小脑袋上，怎么看都像一对负鼠①的耳朵。"雷姆嘲笑道。

想到这里，裘弟便冲自己做了一个自嘲的鬼脸，之后才把镜子挂回去。

"我们要等爸爸回来才能吃早饭吗？"裘弟问道。

"是的，如果把所有的吃食都放到你面前，你爸爸可能就得饿肚子了。"

裘弟站在门后犹豫不决。

"你爸爸只是去趟玉米仓库，很快就会回来的，你可别跑开。"

裘弟听到南面的黑橡树林传来了老裘利亚的狂吠声，这

---

① 负鼠：类似于袋鼠的小动物。——原注

说明它又发现了新的猎物。他甚至觉得自己听到了爸爸对老裘利亚的命令声。他以闪电般的速度飞奔出去,身后却传来了妈妈严厉的阻止声。妈妈也听到了老家伙的狂吠声,她追到门外,看着裘弟飞奔的身影喊道:

"你们两个别跟着那个老家伙跑太远,我可不想呆坐在这里等你们吃饭,也不想看到你们两个到林子里到处乱转。"

但爸爸和老裘利亚的声音消失了,裘弟要发狂了一般,他担心自己错过任何令人兴奋的事情,又恐怕猎物已经逃跑了,而爸爸和老裘利亚可能已经在追猎物了。他跌跌撞撞地穿过树林,向预想的方向跑去,但他的身旁却忽然响起了爸爸的声音。

"慢点儿,慢点儿,都结束了,我们等你。"

裘弟立刻停下脚步,只看到老裘利亚浑身抖动地站在那里,这可不是因为害怕,而是因为对追捕猎物的渴望。爸爸站在那里,低头看着已经被咬烂、被分尸老母猪的尸体。

"那家伙一定听到了我要抓到它的话,儿子,你好好看看,看你能不能发现我看到了什么。"贝尼说道。

看到被分尸的母猪尸体,裘弟感到恶心。但爸爸的眼睛一直望着更远的方向,老裘利亚敏锐的鼻子也朝前嗅着。裘弟向前几步,认真地观察起沙地。沙地上留下的熟悉脚印令裘弟兴奋极了。这些脚印来自一头大熊。看着那些如礼帽顶的右前掌留下的印记,不难看出这头熊缺了一个脚趾。

"是缺趾老熊!"贝尼点头肯定道。

"你居然还记着它的脚印,爸爸为你感到自豪。"

他们一起弯腰认真研究着缺趾老熊的足迹。

"还真跟我说的一样,潜入到敌人的后防线打仗。"贝尼说道。

"居然没有狗冲他叫,也没有狗去追它。爸,我刚才睡着了,没听到任何动静。"

"风向对它有利,哪条狗都没有叫着追它。你可不要觉得它不知道自己在干什么,它很聪明,像条影子似的溜进来,干完这种勾当后再在天亮之前偷偷溜走。"

裘弟只感到后背一阵冰凉,他想象得出来,这条影子体形庞大、浑身黝黑,活动起来好像一座活的茅屋,它那露着利爪的巨大熊掌从高处落下,一下子就扑住了正在熟睡的老母猪。接下来它那白而尖锐的牙齿就会咬住老母猪的脊梁骨,一口咬断骨头,扎进热乎乎的新鲜血肉中。老母猪甚至都没有机会发出一丝求救声,便一命呜呼了。

"它已经填饱了肚子,"贝尼指了指被撕烂的老母猪,说道,"它顶多就吃了一块猪肉。一只刚刚从冬眠中苏醒的熊,胃是紧缩的,胃口也很小。这也是为什么我最恨的就是熊。一般的动物也会和大多数的人一样,他们杀死或者吃掉其他动物为的是获得更好的生活;可有些动物和人却并非如此,他们只是因为杀戮而杀戮,因为陷害而陷害,你看看熊的那副嘴脸就会知道,它们没有任何怜悯之心。"

"你要把老母猪带回去吗?"

"虽然肉已经被撕烂了,但我想内脏和猪油应该还在。"

裘弟明白,对于老母猪的死他应该感到可惜,但事实上他感到的却只有激动。这里是巴克斯特的神圣领地,却出现了令人意想不到的残杀,因此,他和那头五年来一直没有被家畜主人抓到的缺趾老熊已经结下了不共戴天的深仇大恨。他想要抓住它,想要立刻抓住这只发疯的熊。但他也必须承认,自己多少会害怕,因为缺趾老熊已经打到门上来了。

他拖着老母猪的一只后蹄子,贝尼拖着另一只。两人就这样把被撕碎的老母猪拖回去,但裘利亚心有不甘地跟着他们走,这条老猎狗无论如何也想不通,为什么不马上去追捕缺趾老熊。

"我不知道怎么说,我不知道自己敢不敢把这件事告诉你妈妈。"贝尼说道。

"她一定会气得跳脚。"裘弟同意爸爸的意见。

"这头母猪的繁殖力特别强,非常好,天哪,它简直太棒了。"贝尼接着说道。

巴克斯特妈妈正靠在门上等着他们。

"我一直喊啊喊,喊啊喊,你们两个竟然在林子里待了这么长时间,到底打到什么好东西了?"巴克斯特妈妈呼喊道,"天啊,天啊!这是我的母猪,我的母猪!"

看到她冲着天空举起两只手,贝尼和裘弟立刻穿过房门跑到屋后去了。妈妈也紧跟着赶了过来,还不断地发出哀号声。

"儿子,我们把肉挂到架子上去。挂上去后狗就够不着了。"贝尼吩咐着裘弟。

"你们必须告诉我,至少也得告诉我它是怎么死的。"妈妈问道,"在我们的眼皮子底下,它是怎么被撕成这副德行的。"

"是缺趾老熊干的,妈妈,它留下的足迹清楚地表明这就是它干的。"裘弟回答道。

"那么,那些狗难道就只是在地里睡懒觉吗?"

三条狗都闻到了新鲜的血腥味,已经绕到了屋后。妈妈抓起一根棍子就冲它们扔了过去。

"你们这些没用的东西!就会吃白饭,居然眼睁睁看着这样的事情发生。没用的东西!"

"哪条狗都不可能比那头熊更机灵。"贝尼解释道。

"它们应该大叫啊!"

说完妈妈又扔过去一根棍子,三条狗只好缩头缩脑地跑开了。

一家三口这才往屋里走去。混乱中,裘弟最先冲进厨房,那里散发出来的饭香正在折磨着他的胃。但他的妈妈并没有因为过于激动而疏于对他的看管。

她立刻喊道:"先到这里把你的脏爪子洗干净。"

裘弟走到了爸爸身边,而此时的爸爸也已经站到了放着脸盆的架子上。桌子上摆着早饭。巴克斯特妈妈落座后,便伤心地哭起来,庞大的身躯也跟着抽泣摇晃着。桌上的早饭完全失去了吸引力。裘弟盛满自己的盘子,肉汤、燕麦粥,还有热腾腾的牛奶和烙饼。

"不管怎么说,现在我们总算能吃上肉了。"裘弟说道。

妈妈转过身来冲他继续喊道:"现在吃肉,现在吃肉,到了冬天看你吃什么。"

"我会去拜托福列斯特兄弟给我们一头母猪。"贝尼说道。

"是啊,还要欠那些流氓的人情。"她哀号的声音越来越大,"那头该死的缺趾老熊,我要剥它的皮抽它的筋!"

"我下次见到它,一定告诉它一声。"贝尼在吃东西的间隙轻轻地说了一句。

裘弟情不自禁地大笑出来。

"你们倒好,还拿我寻开心。"妈妈难过地说道。

裘弟拍拍妈妈宽大的肩膀,说道:"妈,我在想啊,要是你跟缺趾老熊扭打到一起,会是什么情形?"

"我敢保证,你妈一定会大获全胜。"贝尼说道。

"除了我,没一个人想认认真真地过日子。"她说着说着又哭了起来。

第四章　遗憾的是枪走火了

贝尼推开了面前的盘子，站了起来。
"好吧，儿子，我们来讨论一下接下来要干的事情。"
裘弟的心情一下子就消沉了，不会是锄地吧？
"我们要把握住今天这个抓熊的好时机。"
明晃晃的太阳照得人睁不开眼睛。
"去拿我的铁砂子、弹袋，还有火药筒来。别忘了装火绒的牛角筒。"
裘弟立刻开心地跳起来跑去拿。
"你看看他，锄地的时候就跟一只蜗牛一样；一说到打猎，立刻就变成了一只水獭，变化太快了。"妈妈说道。
妈妈走到厨房的柜子旁，从仅剩的几瓶果酱中拿出了一瓶。在剩下的那堆热腾腾的烙饼上涂抹了果酱之后，用布包好并放到了贝尼的背包中。她又从剩余的甜薯油酥饼中拿出一块留给自己，其余的全都用纸包起来后放到了贝尼的背包中。接下来，她又看了一眼给自己留下的饼，接着便用很快的速度将仅有的一块饼也和其他饼一起放进了背包。
"这些还不够你们当午饭，但你们也可能很快就回来。"妈妈说道。
"但如果你没看到我们回来，一定不要来找我们。不管怎么说，一天之内也不可能饿死我们。"贝尼说道。
"你看看你儿子在说什么，刚吃过早饭不到一小时他就会喊饿。"妈妈说。

贝尼背起了背包和火绒角。

"儿子,带着这把刀,去割一块上等的鳄尾肉。"

那些用来喂狗的鳄尾肉,同样也挂在熏房中。裘弟跑过去推开了沉甸甸的木门。熏房里非常凉快,但光线暗淡,腌肉和熏肉的味道夹杂着胡桃木灰的味道。横梁上钉着方头钉,那里就是挂肉的地方,但现在却只剩下三块干瘪的咸猪肩肉以及两块熏肋条肉。旁边还挂着一块晃荡来晃荡去的干鹿腿肉,再旁边就是那块熏鳄尾肉了。缺趾老熊确实给这个家庭带来了很大的损失。要不然,到了秋天,老母猪繁殖的后代们一定会让这间屋子挂得满满的。裘弟顺利地割了一块干干的、嫩嫩的鳄尾肉。他用舌头舔了一下,咸咸的味道非常不错。他带着肉到院子里和爸爸会合。

裘利亚看到那杆老旧的猎枪便兴奋地叫了起来。列波也从屋子里窜出来,和裘利亚站在了一起。新来的混血狗潘克也在笨笨地咬着尾巴,但它根本不知道要干什么。贝尼按顺序拍了拍三条狗。

"一天下来后,你们就不会这么兴奋了。"贝尼对它们说道,"儿子,你赶紧穿上鞋子,那地方太难走了。"

如果再拖延下去,裘弟感觉自己会爆炸的。他以最快的速度冲到房间,在床底找到自己那双笨重的厚底牛皮靴,快速地穿上,接着便飞奔到爸爸跟前。好像他再不跟上爸爸,打猎就要结束了一样。老裘利亚缓缓地跑在队伍前面,它一直在用尖尖的鼻子搜寻缺趾老熊的踪迹。

"它的足迹还很清晰,爸爸,我觉得它还没有走远,我们还能抓到它吧?"

"它早跑远了。可是给它时间好好睡觉,我们抓到它的机会就会更大。如果那头熊知道我们在后面追它,它会跑得更快,甚至比一个无法无天的强盗溜得还快。"

跟着缺趾老熊留下的痕迹,他们穿过黑橡胶林,向南走去。因为前一天下过雨,所以笨重的熊掌留下了一串清晰的脚印,脚印穿过沙地而去。

"它的脚掌像是佐治亚州黑人的脚板那么大。"贝尼说道。

黑橡胶林突然就不见了,取而代之的是一片长在低洼地势上的高大松树。仿佛播种黑橡胶林的人突然停下脚步,因为他口袋中已经没有了黑橡胶林的种子。

"爸爸,你觉得缺趾老熊有多大?"

"它体形非常庞大,但现在的它体重还没有恢复。因为经过长时间的冬眠,它的胃已经萎缩,而且是空空的。可是看它留下来的熊掌印就能想象出来它体形有多庞大。你看看,它的脚掌后半部分陷入得比较深,可以想见它走路时候的姿势。鹿的足迹也一样,肥重的鹿或熊,足迹一般都是后半部分陷进去更深,而身轻、敏捷的小母鹿或幼鹿往往都是踮着脚尖走路,所以我们看到的足迹是脚掌的前半部分。哎呀,这头熊太大了!"

"爸爸,我们追到它的时候,你会不会害怕?"

"事情弄糟的时候也怕,但我更担心这些狗,它们往往会替猎人受过,打猎的时候,它们得到的总是最坏的结局。"

贝尼的眼睛闪烁不定。

"儿子,我想你不会害怕吧?"

"我不怕。"裘弟想了一下又说道,"要是我被吓到了,我可以爬到树上去吗?"

贝尼咻咻地笑出了声。

"可以,儿子,就算你害怕,爬到树上看热闹也是个不错的选择。"

他们安静地走着,老裘利亚自信地前进着。混血狗列波也满意地跟着裘利亚前进着,裘利亚嗅过的地方,它也要跑过去嗅一下。裘利亚停下脚步犹豫着前进方向的时候,它也停下来等着。当它的鼻子碰触到柔软的杂草时,它就会打喷嚏。列波一会儿跑到这边,一会儿跑到那边,到处乱窜,甚至发疯一般地去追那只突然出现在它面前的兔子。裘弟吹着口哨想唤它回来。

"儿子,不用管它,等它感到寂寞孤单的时候,会老实地跑回来。"贝尼说道。

老裘利亚扭过头来轻轻地尖叫了几声。

"这老家伙太机灵了,它改变了追踪方向。"贝尼说道,"那头熊可能去了锯齿草沼泽地那边。要是这样的话,我们就可以偷偷地溜过去,打它个出其不意。"

听到爸爸这么说,裘弟终于了解了一些打猎的技巧。如果是福列斯特兄弟,一旦发现缺趾老熊给他们带来损失,一定会大喊大叫地去追踪它。他们的狗在受到主人鼓励的情况下,肯定也会狂叫,丛林中会回荡着它们的叫声。要是这么干,那头狡猾的缺趾老熊一定会对他们提高戒备。所以,他爸爸打到的猎物是他们的十倍之多。爸爸虽然身材矮小,但打猎能人的名声却是远近闻名。

裘弟说:"你是怎么猜到动物接下来将要干什么的?"

"你必须知道,野兽奔跑的速度超过了人,就算是强壮的人速度也不可能超过野兽。人为什么比熊厉害?还不是因为人心眼多。虽然人的速度赶不上熊,但是人的心眼绝对在熊之上,要是连这一点都做不到,那这个猎人就太糟糕了。"

松林越来越稀疏,突然,一片狭长的硬木林出现在了他们眼前。这里长满了槲树以及扇棕榈。矮树丛长势茂密,边上还有猫梅子编织成的花边。接下来，硬木林也消失了，出现在西面和南面的是一片开阔地。乍一看，好像是草地，那就是锯齿草。水中的锯齿草有膝盖那么高，锯齿形的叶子粗糙且浓密，仿佛一棵结实的树。老裘利亚快速地跳进水中，从水面上出现的涟漪可见水很深。一阵风吹过，锯齿草波浪滚滚而来，一大波小水洼清楚地露了出来。贝尼聚精会神地看着猎狗，裘弟心想，那片没有树木的开阔地太让人激动了，比这片浓密的树林更具吸引力。说不定那头庞大的黑熊会在哪个难以预料的时刻突然蹿出来，用它的两条后腿支撑着身体直直地站起来。

裘弟小声问道："我们从这里绕过去吗？"

贝尼摇头小声答道："不，这里风向不好。我想它应该不会穿过水洼往前走。"

猎狗沿着一条锯齿形的路线、蹚着水前进，松软的泥地边上长满了锯齿草。熊的踪迹不时地消失在水域的某一个地方。老裘利亚低着头用舌头舔着水，但很明显它只是在搜寻熊的踪迹而不是因为口渴在喝水。它自信地跳进了水洼的中央。列波和潘克却发现它们的小短腿在泥里只会越陷越深，令它们非常不舒服，所以它们只好退回到原来的地方甩甩身上的毛，同时也在着急地看着裘利亚的一举一动。潘克喊叫了几声，贝尼拍拍它之后，它又恢复了平静。裘弟小心地跟着爸爸前进，一只突然从他头顶轻轻掠过的苍蝇吓了他一跳。他感觉到这些水令他的大腿发凉，裤子里凉飕飕、黏糊糊的。污泥好像正在吞没他的牛皮靴。可是一会儿之后，他就感到水非常舒服。在这透着丝丝凉意的泥浆中，看到身后那个泛着沙土的小旋涡，裘弟感到非常惬意。

"它刚才吃过火藜叶。"贝尼小声说道。

他指了指平滑的箭形叶子，只见叶子四周留下了并不整齐的齿痕。而且，有些叶子的叶柄也被吃掉了。

"春天的时候，这种叶子能帮它开胃。一头刚刚离开冬眠巢穴的熊，首先要做的就是吃这种叶子。"贝尼靠近火藜，摸着那片正在转变为棕色的叶子说道，"我可以确定，昨天晚上它一定在这里，就因为吃了这个，它才有胃口去撕烂那头可怜的老母猪。"

这时，老裘利亚也停下脚步。芦苇丛和草丛中都散发出了强烈的熊毛气味，而不再是从脚下散发出来。裘利亚在一丛灯芯草上狂嗅一阵，便开始凝望着前面空旷的开阔地。接下来，它好像选中了方向，便撒开四条腿轻快地蹚着水往正南方向走去。这时，贝尼开始放开嗓子说话了。

"裘利亚说，那头吃饱了的缺趾老熊，正在快速地往它的巢穴中赶去。"

他爬到地势较高的地方，这样才能保证猎狗不离开他的视线范围。贝尼一边精力饱满地赶路，一边滔滔不绝地讲授自己的经历。

"之前，我有好几次都看到熊借着月光吃火藜叶。它不光会喷鼻子、拖着后腿走路，还会蹚着水走、会打呼噜。它剥火藜茎上的叶子时，就跟人的动作一样。它们丑陋的嘴里塞满了火藜叶子，之后它就会东闻闻西嗅嗅，像狗一样咀嚼起来。夜晚的鸟在它头顶发出哀鸣，牛蛙也像狗一样哇哇乱叫，野鸡也会'嘶嘶嘶'地叫个不停。火藜叶上的水珠犹如夜鹰的眼睛一般闪着光亮……"

听着贝尼的描述，好像这些情景就出现在了你的面前。

"爸爸，我真想看看熊吃火藜叶子的情形。"

"好啊，等你长到我这么大的时候，就能看到了。而且，你还会看到更多更稀奇古怪的事情。"

"爸爸,你会在它们吃东西的时候开枪打它们吗?"

"儿子,我一般会控制自己不开枪,能看到它们天真地吃东西,我已经心满意足了。如果在它们享受美食时打死它们,我也会感到难过。尤其是在它们求偶的时候,我会更难过。有时候为了弄到野味,或者我们家实在没有食物的时候,我只能强迫自己去做这些难受的事情。你长大后,可不能像福列斯特兄弟那样为了取乐而去打猎,而不是为了吃食。那样做和熊干的坏事有什么区别。你听到我说的话了吗?"

"听到了,爸爸。"

老裘利亚尖叫了一声,原来熊的足迹拐弯90度,往东走了。

"我担心那月桂树……"贝尼说道。

月桂树丛非常茂密,好像根本无法穿越。环境的突变,给了猎物一个很好的藏身所。缺趾老熊在大摇大摆地享受食物的时候,从来就没有远离它的藏身所。月桂树的幼苗如同栅栏一般紧密,所以裘弟很奇怪,那头熊的庞大身躯是如何在里面自由活动的?可是,月桂树的幼苗时而会变得稀疏,甚至某些地方的幼苗还非常细弱。一条普通的小径出现在他们的眼前。其他动物应该也曾走过这条小径,因为上面布满了各种动物纵横交错、层层叠叠的足迹。鹿、猞猁狲、野猫,到处都是小动物们的足迹,野兔、浣熊、负鼠、鼬鼠等等大概都曾经小心翼翼地在这里觅食,而捕食小动物的野兽也曾出现在这里。

贝尼说道:"我觉得我们最好先装好弹药。"

他招呼着裘利亚等等他,老猎狗便懂事地趴在地上休息,列波和潘克也心满意足地趴在了它的身边。裘弟的肩膀上扛着火药筒。贝尼打开火药筒,将老旧的猎枪枪膛里装好一定量的火药。他还从铁砂子弹袋子里拿出一撮晒干的黑色苔藓,这可是枪膛里的填料,接着又用通条摁结实。弄完后,他又放进去一些粗糙的、浇铸好的铁砂子弹,之后还要压上更多的填料。最后,上面还要放上火帽,用通条轻轻摁过之后才算结束。

"好了,裘利亚,跟上它。"

早上的追踪非常惬意,与其说这是打猎倒不如说这是一次惬意的踏青。现在,浓密而阴暗的月桂树丛笼罩着他们,蒿雀在树丛深处扑棱着翅膀,发出警告一般的嗖嗖声。脚下踏着的是又软又黑的泥土,而灌木丛两边传来了快步走路的声音以及沙沙声。透过偶尔分开的树顶,投射下来一道阳光。但各种动物的踪迹并没有令猎狗感到混乱,这是因为光线暗淡的夹道里飘浮着强烈的熊的气味。列波的短毛竖了起来,老裘利亚快速地奔跑起来,贝尼和裘弟也不得不跟着猎狗弯腰向前奔走。贝尼用右手拿着猎枪,枪筒稍微倾斜着,这样一来,即使贝尼被绊倒、枪走了火,也不至于打中跑在前面的猎狗。后面突然传来了树枝断裂的声音,裘弟吓得赶紧抓住了爸爸的衣服,却是一只吱吱乱叫着跑开的松鼠。

丛林越来越稀疏,地势也越来越低,他们眼前出现了一片沼泽。透过树叶透下来的阳光如同一块块的补丁,每一块大小差不多都有篮子那么大。这里生长着的巨大羊齿草,高度甚至超过了他们的个头。但缺趾老熊经过的时候曾经压倒了一丛羊齿草。暖暖的空气中飘浮着浓烈的羊齿草的芳香气味。一条娇嫩的卷须弹了一下便回到了它原本的位置。贝尼指了指卷须,裘弟便明白了缺趾老熊几分钟前才刚刚经过这里。老裘利亚疯了一般,疯狂地嗅着这些熊的食物和饮料。

它的鼻子掠过潮湿的沼泽地地面，一只灌木鲣鸟从它的面前飞起来，发出了"哇哇哇"的警告声。

沼泽地的水位退下去之后，便形成了一条比栅栏板还要窄的小溪流。缺了一个脚趾的大脚掌印记已经跨过溪流。一条噬鱼蛇昂着它奇怪的头颅，像一条光滑的褐色螺旋线一样顺着水流游走了。溪流的对岸长满了扇棕榈。熊掌印穿过了沼泽地，继续向前。裘弟注意到爸爸的上衣后背已经湿透了，他不禁摸摸自己的衣袖，竟然也已被汗水浸湿了。突然，老裘利亚发出了逼近猎物的狂叫声，贝尼立刻跑了起来。

"小溪，它想跨过小溪逃跑！"贝尼喊道。

沼泽中瞬间喧闹起来，小树们纷纷倒在地上。那头巨熊如同一股乌黑的旋风，将一切阻止它前进的障碍物全部摧毁。狗叫声紧紧地逼着它，裘弟的心脏剧烈地跳动着，他的耳中甚至响起一阵轰鸣。裘弟被一棵露出地面的竹鞭绊倒了，但他立刻又跳了起来。贝尼的矮小身躯犹如一架急速转动的轮桨，快速地搅动着。如果不是这几条猎狗将缺趾老熊逼到了绝境，它大概早就跨过小溪了。

溪边有一块空地，裘弟只看到一团乌黑得不成样子的黑团冲了过去。贝尼停下脚步，举起了猎枪。就在这个时候，老裘利亚如同一支短小的棕色标枪，猛一下扑到缺趾老熊那毛发蓬松的头上。老裘利亚终于追到了敌人，它扑上去，又退回来，立刻又会再扑上去。列波也随着裘利亚一起扑了上去。缺趾老熊急得团团转，冲着列波一阵乱抓。裘利亚又如同一道闪电似的扑向了它的腰部。贝尼也只好收起猎枪，为了不伤及猎狗，只能放弃开枪。

突然，缺趾老熊摆出一副毫不在意的模样。它停下了所有的动作，迷茫地四处看看，它犹豫不定、动作缓慢。它发出了犹如孩童啼哭一样的叫声，猎狗也向后撤退。现在正是开枪的好时机，贝尼立刻举起猎枪，瞄准了缺趾老熊的左脸颊，开了枪。但猎枪发出"扑"的一声后就偃旗息鼓了。贝尼重新上膛，扣动扳机。他的前额渗出滴滴汗珠，但枪膛依然发出了"咔嗒"一声，没有开枪。突然，空地上刮起了一阵黑色风暴。缺趾老熊以出人意料的速度愤怒地向狗扑了过去。它如同一道闪电，露着它白色的獠牙、伸出了弯曲的利爪。它怒吼着、旋转着，咬牙切齿、胡乱撕咬。但狗也一样快速，裘利亚从熊的后方发起了猛烈的攻击，当缺趾老熊转身要抓它的时候，列波也跳起来撕咬它那毛发厚重的咽喉。

裘弟惊呆了，他看到爸爸正重新上膛，咬着嘴唇、半蹲着用手指扣动扳机。老裘利亚死死缠住熊的右边，但熊却旋转着去咬它左边的列波。它咬住了列波的侧面，将它仰面朝上地扔进了矮树丛。贝尼又一次扣动了扳机，遗憾的是猎枪发出一阵咝咝声后却从后面爆了。枪从后面走火了！贝尼仰面倒在了地上。

列波又跑了回来，继续撕咬熊的咽喉。裘利亚继续在后面纠缠缺趾老熊。又一次陷入困境的老熊站在那里左右摇摆着。裘弟立刻跑向爸爸，而贝尼也已经站了起来，他的右脸颊被火药熏黑了。这个时候，缺趾老熊挣脱了列波的撕咬，风一样地向裘利亚扑去，它弯曲而锐利的爪子抓住了裘利亚的前胸。老裘利亚痛苦地尖叫着，列波立刻蹿上老熊的脊背，死死地咬着熊皮不松口。

裘弟惊叫道："裘利亚会被它咬死的！"

贝尼拼命地跑向了喧闹的战场中，举起猎枪使劲向熊的肋骨戳去。裘利亚虽然正在承受着剧烈的疼痛，但它仍然咬着老熊黑色的咽喉没有松口。缺趾老熊愤怒了，突然转过身子、跳下溪流、向水深的地方跑去。两条狗死死地咬着老熊没有松口，老熊疯狂地蹚着水前进着。裘利亚只有头还露在水面上，就在熊嘴下面，列波有模有样地骑在熊的后背上。缺趾老熊蹚水走到对岸，匆匆地爬上去。这时，裘利亚才松开口，软软地倒在了地面上。于是，缺趾老熊趁机蹿到了茂密的矮树丛中。刚开始，列波还在老熊后背上待了一会儿，但很快就不知道该干什么而跳了下来，犹豫不决地回到溪流岸边。它凑近裘利亚嗅了嗅，蹲在它的旁边哀怨地朝着溪流对岸叫着。对岸的矮树丛中传来一阵阵碎裂的声音，接着一切都恢复了平静。

贝尼喊道："列波，到这里来！裘利亚，快过来！"

列波摇了摇短短的尾巴，并没有动弹。贝尼举起狩猎的号角，放到唇边吹起了安慰的曲调。但裘利亚只是抬起头，接着又低下了头。

贝尼说道："我必须过去带它回来！"

他说完便脱下鞋子，跳进水中，用力地向对岸蹚去。离岸边还有几步远的时候，湍急的河流困住了他。他像一根木头似的被溪流冲了下去。他挣扎着，努力游了一阵。在下游很远的地方摇摇晃晃地站稳后，擦掉脸上的水才爬上岸，径直走到猎狗的身边。他弯下身子看了看猎狗的伤情，便用一只胳膊夹起裘利亚。他向上游走了一段之后，才跳下水。虽然他一直用另一只可以自由活动的胳膊用力地划水，但湍急的溪流还是冲击着他。终于摆脱了激流，贝尼来到了裘弟的面前。列波也跟着主人游上了岸，抖动一下身子。贝尼温柔地把裘利亚放在了地上。

"它伤得很重。"贝尼说道。

他脱下上衣，将两只袖子一系，便做成了一个吊带，这样就可以把猎狗背在身上。

"这样就可以了,我回去必须赶紧弄一杆新枪。"他说道。

他右脸上被火药熏到的地方已经起了一个大水泡。

"爸爸,出了什么故障?"

"上面的每一个零件都有毛病。枪膛松了这点我是知道的,但我曾经试过两三次都没有问题。可它从后面走火,只能说明弹簧也松了。好了,我们回去吧。你背着这支已经炸坏的老猎枪吧!"

他们穿过了沼泽地,先是向北,又向西走去。

"这下子,我要是不打到那只熊,这件事没完。只要我能有一支新枪,还有时间。"贝尼说道。

突然,裘弟看不下去了,爸爸的包裹里不断有血液流出来,顺着爸爸瘦瘦的脊背流了下来。

"爸爸,我想到你前面去。"

贝尼转身看了裘弟一眼,说道:"不要因为我背着的猎狗而闷闷不乐。"

"我可以给你们开路。"

"好吧,你到前面来吧。儿子,接着背包,拿些面包来,你吃点东西就能感觉好点儿。"

裘弟在背包中摸了一会儿,拿了一包烙饼出来。抹了果酱的烙饼酸酸凉凉的,裘弟不禁为自己竟然如此肆意地享受美食而感到惭愧。他匆忙地吞下几个烙饼后,又给爸爸递过去几个。

"吃东西是最大的安慰了。"贝尼说道。

矮树丛中传来一阵哀嚎,一只小小的、吓坏的小东西跑了出来跟上了他们的脚步。裘弟看看杂种狗潘克,恼怒地踢了它一脚。

"别恼它了,有的狗是猎熊狗,有的狗压根就不是这块料。我一直在怀疑它到底是不是。"贝尼说道。

潘克行走在队列的最后面,裘弟用力地开着路。可是他的面前倒着很多比他还要粗壮的树枝,他用尽力气也动不了一丝一毫。那些比爸爸的肌肉还要坚韧的牛梅子藤蔓,如蜘蛛网一样地缠住了他。他只好绕着走,或者从藤蔓下面爬过去。贝尼扛着沉重的负担,时不时地就需要停下来换个肩膀来扛。沼泽地潮湿而闷得慌,列波不停地喘息着。吃过烙饼以后,裘弟感到非常舒服。他再次伸手到背包中拿甜薯饼。因为爸爸不想吃,所以裘弟和列波分吃了爸爸那份。至于不争气的潘克,裘弟心想,它可没吃的份儿。

最后,他们终于走出了沼泽地,来到了一片开阔的松树林。他们感到轻松,即便接下来还要穿过一两英里长的丛林,他们也感到那丛林敞亮而且很好走了。与穿越沼泽相比,走在低矮的丛林、扇棕榈丛、鹅梅子丛以及荞麦草丛中间更简单易行。当他们看到巴克斯特岛上生长的高大松林时,太阳已经落山了。他们穿过沙地,来到了耕地上。列波和潘克快速地奔向了被挖空的木头水槽,那里是专门给小鸡饮水的。巴克斯特妈妈正在狭小的阳台上坐着摇椅摇来摇去,她的膝盖上放着一堆等待缝补的衣服。

"就是说没打到熊,狗却死了,啊?"她大声喊叫着。

"狗还没死,快给我拿破布、针线、还有水。"

妈妈快速地站起来帮爸爸,裘弟经常觉得奇怪,每次遇到困难,为什么妈妈肥大的身躯以及双手都具有不可限量的潜力呢。裘利亚被贝尼放在了阳台的地板上,它呜呜地发出哀鸣声。裘弟蹲下来抚摸着裘利亚的头,可它却冲着裘弟龇牙。裘弟不高兴地找妈妈去了,而妈妈正拿着一条旧围裙撕布条。

"你可以去拿水,儿子。"妈妈说道,于是裘弟匆匆地跑去拿水壶。

贝尼捧了一捆粗麻布回到阳台,给猎狗铺了窝。妈妈带着外科手术器械回到了阳台。贝尼将困在狗身上那件满是鲜血的上衣解下来,便开始清洗伤口。老裘利亚没有表现出任何抗拒,它早已经熟悉了野兽的利爪。贝尼将两处最深的伤口缝好,又在每个伤口上都撒上松脂粉。裘利亚悲鸣一声,便接着默默地听从摆布。贝尼说它断了一根肋骨。自己也没办法治,但只要裘利亚还活着,断了的肋骨就能自动长好。裘利亚失血过多,呼吸也变得急促起来。贝尼把狗窝收拾好,将猎狗放了进去。

妈妈问道:"你要把它抱到什么地方去?"

"卧室,今天晚上我必须亲自看着它。"

"不,不要抱到我的卧室,艾世拉·巴克斯特,我愿意为它做该做的事情,可我不想你整晚上都上床下床,那会吵着我睡觉的。昨天晚上我半宿都没睡好觉。"

"那我跟裘弟睡去,把裘利亚的窝也放到他的屋里去,"贝尼说道,"今天晚上我不能让它自己在棚子里,儿子,给我拿凉水来。"

他把裘利亚抱到裘弟的房间,放在了角落里的那堆粗麻布上。裘利亚不想饮水,或许它是不能饮水。贝尼只好掰开它的嘴巴,将水灌了进去,以滋润它干燥的喉咙。

"现在让它待在这里休息,我们去干活吧。"

傍晚时分,松土的活儿会给人一种非常宁静的感觉。裘弟将干草堆中的鸡蛋收集起来;给奶牛挤完奶,并把小牛带到牛妈妈身边;再帮妈妈劈好木柴。贝尼和往常一样到凹穴挑水,他瘦削的肩膀上扛着一根木扁担,扁担两头挂着木制的水桶。妈妈在做晚饭,她煮了菜卷和干扁豆,还节约地炸了一块鲜猪肉。

"要是今天晚上能吃一块熊肉,就太好了。"妈妈叹息道。

裘弟饿了,但贝尼却并不想吃东西。他两次离开餐桌去给裘利亚喂食,但它拒绝了。妈妈费力地站起身收拾餐桌,并清洗了锅碗。她没有询问打猎的具体情况,但裘弟很想说说,也好炫耀他研究了各种足迹以及那场战斗,还有他感到的恐惧。贝尼没有说话,也没人搭理裘弟。所以,裘弟只好一门心思地去吃干扁豆。

夕阳的霞光红彤彤的,在巴克斯特家的厨房里留下了长长的阴影。

"我很累,现在我想上床睡觉。"贝尼说道。

裘弟的脚非常痛,牛皮靴在他脚上挤出个大水泡。

"我也要睡觉。"裘弟说道。

"我还得干一会儿。今天我一直都在心烦意乱,还要担惊受怕,什么都没做,还把腊肠做坏了。"妈妈说道。

贝尼和裘弟回到了房间,在狭窄的床边开始脱衣服。

"如果你现在长得和你妈妈的身材一样,要是我们其中一个不滚到地板上去,就不可能在一张床上睡觉。"贝尼说道。

对于两个瘦弱的人来说,这张狭窄的床完全足够。夕阳的余晖已经退去,房间里非常昏暗。猎狗已经睡着,但时不时地在睡梦中发出一两声悲叹。圆圆的月亮升上高空,整个房间都布满了银色的光辉,足足一个小时。裘弟感到自己的脚火辣辣地疼,膝盖好像也在抽搐。

"儿子,你睡了吗?"

"我感觉自己好像还在走路。"

"我们确实走了很多路。儿子,觉得猎熊怎么样?"

"感觉棒极了,"裘弟抚摸着自己的膝盖说道,"我非常喜欢这种感觉。"

"我明白。"

"我喜欢研究动物足迹,喜欢追踪,还喜欢看到倒在地上的树苗,还有沼泽地的羊齿草。"

"我明白。"

"我还喜欢裘利亚把猎物逼得走投无路的情景……"

"但儿子,战斗不是很可怕吗?"

"确实很可怕。"

"看到狗流血这种事,真的很难过。儿子,你还从来没见过熊被杀死时的情景。虽然熊会干坏事,但当你看到熊倒在地上、几条狗扑过去撕咬它的喉咙,它像人一样哀嚎着在你面前断气,多多少少总会引起人们的怜悯之心。"

父子俩都沉默了。

"要是那些野兽不来给我们搞破坏,就太好了。"贝尼说道。

"野兽偷吃我们的东西,还祸害我们,希望我们能杀掉所有野兽。"裘弟说道。

"对野兽来说,这可不是偷。动物和我们一样,也要生存,而且也想让自己活得更好。以猎杀为生,是狼、熊、豹子的天性。他们可不管什么区域界线或者什么围栏,野兽怎么可能知道这块地方是我们的,而且我们已经付过钱了。熊怎么可能知道那些猪是我们的食物?它只明白一点:它饿了。"

裘弟躺在床上,望着透进来的月光。他感到巴克斯特岛周围全是饥饿的野兽。月光下,有多少对红黄绿的眼睛闪闪发光地盯着他们。饥饿的野兽很可能会闯进来快速杀戮,吃掉家畜,之后再若无其事地逃走。猞猁狲和负鼠也会偷袭鸡窝,天亮之前,狼和黑豹会咬死牛犊,缺趾老熊可能还会再来祸害其他家畜。

"动物做的事情跟我们通过打猎获得食物是一个道理。"贝尼说道,"去野兽生活、睡觉、生育小野兽的地方杀戮,这条规律非常残酷,确实存在:'要么挨饿,要么杀戮'。"

但耕地上却是安全的,虽然野兽会来,但它们还会离开。不知道为什么,裘弟突然开始发抖。

"儿子,你冷吗?"

"我想我确实是冷。"

他好像看到那头缺趾老熊怒吼着团团乱转的情形,他好像看到裘利亚扑过去却又被熊压下来,但它死死咬着熊的喉咙不肯松口,最后,它掉到了地上,受伤严重,流血不止。可是耕地里依然是安全的。

"儿子,到我这边来,我给你暖暖。"

他稍微往爸爸瘦弱的身体处移了移。贝尼也伸出一只胳膊抱住了他,于是裘弟紧紧地靠在了爸爸的大腿上。爸爸就是安全的核心所在。爸爸可以蹚过湍急的溪流,把身受重伤的裘利亚带了回来。耕地是安全的,因为爸爸一直在为耕地、为家在战斗。裘弟感到一阵舒适和温暖,渐渐睡了过去。整个夜晚,他只惊醒一次。看到了爸爸正就着月光蹲在角落里照顾裘利亚。

第五章 裘弟的好伙伴

早饭的时候,贝尼说:"唉,我得换一支新的猎枪,否则以后会有更多麻烦。"

裘利亚的伤好些了,伤口清洗得非常干净,也没发炎。可是,因为失血过多,它已经精疲力尽,除了睡觉什么都不想做。在贝尼多次的喂食中,它仅仅舔了一点点牛奶。

"你想如何购买新枪呢?我们的钱连付税金都不够!"妈妈问道。

"我是说交换!"贝尼强调道。

"要是你能在交易中占据有利位置,我就能吞掉整个脸盆!"

"我说亲爱的,你能不能别老在嘴头上占我便宜。很多交易的结果都会令交易双方满意。"

"那你用什么和别人交换?"

"就那只杂种狗。"

"谁要这种狗?"

"它可是一只上等的猎狗呢。"

"上等猎狗,高级得只会吃烙饼。"

"你知道的,福列斯特兄弟可不懂狗。"

"艾世拉·巴克斯特,你跟他们做交易,你非输的只剩条底裤不可。"

"没错,但我和裘弟今天必须去那个地方。"

贝尼语气坚定,很好地抵挡住了妻子肥大身躯所发出的不容置疑的神气。妈妈叹了口气说道：

"好啊！就让我独自一个人待在这里，没人为我劈柴，没人为我挑水，也没人照顾我。走吧走吧，赶紧走！"

"无论到什么时候，我都不允许出现没柴没水的情况。"

裘弟听得很焦急，他宁愿选择马上到福列斯特兄弟家去，不吃饭。

"裘弟也应该跟大人们学学人情世故，学学怎么混社会。"贝尼说道。

"福列斯特家可真是个学做人的地方。要是裘弟跟他们学，学到的只会是一颗黑得如黑夜一般的黑心。"

"或许他能学到些除了黑心以外的东西，可现在，不管说什么我们都必须去那里。"

贝尼边说边站了起来。

"我现在挑水去，儿子，你马上去劈柴，要劈一大堆。"

"你们要带午饭吗？"妈妈在他们身后喊道。

"我可不想唐突了我们的邻居，我想跟他们一起用餐。"

裘弟匆匆忙忙地跑到柴堆边上，能在饱含树脂的松木上多砍一刀，就能离福列斯特兄弟以及他的好朋友草翅膀更近一步。他劈了很多很多木柴，并把足够多的木柴抱到厨房去，堆满了妈妈的柴箱。爸爸去凹穴挑水，还没有回来。裘弟又匆忙赶到马厩中，安好马鞍子。如果备好马，就能在妈妈还没想出其他能留住他们的借口之前出门。他看到弓着腰、挑着扁担的爸爸正从西面的沙路上走过来。扁担的两头挂着两只装满水的笨重木桶，重重压在了爸爸瘦弱的身躯上。他连忙跑过去，帮爸爸把扁担卸下来。因为只要稍微倾斜一下，满满的水桶就会倾翻。那样的话，爸爸就不得不重新再干一遍这种辛苦的工作，那简直太让人讨厌了。

"已经准备好马鞍了。"裘弟说道。

"嗯,我知道了,你劈的柴都快开始燃烧了。"贝尼咧嘴笑道,"好吧,我去换下衣服,拴住列波,带着枪,我们要走很远的路啊。"

这个马鞍也是从福列斯特兄弟那里购买的,因为对于他们那些大屁股的人来说,这个马鞍显得太小了。可是,贝尼和裘弟两个人一起坐这个马鞍,也会觉得非常宽松。

"儿子,坐我前面来。等你长高了,超过我,坐在前面的时候我根本看不到路,那你就可以坐到后面了。到这里来,潘克,跟我们走。"

混血狗立刻跟了上来,却又停下来看看后面。

"希望这是你看这里的最后一眼。"贝尼说道。

精力充沛的马稳稳地跑了起来。老马拥有宽阔的后背,马鞍也非常宽敞。骑着马,爸爸从后面抱着他,裘弟感到非常舒服,仿佛坐在了摇椅里。枝叶稀疏的树荫下,铺着阳光的沙路犹如一条闪光的缎带。到凹穴的西侧,路分出了岔口。一条向北,另一条则继续延伸到福列斯特兄弟家。古老的红松树上,留有古老的斧头印记,这标志着往北就是一直北去的古道。

"这个记号是你做的还是福列斯特兄弟做的?"裘弟问道。

"我来之前,早就有那个印记了。福列斯特兄弟们也只是听别人说的。儿子,你觉得呢?有的印记那么深,加上松树生长缓慢,要说这是西班牙人留下的记号,我一点也不觉得奇怪。去年,你们老师讲过历史了吧?怎么样儿子?是西班牙人开创的古道呢。就是这里,我们刚刚走过的那条路就是西班牙人铺的横越佛罗里达州的古老道路。到波特乐堡才会分岔,南面那条通往坦帕,被称为'巨龙'古道,这里这条被称为'黑熊'古道。"

裘弟眨着大眼睛看着爸爸,问道:"你觉得西班牙人也会抓熊吗?"

"当他们停下脚步安营扎寨的时候,我觉得肯定得抓熊,他们不得不同时和印第安人、熊以及猞猁狲战斗。他们跟我们一样,不过我们不用操心印第安人而已。"

裘弟环视一周,顿时觉得松林里到处都是人和野兽。

"现在,这里还能找到西班牙人吗?"

"儿子,到目前为止,据说活着的人中,甚至连他们的老祖父都没见过西班牙人。那些西班牙人跨越大半个地球,到这里打仗、经商,穿越了佛罗里达,后来就没人知道他们的情况了。"

洒满阳光的早晨,温暖湿润的春天,森林里的一切都悠闲自在、有条不紊地进行着。正在求偶的红鸟中,长有冠毛的雄鸟飞来飞去,到处都能听到它们那甜美而婉转的叫声。

"这种声音远远超过了吉他和小提琴的声音,你觉得呢?"贝尼说道。

裘弟大吃一惊,他的大脑一直神游在丛林里。刚才他好像还在跟西班牙人一起乘船穿越大海。

橡胶树上已经长满了嫩叶,盛开的红蕾花、茉莉花以及山茱萸花已经凋谢,但卵叶越橘、荞麦草以及狗舌草却鲜花正旺。西面有一片长达一英里的嫩绿草地,上面点缀着各种白色和玫瑰色的野花。道路从绿地横穿而过。葡萄花也全都绽放了,蜜蜂正在花丛中嗡嗡飞舞。穿过一片荒芜的耕地时,路变狭窄了。马儿开始放慢了脚步。四周布满了丛林,它们的腿也时不时地被矮橡树、光滑的冬青以及桃金娘灌木丛擦过。路边的植物又密又矮,偶尔才能看到一些树荫。四月的太阳暖融融的，马儿已经出汗了。摩擦着它肚子的马镫皮带发出了吱吱的响声。

两英里长的路不但闷热而且非常安静，偶尔出现的响动也只有时不时从灌木丛中惊起的蒿雀。一只拖着毛茸茸尾巴的狐狸跑了过去，又一只黄黄的小东西蹿进了桃金娘树丛，大概是一只野猫。灌木丛渐渐消失，路也越来越宽。贝尼下马，抱起混血狗再次上马，小心地将狗抱在怀中。

"你怎么会抱着它？"裘弟问道。

"你别管。"

他们走进了棕榈和栎树交织形成的硬木林拱廊，这里又凉快又舒服。沿着路过去就会看到福列斯特家的茅屋，那是一所久经风雨侵蚀的灰色茅屋，就隐藏在一棵巨人般大小的老橡树下。树下赫然闪烁着一片水塘。

"现在，你可别去嘲笑草翅膀啊。"贝尼说道。

"我才不会嘲笑他呢，我们是好朋友。"

"那就好，他是孵出来的第二窝小鸡，就算第一窝就是畸形，可也不能怪罪小鸡。"

"除了奥利弗，草翅膀是我最要好的朋友。"

"你还是别跟奥利弗混在一起。虽然他和草翅膀一样有一个特别长的故事，但是他说谎的时候还算明白。"

突然，茅屋中出现一阵骚动，一下子就打破了森林中的宁静。茅屋中的声音传了出来，很多椅子从屋子的一边猛然被挪到了另一边，好像一件庞大的东西被摔碎了，而且是砸碎玻璃的声音，很多人在木条地板上沉重地踩来踩去，福列斯特家的男人们正在大声吼叫着。所有的喧闹声都被一声女人的尖叫声压了下去。接着，大门忽然打开，屋里涌出一群狗。狗群正在没头没脑地寻找安全的藏身之所，这时福列斯特老太太扔出来一把扫帚,横扫狗群。她的儿子们紧紧跟在她的身后。

"请问,我们可以在这里下马吗?安全吗?"贝尼喊道。

福列斯特一家高声问候了巴克斯特父子,但同时也大声地咒骂着狗。福列斯特老太太还撩起她身上的方格布围裙,好像在舞动着一面旗子。问候声中夹杂着对狗的咒骂声,裘弟感到心神不安。他不知道接下来这些人是否会把他们当成客人。

"下马吧,到屋里来。滚开,你这个偷熏肉的混蛋。啊,哈哈,你们好你们好!混账东西!"

福列斯特老太太跟在狗群后面挥舞着手里的扫帚。狗群受惊四散跑开,躲到了丛林中。

"贝尼·巴克斯特,裘弟,来来来,请进!"

裘弟站到地面上,老太太拍拍他的后背。老太太身上散发着一股炭火和鼻烟的混合味道。闻到这种味道,裘弟情不自禁地想到了郝陀婆婆身上的芳香。贝尼也小心翼翼地抱着混血狗下了马。很快便被福列斯特兄弟们团团围住。勃克把马牵到马厩里,密尔惠尔将裘弟高高举起,举得比自己的肩膀还高,接着又将他放到地上,好像在玩弄一只不满周岁的小狗崽。

裘弟注意到从茅屋的台阶上下来、匆匆朝他狂奔过来的草翅膀,他扭动着自己那驼背而弯曲的身体,扭得奇形怪状,看上去就像一只受伤的猴子。草翅膀挥舞着他的拐棍向裘弟跑过来。裘弟马上跑过去迎接他,草翅膀满脸高兴地喊着:

"裘弟!"

他们站到了一起,虽然有些尴尬,但非常高兴。

裘弟感到一种对任何人都不曾有过的愉悦感,看到他的好朋友,他再也不会像捡到负鼠或者变色蜥蜴那样感到不自然。他认为成年人说得对,草翅膀是蠢笨的。但裘弟知道,自己一定不会做出犹如"草翅膀"这种外号一样的傻事。草翅膀是福列斯特家最小的成员,他曾经有种想法:如果自己能依托某种轻飘飘的东西,就一定能从谷仓顶上轻盈地飞下来,就像那些长着翅膀的鸟儿一样。所以他将很多干草以及干扁豆藤蔓绑在自己的胳膊上,从谷仓顶上跳了下来。他幸运地活了下来,但是他天生的驼背上却多了几块碎骨头,这样一来他的身体比之前更扭曲了。这件事当然是太蠢太疯狂,但裘弟也曾想过,好像有些类似的事情确实能实现。比如自己也会经常想到风筝,一架非常非常庞大的风筝。所以,看到这个残疾孩子对飞翔的渴望、对轻盈的向往,希望自己能摆脱大地的束缚、让自己扭曲的躯体解放片刻,裘弟完全理解他的心情。

"你好!"裘弟说道。

"我新得到了一只小浣熊。"草翅膀说道。

他经常会得到新的宠物。

"我们去看看它吧。"

草翅膀把裘弟领到茅屋后面,那里有他的各种箱子和笼子,里面关着的就是他的宠物,常常更换品种和花色的鸟兽。

"我的老鹰死了,它野心太大,关不住。"草翅膀说道。

这里原本就有一对沼地黑兔。

"我想赶它们走,因为它们在这里不肯生小兔子。"草翅膀抱怨着。

一只狐鼠正在不停地踏着轮转的轮板,给之以转动的动力。

"我想把这个送给你,我还能再弄一只给自己。"草翅膀建议着。

裘弟突然感到了希望，但转瞬即逝。

"我妈妈不让我养宠物。"

他感到心痛，他很想要这只狐鼠。

"这就是浣熊，过来！小'闹闹'。"

狭窄的板条中探出了一个黑黝黝的小鼻子。接着又伸出了一只小小的黑掌，黑得犹如黑人的婴孩。草翅膀撤掉了一块板条，小浣熊被他拖了出来。小浣熊紧紧地抱着草翅膀的胳膊，惊恐地吱吱乱叫。

"它不咬人，你可以抱一下它。"

裘弟接过小浣熊，紧张地抱着它。他还从来没有这么近距离地接触过这么有意思的小东西。它灰色的皮毛非常柔软，和他妈妈那件法兰绒睡衣一样。它的小脸尖尖的，眼睛周围长着一块黑东西，看上去像个假面具。它尾巴蓬松，卷得非常优美。小浣熊吮吸着裘弟的皮肤并尖叫着。

"它想要它的糖乳头[①]了，趁现在狗不在屋里，我们把它抱进去吧。它特别怕狗，可是我觉得它慢慢就能和狗相处了。它一定会喜欢热闹的。"草翅膀的语气像极了他的母亲。

"我们来的时候，你们大家在吵什么？"裘弟问道。

"我可没吵架，是他们在吵架。"草翅膀语气中充满了轻蔑。

"为什么？"

"因为不知道是哪条狗在地板上撒了泡尿，他们不知道是谁的狗尿的，于是吵开了。"

---

① 糖乳头：用干净的布包上砂糖做成乳头状，用来哄孩子的。——原注

第六章 大吃一顿

小浣熊贪婪地吮吸着糖乳头，它身体蜷曲、仰面朝天地躺在裘弟的臂弯里，它用前爪紧紧抓着包了砂糖的糖乳头，美美地闭着眼睛。因为喝饱了牛奶，它的小肚子圆鼓鼓地像个小西瓜，所以不一会儿它就推开了糖乳头，挣扎着想要摆脱裘弟的臂弯。裘弟把它举上肩膀，而小浣熊却用小小的、不安分的前掌撩开裘弟的头发，摸上了他的耳朵和脖子。

"它两只手从来都不安分。"草翅膀说道。

福列斯特老爹坐在火炉边的阴影里张开了嘴巴。他竟然那么安静，安静得裘弟都没有发现他。

"我年轻的时候也养过一只浣熊，前两年它温顺得像只小猫。但有一天，它居然咬掉了我一块肉，就在腿上。"他吐了口痰到火炉中，继续说道，"这只浣熊长大后也会咬人，浣熊的本性就是如此。"

福列斯特老妈妈走进屋里，走到盘子和罐子旁边。她的儿子们跟在她的身后涌了进来，勃克、密尔惠尔、葛培、派克、艾克和雷姆。裘弟不解地看着身材矮小的老两口，他们的儿子居然都这么高大强壮。除葛培和雷姆之外，其他几个长得非常像。葛培的个子比其他人矮，并且不怎么活泼。几人中只有雷姆的脸收拾得非常干净，身高和别人差不多，但更瘦一些，也没有其他人黑，并且一向很少开口说话。每当最爱找事的勃克和密尔惠尔喝醉酒吵架的时候，他就会坐到一边，一脸严肃地沉思。

贝尼·巴克斯特一走进来，就淹没在了这伙人中间。福列斯特老爹依然在讲浣熊的事情，但除了裘弟，谁都没听他在说什么，但老爹依然说得有滋有味。

"这只浣熊长大后会像狗那么大，院子里的哪条狗都不可能是它的对手。浣熊之所以活着，就是为了打败狗。它可以仰面朝天地躺在水里面，对抗整整一群狗。它能打败每一只狗，它咬人吗？那是当然，一只浣熊在死之前，可是要咬好几次人的。"

裘弟有些为难，他既想听老爹讲浣熊，又想了解其他人的对话。看到爸爸仍然小心地抱着那只没有任何用途的混血狗，他感到非常奇怪。贝尼走到火炉边，说道：

"福列斯特老先生，您好啊。很高兴见到您，最近身体可好啊？"

"你好，巴克斯特先生。像我这么个油尽灯枯的老家伙，这身体算是很好了。说实话，我真想赶紧到天堂去，可老天迟迟不收我，看来我是住惯了这里。"

福列斯特老妈妈说道："巴克斯特先生，请坐。"

贝尼拉过一把摇椅，坐了上去。

房间的另一边传来了雷姆·福列斯特的喊声："你的狗瘸腿了？"

"看你说的，我可不想让它瘸腿，我只是不想你的猎狗咬到它。"

"它很珍贵？"雷姆问道。

"它没什么珍贵的，可能连一卷好烟叶都换不到。我从这里离开的时候，你们可不要想着把它留下来，这家伙可不值一分钱。"

"如果它真这么差劲，你会这么用心地照料它？"

"我是个好人嘛。"

"你让它抓过熊没?"

"当然抓过。"

雷姆走过来,鼻息粗重。

"追踪的时候它嗅觉灵敏吗?有没有把熊逼到绝境?"

"它非常差劲。我养的猎狗中,这是最差劲的一条。"

"我可从来没听过有人这么损自己的狗的。"雷姆说道。

"没错,它确实长得很不错。差不多每一个看到它的人都想要它,但我不像别人想的那样要用它来做买卖,因为你们会认为我在欺诈和嘲弄你们。"

"你带着它是想在路上打点什么吗?"

"是啊,打猎嘛,无时无刻不在想着。"

"那就太奇怪了,你居然带着这只毫无用处的狗。"

福列斯特兄弟们你看看我,我看看你,都没说话。但他们的眼光却没有离开那条混血狗。

"这只狗差劲,我的老旧猎枪也差劲,我简直不知道该怎么办了。"贝尼说道。

这些眼光又齐刷刷地转移到了茅屋的墙壁上,那里就挂着他们的猎枪。裘弟看着那一排排的猎枪,心想这都能开个枪铺了。福列斯特兄弟们出售马匹、卤肉、酿酒,财富丰厚,他们买枪就和别人买咖啡和面粉一样。

"我可没听过你打猎会不得手。"雷姆说道。

"但我昨天就没得手。我的枪走火了,响的时候从后面爆膛了。"

"你打的什么?"

"缺趾老熊。"

房间里顿时响起一阵咆哮声。

"它在什么地方觅食？它走的哪条路？它去了哪里？"

福列斯特老爹用拐棍敲着地板。

"你们这些混蛋都给我闭嘴。让贝尼接着说。你们像公牛一样乱叫一通，他还怎么说话。"

福列斯特老妈妈掀开锅盖，将一个大玉米面包端了过来，在裘弟看来，这个面包足有熬糖浆用的锅那么大。炉灶上飘过来的香气盖过了人们的所有念想。

"你们的礼仪都见鬼去了吗？让巴克斯特先生先吃东西。"她说道。

"你们的礼仪呢？总要让我们的客人在用餐之前先润一下喉咙。"福列斯特老爹教训着自己的儿子。

密尔惠尔走到一间卧室，取来了一只陶制柳条筐的小酒坛。他将玉米瓤制成的塞子拔下来后才给贝尼递过去。

"要是我喝不了多少，请您谅解。我可没有你们这么大的体形去装酒啊。"贝尼说道。

他们哈哈大笑起来。密尔惠尔将酒坛传给了其他人。

"裘弟，你呢？"

"他的年纪还不能喝酒。"贝尼说道。

"好，我断奶的时候就开始喝酒了。"福列斯特老爹说道。

"给我也倒上一杯。"福列斯特老妈妈说道。

她在大小足以洗东西的盘子里装满食物，于是热腾腾的蒸汽从那张长条木板桌上升腾起来。桌上还放着鲜猪肉煮扁豆、一大块熏鹿肉、一大盘煎松鼠、沼泽甘蓝、饼干、玉米面包、粗玉米粥、糖浆以及咖啡。而且，炉灶边还有一块葡萄干布丁备用。

"要是知道你们会来，我会提前准备好更多好吃的东西。好啦，都坐下吧。"她说道。

裘弟看了看爸爸,他想知道爸爸是否也会为这些美食而兴奋。但是贝尼一脸严肃。

"这些丰盛的食物,足以招待州长了。"他说道。

"我觉得你们要为这桌丰盛的食物感谢上帝,老头子,既然有客人来,你现在向上帝祷告一下应该也错不了。"福列斯特老妈妈不安地说道。

老爹不愉快地看下四周,便合起手掌祷告起来。

"上帝啊,请您慈悲,为我们这些罪恶之人赐予食物吧,为我们空虚的肚子赐予美味吧,阿门。"

福列斯特兄弟们清过嗓子后便开始大吃起来。裘弟坐在草翅膀和福列斯特老妈妈中间,爸爸就坐在他的对面。他发现草翅膀的盘子里堆满了各种美味,因为勃克和密尔惠尔不断地给草翅膀挑选出好吃的,而草翅膀又从桌子底下偷偷地传到他这里。所有人都在专心吃饭,房间里总算有了片刻的安静。很快,桌子上的食物就吃光了,雷姆和培根两兄弟又开始争论。老爹用瘦骨嶙峋的拳头猛敲了几下桌子,两兄弟先是表达了自己的抗议,但很快就安静下来了。福列斯特老爹凑到贝尼旁边,压低声音说道:

"我明白,这些家伙们粗野无礼,就是不愿意做他们该做的事情。不但酗酒还打架,碰到他们的女人们就像母鹿一样快速跑开。但我可得为他们说一句:他们当中的任何一个都没在饭桌上辱骂过他们的父母。"

第七章　一桩好买卖

"好了,我的邻居,给我们讲讲那头该死的老熊是怎么回事吧。"福列斯特老爹说。

"没错,但是你们这几个家伙,在故事听得入迷之前,先去把盘子洗干净。"福列斯特老妈妈说道。

她说完后,她的儿子们立刻站起来,拿着自己的盘子还有一些大的盘碟走了。裘弟看着他们,好像看到他们头上扎起来缎带。当老妈妈回到摇椅上时,还摸了摸裘弟的耳朵。

"我只有这几个儿子,他们要是想吃我做的饭,就必须在吃完后收拾饭桌。"她说道。

裘弟看看自己的爸爸,心里只希望爸爸不要把这个念头带回家。很快,福列斯特兄弟们就洗好盘碟,草翅膀也一瘸一拐地跟在他们的身后走了进来,他要收拾那些食物残渣给自己的宠物们当食物。只有他亲自给那群狗喂食的时候,他才能确定自己留给宠物的是同样美味的食物。他心中欢喜,看来今天收集的宠物食品真是非常多,甚至连晚上的夜宵都够了。面对如此丰盛的食物,裘弟感到非常惊讶。福列斯特兄弟们乱哄哄地收拾完,又将水壶、铁罐等用具在火炉边上的钉子上挂好。之后,他们拖过来手工做成的木凳或者牛皮椅,在贝尼的四周坐好。他们中有人点燃了玉米瓢加黏土制成的烟斗,有人从黑色的烟块中刨出烟草。福列斯特老妈妈闻一闻鼻烟,勃克把贝尼的枪捡了起来,并拿着一根小锉子开始修理松掉的火锤。

"哈,它真是震惊了我们。"贝尼开口说道。

裘弟不禁打起了冷战。

"它悄无声息地溜进来,撕烂了我们的母猪。母猪被从头到脚撕开,但它只吃了那么一口就跑了。它一点也不饿,简直就是一个卑鄙无耻的混蛋。"

贝尼停止了点烟斗的动作,福列斯特兄弟们立刻抢着给他递过去松脂片。

"它溜进来的时候,安静得就像一团被风吹动的乌云,悄无声息。它绕来绕去找了个很好的风向,没有发出任何声音,甚至连狗都没听见、没闻到它的到来。就连这只……唉,连这只狗都……"他弯腰抚摸下趴在他脚边的混血狗,"连这只都被蒙骗了。"

福列斯特兄弟们不言自明地交换下眼神。

"吃过早饭我们就出发了。我、裘弟,还有那三条狗。我们循着缺趾老熊的踪迹穿过了南面的丛林。接着又跟着它的脚印沿着锯齿草塘走过去,一直到了裘尼泊溪边。我们穿过沼泽地,老熊的气息越来越强,我们终于追上它了!"

福列斯特兄弟们都紧张得抓住了自己的膝盖。

"兄弟们,我们追上它了。就在裘尼泊溪流的岸边,那个地方的水最深、水流最湍急。"

裘弟听着爸爸讲,感觉现在的故事比当时的战况更加激烈。他好像又看到了那样的场景:树荫和锯齿草异常浓密,还有扇形矮棕榈被压坏了,溪水湍急地流淌着。在激烈故事的刺激下,他感觉自己的身体就要爆炸了。同时,他也为爸爸的好口才感到自豪。虽然贝尼·巴克斯特并不是画家,但他描述的打猎场景非常精彩。他坐在那里,和往常一样地坐着,却编造出一整套魔力十足又充满神秘感的咒语,牢牢地拴住了这些粗鲁大汉们的神经。

他讲述的打猎场景犹如史诗一般。当他讲到枪走火、裘利亚被缺趾老熊压倒在胸前的时候,葛培竟然激动得吞下了烟草,不得不冲到火炉前咳嗽、呕吐。福列斯特兄弟们握紧了拳头,担忧地坐到了座位的边上,嘴巴大张仔细地听着。

"太激动了,我要是在现场就好了。"勃克深深地吸了一口气。

"缺趾老熊到底去了什么地方?"葛培问道。

"不知道。"贝尼答道。

大家陷入了沉默之中。

一会儿过后,雷姆开口说道:"你根本没提到这只狗在现场到底是怎么表现的。"

"别逼我说,我刚才已经说过它毫无用处了。"贝尼说。

"据我看,它在战斗中可没受伤啊,它身上可看不到一点伤疤,对吗?"雷姆问道。

"没错,一点伤疤也没有。"

"带着这么聪明的狗去猎熊,它当然一点儿伤都不会有。"贝尼发疯般地抽着烟。

雷姆从座位上站立起来,走到贝尼旁边,把手指捏得咯咯作响并从高处俯视着他。

"我现在只想两件事。第一,我希望我能亲眼看到缺趾老熊被打死;第二,我希望成为这条狗的主人。"雷姆嗓音嘶哑地说道。

"哦,不,我的上帝啊,不。我不能骗你,它不值得。"贝尼语气柔和。

"对我说谎没任何意义。说吧,你想拿它换什么。"

"我拿列波代替这条狗来和你交换。"

"你这只老狐狸,我已经找到比列波更好的猎狗了。"

雷姆走到墙边,从墙上取了一支猎枪。看上去应该是敦芬恩·曲司特厂制造的枪,枪管是双筒的,闪耀着诱人的光芒。枪柄是胡桃木材质,色泽鲜亮又温润如玉。两个火锤犹如孪生兄弟一般英武,连附件都看得出是精工雕刻。雷姆把枪举到肩膀上,看了一眼便把枪递给了贝尼。

"这可不是什么老前膛枪了,是刚从英国来的货。把子弹装好,打枪就跟吐口痰一样简单。从后面把子弹装进去,拉起火锤,'砰!砰!'两发子弹就会像老鹰飞扑野兔一样精准。我们的买卖很公平。"

"不,我的上帝,这可不行,这支枪太贵了。"贝尼说道。

"老兄,别跟我争了,这种枪,枪店里还有的是。要是我看上哪条狗,无论如何我都要得到它。让我拿这只枪换它吧,否则,我对天发誓我一定会偷走它。"

"要是这样的话,也只能换了。但一定要这么做的话,你就必须当着所有人的面答应我,等你带它打猎回来,可要保证绝不能把我揍得把今天吃过的布丁都吐出来。"贝尼说道。

"没问题,就这么定了!"雷姆笨拙的、毛茸茸的大手附在了贝尼的手上,"过来,我的小宝贝儿!"

雷姆向混血狗打出口哨。他拽着它的后脖子把它拉到外面去了,好像怕贝尼会后悔一样。

贝尼坐在椅子里轻轻地晃动着,他迷茫地将枪横放在他的膝盖上。裘弟一直在紧紧盯着那支无与伦比的猎枪。对于爸爸用聪明才智赢了这位福列斯特,他感到非常吃惊。但他一直在怀疑雷姆是否会按照自己承诺过的做。他曾经听说过做买卖有多么复杂,但他从来没有想过一个人能用大实话这种简单的伎俩战胜对手。

大家的交谈一直持续到下午。勃克收走了贝尼的老旧猎枪，因为他觉得这支枪还有用。谈完之后，福列斯特兄弟们坦然了，也舒服了。他们讨论了缺趾老熊的厉害之处，还对比了它出现之前的那些熊，可所有熊里面缺趾老熊是最狡猾的，大家还回顾了每次围猎时的种种情形。大家甚至想起了二十年间牺牲掉的狗的名字和功劳。草翅膀对现在的谈话感到厌倦，他想去池塘边钓鱼。可裘弟却不想离开这种畅谈往事的场合，一直在叽叽喳喳说话的福列斯特老妈妈和老爹偶尔还会发出一声尖叫。说着说着他们就开始打盹，最后并排坐在各自摇椅中的老两口居然睡着了。即使在睡梦中，他们干枯衰老的身躯还是显得有些僵硬。贝尼伸伸懒腰站了起来。

"朋友们，我真是舍不得你们。"贝尼说道。

"晚上住这里吧，我们要围猎狐狸。"

"非常感谢你们，但我家里晚上可不能没有男人。"

草翅膀用力地拉着他的胳膊。

"让裘弟住一晚上吧，我还有好多好多东西没给他看呢。"

"贝尼，让孩子住下吧。我明天会去伏流西亚镇，正好骑马带着裘弟经过你们家。"勃克说道。

"他妈妈肯定不愿意的。"贝尼说道。

"裘弟，这就是有妈妈的好处吗？嗯？"

"爸爸，我很想住下来，我还从来没有好好在外面玩过呢。"

"你不是从前天开始就一直在玩吗？那好吧，如果他们欢迎你，那你住下好了。雷姆，如果你带那杂种狗打过猎之后，在勃克把裘弟送回来之前可千万别杀了他。"

大家都大笑起来。贝尼便扛着新猎枪去牵马了。裘弟跟在爸爸的身后，不禁伸出手来抚摸着光滑的枪柄。

"如果是别人而不是雷姆,带走这杆枪我都会感到惭愧。但从他给我起这个外号开始,我就一直想好好收拾他一顿。"贝尼小声说道。

"可你一句假话也没说啊。"

"我说的是没错,但我的出发点却弯曲地犹如沃克拉哇哈河。"

"等他明白过来,会怎么办?"

"他一定会狠揍我一顿,不过最后我觉得他还是会大笑起来。儿子,在这里乖乖地,明天见。"

福列斯特一家也过来告别,而裘弟也带着一种落寞的神情和爸爸告别。他差点就要喊爸爸回来,差点就要追上去,爬上马鞍,跟爸爸一起骑着马回到自己那舒服的家里。

草翅膀大声喊道:"裘弟,快来看,浣熊正在水塘里捉鱼呢。"

裘弟立刻跑过去看浣熊,只见它正在小水塘里玩水。它挥舞着如同人类一般的小手,用直觉摸索着在哪里才能找到自己想要的东西。余下的下午时光,裘弟一直和草翅膀以及浣熊一起玩。他帮着草翅膀给松鼠清理箱子,给瘸腿的红鸟制作了一个笼子。福列斯特兄弟们喂的那群鸡粗野得很,和它们的主人一样。母鸡会把蛋下到附近的林子里、荆棘丛里、灌木丛或者柴火堆下面。因为有一只母鸡正在孵化小鸡,所以草翅膀就把它们捡回来的十五个鸡蛋一起放到了母鸡的肚子下面。

"这只母鸡一定是个好妈妈。"草翅膀说道,好像所有这方面的事情都是他在负责。

裘弟也想有一种属于自己的东西,而且草翅膀愿意送他狐鼠,他甚至相信草翅膀会把小浣熊送给他。可是经过以前的事情，裘弟知道一张吃饭的嘴、无论多小都只会让妈妈愤怒。草翅膀正在和孵蛋的母鸡聊天：

"能听到我说话吗？你现在得好好待在窝里面，你得将所有的蛋都孵化出来，全部都要黄色绒毛的小鸡，我一只黑色的都不要。"

说完他们便转身回到茅屋。小浣熊尖叫着跑过来欢迎他们。只见它爬上了草翅膀那条残疾的腿，再爬到他背上，之后就抱着主人的脖子舒服地趴着。它小小的洁白的牙齿轻轻地咬着草翅膀的皮肤，还装出一副凶恶的样子使劲地晃着自己的脑袋。草翅膀让裘弟带它到屋里去，但小浣熊知道他是陌生人，所以先是机灵地抬头看着他，之后才接受了来自裘弟的爱抚。福列斯特兄弟们迈着大步，已经匆匆忙忙地分别到各自的耕地里去干活了。勃克和艾克赶着圈里的母牛和小牛犊到水塘边饮水。密尔惠尔在马厩里喂马，派克和雷姆的身影已经隐没在茅屋北侧的树林里。裘弟心想，或许他们是去打猎了。这里的环境富饶而舒适，却也不乏暴力。他们这里干活的人这么多，而自己家里和这里同样大的耕地却只有爸爸一个人干活。想到这里，裘弟非常惭愧地想到了那没有锄完的玉米地。爸爸一定会毫不犹豫地赶过去把玉米锄完。

福列斯特老爹和老妈妈依然躺在椅子里美美地睡着。西边的太阳已经发红，但高大的栎树阻挡了阳光，所以茅屋很快便处于一片黑暗之中，但巴克斯特的耕地上依然还铺满了明亮的阳光。福列斯特兄弟们一个个地钻进了茅屋，草翅膀开始在炉灶里生火，他要开始煮咖啡。裘弟看到福列斯特老妈妈慢慢地睁开了一只眼睛，但接着又闭上了。福列斯特兄弟们吵吵闹闹地在桌上摆放食物，声音大得足以吵醒睡着的猫头鹰。老妈妈被吵醒了，先坐起来，接着便戳了戳老爹的肋骨，两人都起来和大家一起吃饭。这一回，每一个小碟子都被吃光，根本没有给狗吃的残羹冷炙。草翅膀只好取来一盘冰凉的玉米面包还有一桶已经成形的酸牛奶，搅拌之后便成了狗食。他歪歪扭扭地提着桶、摇晃着出去了，裘弟也赶快跑过去帮忙。

吃过晚饭，福列斯特兄弟们一边抽烟，一边讨论马。所有贩卖牲口的小贩们都在抱怨没有货源，因为狼、熊、豹子等会侵害春天的马驹子，所以常常从肯塔基赶着马群来贩卖马匹的人也不来了。福列斯特兄弟们觉得，要是能把北面和西面的马驹子贩卖过来，一定能发财。裘弟和草翅膀对他们的谈话没有兴趣，便去了房间的角落里玩"拔钉子"的游戏。巴克斯特妈妈肯定不允许自己那干净光滑的地板被小刀划来划去。但这里的地板出来的碎木屑多点儿少点儿都没关系。游戏中，裘弟直起身子说道：

"我知道一件事，但我可以肯定你不知道。"

"什么事情？"

"以前，那些西班牙人常常从我家前面那片林子里走。"

"嗯，这件事我也知道，"草翅膀驼着背靠近裘弟，在他的耳朵边上高兴地小声说道，"我还见过他们。"

"你见过什么？"裘弟盯着他问道。

"我见过那些西班牙人啊。他们身材高大、皮肤黝黑，戴的头盔闪闪发亮，还骑着高头大马。"

"你不可能看到他们，他们跟印第安人一样，一个也没留下来，早就不在这里了。"

草翅膀狡猾地闭起一只眼睛。

"别人是这么跟你说的，但你要听我说。你再去你们那个凹穴西面的时候，对了，你知道那棵高大的木兰树吧？它的周围长满了山茱萸。你注意看那棵木兰树后面,你就会发现一个骑着高头大马的西班牙人从那里经过。"

裘弟感到自己的汗毛都竖起来了。这自然是草翅膀讲的另一个故事,也是因为这个,他的爸妈才会说草翅膀是个疯子。可他又非常想相信这个故事,至少,注意木兰树后面也不会有什么坏处。

福列斯特兄弟们伸了伸懒腰,或是把剩余的烟草吐出来,或是磕掉烟灰。他们走进卧室,开始解腰带脱裤子。如果他们两人睡一张床,相信哪个双人床都不可能禁得住两个庞大的身躯,所以每个人都有一张单人床。草翅膀带着裘弟去了自己的床上。他的卧室是一间位于厨房屋檐下的小房子。

"这个枕头给你。"草翅膀说道。

裘弟很想问问草翅膀的妈妈到底给他洗过脚没有。裘弟觉得这里的生活太自在了,不洗脚也可以上床睡觉。草翅膀又讲了一个长长的故事,是关于世界末日的。他讲道,天空空虚而黑暗,上面只浮着一些云彩。刚开始,裘弟还非常感兴趣,但当故事跑题之后,他觉得越来越没意思,渐渐地睡着了。他梦见了西班牙人,但他们并没有骑着高头大马,而是腾云驾雾。

半夜里,裘弟被惊醒了。因为茅屋里吵闹声非常响。起初,他认为福列斯特家的人又在吵架,但听上去却像是有意识地聚集。福列斯特老妈妈也在高喊着加油。突然听到了开门声,他们叫进来几条狗。草翅膀的房门处透进来一道光,所有的人和狗都涌了进来。男人们都光着膀子,看上去瘦了点,也不那么高大了,可他们的身高好像都有屋子那么高。福列斯特老妈妈手里举着一支点燃的牛脂蜡烛。她瘦弱的身体裹在那件长长的灰色法兰绒睡衣里面。狗焦急地在床底下钻进钻出，于是，裘弟和草翅膀赶快爬了起来。没人跟他们解释这是为什么。两个孩子便跟着猎队走。大家经过一间房子，最后，狗群疯了一般从那片被撕破的网纱中窜出去。

"它们跑到外面会追上的，"福列斯特老妈妈恢复了平静，接着说道，"这夜猫太让人讨厌了。"

"妈妈的耳朵听夜猫最好使了。"草翅膀骄傲地说道。

"夜猫都抓到他们的床杆了，换成谁都能听到的。"她说道。

福列斯特老爹也摇摇晃晃地拄着拐棍走了进来。

"今天晚上就这么过去了，还不如去喝杯酒，我可不想睡觉了。"他说道。

"爸爸，你对威士忌的感觉最准了。"勃克说道。

说完他就走到柜子旁边，取出了带柄的柳条筐酒坛。老人接过酒坛，拔开塞子就喝了起来。

"您可千万别贪杯喝醉了，给我吧。"雷姆说道。

雷姆接过酒坛狠狠地喝了一大口，之后就把酒坛子递给了其他人。他擦了擦嘴，摸摸自己的肚皮，便走到墙边去拿小提琴。他随手拨弄了两下琴弦，就坐下来胡乱拉起曲子。

"你拉的什么啊！"艾克说道，说完就拿着自己的吉他坐到了雷姆旁边。

福列斯特老妈妈把蜡烛放到了桌子上。

"你们这群光着膀子的家伙，是想就这么坐到天亮吗？"老妈妈问道。

艾克和雷姆正沉迷于合奏之中，没人回答她的问题。勃克也拿来了他的口琴，独自吹着曲调。艾克和雷姆停止了演奏，聆听了一会儿口琴调子便开始了合奏的旋律。

"这些混蛋，还蛮好听！"福列斯特老爹说道。

酒坛又被传了一圈，派克也拿来了自己的犹太竖琴，密尔惠尔拿来的是鼓。刚才还懒洋洋的音乐，一下子就变成了雄壮的大合奏。裘弟和草翅膀坐在了雷姆和艾克中间的地板上。

"现在，你们可别觉得就没事做了，我可没想着去睡觉。"福列斯特老妈妈说道。

她捅开了封着的炉灶，扔进去一些松脂片后便端来了咖啡壶。

"你们这些吵吵嚷嚷的家伙们，马上就能看到今天的早餐了。我才是那个最懂得如何一心两用的人，一边玩着一边做饭。"她冲着裘弟眨了眨眼睛。

裘弟也向她眨了眨眼睛，他感到了勇敢、快乐以及震惊。他不知道为什么他的妈妈会觉得这伙活泼开朗的人是大坏蛋。

曲子越来越不成调，变得和打雷一样。听上去好像要把所有的夜猫都赶过来似的，可似乎还有某种韵味或者旋律，耳朵和灵魂都能得到满足。裘弟被这毫无章法的合奏震惊了，他觉得自己仿佛变成了那架小提琴，雷姆·福列斯特的长手指正拿着弓擦着他的胸膛。

"要是只有我还有我的爱人在这里唱歌跳舞就太好了。"雷姆小声地对裘弟说道。

"你的爱人是谁？"裘弟不知趣地问道。

"我可爱的吐温克·微赛倍。"

"什么？她不是奥利弗·郝陀的女友？"

只见雷姆举着他的小提琴弓，有那么一瞬间，裘弟以为雷姆要揍他。但是，雷姆只是继续拉着小提琴，可是他的眼中已经透露出了嫉妒之火。

"要是你还敢这么说话，小子，我保证你的舌头会不见的,明白吗?"

"好的,雷姆,我知道错了。"裘弟立刻补充道。

"我只是要提醒你。"

一瞬间,裘弟感到非常压抑,他感到自己对不住奥利弗。但很快他又重新被音乐吸引,好像被一阵猛烈的狂风卷上了树梢。福列斯特兄弟们的舞曲又改成了歌曲,合唱的声音中甚至还夹杂着福列斯特老爹和老妈妈那尖锐而颤抖的嗓音。天亮的时候,栎树上传来了模仿鸟清脆而响亮的歌声。福列斯特们听到鸟的歌声,不禁放下手中的乐器,原来茅屋中已经铺满了曙光。

桌上已经摆满了早餐,而在福列斯特家,这样的早餐显得有点寒碜,但福列斯特老妈妈要做的事情太多了。食物已经准备好,桌上的食物还冒着热气,男人们光着膀子穿条裤子就开始吃饭了。吃完早饭,他们便洗洗脸、穿上靴子和上衣从容地出门干活了。勃克给自己高大的花斑马安好马鞍,骑上去后又把裘弟抱到马屁股上。勃克坐上马鞍之后,上面就没有任何空间了。

草翅膀瘸着腿一直送他们到耕地的尽头。那只浣熊就趴在他的肩膀上,草翅膀挥舞着拐棍和裘弟告别,一直目送到看不到他们的身影才回去。裘弟和勃克一起向巴克斯特岛走去,坐在马屁股上颠簸得厉害,裘弟不禁感到晕眩。当他推开自家的栅栏门时,才想到自己忘了一件事,居然没到木兰树后面观察一下骑高头大马的西班牙人。

第八章 归途的收获

裘弟快速地关上栅栏门,就闻到空气中弥漫着一种烤肉的味道。他夹杂着悔恨的渴望沿着房间的墙壁走过去,甚至抗拒了开门的厨房散发出来的诱惑,匆忙地向爸爸所在的位置跑过去。刚刚走出熏房的贝尼正跟他打着招呼。

裘弟终于看到了烤肉的真相,痛苦和愉悦同时袭上他的心头。熏房的墙上挂着一张巨大的鹿皮。

裘弟哭着说道:"你去打猎了,你居然不等我回来。"他跺着脚接着说,"这不行,不行,你打猎的时候不能不带我。"

"儿子,别着急。听我说,猎到这么丰盛的猎物,你应该感到骄傲。"

裘弟渐渐平息了怒火,内心翻腾起了一股好奇的泉水。

"爸爸,你快说说,你是怎么得到它的?"

贝尼蹲在沙地上,裘弟赶紧躺到了他的身边。

"儿子,这是一头公鹿。我差不多是迎面把它撞翻的。"

裘弟又一次感到愤愤不平。

"为什么不等我?为什么自己去打猎?"

"你在福列斯特他们家不是也很开心吗?鱼和熊掌不能兼得。"

"你可以等等再去打猎啊,又不赶时间。你可以等等再出手。"

贝尼笑了。

"傻小子,不管是谁碰上这种事也不可能等。"

"它当时就没跑吗?"

"儿子,我敢肯定,我从来没见过会有什么野兽站在那里等我抓它。但这头鹿就是这样,它就像没看到马一样,一个劲儿地站着不动。我首先想到的是:真该死,居然没给新枪装上子弹。可接下来我打开枪膛一看,感谢老天,福列斯特家的人果然会给每支枪都装好子弹。鹿就站在前面,枪里也有两颗子弹。我毫不犹豫地扣动扳机,鹿就在我面前倒了下来。就倒在路中央,好像一袋横在路上的粮食。我把它放到了马背上,驮着就回来了。我跟你说,我当时就想着我带了鹿肉回来,你妈妈就不会因为我把你留在福列斯特家而骂我了。"

"看到鹿肉还有新枪,我妈妈怎么说?"

"她说,要不是我是个老实得和呆子一样的人,肯定会认为我是偷来的。"

父子俩咯咯地笑了起来。厨房散发出诱人的香味,在福列斯特家的时光已经成为过往,仿佛只是在那里吃过一顿午饭,其他的好似完全不存在。

裘弟来到厨房,"妈妈,我回来了。"

"哈,你可真让人哭笑不得。"

她庞大的身躯靠近炉灶,天太热了,她粗大的脖颈上不断有汗水滴落下来。

"妈妈,我有一个非常擅长打猎的好爸爸,对吧?"

"是是是,可他也做了件让人刮目相看的大事,居然让你在外面过夜。"

"妈妈……"

"还有什么事?"

"我们今天能吃鹿肉吗?"

贴近炉火的庞大身躯转了过来。

"真是悲哀啊,除了你空空的肚子之外,你还能想到其他事情吗?"

"妈妈,您做的鹿肉好香哦。"

妈妈的态度随和。

"今天,我们就吃鹿肉。天太热,我怕肉会放坏。"

"鹿肝也会放坏吗?"

"放过妈妈吧,我们不可能一顿饭就尝完所有东西啊。不过,要是你能在傍晚之前把柴火装满箱子,我们今天晚上可能就会吃上鹿肝哦。"

裘弟在一盆盆的食物中走来走去。

"你赶快滚出厨房,转来转去真是烦人!你还能帮我做饭?"

"我会炒菜。"

"是是是,那些狗也一样会炒菜。"

他只好跑到屋子外面去找爸爸了。

"裘利亚怎么样了?"

听上去裘弟好像一个星期没回过家一样。

"恢复得很好,再过一个月,就能找缺趾老熊复仇了。"

"福列斯特兄弟们也想帮我们抓到它吗?"

"我们一向都合不来的。我宁可他们干他们的,我干我的。但只要能让缺趾老熊消失,别来祸害我们,谁抓到它都无所谓。"

"爸爸,我一直没告诉你,缺趾老熊和狗搏斗的时候,我特别害怕,甚至想逃跑。"

"我也发现我没有枪的时候,碰到它我也不会感到高兴。"

"可是听你给他们讲的时候,好像我们特别勇敢一样。"

"哈，儿子，那才叫讲故事嘛。"

裘弟看着那张鹿皮，上面泛着春天的潮红色，真是又大又漂亮。在他看来，猎物总像是两种完全不同的动物。打猎的时候，动物就是猎物。自己只想看到它倒在自己面前。而当动物倒下死了、流着鲜血的时候，自己又会感到很愧疚，甚至难受。看到血肉模糊的尸体，裘弟会感到心痛。可是当猎物被切成一块块并且被晒干、腌渍、熏过之后，或者在散发香味的厨房中被煎炸烹炒之后，或者放在火上烤的时候，猎物也只是肉而已，和熏猪肉没什么区别。可偏偏自己这张嘴对此类美味却是超级喜欢。裘弟感到奇怪，不知道是中了什么魔法，一小时前感到恶心难受的东西居然会在一个小时后对它垂涎欲滴。如果不是两种完全不同的动物，那一定是两个完全不同的孩子。

鹿皮并没有变化，依然一副活生生的模样。每次踩在铺在床边的柔软鹿皮上时，裘弟总会怀疑它会跳起来。虽然贝尼个子不高，可他瘦削的胸膛黑毛密布。裘弟小的时候，曾经在冬天的时候光着身子裹着熊皮睡觉，熊的皮毛紧贴着他的身体。妈妈说就是因为裹着熊皮睡觉，他才会长胸毛的。虽然妈妈在讲笑话，但裘弟觉得颇有道理。

现在，家里的食物和福列斯特家一样丰盛。妈妈已经将被熊咬死的母猪剁碎做了腊肠，熏房里挂满了灌碎肉灌腊肠。腊肠下面是熊熊燃烧的山核桃木文火。贝尼放下了所有的工作，小心地照看着冒烟的火堆。

"我是去劈柴呢？还是去锄玉米地呢？"裘弟说道。

"儿子，实话告诉你吧！我可不想玉米地里长满了杂草，所以我已经锄完地了。你还是去劈柴吧。"

裘弟开心地跑去劈柴，要是他现在再不找点事做，饥饿会驱使他跑去偷喂鸡的玉米面包或喂狗的鳄鱼肉来填饱肚子。刚开始,时间过得非常慢,他一直想跟爸爸一起干活,这种欲望折磨着他。后来,贝尼去了牲畜圈没再出来,裘弟才开始专心地挥舞斧头劈柴。他抱了一捆木柴给妈妈,并借机看了看午饭的进展。看到饭菜已经上桌,他感到非常欣慰。妈妈正在倒咖啡。

"叫你爸爸吃饭,再去洗洗你的小脏手。我可以肯定,你离开家之后就从来没洗过手。"

贝尼终于来了,桌子的中间放了一整条鹿腿。贝尼拔出切肉刀,谨慎地割着鹿肉。

"我饿坏了,我的肚子一定认为我的咽喉断了。"裘弟说道。

贝尼放下刀盯着裘弟。

"听他说得多文明,你这话跟谁学的?"妈妈说道。

"哦,是福列斯特兄弟们说的。"

"我明白了,你跟那帮下流的家伙们就学了这些个东西。"

"妈妈,他们可不下流。"

"他们不仅良心黑透了,而且比虫子更卑贱。"

"他们良心不黑的,而且他们非常友好。妈妈,他们不光会拉小提琴、奏乐,还会唱歌,那场面真是比音乐会还要热闹。天还没亮我们就起床了,一整天都在唱歌跳舞,玩得非常开心。"

"是吗?这正是因为他们没正经事可做。"

盘子里的肉已经堆了起来,放在大家面前。于是,巴克斯特一家人开心地大吃起来。

第九章　大凹穴

当天晚上下了一场小雨，四月的早晨显得更加晴朗灿烂。玉米苗已经长出了尖尖的叶子，高度也长了一寸多。稍远一点的田野上，是正值破土而出的扁豆。在黄土地的衬托下，甘蔗苗就像嫩绿的针尖。裘弟心想，真是奇怪，每次离开耕地再次返回的时候，就会发现一些之前没有看到的事情，可它们明明一直就在这里。青色的桑葚缀满枝头，可是去福列斯特家之前，裘弟就好像根本没见过它们。妈妈的亲戚卡罗莱纳送给他们的礼物——斯葛潘农葡萄第一次开花，精巧美丽得犹如装饰带。金黄色的蜜蜂们已经嗅到了葡萄花的香味，正停留在花心上用力地吮吸蜜汁。

接下来的两天，裘弟每天都吃得饱饱的，所以这天早上，他并没有感到饥饿，反而觉得精神倦怠。爸爸和平常一样，在裘弟起床前就已经出门了。厨房的桌子上摆着早餐，妈妈正在熏房里照看腊肠。柴箱里的柴剩余不多了，裘弟慵懒地跑去抱木柴。他心里想做事情，但必须做从容的事情才行。他慢悠悠地来回两次就把柴箱装满了。裘利亚拖着伤痛的身体到处寻找贝尼。裘弟弯腰抚摸着它的头，而且裘利亚好像非常享受充满幸福和宁静的耕地，也许它是知道自己暂时不用到沼泽地、树丛中、灌木丛里面奔波，可以暂时不用尽责。它悠闲地摇着尾巴，静静地享受着裘弟的抚摸。它的伤口基本上已经痊愈了，但那道最深的还有些红肿。裘弟看到爸爸穿过大路正从棚屋和马厩那边向屋子走来。他身上挂着一个

奇怪的东西,摇摇晃晃的。爸爸冲裘弟喊着:

"我抓到一个非常少见的东西。"

裘弟向爸爸跑过去,看到挂在爸爸身上的是一只既陌生又熟悉的动物,非常柔软。浣熊,但颜色是奶油白,并不是常见的铁灰色。裘弟简直不敢相信自己的眼睛。

"爸爸,怎么可能是白色?难不成是一只上了年纪、毛都白了的浣熊爷爷?"

"那就更稀奇了,从来没听说过浣熊也会白头发。但是,儿子,这种浣熊非常稀罕,俗名叫白皮佬,皮毛天生就是白色的。你看它的尾巴,这些毛本来应该是黑色的,但它们却是奶油色的。"

父子俩蹲在沙地上,认真地观察着眼前的浣熊。

"爸爸,它掉到陷阱里了吗?"

"是掉到陷阱里了,当时虽然受了重伤却还活着。我保证,我可不想杀它。"

没能看到一只活的白皮佬浣熊,裘弟感到非常遗憾。

"爸爸,我来拿吧。"

裘弟接过已经断了气的浣熊,把它抱在怀里。白色的皮毛非常柔软,肚子上的绒毛柔软得如同刚出生的小鸡绒毛。他轻轻地抚摸着浣熊。

"爸爸,我想捉一只小小的浣熊,然后亲自养大它。"

"当然可以,它一定会成为漂亮的宠物,但是它可能会跟其他浣熊一样下贱。"

他们穿过栅栏门,沿着墙壁走进了厨房。

"草翅膀说,他养过的浣熊哪只都不下贱啊。"

"没错,但福列斯特家的人不会想到以后浣熊肯定会咬人的。"

"可能它咬的正是那个瘸腿呢,是吗?爸爸。"

爷儿俩一起有说有笑地形容着自己的邻居。妈妈在门口等着他们,但一看到浣熊,顿时开心起来。

"你们把它打死了,太好了。一定是它偷走了我的母鸡。"

"可是,妈妈,你好好看看,它是白色的,很稀有的。"裘弟抗议着。

"它是个偷东西的坏蛋,稀有的话,兽皮会更贵吗?"妈妈平静地说道。

裘弟看看爸爸,贝尼正用脸盆洗脸。满脸肥皂沫的他睁开一只眼睛,冲着儿子眨了眨眼睛。

"大概能卖到一枚五分钱的硬币,正好裘弟缺了一个小背包,用这张皮做个背包吧。"贝尼随口说道。

如果不是一只活的小浣熊,用柔软的白皮佬皮做个小背包就是最让人开心的事情了。裘弟满脑子都装着这件事情,早饭都不想吃了,他只想感谢自己的爸妈。

"爸爸,我想去清洗水槽。"裘弟说道。

贝尼点了点头。

"每年我都想,明年春天要挖一口深井,我们就用不到那些水槽,可以随便往里面扔垃圾。但砖头实在是贵啊。"

"我可不知道节约用水要到什么时候,我已经节约了二十年了。"妈妈说道。

"裘弟妈,我们还得再忍一忍。"贝尼说道。

贝尼的脸阴沉了。裘弟也明白,对爸爸来说缺水是非常大的考验。他承受的困难远远大过了他们娘俩。裘弟负责劈柴,可贝尼却要扛着窄窄的扁担,再挂上两只木水桶,不停地在耕地和大凹穴中间来回运水。大凹穴里有一个浅水潭,是由沙子中渗出的水汇集而成的,已经被腐草染成了琥珀色。

这一苦役般的活计,仿佛是贝尼对家人的一种歉意,因为是他坚持要在这种干旱的地方安家。而几英里以外的地方正奔流着各种小溪、河流和井水。裘弟第一次怀疑爸爸为什么会选这个地方。一想到大凹穴的岸上还有很多小水潭要清理,他差点希望他们能和郝陀婆婆一样住在河边。可是,耕地里有高大的松树,这片岛地完全是另一个世界。如果在其他地方生活,或许真像奥利弗讲过的非洲、康涅狄格州以及中国一样,也只是别人的故事而已。

"你最好放一些肉和两张饼在你的衣服口袋里,你还没吃早饭。"妈妈说道。

裘弟在自己口袋里装满了食物。

"妈妈,你知道我想要什么吗?想要一个跟袋鼠一样的袋子来装东西。"

"老天之所以在你的肚子里装个胃,就是在告诉你,当你妈妈在桌子上摆上食物的时候,你需要把它们都装到你的肚子里。"

裘弟站起来,悠闲地走向门口。

"儿子,你先去凹穴,我给浣熊剥完皮就过去。"贝尼说道。

天气晴空万里,但刮着风。裘弟从房屋后头取了锄头就上了大路。栅栏旁边的桑树,已经呈现了片片翠绿色。他妈妈疼爱的母鸡正咯咯哒地召唤着鸡棚里的小鸡。他抓起一只毛茸茸的小黄鸡,放到自己的脸颊上。小鸡发出了叽叽的尖叫声。一脱离裘弟的手,便匆忙地逃到了肥母鸡的翅膀下。很快,院子又需要锄草了。

从栅栏门到屋前台阶的走道也得锄草了。走道两边虽然装着柏木条,但木条上下还是有杂草钻了过来,甚至走道两边的花丛中也有那些厚颜无耻的杂草滋生出来。橙树上的紫色花瓣随风飘落。裘弟光着脚丫走过落花乱草，走出了栅栏门。他犹豫着，牲口棚对他的诱惑力真是一点儿都没有减少。或许那里又有一窝刚刚孵化出的小鸡。或许小牛犊又和昨天变得不一样了。如果他能找到什么借口到处闲逛，那不令人喜欢的清洗水槽的活计也只好无期限地拖下去了。后来，裘弟心想，要是他能快速地干完清洗水槽的工作，那就能快速地结束一天的工作。于是，他扛起锄头，迅速地朝着大凹穴走去。

他觉得，世界的尽头大概也就像大凹穴这样吧。草翅膀说过，世界的尽头又黑暗又空虚，唯一能看到的只有飘浮着的云彩。但真实情况却没人知道。当然，如果能到达世界尽头，也肯定能感到犹如到达凹穴一般。裘弟觉得他一定是第一个发现这一真理的人。他绕过了栅栏的拐角，经由大道拐上了小路。他装作不知道凹穴在哪里，经过凹穴的界标——一棵山茱萸后，他闭上眼睛，悠闲自得地吹着口哨，慢慢地朝前走着。无论他下了多大的决心，也无论他眼睛如何眯着，他都不可能再继续眯着眼睛走路了。睁开眼睛的时候，他仿佛放下了千斤重担，轻松地走完最后几步，终于来到了巨大石灰石围成的凹穴旁。

现在，他的脚下是一个小小的世界。深深的凹穴，像是一个庞大的碗。草翅膀说，因为和上帝一样大的熊在觅食的时候挖出了一捧土才会形成这样的大凹穴。可爸爸告诉他的真相却是这样的：地下河水流冲击泥土，碰撞回旋，旋涡不断，流淌方向不断改变。尤其是这里的土质含有石灰石层，柔软的、易粉碎的石灰石在接触空气或者变硬之前，或是会在大雨过后，又或是毫无原因、毫无预兆之下就会轻轻地、悄无声息地陷落，形成凹穴。而凹穴的存在也正好表明这里曾经流淌着一条不见天日的地下河。有的凹穴深度和宽度只有几英尺，但巴克斯特家的这个大凹穴深度达到六十英尺，宽度也是如此，所以贝尼那条老旧的猎枪连对岸的松鼠都打不到。凹穴圆得好似刻意为之一般，裘弟望着凹穴的底部，感觉凹穴的形状非常奇特，甚至比草翅膀讲的故事更加怪异。

凹穴形成的时间非常长，比贝尼·巴克斯特的年龄还大。贝尼说，在他的记忆里，生长在凹穴岸边的那些树都还是些小树苗。可是现在，树已经长得非常高大。那棵长在东岸中间位置的木兰树的树干已经粗得和巴克斯特家的磨石一样。那棵核桃树也像男人的大腿一样粗。那棵栎树的枝叶繁茂，已经延伸到凹穴的中心。而香桉树和山茱萸、铁树和冬青的个头比较小，但也在凹穴峭壁的上下四周生长得如此繁茂。扇棕榈如同长矛一样生长于各种植物之间，身形巨大的羊齿草布满了凹穴的顶端和穴底。裘弟注视着眼前这个庞大的环形花园，到处都是羽毛般的翠绿叶子，空气湿润，温度适宜，永远都散发出一股神秘气息。坐落于干旱丛林之中、位于松岛中心的大凹穴，活像一颗充满生机的绿色心脏。

在凹穴的西岸，有一条小路直通凹穴底部。这正是贝尼·巴克斯特在多年间用两只脚踩出来的小路，因为多年的踩踏以及来此饮水的牲畜的行走，小路已经深深地陷进石灰石和沙子之中。哪怕是最干旱的时候，四周也会不断渗出水滴，汇聚到穴底的水塘中。水塘是死的，加之野兽也会来这里饮水，所以已经浑浊不堪。而贝尼的几头猪也经常到这里来解渴。但是贝尼为了解决全家以及其他家畜的饮水问题，他想到了一个好办法。在东岸的小路上，他挖开了石灰石岩层，造了很多水槽来存水。最下面的水槽只略微高出穴底，用来给其他家畜饮水。他年轻的时候经常带着那头为他开荒耕地做出巨大贡献的乳白色公牛到此饮水。再往上一点的位置，他挖了两个深水槽，用来给他的妻子用木板或者捣衣棒洗衣服。水槽边上泛起的一层乳白色正是长年累月留下的肥皂沫。而她一年一度地洗被褥，用的则是积攒下来的雨水。

最后，远远高于这些水槽之上的是供应烹调和饮用的狭长深水槽。它正处于陡峭的石灰岩边，陡峭得没有任何野兽敢来捣乱。到这里来的所有动物都是从西岸的小路下来，饮水的地方也只有底部的水塘和家畜饮水的水槽。能饮用这个水槽里的水的动物只有松鼠，时不时也会来一只野猫。但整体上来说，除了贝尼能不断地用小瓢从这个水槽中取水以装满水桶之外，没有任何动物能碰到这个水槽。

裘弟依靠着锄头的支撑才走下陡峭的岸边，他不受控制地小跑着从小路下来。路边的野葡萄藤不断地纠缠着笨拙的锄头把儿。但这种走路方式令他感到兴奋，凹穴的岸边逐渐退回到了他的上方，而且越来越高；他不断地越过那些树顶。一阵清风吹过，又旋转着在翠绿的湖底激起层层涟漪。树叶不停地颤动着，像薄薄的手掌一般；瞬间，羊齿草都伏倒在地。一只红鸟闪电一般地掠过凹穴，接着又如一片红叶一样飘然落到了水塘边。一看到裘弟，又呼啦一下子飞得老远。裘弟在水塘边跪了下来。

水是清澈的，那几头猪已经转去北面的草地里觅食，它们不再需要这里。半沉半浮的细树枝上，有一只小青蛙正在注视着裘弟。这只青蛙能生长在这片小水塘中，真是让人吃惊。因为离这里最近的水源也在两英里之外，青蛙能转移到这里来非常少见。裘弟想知道，第一批迁居过来的青蛙蹲在凹穴边上，犹豫着是不是要伸展绿腰跳下来的时候，它是不是已经知道下面有水塘呢?贝尼曾经说过,多雨的天气里,他见过成群的青蛙像行军的列兵一样排队穿越干枯的、倒在地上的树木。它们的这一行动究竟是有目的的还是盲目的呢?贝尼也不清楚。裘弟将一片羊齿叶扔进水塘,那只青蛙就潜进水底,在柔软的泥浆中躲了起来。

突然,裘弟内心升腾出一种要隐身独居的想法。于是,他决定,等他长大后,自己一定要在这水塘边建所小房子。当野兽们习惯了小房子的存在后,他便能借着月光偷窥它们饮水的样子。

裘弟穿过凹穴的底部,向上爬到了供家畜饮水的水槽。如果扛着锄头走进水槽,很明显非常不方便。于是,裘弟丢开锄头,用双手开始工作。里面已经积了厚厚一层落叶和泥沙,裘弟只能用力地连挖带刮,希望能阻挡一点点渗出来的水分,恢复水槽的干燥整洁。可是每次他的手刚离开水就立刻渗进来。石灰石水槽很快就变得干干净净。裘弟满意地结束当下的工作,向更高处的洗衣水槽爬去,那里有更辛苦的清洁工作在等着他。洗衣水槽因为经常使用,没有多少落叶,但长年累月积累下来的肥皂沫令水槽边缘变得很光滑。他只好爬上一棵橡胶树,采了很多的西班牙苔藓。这个可以用来擦拭肥皂沫,效果很好。他又跑到一块寸草不生的地方挖了沙子备用。

当裘弟爬上最上面的饮水槽时,已经疲惫不堪。因为坡度太陡,当他肚子贴着地面趴下的时候,竟然可以如同小鹿一样微微一低头就能喝到水。他用舌头轻轻舔了舔水面,又用力搅动了两下才收回舌头,然后向后一仰,便开始观察水面的涟漪。不知道一头熊喝水的时候是否也像狗一样舔着喝?或者像小鹿一样吸着喝?他想象着自己就是一头熊,开始尝试这两种饮水方式，想以此找到答案。舔水的速度较慢，但当他喝到水的时候却呛着了。他实在难以判断，但贝尼肯定知道熊的喝水方法，也许爸爸已经亲眼看到过。

裘弟把脸埋入水中，左右摇摆着自己的脑袋，用左面脸颊和右面脸颊轮流享受着水中的凉爽。他把脑袋埋入水中，用两个手掌来支撑着全身的重量。他想了解屏住呼吸自己能在水里待多长时间。很快，他就开始吹水泡。突然，爸爸说话的声音从凹穴底部传了上来。

"儿子，你为什么对水这么感兴趣？而同样都是水，洗脸盆里的水你怎么就那么不喜欢？"

裘弟顶着湿乎乎的头发扭过头来。

"爸爸，我没听见你来了。"

"这可是你可怜的爸爸用来喝的水，你居然把你那脏兮兮的小脸泡进去。"

"爸爸，我可不脏。水都没变浑。"

"那我也不喝。"

贝尼爬上来看着下面的水槽，他一边嚼着一根嫩枝，一边点着头伏在了洗衣槽边上。

"我跟你说，你妈说'二十年'的时候，真的让我震惊。我还真是从来没有坐着安静地算一下日子，一年又一年，时间过得太快了，快得我都没有注意到它，也没来得及算一算它。每年春天，我都想给我们挖一口井，可最后我不是想着怎么弄一头公牛，就是母牛是怎么在水塘中溺死的；或者有小孩在水塘中玩耍结果被淹死了，我已经把挖井的事情忘得一干二净了；搞不好还要付别人医药费什么的。砖的价格也高得离谱。有一次，我挖井挖到三十英尺深，却没看到水，我想我肯定要倒霉了。可是让一个女人在半山腰的水槽里洗衣服，二十年，真的是太长了。"

裘弟认真地听着。

"总有一天，我要给她挖一口井。"贝尼说道，"二十年啊……可总有些事打断我，还有那场战争，因为战争，我不得不把所有的地都重新开垦。"

贝尼倚着水槽而站，沉浸在过往的回忆中。

"当时我初来乍到，之所以挑了这块地方并搬了过来，我是希望……"他接着说道。

裘弟又想到了早上的那个疑问。

"爸爸，你为什么会选这块地方？"

"嗯，我之所以选这里是……"贝尼皱着眉头，想找到一句话来合适地表达，"简单来说，我想要安宁。"他笑着说道，"搬过来之后，我确实得到了安宁，当然要排除那些野兽，还有你妈时不时的骚扰。"

父子俩默默地坐着，树梢上开始有松鼠在骚动。突然，贝尼用胳膊肘捅捅裘弟的肋骨。

"你瞅瞅那个小东西，它在看我们。"

贝尼指着一棵橡胶树，一头不大不小的浣熊，正站在离地两英尺高的树干上朝这边看着。它发现他们正在看自己，便立刻缩了回去，消失了。但没过多久，枝叶之间又一次出现了那张好似戴着面具的小脸。

"我想，我们盯着野兽看的时候，就像它们看我们一样。"贝尼说道。

"为什么有的野兽很勇敢，有的却很胆小？"

"这我可不知道。可能等它们长大后就不怕人了，可这也不一定。我想起来了，有一回，在野猫草原那边，我一早上都在打猎，终于坐到一棵栎树下生火休息的时候，我正一边取暖一边烧咸肉吃。没想到的是,我还坐在那里,就有一只狐狸跑过来趴到了火堆另一边。我望着它,它望着我,我觉得可能是它饿了,就用一根长树枝穿了一块肉递给它。一直递送到它的鼻子下面。一般来说,野狐狸再饿也不应该跑到这么一个它不应该来的地方,可那只狐狸就是不动,趴在那里望着我,既不吃肉,也不跑。"

"要是我能看到就好了。爸爸,你觉得它为什么会趴在那里望着你呢?"

"从那时候起,很多年来我都不明白是为什么。我能想到的原因就是:可能是被狗撵得脑袋发昏,或者是因为什么原因把它冻坏了。"

这个时候,树上的浣熊已经把整个身子露了出来。

"爸爸,我希望自己能像草翅膀那样,有一只可以抚摸的小宠物,能跟它一起玩,我想要个小浣熊或者小熊,或者其他这类的动物都行。"

"你知道你妈妈肯定会发火。我倒没什么,因为我也喜欢动物。可我们生活这么困难,缺少食物,你妈肯定第一个反对。"

"我想要只小狐狸或者小豹子。你能抓一只小幼崽吗?从小开始驯养。"

"你可以驯养一只浣熊,你可以驯养一头熊,你可以驯养一只野猫,还可以驯养一头豹子。"贝尼若有所思。他又一次想到了父亲的说教,"儿子,你可以驯养任何东西,但人类的舌头不在驯养之列。"

第十章 收获一条大鲈鱼

裘弟悠闲地躺在床上休养,发烧之后,他需要恢复元气。妈妈说这是热病,他也没有反对。但他心中一直在想,自己之所以生病,一定是因为吃了太多半生不熟的刺莓。而相比热病,这种病更难办。当妈妈看到他发抖的时候,就搨着他的额头说:"你伤风发烧了,快到床上躺着去。"他也不争辩什么。

现在,妈妈正端着一杯热腾腾的汤药走了进来。他烦恼地看着杯子,因为两天以来,妈妈都在给他喝柠檬叶茶。茶品起来香味十足且非常可口。如果他嫌味道太酸,妈妈还会加上一勺果子冻。他不知道妈妈现在是否已经凭着她的灵感发现了他生病的真正原因。要是妈妈发现他是肚子疼,就一定会拿蛇根草补汁或者合欢草做的清血药来,而他非常讨厌这两种药。

"要是你爸能给我弄一棵退热草的根来,不管你们什么时候发烧,我都有办法。没有这种草真是不方便。"妈妈说道。

"妈妈,你的杯子里是什么?"

"这你别管,喝了它。"

"我有知道的权利。要是我被药死了,也总得知道喝的是什么药吧。"

"是毛蕊花茶,要是你非知道不可,我只能说我觉得你在出麻疹。"

"不,妈妈,这可不是什么麻疹。"

"你知道？你可从来没出过麻疹。张开嘴，就算不是麻疹，喝了这个也没坏处。要真是麻疹，这个会帮你退烧。"

他被退疹子给吸引了，不由自主地张开了嘴巴。妈妈抓着他的头发，生硬地给他喉咙里灌了半杯。裘弟拼命地挣扎，不停地咳嗽着。

"我不喝了，再也不喝了，我确定这不是出麻疹！"

"好吧，如果是麻疹，要是疹子出不来，会死人的。"

他又一次张开嘴，把剩下的毛蕊花茶吞了下去。茶很苦，但和那几种药的苦还差了一大截。妈妈用石榴皮或者猪笼草根做的苦汁更让人难以忍受。他重新躺在了干苔做的枕头上。

"妈妈，要真是麻疹，得多长时间才能出来？"

"你喝完茶，一出汗就发出来了，赶紧盖上被子。"

妈妈离开了房间，裘弟乖乖地等着出汗。生病是一件惬意的事情，虽然他不想再过生病的头一天，因为那个时候肚子疼痛难忍。可是病的痊愈来自父母的关心，都让人感到愉快。没说出来偷吃刺莓的事情，他总有一种负罪感。否则妈妈会给他一碗泻药，而第二天他也能恢复如初。这两天，贝尼一直一个人在地里干活。他给老马套上犁，耕好甘蔗地，又种上了甘蔗根；玉米、扁豆、小块烟草地都已经锄完了。他还从凹穴里挑了足够的水，砍了树，给家畜喂水。

裘弟心想，或许这真的是热病呢，也许他真的会出麻疹。可是他摸了摸自己的脸颊和肚子，既没有出汗也没有出疹子。他开始在床上乱动，希望能快点出汗。他发现自己和平时感觉一样好，居然比上次肉吃多的时候还要舒服。他想到那次是因为妈妈没有阻止他，他才会吃大量的鹿肉和香肠。或许，吃了太多刺莓并不是这次生病的原因。终于，他出汗了。

"啊，妈妈，快看，我出汗了！"裘弟喊道。

妈妈走到床边，看着他。"你觉得你现在健康得跟我一样了？起来吧！"妈妈说道。

裘弟掀开被子，下床站在了鹿皮地毯上。瞬间，他感到一阵晕眩。

"你觉得恢复健康了吗？"妈妈问道。

"是，可我觉得有点没劲儿。"

"你还没吃饭，穿上衣服，过来吃点东西。"

裘弟快速穿好衣服，跟着妈妈去了厨房。妈妈给了他烙饼、一盆肉丁烤菜，还有一杯甜牛奶，都是热的。妈妈一直看着他吃。

"我觉得你应该等会儿再起床。"妈妈说道。

"妈妈，我还能再吃点肉丁烤菜吗？"

"不行，你现在吃掉的食物已经足够一条鳄鱼吃一顿了。"

"爸爸去哪里了？"

"我想他应该去了马厩。"

他溜达着去马厩找爸爸，却看到贝尼悠闲地坐在门口。

"儿子，不错啊，看来精神已经恢复了。"贝尼说道。

"我感觉恢复了。"

"你不会是得了麻疹、天花或者产褥热吧？"贝尼的蓝眼睛闪烁着光亮。

裘弟摇着头。

"爸爸……"

"嗯。"

"我觉得要不是那些半生不熟的刺莓，我才不会生病。"

"和我估计的一样。但我可不会告诉你妈妈，她恨极了满是青刺莓的肚子。"

裘弟放心了。

"我坐在这里正琢磨呢,一两个小时之内月亮就会爬起来,我们弄点工具去钓鱼,你觉得如何?"贝尼说道。

"去小河湾里吗?"

"我特别想去锯齿草那边,缺趾老熊常常去那里觅食,我想到那里钓鱼。"

"我敢说,在那里的某个池塘里,我们一定能抓到一个怪物。"

"当然,如果能到那里试试运气就太好了。"

爷儿俩一起到房屋后面的棚屋里拿了钓具。贝尼换了两个新鱼钩,扔掉了旧的。他又用鹿尾巴上的短毛做成白色或者灰色的假诱饵。他小心地把诱饵绑在鱼钩上,绑得很不显眼。

"如果我是条鱼,一定会上钩的。"贝尼说道。

他回到房里简单地和妻子说了说。

"我想跟裘弟去钓鱼。"

"可是我觉得你肯定累了,而且裘弟也在生病。"

"就是因为这样我们才要去钓鱼。"贝尼说道。

妈妈跟到门口,看着他们离开。

"如果没有钓到鲈鱼,捉点小鲷鱼给我也行,煎酥一点连骨头都能吃。"妈妈喊道。

"我们不会空手而归的!"贝尼承诺着。

下午的天气温暖宜人,去往池塘的路并不遥远。裘弟觉得从某种意义上来说,相比打猎,钓鱼更有意思。钓鱼虽然不像打猎那么令人激动,但也不像打猎那么令人恐惧。钓鱼时的内心是平静的,钓鱼的时候可以悠闲地环顾栎树和木兰树上是否又长出了新的叶子。爷儿俩在一个熟悉的池塘边停下脚步。因为持续的干旱,池塘的水位非常低。贝尼抓了一只蚱蜢扔到水里,但并没有鱼围过来,水中也没有泛起饥饿的旋涡。

"可能这里的鱼已经干死了,我真是搞不懂,这些小池塘里的鱼一年一年的到底是怎么活下来的。"贝尼说道。

说完他又抓了一只蚱蜢扔了进去,依旧没有什么反应。

"太可怜了,这些鱼生活在自己的小世界里,无依无靠的,我们根本就不应该来钓鱼,而应该常常到这里喂鱼。"贝尼说道。

他收起鱼竿扛到了肩膀上。

"或许上帝跟我的看法一样。"贝尼自嘲似的说道,"或许上帝往下一看,说:这个正在努力开拓自己耕地的贝尼·巴克斯特,真可怜。"转念一想他又接着说道:"但这块耕地确实很不错,连鱼都好像和我一样知足。"

"爸爸,快看!那里有人!"裘弟说道。

在栎树岛、锯齿草塘或者大草原这种荒凉的地方看到人,比看到动物更加稀罕。贝尼用手遮着前额,看到大约有十来个男男女女走上了他们刚刚离开的丛林小路。

"是米诺卡人①,他们正在抓穴居的旱地乌龟。"

现在,裘弟终于看清了他们肩膀上的袋子。里面的旱地乌龟身居穴内、布满了灰尘、个头矮小,代表了最为贫瘠的土地,也是丛林中大多数居民眼中勉强可以果腹的卑贱食物。

"我一直怀疑,或许他们是用乌龟做药。他们远离海岸到这个地方来抓乌龟,看上去应该不只是为了吃。"贝尼说道。

"我们绕回去,走近去看看他们吧。"裘弟说道。

"我可不想偷窥那些可怜的家伙们,米诺卡这个民族饱受

---

① 米诺卡:西地中海的一个岛屿,属西班牙。——原注

欺骗。你爷爷对他们的历史非常了解。他们在一个英国人的带领下远渡重洋来到了纽土密那。那个英国人曾答应给他们一个美好的天堂和工作。可当时节不好、收成糟糕的时候，那个英国人抛弃了他们，他们中的大部分人都饿死了。现在也就剩下了那么一点人了。"

"他们和吉普赛人很像吗？"

"不，他们可不像吉普赛人那么野蛮。他们的男人们皮肤黝黑，倒像是吉普赛人，可是他们的女人们年轻的时候非常漂亮。他们专注于自己的事业，生活得悠闲自在、与世无争。"

人群在丛林深处消失了。裘弟感到激动，脖子后面的毛发都竖了起来，他觉得自己好像看到了西班牙人。这些分不出是男是女的米诺卡人，背着装满旱地乌龟的袋子，也背负着不平等的待遇从他的面前走过，好似虚幻而阴森的幽灵飘过一般。

"前面那个池塘里，鲈鱼一定多得跟蝌蚪似的。"贝尼说道。

他们来到缺趾老熊吃火藜叶的草原偏西的地方。沼泽地中的一大块地方都受到了干旱的侵扰，变得又干燥又坚实。池塘清晰地裸露在地表。池塘已经和锯齿草丛分离，只剩下睡莲叶子还在搅动着水面的涟漪。一只美洲鹤从他们跟前跑过，它的腿呈现出黄色，鲜艳夺目的脸孔多姿多彩。沼泽迎来了一阵清风，水面泛起阵阵涟漪。瞬间，睡莲叶摇曳身姿，宽大而发凉的叶片拥抱着阳光，闪烁着忽明忽暗的色泽。

"浅滩还真是不少，看来今天的月色也会很美。"贝尼说道。

他把鱼竿上的两根线绑好，再系上鹿毛诱饵。

"现在你去北面试试,我到南面试试。没什么好奇怪的,去吧。"

裘弟站着不动,看着爸爸驾轻就熟地扬起鱼竿,诱饵轻松越过水面抛向远处。他惊讶于爸爸的大手如此技巧高超。最后,浮子在一丛莲叶旁边落在了水面上,贝尼开始慢慢地牵动浮子到合适的位置。浮子上下浮动着,犹如一只不规则跳动的活虫。没有鱼上钩,贝尼只好收回钓线,重新将浮子抛了出去。他冲着那些藏在水草根附近、看不到身影的鱼们喊道:"现在,本姥爷已经看到你们弯着腰躲在那里了。"他再次慢慢牵动浮子,"你还是放下你的身段,过来享受美味吧。"

裘弟终于中断了对爸爸的迷恋,放弃了对他那有趣行为的观察,走到了池塘的另一边。刚开始,他抛诱饵的动作糟糕极了。要么钓线被缠住了,浮子抛不到最好的位置;要么钓线抛得太远,越过了水面,缠上了强韧的锯齿草。但很快,他的动作就熟练了。他觉得自己的手臂能画出一条完美的弧线,手腕的抖动也恰到好处,浮子被他巧妙地抛到了最合适的地方:水草旁边。

"不错啊,儿子。先在那个地方停一下,之后再开始慢慢牵动它。"贝尼喊道。

裘弟没想到爸爸正在暗中观察他,忽然,他感到一阵紧张,小心翼翼地牵动浮子掠过水面。一阵旋涡过后,水中隐现出一具银白色的躯体,张开了它那足有煎锅那么大的嘴咬住了诱饵。钓线一端立刻像坠了磨石一般,快速下坠。躯体挣扎得如同一只野猫,鱼竿被拽得快要失去平衡了。裘弟振奋起精神,控制住那出于本能的激动。

"镇静!不能让它拖着鱼饵到下面去,提起鱼竿,不能让它跑了。"贝尼喊道。

贝尼没有插手，而是看着裘弟一个人战斗。裘弟感到手臂发酸，他害怕钓线被拉断。可他一点也不敢松懈，生怕这个大家伙跑掉了。他希望爸爸能给他几句魔咒，奇迹立刻出现在眼前。将鱼拖到岸上来，以终结自己的痛苦。鲈鱼也发怒了，它奋力地冲向草丛，那里的钓线可能被水草缠上了，它可以趁机逃脱。裘弟突然想到，如果他顺着岸边，紧紧地拉着钓线，一定能把鱼拽到浅水里，之后再用力拉到岸边。于是，他小心翼翼地拽着鱼竿，但他真想丢下鱼竿，拉起钓线，再紧紧地抓住这条大鱼。裘弟慢慢离开了岸边，再迅速地拉起鱼竿，真的把那条鲈鱼拉到了岸上。掉落在草丛中的鲈鱼一个劲儿地挣扎着。裘弟赶紧放下鱼竿跑了过去，把战利品转移到了安全地带。这条鲈鱼重达十磅。贝尼也跑了过来。

"儿子，我真是感到自豪啊。没人能比你做得更好了。"

裘弟上气不接下气地站在那里，爸爸拍着他的后背，看起来和他一样兴奋。他还有点不太相信地低头看着那条外形粗壮、肚子巨大的鲈鱼。

"我感觉它跟缺趾老熊一样。"裘弟说道。说完两个人一边拍打着对方的后背，一边笑了起来。

"现在，我得赢你才行。"贝尼说道。

两人又找好了各自的池塘，但没过多久，贝尼就不得不喊着承认自己败给了裘弟。他开始放弃鱼竿，改用蚯蚓和钓丝来对付小鲷鱼，也好给巴克斯特妈妈一个交代。裘弟一次又一次地投进去诱饵，但始终都没有再出现令人亢奋的旋涡，当终于出现激烈的旋涡以及令人心动的跳动时，却发现钓到的居然是一条小鲈鱼。裘弟只好提着小鱼去给爸爸看。

"放生吧，我们不能吃这个。等它长得像刚才那条一样大的时候我们再来找它。"贝尼喊道。

裘弟不情愿地把小鱼放回水里,眼看着它游离了岸边。无论是打猎还是钓鱼,爸爸的态度都非常严谨,如果不能吃不能饲养,他绝不允许滥杀无辜。当太阳的光晖隐没在山间的时候,裘弟想再钓一条大鱼的希望也破灭了。他慢慢地投着鱼饵,同时也感到非常高兴,因为自己甩钓线的手臂和手腕技巧更加成熟了。月光并不利于他们,而且现在也已经过了鱼觅食的最佳时机。再也没有肯上钩的鱼了。突然,他听到了爸爸那犹如鹌鹑一样的欢呼声。这个声音正是他们抓松鼠时才有的暗号。裘弟放下钓竿,看了一眼周围的环境,同时用草盖上了鲈鱼。之后,他小心翼翼地来到爸爸呼唤他的地方。贝尼凑近他的耳朵,说道:

"跟我过来,我们得悄无声息地靠过去,鹤群正在跳舞呢。"贝尼指着那个方向。

裘弟顺着爸爸所指的方向看到了那群大白鹤。他心想:爸爸的眼睛真是锐利得如同老鹰一般。爷儿俩匍匐在地,一点点地爬行着前进。有时,贝尼的整个身子都会趴到地上,裘弟立刻跟着趴下。他们爬进一个高大的锯齿草丛,贝尼示意裘弟藏到草丛后面。他们现在距离那群鸟非常近,裘弟想,用他的长竿肯定能够到它们。贝尼蹲下来,裘弟也跟着蹲下来。裘弟顿时瞪大了眼睛,他数了一下,这群鹤足足有十六只。

野鹤们正在跳交谊舞,就像他们在伏流西亚镇看到的交谊舞一样。两只站着的鹤挺直了洁白的身躯,发出一种好像唱歌又好像叫喊的声音。旋律和舞蹈都没什么规则。其他的鹤围成一个圆圈,圆圈中心的几只鹤正以逆时针方向旋转着。两位音乐家还在演奏音乐。舞蹈家们挥动它们的翅膀,并交替地踢着细长的脚。它们的头深深地埋进了雪白的胸脯里，再抬起，再埋下。它们默契地移动着脚步，虽然有些笨拙却特别高雅。这是一种庄严的舞蹈，一上一下的翅膀扇动，犹如张开的臂弯。站在外围的鹤跳的是独步舞，团团旋转着。中间的鹤已经上升到了如痴如醉的痴迷程度。

突然，鹤群停止了所有的动作。裘弟以为舞蹈结束了或者它们发现了入侵者。不曾想居然是两位音乐家走进了圆圈中心，它们的音乐家位置被另外两只代替了。鹤群又开始跳舞了。它们的身影倒映在清澈的水里。水面倒映出十六个雪白的身影，身影在舞动。一阵夜风拂过，锯齿草弯着身躯发出沙沙的声音，清澈的水面影影绰绰。白色的躯体上洒满了余晖，散发出玫瑰般的色泽。这个情景像极了一群被魔术召唤而来的鸟在神秘的水面翩翩起舞。锯齿草的摇曳和它们相映相成，清澈的池水和它们一起荡起涟漪，连大地甚至都在它们的舞步下晃动。夕阳、清风、大地和天空，好像一切都在随着鹤群起舞。

裘弟感觉自己的双臂好似也随着鹤的翅膀、跟着自己的呼吸上下舞动。太阳已经完全隐没在锯齿草丛，一片金色覆盖了沼泽。白鹤沐浴在金光之中。远处的硬木林光线暗淡下来，夜色爬上了莲叶，水面也被染成了黑色。现在，白鹤的雪白色比得上任何白云、白百合或者夹竹桃的白色花朵。突然，鹤群飞走了。或许因为它们要结束长达一小时的舞蹈，也或许是因为它们被一条水面深处的鳄鱼大嘴巴给吓到了。裘弟不知道究竟是为什么，但它们确实飞走了。映着落日的余晖，鹤群在空中绕了一大圈，带着它们奇特的、只有飞行中才会发出的鸣叫声。排成长长的队列向西面飞去，渐渐消失在了裘弟的视野中。

贝尼和裘弟站了起来。因为长时间的蹲伏使他们感到腰酸腿麻。笼罩在暮色中的锯齿草塘,让人难以分辨,整个世界都陷入了黑暗,融进一片幽暗里。爷儿俩回到水塘北面,找到裘弟的鲈鱼。再往东走,离开沼泽地转而向北。在渐渐落下的夜幕中,小路越来越模糊。小路通向丛林中的大路,他们又向东走了一阵才确定他们走的方向是正确的。路的两旁已经被丛林中繁茂的植物竖起了两堵墙。丛林是昏暗的,脚下的路仿佛是一条纱织的、踩上去没有任何声音的地毯。突然出现在他们面前的小动物,又会急匆匆地钻回树丛中。远处有一头长啸的豹子,头顶有一只只蝙蝠从低空掠过。爷儿俩默默地走着。

在家里,等待他们的是烤好的面包以及尚在长柄平底煎锅里的肥肉。贝尼拿着一支点燃的松脂火炬去马厩干杂活了。裘弟借着炉火的光亮,在房后的台阶上收拾鲈鱼,刮鱼鳞、剖鱼肚。巴克斯特妈妈将鱼块挂上面糊,再用油煎得酥脆。一切准备妥当,一家三口坐在餐桌前默默地吃饭。

"你们俩发生了什么事?"妈妈问道。

两个人都没有作答,他们既没心思想自己正在吃的是什么,也没心思理会妈妈。他们甚至没有注意到妈妈在说话。因为他们刚刚才亲眼见到远非人类所能看到的一幕。他们已经被那恍若仙境、美妙绝伦的美丽景象深深地吸引,他们无法抗拒那种强烈的魅力带给他们的震撼。

第十一章 小鹿的鸣叫

小鹿终于来到这个世界。裘弟看到了小鹿们穿过丛林时留下的小而细的蹄印。他去凹穴的时候,去牲畜栏南面的黑橡林砍树的时候,去贝尼为防止野兽侵害而设置的陷阱时,他都会一边走一边注意地面,寻找小鹿的足迹。较大的母鹿蹄印一般都在小鹿蹄印的前面。但母鹿非常谨慎,母鹿经常会单独出现在某一个地方,寻找食物;而踌躇的小鹿留下的蹄印就会离母鹿的蹄印很远,因为母鹿总会把小鹿留在一个枝繁叶茂、容易藏身的安全地带。裘弟还经常发现双胞胎小鹿,每次发现双胞胎小鹿的足迹时,他都会开心不已。他经常会想:

"我可以把一只小鹿带走,另一只留给鹿妈妈。"

一天晚上,裘弟和妈妈说了自己的打算。

"妈妈,我们有那么多牛奶,我能不能养一只小鹿来当宠物?一只身上有斑点的小鹿。妈妈,你觉得好吗?"

"那怎么好?怎么会有那么多牛奶?最近我们可没有一滴多余的牛奶。"

"我可以把我的牛奶给它。"

"不错啊,把那该死的小鹿养得肥肥的,把你自己养得越来越瘦。大家都有很多事情要忙,为什么你非得弄只畜生来养,还要忍受它没日没夜地乱叫。"

"我想养一只啊,我想养一只浣熊,可我知道浣熊长大会咬人。我还喜欢小熊,可我知道熊会闯祸的。我就想养一只……"裘弟皱着眉头,脸上的雀斑也皱到了一起。"我就是想拥有一样完全属于我自己的东西,它跟我一样,只属于我。"他努力地寻找合适的词,"我想要的是一个我能够信赖的家伙。"

妈妈冷哼一声。

"哈,我可给你找不到这种东西。不仅仅畜生里找不出来,就是这种人也找不到啊!行了,儿子,别再缠着我了,要是你再说一声浣熊、熊、小鹿,我非得狠狠地揍你一顿不可!"

贝尼站在角落里静静地听着。

第二天一大早,贝尼说:"儿子,今天我们去抓公鹿。我们很可能会找到一个小鹿的窝。看看那些野小鹿和驯养的小鹿是不是一样有意思。"

"两条狗都带着吗?"

"光带着裘利亚。它受伤后,还没好好活动过。这种轻松不费力的打猎,对它好处多多。"

"上次的鹿肉再吃几天就没有了,可我们必须做很多鹿肉干,不能不考虑这一点。熏房里还得再熏点鹿腿,这样熏房才更有意义。"巴克斯特妈妈说道。

食物的供给情况直接影响了妈妈的情绪。

"儿子,看来你得继续使用这支老枪了。可你得小心使用,不能再因为它倒霉了,就像上次我倒霉的情况不能再发生。"贝尼说道。

裘弟无法想象自己会对它马虎。能够独自使用枪,已经令他兴奋不已了。妈妈已经把奶油色的浣熊皮做了一个背包给他。他在背包中放了子弹、填料、钢帽以及装满的火药筒。

"他妈,我一直在想,雷姆的枪里并没有多少子弹,我得去伏流西亚镇买些弹壳。还有,虽然我已经有了一些咖啡豆,但我还想买点正宗的咖啡。"贝尼说道。

"我也是这么想的,我还要一包针还有几缕线。"她同意了。

"这几天,那些公鹿好像就在河边找吃的。我在那里看到过密集的蹄印,如阵雨一般地朝那边走了。我觉得我们可以去那边打猎。只要能猎到一两只,我们就能用鹿的腰腿肉到伏流西亚镇去交换我们想得到的东西。这样一来,我们就可以跟郝陀婆婆打招呼了。"贝尼说道。

妈妈皱着眉头。

"你们又想去看那个臭老婆子。这么说两天时间也不够你们用的。我觉得还是让裘弟待在家里吧。"

裘弟不高兴地扭动着身体,用目光向爸爸求助。

"我们明天就能回来。要是我都不带他出门、不教他的话,裘弟还怎么学习打猎,怎么长大成人呢?"贝尼说。

"这个借口很不错。你们男人就喜欢拉帮结派地出去瞎混。"妈妈说道。

"要不这样,我们俩出去打猎,让裘弟看家。"

裘弟忍不住笑了出来。他突然想到妈妈庞大的身躯艰难地跋涉在河湾的洼地上,这景象令他不禁大笑了起来。

"走吧,走吧,赶紧办完事情就回家。"妈妈也忍不住笑了出来。

"你要知道,我们走了,你可就享清福了。"贝尼笑着说道。

"也就是这个时候我才能休息一下。"妈妈赞同道,"但把老祖宗留下的那支枪给我装好火药。"

裘弟觉得,相比那些侵犯领地的野兽,那支古老的汤姆枪更加危险。作为一名射手,她极不精准又不够资格,加上那支老枪和贝尼的老前膛都糟糕极了。可贝尼知道,只要她手里有枪,她就能安心。裘弟一边从棚屋里取来枪并交给爸爸装火药,一边暗自感谢妈妈:幸亏妈妈没把这支老前膛据为己有。

贝尼冲着裘利亚吹了一声口哨之后,就看到一个男人、一个孩子带着一条猎狗迎着阳光向东走去。五月的天气非常闷热,阳光直射进茂密的丛林中。丛林中橡树的叶子小而坚硬,犹如平底盘子一样,充分伸展开接受着阳光的热量。裘弟穿着牛皮鞋,他感到了沙地的灼烧。贝尼好似完全没感到炎热,只管快步前进。裘弟用力地跟着爸爸,裘利亚在前面慢慢地小跑着,可能它还没有嗅到什么味道吧。贝尼停下脚步,专注地望着地平线。

"爸爸,你在看什么?"裘弟问道。

"没什么……什么也没有。"

在耕地向东约一英里的地方,贝尼改变了前进的方向。这里突然出现了很多鹿的蹄印。贝尼观察着鹿的大小、性别以及蹄印是否新鲜。

"这里曾有两只体形庞大的公鹿走过,应该是天亮之前的事情。"贝尼开口道。

"你怎么会这么清楚这些蹄印?"

"看得多了就清楚了。"

裘弟根本看不出这些蹄印有什么区别。贝尼蹲了下来,认真地用手指比画着向他讲解。

"你已经明白公鹿和母鹿蹄印的区别了。母鹿的蹄印又小又尖又细。任何人都能看出来这个蹄印是否新鲜,因为时间长的蹄印一定会有沙土进去。如果你能仔细看一下,就应该知道鹿在奔跑的时候，脚趾会分开。当它走路的时候，脚趾会并拢。"贝尼又指着新鲜的蹄印对猎狗说道："裘利亚，这里，追！"

裘利亚的长鼻子在蹄印上嗅了嗅，便跟着蹄印出了丛林，向东南进入了一片平地，这里长满了光滑的冬青。这里还出现了熊的踪迹。

"如果有机会，我能开枪打熊吗？"裘弟问道。

"只要你觉得是好机会，不管是熊还是鹿，都可以开枪。不过，不能浪费子弹。"

走在平坦的道路上，并不会觉得累，但炎炎烈日令人难受。走过光滑的冬青，进入了令人喜欢的松鼠林。浓荫下，凉爽了很多。贝尼找到一个被熊咬过的地方。在那棵松树齐肩高的地方出现了一块被抓过的地方，松脂正从那里滴落下来。

"我见过几次熊咬树，熊站立起来，它的爪子抓挠着树皮，脑袋扭向一边，嘎吱嘎吱地啃咬树干。之后，它还会翻一下身，靠着松脂揉搓自己的肩膀。听说熊之所以这么做，是因为它去蜜蜂窝里抢蜜吃的时候，蜜蜂就不会蜇它了。可我一直觉得这是一种雄性的炫耀。公鹿也会用这种方法来炫耀。它在树上摩擦自己的头和角，用这种方式来显示自己的雄壮。"

裘利亚抬起鼻子，贝尼和裘弟也停下了脚步。前面出现一阵骚动。贝尼让裘利亚悄悄跟着，他们慢慢地挪了过去。他们站住了，在前面一片开阔地上，一对双胞胎小熊正在荡秋千！那棵小松树细长柔软，两只小熊正抓着小松树前后晃悠。裘弟曾经也这么玩过，那么一刹那，他觉得那不是熊，而是和自己一样的孩童。他多想爬到小松树上跟它们一起玩。

每次小熊晃动着它们笨拙的身体时，小松树就会弯到离地一半的高度，接着再弹起来站直，接着又向另一边弯去。两只小熊偶尔还会说说甜言蜜语。

裘弟忍不住喊出了声，两只小熊立刻停下了嬉戏的动作，吃惊地看着人类。它们没有害怕，它们是头一回看到人类，感觉应该和裘弟一样，只有好奇。它们竖着毛茸茸的黑色脑袋不停地打量着。其中一只小熊爬上了更高的树枝，只是为了看得更清楚些，而不是为了安全。它的一只胳膊挽着树干，呆萌地向下俯视着父子俩。它那骨碌碌转动着的黑眼睛闪闪发光。

"啊，爸爸，我们逮一只吧。"裘弟请求着。

贝尼也有些心动。

"它们长得太大了，没法驯养。"贝尼找回理智，说道，"养它我们就是自讨苦吃，不用多长时间，你妈就会把它赶走，甚至你和我都会被一起赶走。"

"爸爸，你看它在眨眼睛。"

"那只肯定是卑贱的，双胞胎小熊，总有一只是卑贱的，另一只才是和善的。"

"我们就逮那只和善的，爸爸，求求你了……"

两只小熊伸长了脖子，但贝尼还是摇了摇头。

"走吧，儿子。我们还是去打猎吧，它们玩它们的。"

爸爸已经重新跟着鹿的踪迹前进了，裘弟依然舍不得离开。有那么一瞬间，他以为小熊就要从树上下来跑到他身边了，可它们仅仅是从这根树枝爬到那根树枝上，然后继续转动着脑袋观察裘弟。他希望能摸一摸它们，他幻想着它们卧在地上向自己讨要食物，他想到了奥利弗·郝陀讲述的那些被驯养的熊。有时它们会趴在他的膝盖上，既柔软又暖和又亲昵。有时它们就睡在自己的床边，又或者直接和自己睡在一个被窝里。眼看着爸爸就要消失在松树下了，他赶紧跟了上去。再回头看着两只小熊，挥手和它们告别。它们只是抬起黝黑的鼻子嗅一嗅空气中的气息，似乎能嗅到这些人类的"本性"。它们的表情中第一次出现了害怕，只见它们爬下松树，迅速地溜到了冬青丛中。裘弟也跟上了爸爸。

"你不是问过你妈，想养这么一只小东西当宠物？"贝尼说道，"你应该养那种更好驯服的动物。"

听到爸爸的话，裘弟感到高兴极了。那些一岁以内的小动物，一定好驯服。

"我还没养过宠物呢，也没跟宠物们一起玩过。"贝尼说道，"我们的生活太糟糕了，农业和《圣经》都没能让我们更加宽裕。我爸爸和你的妈妈一样，他绝对不会允许我养什么宠物来浪费粮食。他用尽一切努力才致使我们不饿肚子。后来他得病去世，我就变成了粮仓里最大的那只老鼠，在其他兄弟长大自立之前，我都必须承担起照顾他们的任务。"

"一只小熊不是也能自立吗？"

"没错，可它会祸害你妈妈的鸡群。"

裘弟叹口气，继续跟着爸爸寻找公鹿的踪迹。这一对公鹿的蹄印靠得非常近，这一点很少见。他想，公鹿们倒是可以友好地过春夏了。可是等到了秋天，它们的角长长之后，它们开始追求恋人，因此便会赶走母鹿身边的小鹿，展开一场恶斗。就目前来看，两只公鹿中有一只比较大。

"那只鹿大得简直可以当马骑了。"贝尼说道。

松林的尽头是一片硬木林，那里生长着茂密的狼毒乌头，上面长满了黄色的小铃铛。贝尼认真地观察着渐渐增多的足迹。

"儿子，你是不是想看小鹿？我带着裘利亚到前面看看，你爬到这棵大栎树上面，藏到枝叶里，我想你一定能看到一些有意思的事情。你的枪就放到这个灌木丛里，你现在没机会用。"贝尼说道。

裘弟爬上栎树，藏身到半树高的枝叶中。贝尼和裘利亚的身影消失了。一阵微风吹过，树叶微动，树荫里非常凉快。裘弟凌乱的头发已经被汗浸湿了。他抬手撩一下头发，再用衣服袖子擦一把脸上的汗水，静静地隐身在树叶之中。丛林中一片寂静，远处传来了一声尖锐的鹤鸣声。枝叶间没有鸟儿，也没有活动和觅食的动物，没有嗡嗡的蜜蜂，也没有鸣叫着的昆虫。时值正午，在正午艳阳的照射下，各种生物都已经被折服了，但贝尼和裘利亚依然奔波在一片橡木丛和桃金娘树之间。下面的灌木丛中传来了噼噼啪啪的响声，裘弟以为是爸爸回来了，便动了一下身子，几乎就要暴露自己了。接着却传来一阵呦呦的鸣叫声，低矮的扇棕榈丛中露出了一只小鹿。贝尼早就知道它一直藏在那里。裘弟紧张得无法呼吸。

从扇棕榈丛的另一边跳出一头母鹿，小鹿迈开腿摇摇晃晃地奔向母鹿。母鹿发出一阵问候的鸣叫声，低头迎接着自己的孩子。它舔着小鹿的脸庞，安慰着它那一脸的焦急，小小的脸上好像只能看到耳朵和眼睛，这只小鹿没有斑点。裘弟还没见过这么小的鹿。母鹿抬起头，它宽大的鼻孔正在嗅着空气中的气味。因为空气中正弥漫着敌人的味道。它迈动后蹄，在栎树周围侦察了一圈，发现了人和猎犬的足迹。它跟着足迹前后移动，走几步便抬头观察，止步聆听，它的眼睛大而发亮，高高竖起的耳朵异常机灵。

小鹿又一次呦呦地鸣叫着，母鹿也恢复了平静。看到威胁消失了,它终于觉得满意了。小鹿开始吮吸着母亲丰满的乳房,享受美味的乳汁。它用自己的小头颅撞着乳房,沉浸在享受美味的欣喜中,短尾巴不停地晃动着。母鹿好像并不放心,它赶开小鹿,回到了大栎树下。虽然下面的树枝已经挡住了裘弟,但母鹿肯定已经嗅到了人类上树的气息。它抬起头,努力搜寻着。它的鼻子嗅着他的味道、汗水、皮鞋,好像人类的眼睛看到了路标一样,它确定了自己的怀疑。小鹿依然贪婪地跟着妈妈,它渴望吮吸乳汁。突然,小鹿被母鹿旋转着踢着,只能连滚带爬地躲进了灌木丛。之后,母鹿高高一跃,向灌木丛的另一侧仓皇逃去。

裘弟从树上爬下来,立刻跑到小鹿刚才滚进去的地方。但它并不在那里。他认真地查看着地上的蹄印,小小的蹄印交叉在一起,乱糟糟地分不清。他郁闷地坐在地上等爸爸。贝尼回来了,浑身湿透,脸红红的。

"啊,儿子,看到什么了?"贝尼问道。

"一头母鹿和一头小鹿。原来那头小鹿一直都在这里。它在吃奶,但母鹿发现了我就跑掉了。可是我怎么都找不到那头小鹿,你说,裘利亚能找到吗?"

贝尼也坐在了地上:"裘利亚能追踪到任何留下踪迹的动物。但我们还是别祸害那个小东西了。现在它一定就在附近,已经怕得要命了。"

"鹿妈妈不应该把小鹿单独扔下。"

"这就是它的聪明之处。大多数动物都会带着孩子一起跑,但母鹿知道,只要小鹿悄无声息地躺在某个地方,就不会被注意。"

"爸爸,它的斑点太可爱了。"

"它的斑点是乱糟糟的还是一行一行的?"

"是一行一行的。"

"那就是一头小公鹿。这么近地看着它,高兴吗?"

"太高兴了。但是,要是能捉到它、驯养它,我会更高兴的。"

贝尼也笑了起来。他打开背包,拿出了午饭。裘弟不同意现在就吃饭,他觉得现在最重要的是打猎,而不是吃饭。

"我们去哪里吃饭?在这里吃,很可能会有一头公鹿从我们前面经过。我们最好能选择猎物经过的地方吃午饭。"贝尼说道。

裘弟把藏起来的枪拿出来,便坐下来吃饭。可他却无心吃饭,如果不是新鲜刺莓果酱散发出的香味,他所有的意识都会涣散。果酱的糖少,不够甜,所以很稀薄。裘利亚的身体还没有复原,仍然有点儿虚弱。它伸展四肢侧卧在地上,黑色毛皮下的战斗痕迹显得非常苍白。贝尼仰面躺在了地上。

贝尼慵懒地说道:"如果不变风向,用不了多久,那两头公鹿就会跑回到这里来休息。有一个地方是非常好的射击位置,就是离这里四分之一英里远的高大松树,你爬到任何一棵上面都可以。"

裘弟抓起枪就走,他现在只想亲手打死一头公鹿。

"要看好开枪时机,不要太远。不能让枪把你从树上震下来。"贝尼在后面喊着。

前方耸立着稀疏的高大松树,周围的平原非常荒凉,只长满了光滑的冬青。裘弟选了一棵视线最好的松树,在这棵树上面,无论公鹿什么时候经过,都可以看得清清楚楚。他一手拿枪、艰难地爬上了笔直的松树。等他爬到最低的枝十上时,膝盖和小腿的皮都破了。他休息了一下,接着便一口气爬到了树顶上他敢到达的高度。一阵微风吹过,松树摇晃起来。松树好像活了，它的摇晃只是因为自身的呼吸。

裘弟眼前又浮现出了小熊在松树上荡秋千的画面，他也开始摇晃树梢。但在枪和他本身的重量下，树枝失去了平衡，并且发出了不祥的折裂声，裘弟吓坏了，赶紧停止了摇晃。他环顾四周，体会着老鹰从高处俯视地面的感觉。裘弟低着头看着地面，一只苍鹰也在凶猛而敏捷地注视着下方。他转动脑袋看了看周围，终于相信地球是圆的了。因为只要他快速地转动脑袋，差不多一下子就能看到所有的地平线。

他以为他能看到整个区域的每一处，哪怕有一点点骚动，他也肯定能察觉。但他并没有注意到有个动物正在靠近他。突然一头体形庞大的公鹿一边找寻食物，一边朝这边走了过来。它找到了早熟的美洲越橘，但现在那头鹿还没有进入射程范围。裘弟想爬下松树悄悄靠近它，可他知道鹿比他更加敏捷，在他举起枪之前早就逃走了。现在，他只能等，希望公鹿能一边找寻食物一边进入自己的射程。但那头鹿走得非常慢，这种等待简直让人发疯。

有那么一会儿，裘弟以为它要到南面去找寻食物，但之后它还是朝他这边走过来了。他举起藏在树枝后面的枪，紧张得心怦怦直跳。不管怎么样他都分不出自己和鹿之间的距离是否合适，它好像很庞大，但对于鹿的脸部五官还看不太清楚。好像等了很久很久，鹿终于抬起了头。裘弟也瞄准了他的目标。

他迅速扣动扳机，在子弹发出的一瞬间，他感到自己打的位置太高，留下的余地并不充分。这一枪确实偏高了。但他感觉应该已经打中猎物，因为看它跳跃的样子，貌似不只有恐惧。它跳得很高，越过了冬青丛，画出一条弧线就跑过了裘弟所在的松树。如果裘弟手里有爸爸那样的双筒猎枪，他就能马上再补一枪。几秒之后，贝尼的枪声响了。裘弟激动了，他立刻爬下松树朝刚才的硬木林跑去。公鹿躺在栎树的树荫下，贝尼已经在剥鹿皮了。

"我打中了吗？"裘弟喊着。

"打中了，打得非常好。可是它没趴下，它经过这里的时候，我又开了一枪，正中要害。你打的位置稍微高了点儿。"

"我明白，我刚开枪，就知道偏高了。"

"嗯，知道毛病出在哪里，下次你就不会犯错了。你看看，这里是你打的，这里和那里是我打的。"

裘弟跪在地上观察着鹿的躯体，但看到它呆滞的目光以及流着血的喉咙，他感到一阵恶心。

"我想最好的情况是，不打死它，还能吃到肉。"裘弟说道。

"很好，但非常遗憾，我们总得吃它啊。"

贝尼手法熟练，但他的猎刀已经磨钝了，平得犹如锯齿一般，并不锋利，另一边的刀柄也只是玉米瓤子做的。可鹿皮已经被剖开，沉甸甸的鹿头也被割了下来。他将鹿腿膝盖以下的皮剥开，将四条腿交叉地绑住，再把自己的胳膊从结扣处穿过去，之后便稳稳地背起整头鹿。

"等我们到了伏流西亚镇，剥下鹿皮，鲍尔斯肯定会买这张皮，"贝尼说道，"但要是你想把鹿皮送给郝陀婆婆，我们可以不卖给他。"

"我觉得婆婆一定喜欢把鹿皮做成地毯，我希望能自己打死一头鹿，然后把那张鹿皮送给她。"

"不错，鹿皮是你的礼物，我就送她一条鹿前腿。奥利弗出海了，如果我们不做，就没人帮她打猎了。那个纠缠她的北方佬可不会打猎，"贝尼又开玩笑道，"或许你会把鹿皮送给你的爱人。"

裘弟沉着脸皱着眉头。

"爸爸，我没有爱人，你是知道的。"

"我见过你们两个手拉手地玩。你不想念蕾莉亚①吗？"

"我可没拉她的手。我们只是玩游戏而已。爸爸，你要是再说，我马上死给你看。"

贝尼很少开儿子的玩笑，但有的时候却忍不住想逗逗他。

"我的爱人是郝陀婆婆。"裘弟说道。

"好吧，我想知道的就是这个。"

走在沙路上，感到格外炎热。贝尼出汗了，可他依然扛着鹿，走得不急不缓。

"我来扛一段吧？"裘弟要求着，但贝尼摇了摇头。

"这些家伙，只能扛在大人的肩膀上。"贝尼说。

他们蹚过裘尼泊溪流，又在小道上步行了两英里之后才踏上那条通往大河和伏流西亚镇的大路。贝尼停下脚步休息。傍晚的时候，他们从麦克唐纳船长的屋子前经过，裘弟就知道他们已经到了勃特勒堡的附近。在拐弯的地方，先前的耐旱植物松树、丛林橡树等全部不见了踪影，取而代之的是一片新绿。橡胶树和月桂树，还有柏树，这些都意味着大河就在眼前了。低处的野杜鹃怒放着花蕊，那淡紫色的花冠沿着路边盛情开放。

他们抵达了又黑又孤寂的圣约翰河。它只是冷漠地向海洋缓缓流去，完全不在乎穿梭于两岸的人们和需要它的人。裘弟望着河流，只有经由这里才能去往外面的世界。贝尼朝对岸呼喊着，招呼着伏流西亚镇的渡船。有人撑着粗糙的木

---

① 蕾莉亚：伏流西亚镇杂货店店主鲍尔斯的侄女。——原注

筏划了过来。他们一边观看缓缓的流水,一边划到了河的对岸。贝尼付过船钱,便踏着弯曲的鹅卵石小路走进了伏流西亚镇的一家商店。

"你好,鲍尔斯先生,看看这个怎么样?"贝尼向店主招呼道。

"这个要是卖给轮船上的人就再好不过了,船长一定喜欢。"

"现在鹿肉什么价格?"

"老价格。一块半一挂肉。我敢肯定说,那些在河里来来回回的城里人最好的就是这口。但你我都知道,跟猪肉相比,鹿肉真不怎么样。"

贝尼把鹿放到案板上,开始剥皮。

"没错!"贝尼同意道,"可是一个大着肚子的家伙无法出门打猎,对这个人来说,鹿肉绝对是美味。"

他们哈哈大笑起来。贝尼是这家店非常受欢迎的老客户,他交易公平,还会讲有趣的故事。店主鲍尔斯也是小镇上出名的评判员,也可以说是法官,而且是"百科全书"。现在的他,正站在这家光线昏暗、面积窄小、充斥着各种味道的店里,怎么看都像是一位正在航船的船长。他的货物包罗万象,有日常生活用品以及乡下人少见的奢侈品,还有犁、大车、手推车和其他工具,还有日常食品以及威士忌,连五金、干货、杂货和药物都有。

"明天我做客回来,得带一只前腿回去给我老婆;另一只前腿我要送给郝陀婆婆。"贝尼说道。

"她的老灵魂有福了。为什么我总要说'老灵魂'呢,我也不明白原因。要是某人的妻子和郝陀婆婆一样心态年轻,那可就太有福气了。"

裘弟向柜台下面的玻璃柜走了过去，因为那里放着饼干、糖果、勃罗牌以及崭新的罗吉士牌小刀、鞋带、纽扣和针线；靠墙的木架子上放着较为粗重的货物，而水桶、水罐、点猪油的灯、煤油灯、脸盆、长柄锅、咖啡壶、荷兰灶这些货物都像刚出生的鸟儿一样堆在一个窝里。用具的对面是布料：奥士那堡布、斜纹布、二等绒布、土布、细布、家纺布。而那几匹驼绒、混纺呢子和绒面呢上面覆盖了一层厚厚的灰尘。夏天的时候，这种奢侈品很少有人买。店铺的后部放的是杂货、火腿、熏肉和干酪。另外还有一桶桶糖、粗粉、青咖啡豆、面粉；成袋装的土豆、成桶装的威士忌以及小桶装的糖浆。看到这里并没有什么吸引人的东西，裘弟又回到了玻璃柜旁边。放在一堆甘草细梗上的那个生锈口琴吸引了他，他瞬间就想用鹿皮换这把口琴。这样一来，他就能为郝陀婆婆吹口琴了，或者跟福列斯特兄弟们一起奏乐。可是郝陀婆婆应该会更喜欢鹿皮。这时，鲍尔斯在喊他。

"小家伙，你爸爸很长时间都没来做生意。我想送你一角钱的东西，你看看你想要哪个？"

裘弟用渴望的眼神看着各种货物。

"我觉得那把口琴应该不会少于一角钱吧？"

"嗯，没错。但这个已经放这里很长时间了，喜欢就拿着玩吧。"

裘弟又看了一眼那些糖果，或许郝陀婆婆会给他糖果吃吧。

"非常感谢您，先生。"裘弟说道。

"巴克斯特先生，您的孩子真懂礼貌。"鲍尔斯说。

"他是我最大的安慰。我们失去了那么多孩子，但我觉得有时候我太宠爱他了。"贝尼说。

裘弟感到心里暖洋洋的,他多么想表现得更高尚更友善。他带着礼貌的名声离开了柜台,却看到门口有人,原来是鲍尔斯的侄女蕾莉亚正站在那里傻傻地看着他。裘弟立刻感到一股怒意袭上心头,他恨她,因为爸爸曾拿她来取笑他;他恨她,因为她的头发紧绷得跟猪尾巴一样;他恨她,因为她脸上的雀斑比他还多;他恨她,因为她的牙齿细小得跟松鼠一样,还有她的手、她的脚,甚至她干巴枯瘦的小身体上的每一块骨头。他快速地弯腰从土豆袋子中拿出一个小土豆,高高地举起。她看他的眼神中充满了恶意,朝他吐着舌头,看上去像一条蛇在吐着芯子。她又用两根手指捏着鼻子做出厌恶恶臭的样子。他猛地把土豆扔了过去,正好打到她的肩膀。她一边痛哭地尖叫着一边向后退。

"裘弟,你干什么?"贝尼喊道。

鲍尔斯也走过来,眉头紧皱。

"马上出去!鲍尔斯先生,你的口琴不能给他了。"贝尼严厉地说着。

裘弟走出店铺,站到了炎热的阳光下。他丢脸了,可要是再重来一次,他一定会拿一个更大的土豆丢她。完成交易之后,贝尼出来走到他的旁边。

"真是不幸,你居然给我的脸上抹黑。看来你妈说得对,你就不应该跟福列斯特兄弟们混在一起。"贝尼说。

裘弟拖着脚步走在沙地上。

"我恨她,我不管!"

"我真不知道要怎么说你了。你到底为什么会做那种事?"

"我恨她。她还跟我做鬼脸,太丑了。"

"但是儿子,你总不能朝你见到的每一个丑女人都丢东西啊。"

裘弟朝沙地上唾了一口唾沫，毫无悔意。

"好吧，不知道郝陀婆婆会怎么说。"贝尼说道。

"不，爸爸，不能告诉她。求求你了，别告诉她。"

贝尼没有说话。

"爸爸，我会做个有礼貌的孩子。"

"我不知道你那张鹿皮还能不能送到郝陀婆婆的手里。"

"爸爸，把鹿皮给我吧，如果你能不告诉她，我保证以后不向任何人丢东西。"

"好，只此一回。可不要再让我看到你干这种坏事。拿着鹿皮！"

裘弟感到精神爽朗，刚刚还压在头顶的乌云已经消散了。他们向北转，拐上了一条与河流平行的小路。沿岸的木兰花开了，稍远的地方有一条夹竹桃形成的小巷子，树上繁花似锦。树巷上落了几只红鸟，而夹竹桃一直延伸到白色围栏间的那扇门的旁边。郝陀婆婆的小花园，犹如铺在围栏中的一条绚丽的锦被。她的彩色小茅屋上缠绕着忍冬和茉莉的藤蔓，牢牢地扎根在土地上。这里的一切都那么可爱，那么熟悉。裘弟沿着小路穿过花园，来到了靛青地，这里的玫瑰红如羽毛一般，绽放着淡紫色的花朵。

"你好，郝陀婆婆！"裘弟喊道。

屋内响起了阵阵脚步声，门口出现了她的身影。

"裘弟，你这个小东西！"

他向婆婆跑去。

"儿子，别撞倒了婆婆。"贝尼喊道。

她拥抱着小小的裘弟，他紧紧地贴着婆婆，一直到婆婆被他压得叫出声来。

"真是头让人烦恼的小熊。"婆婆说。

婆婆笑了起来,裘弟仰着头望着婆婆的脸,和她一起大笑。布满了皱纹的脸呈现出粉红色,眼睛黑得和刺莓果一般。婆婆笑的时候,眼睛一张一合,眼角的鱼尾纹如同水面泛起的涟漪。她全身都在抖动,小而丰满的胸部也在抖动,像是一只鹌鹑在抖动羽毛。裘弟在她身上闻来闻去,像一只小狗。

"啊……婆婆,你好香啊。"他说道。

"这次你可找不到什么理由了吧,婆婆,你看看我们,脏兮兮的两个家伙。"贝尼说。

"没什么,不过就是打猎的气味。有鹿皮、树叶……还有汗臭味。"裘弟说。

"这些气味都很好。我正寂寞着呢,很需要孩子的气味,还有男人的气味。"婆婆说道。

"不管说什么,这些是我们用来请罪的,新鲜的鹿肉。"贝尼说。

"还有鹿皮,你可以做成地毯,这是我送给你的礼物,是我打伤了它。"裘弟说。

她举起两只手,礼物的价值更大了。裘弟想自己一定会亲自打死一只豹子,好报答婆婆的赞赏。婆婆抚摸着鹿皮和鹿肉。

"别弄脏了手。"贝尼说道。

她从男人身上吸收着豪侠壮气,犹如太阳吸收水分一般。她大胆得让男人们为之疯狂。离开她这里的年轻人都会感染一种勇气。老年人也会折服于她那头银发,她身上永远散发着一种只属于女人、能让所有男人更具有男子汉气概的力量。她的魅力得罪了所有女人。巴克斯特妈妈在她家生活了四年,回到耕地的时候也带走了对她的极端厌恶。但这位比她年纪大的女人回报给她的就只有宽宏大量。

"我把肉放到厨房里吧。我觉得最好能把鹿皮钉在墙上,我帮你搞定。"贝尼说。

"'绒毛',这里!"裘弟喊道。

那条白色的狗欢快地跑了过来,好像一只皮球正扑向裘弟,而且跳起来舔着他的脸。

"一见到你它就高兴得不得了,好像碰到至亲骨肉一样。"婆婆说道。

"绒毛"发现了裘利亚,老猎狗静静地蹲在地上。"绒毛"愤怒地朝它走了过去,但裘利亚没有动,只是耷拉着它的长耳朵。

"我非常喜欢你们这条狗,它文静的样子像极了我的姑妈露茜。"婆婆说。

贝尼去屋子后面处理鹿皮和鹿肉。这里非常欢迎爷儿俩以及裘利亚的到来。裘弟感觉在这里比在妈妈身边还要舒服。

"我原本想你不会愿意见我的,不成想你对我一直都这么宽容。"裘弟对婆婆说道。

婆婆笑出了声。

"你这是听你妈说的?你们来这里,她没有反对吗?"

"当然反对了,但没那么厉害。"

"你爸爸娶的这个女人,就连地狱里的恶鬼见了都不会高兴,"婆婆的语气尖酸刻薄,她举起一根手指,"我敢肯定,你一定想游泳去。"

"去河里吗?"

"扑通一声跳进去,等你出来的时候,我会给你准备干净的衣裳,这几件都是奥利弗的。"

婆婆没有警告裘弟要小心鳄鱼、毒蛇和急流。因为对于头脑灵活的裘弟来说,这些都不是问题。裘弟穿过小路来到岸边，奔流着的河水乌黑而深沉。河水正拍打着岸边，响起了阵阵涛声。但河流的主要部分还在不停地前进着，看到河面上漂流的落叶才能想到河流的湍急。裘弟站在岸边犹豫了一会儿，还是"扑通"一声跳进了河里。他努力想追上流淌的河水，于是用力地靠近岸边，因为岸边的河水流速较缓。

但他没有取得任何进展。两岸边高耸着黑色的树木，裘弟好似被钉在了栎树和柏树之间，无法动弹。他想象着有鳄鱼在身后追赶自己，拼命地游动。他费劲地从这里游到那里，他很想知道自己到底能不能游到上游的岸边，那里有渡船，还有汽船。他奋力地游着，紧紧地抓住了一根柏木船桨，暂时休息一下，平缓一下呼吸之后，再次出发。目标看似很遥远，而他的衬衫和裤子都阻碍了他的活动。他希望能脱光了再游，想着婆婆应该也不会介意。他很想知道要是妈妈知道福列斯特兄弟们演奏的时候就是光着身子，她会怎么说。

他回头看去，发现郝陀家的岸边已经自拐弯处消失了。突然，他感到一阵恐慌，这些黑色的液体没有给他安全感。他转过身，在水流的帮助下快速地游向下游，拼命地靠近岸边，但河流似乎抓住了他。他恐惧地想到，或许这河水会把他冲到伏流西亚镇的闸门，再漂到巨大的乔治湖里，甚至会到大海里。他恐惧地拼命游动，脚底终于触到东西。他这才发现马上就到岸边了。他松了一口气，慢慢地游向岸边，爬上岸。他深呼吸一下，恐慌消失了，冰冷的河水以及刚才的危险令他感到兴奋。贝尼就站在岸边。

"战斗得可真是激烈啊。我可只想悠闲地洗个澡。"贝尼说道。

贝尼小心地跳进河里。

"现在我可不会让我的脚离开实地，我早就过了随便冒险的臭小子时期了。"贝尼说。

很快,贝尼就出来了。爷儿俩一起回到郝陀婆婆家里,她已经为他们准备好了换洗的衣服。给贝尼准备的是郝陀先生的衣服,因为他过世已久,衣服有些发霉了。给裘弟准备的是奥利弗多年前、现在已经穿不上的衬衣和裤子。

"有人说,储存的东西最好隔七年就用一次,可两个七年是多少啊?裘弟。"婆婆问。

"十四年。"

"别问他了,去年冬天,我跟福列斯特兄弟们请来的老师都不清楚这个问题。"贝尼说。

"是啊,相比那些书本知识,还有很多更重要的东西。"

"这我都知道,但人必须会读、写、算。我教给他的东西,裘弟都学得不错。"

他们穿好衣服,用手整理好头发。穿着别人的衣服,他们感到陌生但很干净。裘弟的雀斑脸也显得精神十足。他的头发是黄褐色的,湿湿的、非常服帖。他们穿上自己的鞋子,用换下来的衣服擦干净。听到郝陀婆婆在喊他们,他们便走进了屋子。

裘弟闻到了屋里有股熟悉的味道,可他从来不知道是什么成分。很明显有婆婆擦在衣服上的薰衣草香味;也有插在瓶子里、放在壁炉前的甘草味;再加上婆婆放在食品柜子里、肯定错不了的蜂蜜味道;有给"绒毛"洗澡用的肥皂的味道;有从窗外花园飘进来的、充满了整个房间的花香。但他最后却闻到了一种盖过所有气味的味道,就是大河的气息。这股气息不仅登堂入室,还环绕着整个屋子,散发着阵阵潮湿的羊齿草的味道。他打开门向外看去,那条穿过了金盏草丛的小路一直通到河边。夕阳下,河流犹如几内亚黄金一般,闪烁着金色的光芒，犹如朵朵金灿灿的花儿。跟着河水的流动，裘弟的心一直去往海外。在那里，了解世间一切事物的奥利弗正驾驶着轮船行驶在风浪之中。

郝陀婆婆准备了香饼还有斯葛潘农葡萄酒，连裘弟都得到喝一杯的许可。酒清澈得犹如裘尼泊溪流，贝尼咂着嘴品尝着。但裘弟想喝的是如黑莓汁那样香甜的东西，他心不在焉地吃着香饼，一直到自己的盘子空空如也之后，他才停了下来。如果是在家里，妈妈一定会训斥他。可郝陀婆婆只是把盘子拿到碗柜边默默地盛满。

"可不能浪费了你这个能吃能喝的好胃口。"婆婆说道。

"我还没想到这一点，等我想到的时候已经晚了。"

婆婆走进厨房，裘弟也跟了进去。她开始切一些鹿肉薄片，烤了起来。裘弟不安地皱起眉头，因为对于巴克斯特家的人来说，鹿肉并不是什么盛情款待。婆婆打开炉灶，裘弟才意识到她还在煮别的食物。她有一个铁制炉灶来烹饪，从这里拿出来的食物可比他家里那个敞口炉灶里拿出来的食物更加神秘。各种食物都被隐藏在炉灶褐色的铁门里。虽然饼并没有提起他太多的食欲，但美味的香气还是令他口水直流。

他在婆婆和爸爸之间走来走去，贝尼不声不响地坐在那把有垫子的圈椅里。他被阴影笼罩、吞没。在这里，虽然不像在福列斯特家时那样兴奋，却有一种舒适，这种感觉就像在冬夜温暖的被窝中。在家里，贝尼一直被各种食物纠缠着，但在这里等他的只有酒和肉。裘弟想到厨房帮忙，却被郝陀婆婆赶了出来。他只能去院子里闲逛，去陪"绒毛"玩耍。裘利亚好奇地看着他们，对它来说，玩耍一点儿都不适合。它的脸黑而棕黄，透露出一种勤奋干活的神气。

晚饭准备妥当了。在裘弟认识的所有人中，拥有独立餐厅的只有郝陀婆婆。一般来说，大家都是在厨房的昏暗灯光下放张松木桌用餐。当郝陀婆婆把食物端出来的时候，他的目光依然停留在蓝色的盘子和洁白的桌布上。

"现在，我们这对脏兮兮的流浪汉正坐在这么多美味食物面前。"贝尼说。

但他的态度依然很随便，仿佛在自己餐桌旁一样，自然地跟婆婆说笑。

"我很奇怪，为什么到现在都没看到你的爱人。"他说。

她黑黑的眼睛快速地闪烁着。

"贝尼·巴克斯特，除了你，所有人都说应该把他丢到河里去。"

"你就这么对待那可怜的伊粹？"

"只可惜，他没被淹死。他那个家伙，就算受到了侮辱自己也不知道。"

"你应该接纳他，然后就能拥有把他丢出去的合法权利。"

裘弟大声笑了起来。他无法做到一边吃东西一边听他们说话。他发现自己吃东西的技能退步了，于是赶紧专心地享受起美食来。那条鲈鱼是刚刚从伊粹的渔网中拿来的，里面填满了美味的填料，煎得酥脆可口。巴克斯特家吃了三顿甜薯后，这里的爱尔兰土豆真是一种盛情款待。刚刚长成的嫩玉米也是巴克斯特家很难吃到的时令食物，因为地里的玉米更应该成为储备粮食。裘弟感到惋惜，他想尝遍所有美味，但有心无力了。他只能专心地吃软软的山楂冻和面包了。

"现在这么宠着他，他妈妈又得好好训练他了，就像训练一条新猎狗一样。"贝尼说。

晚饭后，三人一起穿过花园到河边散步。过往的轮船上，旅客们会向郝陀婆婆招手，婆婆也会对他们挥手致意。太阳快要落山的时候，伊粹·奥塞尔走上小路，去房内处理那些傍晚的杂事。郝陀婆婆看着她的追求者正走过来。

"你看看他那副扫把星的样子。"

裘弟心想，这伊粹看上去确实像只被雨水淋湿了羽毛的病重的灰鹤。头发呈现灰褐色，一缕缕地悬浮在脖子后面。满脸稀疏的长胡须，只垂到了他的下巴上。垂在身体两侧的双臂就像是软弱无力的翅膀。

"你看看，这让人苦恼的北方佬，他拖着的那两只脚多像鳄鱼的尾巴。"她说。

"他的确不够帅气，可他非常忠诚，像养的狗一样。"贝尼说道。

"我最讨厌的就是这种装可怜的男人。"郝陀婆婆说道，"任何一个卑躬屈膝的家伙我都喜欢不起来。你看他的腿多弯啊，他的裤子差不多能在地上拖出一长溜的记号。"

拖着两条腿的伊粹去了房子后头。裘弟听见他一会儿去了母牛那边，一会儿又去了柴堆。他处理完了傍晚的杂事，便惊恐地上了前面的台阶。郝陀婆婆冲他点了点头，贝尼和他握了手。他清一下嗓子，却最终没有开口，仿佛吞咽在喉咙里的"亚当的苹果"[1]堵住了他的舌头。他始终没有勇气开口，只是坐在了最下面的那级台阶上。看到大家还在有说有笑地闲聊，他灰白的脸上也露出了满意的神情。婆婆的神情消失在了傍晚的薄暮之中。伊粹也站起僵硬的身体，准备离开。

---

[1] 亚当的苹果：指男人的喉结，相传夏娃吃下禁果，亚当刚咬一口就被上帝呵斥住，吓呆了的亚当被苹果噎住了，于是噎在喉咙里的苹果就变成了男人的喉结。——原注

"上帝啊，要是我的说话技巧能跟你一样，也许她会好好待我。你觉得她不肯原谅我是不是因为我是北方佬呢？要真是这样，我跟你说，贝尼，我真想臭骂我们的旗帜。"他对贝尼说道。

"嗯，你应该知道，一个女人坚持自己的成见时就像一条鳄鱼咬着小猪一样坚定。她肯定会永远记着曾经有北方佬拿走了她的针线，她带着三个鸡蛋一直走到圣奥古斯丁才换到了一包针。她要是原谅你，除非是北方佬被我们打败了。"

"贝尼，我可是被打败了。太可怕了，我是真的被打败了。在勃尔勒母，你们的军队打得我们支离破碎。上帝啊，我恨打仗。"他沉浸在痛苦的回忆中，擦了擦眼镜后，接着说道，"我们竟然打败了，要知道我们的人数可是你们的两倍啊。"

伊粹拖着脚离开了。

"这个从战场上败下来的人竟然想追求郝陀婆婆，真是癞蛤蟆想吃天鹅肉。"贝尼说道。

进屋后，贝尼一直拿伊粹烦郝陀婆婆，和拿蕾莉亚嘲笑裘弟如出一辙。婆婆也在全力反击，但这也只是友好的讨论。可这种讨论却让裘弟想起了他的亏心事。

"婆婆，上次雷姆·福列斯特说他的爱人是吐温克·薇赛蓓。可我说她是奥利弗的爱人，可雷姆听到我这么说就不高兴了。"裘弟说道。

"等奥利弗回来，他肯定会防备雷姆的，很可能会跟福列斯特堂堂正正地好好打一架。"郝陀婆婆说。

父子俩被安排到了奥利弗睡过的那间粉刷得雪白的房间休息。裘弟舒舒服服地躺在了爸爸旁边那个干净舒服的被窝里。

"婆婆的日子过得很不错啊!"裘弟说道。

"有的女人是这样。"贝尼说,但接着又忠诚地说道,"你可不能因为你妈不像婆婆这么有钱就觉得她不好。你妈妈之所以没有这么多财富,是因为我的原因,这应该怪我,因为我没有让她过上舒服的日子。"

"我真的希望奥利弗是我的亲戚,婆婆能是我的真婆婆。"裘弟说道。

"好啦,相处好的人像亲戚,就是亲戚了。在这里你跟婆婆一起住觉得好吗?"

裘弟马上想到了自家的茅屋。有猫头鹰的叫声,有狼的长吼,还有豹子的高啸。去凹穴里饮水的鹿——独自去的公鹿,带着小鹿的母鹿。那些小熊们可能正蜷缩着身体挤在暖暖的窝里。相比这里的雪白床单和桌布,显然巴克斯特岛更美好。

"不好,不好。要是能把婆婆带回家里跟我们一起住就好了。可妈妈得先谅解婆婆才行。"

贝尼呵呵地笑了。

"可怜的孩子,等你长大了,得去了解女人……"贝尼说道。

第十二章 出拳帮忙

黎明时,裘弟听到了郝陀婆婆的码头上传来了装货和载客轮船经过的声音。他坐了起来,望向了窗外。在黎明的光亮下,轮船的灯光显得暗淡下来。轮叶搅动水的声音非常沉重。伏流西亚镇旁边的轮船发出的汽笛声又尖又细。听起来,轮船好像停了下来,但接着又驶向了河流上游。不知道为什么,裘弟开始关心轮船,怎么也睡不着。院子里的裘利亚在叫,贝尼也在睡梦中翻动着身子。裘弟的脑子里好像住着警醒的哨兵,任何一点儿响动都能惊醒他。

"轮船停的时候,有人下来。"裘弟说道。

裘利亚发出了低沉的叫声,接着又是几声呜呜的哀鸣,之后便安静了。

"来的人裘利亚认识。"

"是奥利弗!"裘弟惊叫道,接着便一跃而起。

他光着身子,跑着穿过了屋子。"绒毛"也醒了,尖叫着从婆婆房门边上的狗窝里快速跑了出来。

"出来,你们这些睡懒觉的旱鸭子!"一个高喊着的声音传了进来。

郝陀婆婆从卧室里跑了出来。她身穿白色的长款睡衣,头戴白色睡帽,一边跑一边系好肩膀上的披巾。奥利弗如同公鹿般灵活地跳上台阶,抱起如同旋风般扑过来的妈妈,在空中旋转着。婆婆挥舞着她的小拳头捶打着奥利弗。裘弟和"绒毛"都叫着喊着,希望能引起他的注意。接下来,奥利弗又分别抱着两位旋转了一会儿。贝尼已经穿好衣服，静静地等着他们结束欢迎仪式。他紧握着奥利弗的手，表示着欢迎。朦胧的晨曦中，奥利弗洁白的牙齿闪烁着光泽。婆婆却看到了奥利弗的耳边闪烁着另一种光泽。

"你这个海盗，把那副耳环给我。"

婆婆踮着脚尖，够到了悬挂在奥利弗耳畔的那副金色耳环。她拧松耳环，摘下来戴到了自己的耳朵上。奥利弗大笑着摇着婆婆的肩膀，"绒毛"也在旁边狂吠。喧闹中，贝尼说道："上帝啊，裘弟，你怎么赤裸裸的什么都不穿呢？"

裘弟一愣，转身便跑。奥利弗逮住他，婆婆把肩膀上的披巾拉下来系到了他的腰上。

"我着急的时候，也可能会赤裸着跑出来。奥利弗一年才回来两回啊，是吧？"婆婆说道。

"不管怎么说，我跑出来的时候天还黑着。"裘弟说道。

喧闹声渐渐平静了，奥利弗提着旅行袋走进屋内。裘弟跟在他身后。

"奥利弗，这次你又去了什么地方？你看见鲸鱼了吗？"

"你让他歇一歇。他也不能像个喷泉一样，马上喷出一大堆故事给你。"贝尼说。

可奥利弗的故事已经开始往外喷了。

"一个水手回家的原因就是这个，看看妈妈，看看女朋友，再吹吹牛。"奥利弗说。

他所在的船去过热带。裘弟很是懊恼自己要离开这么久去穿上衣服。他不断地向奥利弗提出问题，婆婆也不断地提出问题，弄得刚刚归来的奥利弗应接不暇。婆婆身穿一件斜纹布的印花衣服，并且精心地梳了银色的发髻。她去厨房准备早餐。奥利弗打开了旅行袋，把里面的东西全部倒在了地板上。

"一边做菜一边看东西,我可做不到。"婆婆说道。

"这样的话,妈妈,你还是做饭吧。"奥利弗说。

"你瘦多了。"

"我已经瘦得只剩一层皮啦,就等着回来吃大餐啦。"

"裘弟,你来烧火,烧旺点儿。再把火腿切片,把熏猪肉和鹿肉也切片。"

婆婆从碗柜里把碗拿出来,打了几个鸡蛋在碗里便开始打蛋浆。裘弟帮婆婆干完活儿,又跑去找奥利弗。太阳出来了,阳光洒满了房间。奥利弗、裘弟和贝尼一起蹲在地上看奥利弗带回来的东西。

"除了裘弟,每个人都有礼物。太不巧了,我竟然把他给忘了。"奥利弗说道。

"不会的,你从来都没忘记过我啊。"

"那你能看到里面哪个是给你的吗?"

裘弟没要那卷绸布,那肯定是给郝陀婆婆的。他推开那一堆带着怪怪的异国气味、混有香味和霉味的衣服,然后拿走了一个用法兰绒包着的小布包,却又被奥利弗给夺走了。

"这个是送给我爱人的礼物。"

另一个松开的袋子里装的是透明的石头和彩色的玛瑙。他把袋子放到一旁,又拿了另一包东西闻了闻。

"是烟草。"

"这个是土耳其的,送给你爸爸。"

"这是怎么啦?奥利弗。"贝尼打开袋子,夸赞着。房间中弥漫开一股浓郁的香味。"我可不记得我什么时候收过礼物。"

裘弟拿起一个狭长的、很重的金属制品。

"就是这个!"

"不打开你一定猜不到是什么!"

裘弟迫不及待地打开包装,一把锋利并闪着光泽的猎刀掉到了地板上。裘弟立刻被它吸引了。

"奥利弗,这不是一把刀吗……"

"如果你现在说你想要的是你爸爸那样的刀锋已经磨钝了的刀……"

裘弟一下子就扑了过去,捡起猎刀,迎着阳光晃动着刀锋。

"这将会是丛林中最好的一把刀。"裘弟说道,"就连福列斯特兄弟们也没有这样的刀。"

"正合我意,不能让那些胡子拉碴的人永远比我们强。"贝尼说道。

裘弟的目光转向了奥利弗手里的法兰绒小包。他夹在福列斯特兄弟和奥利弗之间,不知道该不该说。

但他突然喊了出来:"奥利弗……雷姆·福列斯特说他的爱人是吐温克·薇赛蓓。"

奥利弗笑着用两只手轮番抛着小布包。

"福列斯特兄弟们什么时候说过真话。任何人都不可能夺走我的爱人。"奥利弗说道。

裘弟终于安心了,他把自己知道的一切都告诉了奥利弗和郝陀婆婆,他终于洗清了自己良心上的那个污点,并且奥利弗没有感到惊慌。接下来,他眼前又浮现出拉着小提琴的雷姆一脸阴沉的模样。但他很快便调整了自己的情绪,陶醉在奥利弗漂洋过海带给他的宝贝里。

吃早餐的时候,他注意到婆婆一直往奥利弗的盘子里装食物,却没有碰一下自己的盘子。她眼睛发亮,如同两只饥饿的燕子,眼光始终没有离开她的儿子。奥利弗挺直腰板、潇洒倜傥地坐在餐桌旁边。他领部的衬衫敞开,喉结上方露出了古铜色的皮肤。他的头发有些泛红,好像是被太阳晒褪色一般。他的眼睛略带绿光,却是大海一般的灰蓝色,和裘弟想象的一样。裘弟伸手盖住了自己长满了雀斑的脸蛋和塌塌的鼻子,又用手悄悄地摸一摸脑袋后面干草色如鸭屁股一般僵硬翘着的头发,他开始对自己的外貌产生极大的不满。

"婆婆,奥利弗刚出生的时候就很好看吗?"裘弟问道。

"我来回答你。你小的时候,长得比你和我都难看。"贝尼说道。

"如果你现在有什么烦恼的话,裘弟,你要相信等你长大后肯定跟我一样帅气!"奥利弗不无得意地说道。

"只要能有你一半英俊潇洒就好了。"裘弟说道。

"今天,我得让你把这句话说给我爱人听听。"奥利弗笑着说道。

婆婆皱着鼻子说道:"水手在回家之前就应该去跟女人说些甜言蜜语。"

"据我所知,水手们可从来不放弃任何一个能讲情话的机会。"贝尼说道。

"裘弟,你呢?找到爱人了吗?"奥利弗问道。

"什么?难道你还没听说?裘弟现在正沉迷于鲍尔斯·蕾莉亚呢。"贝尼说。

裘弟感到一股莫名的怒火正在席卷他的全身。他想大吼一声,如同福列斯特兄弟们那样,用自己的狂吼之怒来镇住所有人。他结巴着说道:"我……我讨厌女孩子,特别讨厌的就是那个蕾莉亚。"

"为什么呢?她怎么了?"奥利弗问得很天真。

"她那个皱成一堆的鼻子,看上去像一只兔子,让人讨厌。"

奥利弗和贝尼边笑边拍打着对方。

婆婆开口道:"你们两个还是不要取笑这个孩子了,难道你们忘了自己以前的事情了?"

裘弟非常感谢婆婆为自己解围,刚才的怒火也渐渐熄灭了。永远保护自己的人只有婆婆。不,他觉得哪里不对。贝尼也是经常帮他,每次妈妈不讲理的时候,贝尼都会说:"奥拉,放他去吧。我小的时候……"他这才想起来,爸爸取笑他的时候不多,也就只有在这里、在好朋友面前才会这样。每当自己需要帮助的时候,爸爸一向都是冲在最前线。想到这里,裘弟笑了。

他跟爸爸说道:"我想你肯定不敢告诉妈妈我已经找到爱人了,否则她一定会很凶,比知道我养黄鼠狼还要厉害。"

"你妈妈会跟你发火吗?"婆婆问道。

"对我们爷儿俩都会发火,对爸爸发得更厉害。"

"这个女人太不知好歹了,她应该感激你爸爸。"婆婆叹息着,"难道一个女人非得爱上一两回坏男人,才能懂得感激好男人吗?"

贝尼谦虚地低头看着地板。但婆婆的话却激发了裘弟的好奇心,郝陀先生究竟是好男人还是坏男人呢?可他并不敢直接问,不管怎么样,郝陀先生已经去世很久了,所以裘弟也觉得这个问题并不重要。奥利弗站了起来,活动了一下。

"你刚回来就要出去?"婆婆说。

"就出去一会儿。我去外面转转,看看邻居。"

"是不是去看那个黄毛吐温克?啊?"

"没错。"奥利弗贴着妈妈的身体,抚摸着她的发髻,问道,"贝尼,你们今天不回去吧?"

"做完买卖我们就得回家了。奥利弗,我多么想留下来好好在周末欢聚一下。可我们周五来就是为了能及时把鹿肉给鲍尔斯,这样也好卖到轮船上。但奥拉一个人在家,我们不能让她一直等着。"

"口不对心吧,我看你是怕野兽把她吃了。"婆婆说道。

贝尼快速地看了婆婆一眼,却发现她还在认真地整理围裙。

"好吧,我们河对岸见。"奥利弗说。

他随意将水手帽扣在头上,便出去了。随即外面就响起了他的口哨声。裘弟感到很无奈,每次想听奥利弗讲故事的时候,都会遇到各种妨碍。只要能听奥利弗讲故事,他完全可以心甘情愿地一整个上午坐在岸边。可他从来没有这样的机会,每次奥利弗刚讲了一两个故事,要么就是有人来,要么就是奥利弗不再讲故事开始做其他事情,总之没有一次顺利的。

"我还没听过他讲完一个完整的故事呢。"裘弟说。

"我也从来没跟他在一起待过足够长的时间。"婆婆说。

贝尼也舍不得离开,在找理由拖延时间。

"我真不想离开这里,尤其是奥利弗回来的时候。"他说。

"相比奥利弗在海上的时候,他在家的时候离开我的身边会更让我想念。"婆婆说。

"那还不是因为他那个爱人,吐温克,我可不需要什么爱人。"裘弟说道。

对于奥利弗离开他们,裘弟感到很生气。当他们四个人正紧密地结合成一个团体的时候,这个团体却被奥利弗拆散了。屋内的宁静氛围令贝尼感到惬意,他一次又一次地把那些外国烟草塞满自己的烟斗。

"我真不想离开这里,可我们必须回到丛林去。我们得完成我们的买卖,回家还得走很远的路,而且我们只能步行。"贝尼说道。

裘弟沿着河边散步,时不时地朝"绒毛"扔去枯树枝。突然,他看到伊粹·奥塞尔往茅屋这边跑过来。

伊粹边跑边喊:"快,快把你爸爸喊出来,不能惊动郝陀夫人。"

裘弟飞奔到花园喊爸爸,贝尼应声走了出来。

伊粹跑得上气不接下气,说道:"奥利弗正跟福列斯特兄弟们打架呢。他先是在店外跟雷姆打,接着所有的福列斯特都开始打他,那帮家伙简直想打死他。"

贝尼迅速地向店铺跑去,裘弟想追却追不上。伊粹早被父子俩甩在后面老远。

贝尼边跑边回头喊:"希望能在婆婆带着枪赶过去之前结束战斗!"

"爸爸,我们要去帮奥利弗吗?"裘弟喊道。

"我们当然是去帮助被打的那个,就是奥利弗。"

裘弟迅速地转动着自己的小脑袋。

"可是爸爸,你之前说过,要是没有福列斯特兄弟们当朋友,我们不可能继续在巴克斯特岛生活的啊。"

"我是说过,可我不能看着奥利弗被打成重伤。"

裘弟震惊了。他仿佛感觉到奥利弗是自找的,要是他不去看那个姑娘而是和他们待在一起,也不会发生这种事。福列斯特兄弟们能找上奥利弗,他甚至觉得一阵开心。或许奥利弗打完架会回家,并且结束他荒谬的追爱行为。吐温克·薇赛蓓,哼,想到这里,裘弟吃得唾了一口唾沫。他又想到了草翅膀,如果不能再跟他做朋友,裘弟很可能难以忍受那份孤寂。

他冲着爸爸的背影喊着:"我不去帮忙打架!"

贝尼没有理他,而是继续迈动他的两条短腿快速地跑着。鲍尔斯店铺门前的沙路上正在上演一场恶斗。恶斗现场好似刮起夏天的热旋风,卷起一团尘土。贝尼还没分清楚打架的人是谁,就听到了四周此起彼伏的喝彩声。伏流西亚镇上的所有人都跑来看热闹了。

"这些混蛋就知道看热闹,也不管人的死活。"贝尼喘息着说道。

裘弟注意到站在人群外围的吐温克·薇赛蓓。虽然所有人都说她长得漂亮,但他简直想揪下她那一缕一缕的黄软卷发。现在的她,呆着一张惨白的瓜子脸,瞪着蓝汪汪的大眼睛死死地注视着打架的人群。她用力地在手指上缠绕着自己的手帕。贝尼从人群中挤进去,裘弟也紧紧地拉着爸爸的衣服跟着他挤了进去。

是真的,福列斯特兄弟们真的要打死奥利弗。奥利弗同时招架着雷姆、密尔惠尔、勃克三个人。此刻的奥利弗仿佛裘弟曾经见过的那头公鹿,已经受伤倒地、鲜血直流,猎狗们正在他的喉咙和肩膀上撕咬。鲜血和尘土沾满了他的脸庞,他小心翼翼地挥动着拳头,尝试着对付其中一个福列斯特。雷姆和勃克同时冲上去打他,接着裘弟就听到了拳头打在骨头上的沉重声响。奥利弗被打倒在地,人群发出一阵惊呼。

裘弟的思维混乱了,却不停地转着。奥利弗离开他们去找那个姑娘,他是自作自受。但三个人殴打一个人可算不上公平。如同几条猎狗们同时逼迫一头熊或者一头豹子,也同样是一件不公平的事情。妈妈曾经说过福列斯特兄弟的心肠是黑的。但裘弟从来没相信过,因为他们也会饮酒作乐、会弹琴吟唱、会哈哈大笑。他们用来招待父子俩的是无比丰盛的食物,他们还会拍自己的后背,还同意草翅膀跟自己一起玩耍。但眼前的场景还不能说明他们黑心肠吗?三个人殴打一个!但勃克和密尔惠尔是替雷姆出头,替他守住爱人。难道这样不好吗?难道这不是兄弟情深吗?……奥利弗跪在地上,接着便摇晃着身子站起来。虽然满身血污,却依然能看到他脸上的微笑。裘弟感到非常难受,奥利弗真的要被打死了。

突然,裘弟跳上了雷姆的后背,抓住他的脖子,使劲敲打他的头。雷姆挣脱了他的抓挠,转身把裘弟扔了出去。四脚朝天的他被那只大手打得生疼,屁股也摔疼了。

"滚开,你这头小野豹!"雷姆咆哮着。

"谁要打架的?"贝尼高喊。

"我们要打的。"雷姆说道。

贝尼挤到雷姆前面,用高过所有喊声的声音喊道:"要是三个打一个,我肯定说那一个人更好!"

雷姆凑了过来。

"我不想打死你,贝尼·巴克斯特。但是如果你再不让开,我就打得你像只烂蚊子一样!"雷姆说。

"天地自有公道!你们要真想要他的命,就可以正儿八经地开枪,之后因为杀人罪去接受绞刑。这样才算堂堂正正的男子汉!"

勃克不安地移动着放在沙地上的脚,说道:"我们想跟他一对一地单挑,但他先动起手来了。"

贝尼终于找到了好时机。

"谁先动手的?谁干了对不起对方的事情?"

"他回来就偷……是他干了对不起我的坏事!"雷姆说道。

奥利弗用衣袖擦了擦脸，说道："是雷姆偷才对。"

"偷了什么？"贝尼用另一个手掌迎接着另一个拳头的连连猛击，"偷了猪？马？猎狗？还是枪？"

突然，圈子外面传来了吐温克·薇赛蓓的哭声。

奥利弗压低声音说道："贝尼，这里不适合说这些。"

"那这里适合打架吗？当街打架跟那些狗有什么区别？你们两个家伙，还是再找个日子单挑吧。"

"我愿意跟一个真正的男子汉在任何一个地方决斗，雷姆也是这么说的。"奥利弗说道。

"我可以再说一次。"雷姆说道。

两个人又动起手来，贝尼站在两人中间加以阻拦。裘弟感觉爸爸像是一棵个矮却结实的松树，正在奋力抵抗飓风。人群又爆发出一阵欢呼声。当雷姆挥拳从贝尼的头顶打到奥利弗的时候，奥利弗好像中枪一样应声倒下，仿佛一具破布玩偶躺在地上一动不动了。贝尼愤怒地挥拳打向雷姆的下颌，勃克和密尔惠尔也从两边扑向贝尼。雷姆的拳头击中了贝尼的肋骨，裘弟被激怒了，他奋力挤进人群，仿佛被狂风卷进去一般。他张嘴咬住了雷姆的手腕，用脚踢打着雷姆壮实的小腿。雷姆转过身，像一头巨熊赶走一只骚扰自己的小狗一样，一拳就将裘弟打得离开了地面。裘弟在半空中的时候，感觉又被雷姆打了一拳。他看到奥利弗摇晃着身体站起来，他看到贝尼挥舞着自己的双臂，他听到一阵嗡嗡响。刚开始，响声就在他的耳旁，但响声慢慢地消失了。裘弟也陷入黑暗之中。

第十三章 三位伤兵

"我梦见自己打架了!"裘弟心想。

他正躺在郝陀婆婆家的客房里,凝望着天花板。河面传来运货汽船逆流而上的声音,只听到船侧的轮桨疯狂地搅动着激流。它们沉沉地搅进去又轻松地浮上来。拉响汽笛的汽船在伏流西亚靠岸了。毫无疑问,这个早上裘弟一直睡到现在。河边到处都是汽船的震颤声,声音从西岸的丛林墙上反弹回来。昨天夜里的噩梦一定是奥利弗·郝陀回来后跟福列斯特兄弟们打架。他转头望望窗外经过的船,只感到脖子和肩膀传来了尖锐的疼痛感。他能做的只是稍微地转一下头,这时他终于想起了打架的前因后果。

"原来是真打架了。"裘弟想。

已经下午了,河对岸的西边天空上挂着红彤彤的太阳,一道明亮的光带投射在床单上。虽然不再感到疼痛,但裘弟觉得眩晕、浑身乏力。房间里有响动,是一把摇椅吱吱作响。

"他醒了。"郝陀婆婆的声音。

裘弟想转头看向声音传来的方向,但失败了,因为他感到了疼痛。婆婆在他面前弯下腰。

"你好,婆婆。"裘弟说道。

婆婆说话了,却是跟他爸爸,而不是他。

"他没事了,真是跟你一样坚强。"

床的另一头站着贝尼,他的手腕缠着绷带,一只眼睛有瘀青,正对着裘弟笑。

"我们爷儿俩成了大救星啊。"贝尼说道。

裘弟感到额头上滑下来一块冰凉的湿布。婆婆拿走了湿布,并用手摸了摸刚才敷着湿布的地方。她用手指小心翼翼地摸着裘弟的脖子后面,那里是疼痛的老巢。雷姆打到他的左下颚,他倒地时和沙地相撞的地方就在那里。在婆婆温柔的按摩下,疼痛感越来越弱。

"小家伙,你说说话,好让我知道你的脑袋要不要紧。"婆婆说道。

"我不知道该说什么。"但裘弟接着又说道,"吃午饭的时间已经过了吗?"

"他伤得最严重的地方,可能是他空空如也的肚子。"贝尼说。

"我不饿,但我刚刚看到了太阳,所以想确认一下时间而已。"裘弟说。

"我的小英雄,那就太好了。"婆婆说。

"奥利弗怎么样?"裘弟问道。

"躺着呢。"

"受伤重吗?"

"好在还有知觉,没有那么糟糕。"

"但我可不确定,如果他再多挨一拳,可能就会失去知觉了。"贝尼说道。

"不管怎样,他那英俊潇洒的外貌已经被毁了,最近可能不会再有什么小丫头来找他了。"

"你们这些女人就知道攻击对方,我怎么觉得更多的时候都是雷姆和奥利弗去找那丫头。"贝尼说道。

婆婆拿着刚才那块冰凉的湿布离开了。

"三个人打一个,还把这个年轻人打个半死,怎么说都不公平。可是，裘弟，我感到很自豪。因为你看到朋友处于危难的时候，能像个男子汉大丈夫一样冲过去帮忙。"贝尼说。

裘弟凝望着阳光，说道："可福列斯特兄弟们也是我的朋友啊。"

贝尼好像看穿了他，说道："经过这件事，我们跟福列斯特家的关系可能彻底完了。"

裘弟内心感到一阵疼痛。他对草翅膀依然恋恋不舍，他甚至决定某一天从家里偷偷跑出来，藏在灌木丛里等着草翅膀出现。他想象着和草翅膀偷偷见面的情景，或许大人们会发现他们两个，或许雷姆会打死他们两个。之后，奥利弗肯定会因这次为吐温克而打架的事情感到懊悔。相比福列斯特兄弟们，裘弟更怨恨奥利弗。因为那些东西本来是属于郝陀婆婆和裘弟自己的，却被奥利弗送给了那个在人群外看热闹的黄毛丫头。

但是，如果能再打一架，他仍然会帮奥利弗。他猛然想到了狗撕碎野猫的场面。那只野猫是该死，可在它张大嘴巴咆哮的瞬间，看到它邪恶的眼睛因即将到来的死亡而变得朦胧时，裘弟的内心又泛起了怜悯的涟漪。曾经，他甚至会痛哭，他想要帮助动物们逃离痛苦。过度的痛苦有失公平，多人殴打一个人也有失公平。就是因为这一点，他才会冒着失去草翅膀的风险帮奥利弗打架。他心满意足地闭上眼睛，当想明白事情的来龙去脉之后，一切都变得容易解决了。

婆婆走了进来，手里端着托盘。

"小英雄，现在你能坐起来吗？"

贝尼把手塞在枕头下，扶着裘弟的后背让他坐起来。裘弟只觉得全身疼痛而僵硬，跟上次从树上掉下来时的疼痛相比，有过之而无不及。

"希望可怜的奥利弗能平安闯过这一关。"贝尼说道。

"也就是运气好,他才能保住自己那英俊的鼻子。"婆婆说道。

裘弟痛苦地吃着面前这一盘姜汁面包。实在太疼了,剩下的一小块面包吃不下了。他看着它。

"我会帮你留好的。"婆婆说道。

"福气不小啊,还有一个女人了解你的心思,并且按照你的心思做了。"贝尼说道。

"我喜欢这么做。"婆婆说。

裘弟歪在了枕头上,只感到一阵剧烈的疼痛袭来,破坏了惬意的氛围,整个世界在瞬间被撕碎了,但刹那间一切又恢复了平静。

"我必须赶紧回家去,奥拉一定生气了。"贝尼说道。

站在过道里的贝尼驼着背,显得那么孤独。

"我想跟你一起回家。"裘弟说道。

贝尼脸上瞬间显现出开朗的神色。

"儿子,你身体能受得了吗?"贝尼关切地问道,"我是这么打算的,因为鲍尔斯的老母马认识回家的路,所以我想骑着它回去,到家后再放它自己走回来。"

"要是裘弟能跟你一起回家,看到他,奥拉可能会更好些。当妈妈的都这样,奥利弗在我的身边出事,总比我看不到他的时候出事更好些。"

裘弟慢慢地下床,但仍然觉得有点晕。脑袋又沉又胀,他差点没忍住想要躺回床上的想法,干净的被单充满了诱惑。

"照我看,裘弟真是长大了。"贝尼说道。

听到爸爸的话,裘弟马上鼓足劲儿走到门口。

"我需要去跟奥利弗说再见吗?"

"当然要去了,但他自尊心很强的,可别让他看出来你觉得他变丑了。"

裘弟走到奥利弗的房间,看到他肿起来的眼睛紧闭着,仿佛刚从马蜂窝里逃出来一般。一边的脸颊变成了紫色,脑袋上也包裹着白色的绷带,嘴唇肿了。英俊潇洒的水手毫无颜面地躺在床上,而这完全是因为吐温克·薇赛蓓。

"奥利弗,再见。"裘弟说。

奥利弗没有发出任何声音,裘弟心疼了。

"非常抱歉,我和爸爸去晚了。"

"过来……"奥利弗说道。

裘弟走到床边。

"你能帮我件事吗?帮我告诉吐温克,周日傍晚,我想见她,就在之前的那片小树林里。"

裘弟惊呆了。

他无所顾忌地喊道:"我不,我恨死她了!我恨那个丫头!"

"好吧,那我只能让伊粹帮我了。"

裘弟不断地用脚摩擦着地毯。

"我以为我们还是朋友。"奥利弗说道。

朋友,裘弟心想这个词真让人讨厌。但是,他眼前浮现了那把猎刀,内心又被感激和羞愧填满。

"那,好吧,虽然我并不想这么做,可我会跟她说的。"

躺在床上的奥利弗笑了。裘弟觉得就算他真的快死了,肯定还会笑。

"奥利弗,再见!"

"裘弟,再见!"

裘弟离开了奥利弗的房间,婆婆等在外面。

"非得弄出这些让人扫兴的事情,婆婆,你说,非得这么做吗?奥利弗跟人打架,打架还要……"裘弟抱怨着。

"儿子,礼貌点儿。"贝尼说道。

"他已经很礼貌了。公熊们暴躁地求爱时,结果往往是不幸的。希望这次能有个结局,而不是刚开始……"婆婆说道。

"反正你知道在哪里能找到我。"贝尼说道。

爷儿俩顺着小路穿过花园,当裘弟回头看时,正看到婆婆向他们挥手。

贝尼去了鲍尔斯的店铺,拿上他们购买的东西和鹿前腿。鲍尔斯非常乐意把老母马借给他们,但需要他们放马回来的时候在马鞍上绑一块做靴子饰品的好鹿皮。所有的东西都装到了一个口袋里,有面粉、咖啡、生活用品、新枪的火药、弹壳还有铅弹。鲍尔斯从马厩牵来了老母马,还铺了毯子当马鞍。

"明天早上再让它回来,虽然一只狼追不上它,但遇到豹子就麻烦了。"鲍尔斯说道。

贝尼提起装东西的口袋。裘弟却偷偷摸摸地靠近鲍尔斯,他不想让爸爸听到奥利弗的秘密。

裘弟小声问道:"我想去看看吐温克·薇赛蓓,知道她住在哪儿吗?"

"你找她干吗?"

"想跟她说几句话。"

"我们这里很多人都想跟她说几句,唉,你还是再等等吧。那个年轻的黄头发姑娘,戴着块头巾,偷偷地上了一艘货船,去了森福。"鲍尔斯说道。

听到这个消息,裘弟感觉很好,好像她是被自己赶走的一样。他借了支铅笔还有一张纸,他要给奥利弗留张字条。

但对他来说,写字可不容易。除了爸爸教过他一点之外,他只跟那个巡回学校的老师学了一点儿知识。他这样写道:

"亲爱的奥利弗,你的土喔克,已经做船去了上有。我恨高兴。你的朋友裘弟。"①

裘弟看了一遍后,觉得语气应该更好点。于是划掉"我恨高兴",改成了"我恨抱歉"。这样就觉得顺畅多了。他又想到了奥利弗曾经的光荣事迹,或许,他还有机会听奥利弗讲故事。

当渡船渡过激流向丛林漂去的时候,裘弟一直在看着湍急的流水。他的思绪也如河水一般湍急。以前,他从来没有对奥利弗失望过。毕竟福列斯特兄弟们就像妈妈认定的那样野蛮。他感到他们已经放弃了他,可他相信草翅膀一定还当他是朋友。他那副扭曲的躯体中藏匿的心,一定和他一样,不会因为这次事件而有所改变。还有他的爸爸,也一定和大地一样,亘古不变。

---

① 这里的错别字是指裘弟英语不好,拼错了单词。——译者注

第十四章 响尾蛇

这个季节，鹌鹑正在筑窝。已经很久没有听到过长笛一般的整窝鹌鹑的叫声了。鹌鹑们正在忙着求偶，雄鹌鹑们到处求偶，发出连续的甜润、清越的叫声。

六月中旬的某一天，裘弟看到一对鹌鹑从葡萄架下面跑了出来，流露出一种父母关切孩子的仓促神气。聪明的裘弟并没有跟踪它们，而是偷偷地在葡萄架下来回寻找，终于找到了它们的窝。窝里静静地躺着二十个奶油色的鹌鹑蛋。他非常小心，并没有碰它们，否则老鹌鹑可能再也不会孵化它们了。七天之后，裘弟正在葡萄架下面查看葡萄的生长情况。一串串小葡萄犹如猎枪子弹里最小的弹丸，茁壮地散发出嫩绿色。他捞起一条葡萄藤，幻想着金粉色的成熟葡萄。

突然，裘弟感到脚下一阵蠕动，好似草丛中有什么东西裂开了。原来是鹌鹑蛋孵化了。小鹌鹑们小得犹如他的大拇指关节，如小片落叶似的散布在窝里。鹌鹑妈妈发出声声惊叫，开始奋力保护她的孩子们，时而转到小鹌鹑后面展开保护架势，时而开始攻击裘弟。裘弟想到了爸爸曾经的嘱咐，站在原地没动。鹌鹑妈妈把孩子们召唤到一块，带着它们穿过草丛逃走了。裘弟便转身去找正在豌豆地里干活的贝尼。

"爸爸，葡萄架下面的鹌鹑孵出来了。葡萄也长出小葡萄了。"

贝尼浑身都湿透了，正坐在犁的扶手上休息。他看着远方，那里有一只正在搜寻猎物的鹰，低空飞行着。

"如果鹌鹑不被老鹰抓去,葡萄也没被浣熊偷吃掉,等第一次霜降的前后,就会有一顿非常美味的盛宴等着我们。"贝尼说。

"我最讨厌那些老鹰吃鹌鹑了,但浣熊偷葡萄我觉得倒是无所谓。"裘弟说。

"那是因为相比葡萄,你更喜欢吃鹌鹑肉。"

"不是这样的,是因为我喜欢浣熊但讨厌老鹰。"

"草翅膀让你看他的浣熊和其他宠物了?"

"看了。"

"儿子,那些猪回来没?"

"没有。"

贝尼眉头紧皱。

"我真不想看到福列斯特兄弟们诱捕它们。但是它们还没出去过那么长时间。就算是熊,也不可能一下子把猪全都抓走。"

"爸爸,我沿着足迹一直找到老耕地那里,但足迹还在继续往西去。"

"等我干完这里的活,会带着裘利亚它们去找的。"

"如果是福列斯特兄弟们抓了它们,该怎么办?"

"事情到了这个地步,不管怎么样,我们都要做。"

"就不怕再碰上他们?"

"不怕,我可占着理呢。"

"要是错的是你,你会怕吗?"

"如果是我的错,我就会躲着他们。"

"要是被他们袭击,我们该怎么做?"

"跟他们打,只能认命了。"

"那我宁可我们的猪被他们给抢走了。"

"那我们就不吃肉了?如果我们的眼睛被打得肿了,我们咕噜咕噜的肚子才能平静。难道你想出去讨饭吗?"

裘弟犹豫了。

"我可不想。"

贝尼转身继续耕地了。

"去告诉你妈,让她早点准备好我们的晚餐。"

裘弟回到家的时候,看到妈妈正坐在凉爽的门廊下面做针线活。她椅子下面有一只蓝肚子的小蜥蜴,正匆忙地爬了出来。裘弟笑了,要是妈妈知道蜥蜴的存在,她肥胖的身体肯定惊跳着离开摇椅。

"不好意思啊,这位太太,我爸爸说请您早点做晚饭,我们得去找那些猪。"

"马上就好了。"

她慢悠悠地干完了手里的针线活,裘弟坐到了妈妈下面的台阶上。

"妈,我们可能会碰到福列斯特兄弟们,要是猪被他们逮住了……"

"好,跟他们拼了,这帮狠心的混蛋。"

裘弟看着妈妈,上次他和爸爸在伏流西亚镇跟福列斯特兄弟打架的事情,惹得妈妈大怒。

"妈妈,可能我们还会被打得鼻青脸肿的。"

她不耐烦地折叠着缝补好的衣服。

"唉,上天怜见。我们不得不把我们自己的肉要回来,你们不去要,让谁去?"

她走进屋里,屋里传来了重重碰撞荷兰灶的声音。裘弟的脑子又乱了,妈妈平时经常讲"责任"。这也是他最讨厌的词语。为了朋友被福列斯特兄弟们打,可以不算他的责任,但为了把猪要回来，如果被福列斯特兄弟打，又怎么就算是他的责任？在裘弟看来，相比为了一群猪打架流血，远没有比为朋友打架流血光荣。他懒懒地坐在台阶上，听着鸟儿在树上扑打着翅膀。红鸟被桑树中的鸟儿赶了出来。但就算在宁静的耕地上，也会为了食物而争夺。可在耕地里，每一种生物都会获得充足的食物，每一种生物都有安身的场所。公的、母的，小的、老的，老马凯撒，母牛和小牛犊，猎狗们，胡乱扒拉的鸡群，每到黄昏就哼哼着来找食物的猪，树林中的鸟兽以及葡萄架下面的鹌鹑。一切的一切都能在耕地中找到足够的吃食。

但耕地之外的丛林里，从来都没有停止过争斗。鹿会受到熊、狼、豹子、野猫的捕食。熊的食物列表中甚至还有其他熊产的小熊。对它们的胃来说，任何肉都是一样的。那些浣熊、负鼠、树鼠以及松鼠，时刻都在逃命。一看到老鹰和猫头鹰的身影，小鸟和毛皮兽们就吓得全身颤抖。但在耕地里是安全的，这完全是靠贝尼架设的栅栏，猎狗的尽忠职守，裘弟觉得永远都不能闭眼的谨慎小心。有时候，裘弟在夜里会听到开门又关门的声音，那是贝尼悄悄下床赶走侵略者的偷袭后又悄悄回到床上的声音。

所有生物都在互相侵犯，巴克斯特会去丛林里猎食鹿肉和野猫皮；食肉的猛兽以及饿极了的小野兽逮到机会就到耕地里抢食物。饥饿的生物包围着耕地，但耕地就是丛林中坚固的堡垒。在一片丛林汪洋中，巴克斯特岛是一片富饶的绿地。

裘弟听到一阵铁链的哐啷声，原来贝尼正沿着栅栏去马厩。裘弟跑过去帮爸爸打开马厩的门，并帮着他卸下工具。接着，裘弟爬上梯子从草料棚里拽下一捆扁豆秸秆，扔进了马槽中。玉米已经吃光了，等夏收结束才能有新的玉米。他找到一捆还有豆荚的秸秆，便用来喂奶牛了。这样一来，明天一早巴克斯特全家和小牛犊就会有更多的牛奶喝。贝尼已经给小牛犊断奶，它好像瘦了不少。裘弟感到顶棚里闷热得厉害，这里的房顶是用人工砍成的厚木板做的。那些爆裂的秸秆发出一股干燥的香味，他的鼻孔感受着袭来的香味。他在一捆有弹性的秸秆上躺了一会儿。正躺得舒服的时候，他却听到了妈妈的呼喊声。他爬下顶棚，贝尼已经挤好奶，父子俩便一起回到房里。桌子上已经摆放好了晚饭。虽然晚饭只有面包和酸牛奶，但这些已经够吃了。

"你们两个最好能出去弄些野味回来。"妈妈说道。

贝尼点着头。

"所以，我带了枪。"

他们朝西走着，太阳还没有下山。丛林里已经几天没下雨了，但现在西面和北面都堆满了沉甸甸的积云。出现在东方和南方天空的一片铁灰色正向闪耀着晚霞的西方蔓延而去。

"今天要是能下一场大雨，我们的玉米就能有个好收成。"贝尼说。

一路上都没有风。路上仿佛覆盖着一条厚厚的空气棉被。但裘弟觉得，只要自己用力一撸，就应该能把什么东西推开。他生满老茧的光脚感受着沙地的烫热，裘利亚和列波低头垂尾，走得无精打采，唏唏嘘嘘地拖着自己的舌头。松土久旱，想要追寻猪的踪迹并不容易。但贝尼的目光敏锐得超过了裘利亚的嗅觉。在黑橡树林中，他们找到了猪觅食的痕迹，之后便发现它们穿过了荒废的耕地向草原方向走去。在草原上，它们能吃到百合根，那里有清凉池水的水潭还可能供它们打滚。如果附近能找到食物，它们就不会走太远，可现在正是青黄不接的时节。如果它们不能掘到去年落叶层的下面,就不可能找到松果还有山核桃。即使猪不挑食,它们也会嫌那些扇棕榈浆果太青。在距离巴克斯特岛三英里的路上,贝尼蹲下来认真查看着。他捡了一粒玉米,拿在手里并指着马蹄印说道:"他们在引诱那些猪。"

他挺直腰板,表情非常严肃。裘弟满脸焦急地看着爸爸。

"走吧,儿子,我必须跟过去。"

"跟到福列斯特家里吗?"

"跟到猪去的地方。或许我们找到它们的时候,已经走到对方的猪圈里了。"

地上的足迹显示出了猪吃玉米粒时移动的情形。

"我可以理解他们殴打奥利弗的原因,也能理解他们打我的原因。可我怎么都想不明白,他们为什么会如此绝情、如此卑鄙无耻。"贝尼说道。

在往前四分之一英里的地方,他们看到了一个简陋的捕猪机关。机关已经关上了,但里面什么也没有。机关使用粗鄙的小树制作而成,另一棵弯着的小树上有放诱饵的痕迹,猪进去之后机关就会关闭。

"这些混蛋一定在附近守着,这种机关根本关不了它们多久。"贝尼说。

沙地上留下了一圈大车的痕迹,就在机关的右边。车辙连接上了一条通往福列斯特岛的路上。

"好吧,儿子,我们得走这条路。"贝尼说。

太阳就要落山了,积云如同柔软雪白的圆球,浸染上了红黄色的晚霞。南面一片昏暗,仿佛掀起了一片枪药的烟雾。一股寒风掠过,很快便消失了,好似一头大怪兽吹过一口冷气,接着从旁边走过。裘弟打了个寒战,开始感谢那股接踵而来的热气。有明显车辙印的路中央,横亘着一条野葡萄藤。贝尼弯腰去扯开。

"如果你的面前有困难,你能做的只有挺身上前克服它。"贝尼说。

突然,葡萄藤下的一条响尾蛇悄无声息地咬了贝尼一口。裘弟看到一个模糊的身影闪过,快如飞燕,准如熊爪。他看到爸爸受到响尾蛇攻击后摇晃着向后退去。接着,他听到了爸爸大叫一声。他也想后退,也想大声喊出来。可他仿佛被钉在了地上,而且发不出一点声音。刚才那一下不像是响尾蛇,而像一道闪电。难道不是折断了树枝?难道不是飞鸟飞过?不是野兔闪过?……

"退回去!拉住狗!"贝尼大声喊着。

爸爸的喊声震动了裘弟。他快速后退,抓紧猎狗脖颈上的皮。那布满斑纹的细长身影,高昂着扁平的头颅,足有膝盖高。跟着父亲的缓慢动作,蛇头左右摇晃着。裘弟听到了蛇尾巴上发出的声音,狗也听见了。狗嗅到了蛇的气味,全身的毛都倒立着。裘利亚发出悲鸣,挣脱了裘弟,偷偷地跑到了后面,长长的尾巴耷拉在后腿之间。列波则前腿离地,站着一阵狂吠。

贝尼慢慢向后退,如同做梦。响尾蛇的尾巴又响了,不不不,那一定是知了的声音,一定是树蛙在叫。贝尼举起枪,开枪。裘弟吓了一跳。只见响尾蛇痛苦地扭曲着,来回盘曲,头都钻到了沙土中。蛇肥厚的身躯一阵痉挛,接着尾巴微弱地动了几下,便不动了。紧紧盘着的蛇身,渐渐地松弛,如同退却的潮水。贝尼转身看着儿子。

"它咬了我一口。"贝尼说道。

说着便举起右臂一看,不禁被震慑了。他颤动着干燥的嘴唇，龇牙咧嘴着。他的喉咙好像堵住了，面无表情地看着手臂上的两个小洞，每个洞里都渗出了一滴鲜血。

"这条响尾蛇很大很大。"贝尼说。

裘弟松开列波后，这条狗就跑到死掉的蛇跟前狂吠，攻击它，用爪子挠蛇一动不动的尸体。列波安静下来后，又在沙地上一阵乱嗅。贝尼抬起头，脸色铁灰，看上去如同山核桃木的灰烬，他的目光开始涣散。

"死神要接我走了。"贝尼说。

他舔舔嘴唇，快速地转身穿过丛林，朝家的方向走去。路很平坦，虽然可以缩短回家的时间，但他一味地走直线。他开拓着道路，穿过了矮丛林、光滑冬青和扇棕榈丛。裘弟喘着气紧跟着爸爸。他的心脏正剧烈地跳动着，他甚至不知道自己正往哪里走。他只是跟着爸爸穿过丛林时折断树枝的声音走。突然，密林消失了，出现在眼前的是一片高大橡树围成的浓荫遍布的林中空地。走在这里，总有一种神奇的感觉。

贝尼停了下来，前面一阵骚动，跳出了一头母鹿。贝尼深吸一口气，仿佛呼吸也因此而变得轻松起来。他举起猎枪，瞄准了母鹿的头部。裘弟大吃一惊，难道爸爸疯了？这个时候怎么还会打猎呢？贝尼开了枪，母鹿跌倒在沙地上，蹬了几下腿就不动了。贝尼跑过去，抽出了他的猎刀。看到这个，裘弟觉得爸爸真疯了。贝尼没有割鹿的喉咙，而是在它的肚子上割着。他把鹿开膛破肚，看到了噗噗跳动的心脏。贝尼割下了鹿肝，跪在地上，用左手拿刀，卷起右胳膊的袖子，凝望着两个小洞。小洞已经闭合了，前臂肿胀、发黑。他的额头不断渗着汗珠，他毫不犹豫地用刀尖刺进伤口，伤口处流出一股黑血，他用鹿肝压住刀口。

"我感觉到它正在吸……"贝尼的声音低沉着。

他用力压紧,拿下来的肝已经变成了有毒的绿色。他把肝翻了过来,将新鲜的一面重新压了上去。

"从鹿心上再给我割一块。"贝尼说。

裘弟惊醒了,立刻摸出猎刀割了一块鹿心。

"再割一块!"

他不断地换着新鲜的鹿心继续贴在刀口上。

"把刀给我!"

他在两个小洞的上方,也是肿胀发黑最厉害的地方又割了一刀。裘弟大喊着:

"爸爸,你会流血而死的!"

"我宁可流血而死,也不能看着它肿起来。我见过一个……"

他满脸汗水。

"很疼吗?爸爸!"

"好像有一把烧红的刀子在剜自己的肉。"

贴上去的肉终于不再发绿了。刚刚还温暖柔软的母鹿尸体也渐渐开始僵硬。贝尼站起身来。

他平静地说道:"我想不到更好的办法了,我现在得回到家里去。你必须去福列斯特家,让他们骑着马到白兰溪找威尔逊大夫。"

"他们能去吗?"

"我们不得不去碰运气,在他们冲你开枪或者拿东西扔你之前,你要赶紧喊住他们,然后告诉他们你的目的。"

贝尼转身走向那条刚刚开拓出来的小路,裘弟跟在后面。突然,一阵轻微的沙沙声出现在了他的身后。他回头一看,看到一头斑点小鹿正站在林中空地的边缘四处观望,它柔软的小腿不停地晃动着。它的黑眼睛睁得很大,满是惊怵。

"爸爸,那母鹿还带着一头小鹿!"他喊了起来。

"不行,儿子,赶紧走,我就要撑不住了!"

裘弟感到一阵因为小鹿带来的痛苦。他犹豫了,他看到小鹿抬起小脑袋一阵迷惑,看到它摇摇晃晃地走到母鹿的身边,低头嗅着,悲哀地鸣叫着。

"走啊!"贝尼催促道。

裘弟小跑着追上爸爸。贝尼停下脚步,站在这条新开拓的丛林通道上。

"不管是谁,告诉他,从这条路来我们家。如果我走不到家里,他们也可以在路上救我。赶紧去!"

他感到了爸爸发胀的身体倒在路上的恐惧,他跑了起来。而贝尼则带着绝望,向着巴克斯特岛的方向艰难地走着。

裘弟沿着车辙一路跑到桃金娘丛跟前。在那里,车辙拐上了通往福列斯特岛的大路。因为那条路经常使用,所以只有干燥而松动的沙土,没有可供他落脚的杂草或者青草一类的东西。他感觉有无数的触手紧紧地抓着他腿上的肌肉,他情不自禁地开始换成短促的小跑,因为这样跑起来更稳当。他迈动着两条短腿,身心悬浮在空中,仿佛一只空木箱放在一堆车轮上面。他脚下面的路就是脚踏水车,两条腿正在上面不停地踏动。但他感到同样的树木和灌木丛从他的两旁闪过。他觉得自己的脚步太慢了,跑得徒劳无功,到了一个拐弯的地方他甚至觉得缓慢得让人震惊。他非常熟悉这条曲线路,他离那条直接通往福列斯特耕地的大路已经很近了。

到达这些高大树木旁边的时候,他大吃一惊。因为这意味着他距离目的地已经非常近了。他既感到轻松,又感到害怕。他害怕他们,如果他们不提供帮助,还放他安全离开,他又该去哪里呢？他在栎树的阴凉树荫下停留片刻，思考下一步该怎么做。天色已近傍晚，裘弟觉得暂时还不会天黑。乌云不再仅仅是云块，而是变成染色剂，染满了整个天空。越过西方的那束绿光是天空唯一的光亮，那颜色如同吸了毒汁的母鹿肝一样。他想先喊朋友草翅膀的名字，如果他听到了自己的呼喊一定会出来。这样一来，或许就有机会靠近房子，会有机会说出自己来此的目的。想到这里，想到因为自己的不幸遭遇，朋友的眼睛里一定会充满了柔情，他心里才感到好过点儿。他长长地吐口气，接着便沿着橡树下的小路飞奔起来。

"草翅膀！草翅膀！裘弟来啦！"裘弟喊道。

他的朋友可能会立刻从屋子里跑出来，不过他会四脚着地地摇晃着爬出来。草翅膀忙的时候总是这样，也许草翅膀会领着他的浣熊从灌木丛后面冒出来。

"是我啊，草翅膀！"

但他没有得到任何回应。他闯进已经打扫过的沙土院子。

"草翅膀！"

屋子里亮起了灯，烟囱中冒出一缕青烟。因为要抵御蚊子和黑暗，屋子的门和百叶窗都紧紧关闭着。门被打开了，接着是屋里的灯光，裘弟看到屋内的福列斯特兄弟们一个个地站起来，好似连根拔起的一棵棵大树，咄咄逼人地逼了过来。他立刻停下了脚步。雷姆走到门口，低着头朝门两边看了看，认出了来者。

"你这个小混蛋，来这里干什么？"

"草翅膀……"裘弟结结巴巴地说道。

"他生病了，不准你靠近他。"

"我爸……被蛇咬了……"裘弟抽泣着。

福列斯特兄弟们走下台阶,把裘弟围在中间。

想到可怜的爸爸,想到可怜的自己,裘弟情不自禁地哭了起来。另外,他终于到了这里,他出发时的目的地已经到达了。福列斯特兄弟们骚动了起来,好似酵母在面浆中快速发酵一般。

"他在哪里?被什么蛇咬的?"

"响尾蛇,非常非常大的一条响尾蛇。现在,他正往家走,可是不知道能不能走到。"

"他什么地方肿了没?哪里被咬了?"

"咬在胳膊上,肿得非常厉害。求求你们,求你们快点骑马去找威尔逊大夫。求你们快骑马去救救我爸爸,我再也不帮着奥利弗和你们打架了。求你们啦。"

雷姆突然大笑起来。

"蚊子保证以后都不叮人?"

勃克开口道:"现在可能已经回天乏术了。被响尾蛇咬在手臂上,马上就会死掉。威尔逊大夫赶到之前,他可能就死了。"

"但是他打死了一头母鹿,还用母鹿的肝吸了毒汁。求你们骑马去找大夫吧。"

"我骑马请大夫去。"密尔惠尔说道。

裘弟感到一阵轻松,好像久阴见了太阳一样。

"真的非常非常感谢你。"

"不用谢,就算狗被蛇咬伤了,我也不会袖手旁观的。"

"我骑马找贝尼去。被蛇咬了,走路可不太好。老天啊,兄弟们,我们居然没剩下一滴威士忌,怎么给他?"勃克说。

"威尔逊肯定有。如果他还没喝醉,他就会有剩下的酒。就算他喝光了所有的酒,他呼口气,就能达到酒的效力了。"

葛培说。

勃克和密尔惠尔转身离开，愁眉深锁地去马厩里牵马了。看到他们一点儿也不着急的样子，裘弟急坏了，这样下去怎么来得及救爸爸！如果爸爸还有生存希望，他们应该快点行动啊。他们的样子不像是救人，倒像是去收尸，一副漠不关心、慢吞吞的模样。他悲凉地站在那里，他特别想在离开之前去看看草翅膀。其他的福列斯特兄弟们转身上了台阶。

雷姆在门口喊道："小混蛋，滚远点儿。"

"别惹他了，别再欺负一个孩子了，他的爸爸可能要升天了。"艾克说道。

"那个夸口的矮脚鸡，死了倒也清净。"雷姆说道。

他们走进房间，关上了房门。裘弟感到一阵恐惧，可能他们每一个人都压根儿就不想帮他。勃克和密尔惠尔去马厩，可能也只是找找乐子而已，说不定他们正在马厩里偷着乐呢。他们抛弃了他，也抛弃了他的爸爸。之后，骑着马的两个人终于出来了，而且勃克还在冲他招手。

"孩子，着急也没用的。我们一定尽力，别人遇到危难的时候，我们会先忘记仇恨的。"

他们踢着马肚子飞奔而去，裘弟沉痛的心情终于缓解了些。这个时候，敌人就只剩下了雷姆一个人。他心满意足地决定，要恨就只恨雷姆一个人。他侧耳倾听，再也听不到马蹄声后，他才放心地沿着大路回家去。

现在，他已经完全接受了这个事实：他爸爸被一条响尾蛇咬了，很可能因此而丧命；但是已经有人去帮助爸爸了，而自己也做完了应该做的事。他的恐惧也有了个了结，他也不再像之前那么害怕。他决定不跑了，而是改成从容不迫地步行。原本他想借一匹马，但最后还是没敢借。

他的头顶落下了滴滴答答的雨滴，但随之就是一片寂静。和平常的情形一样，整个丛林可能马上又要迎来暴风雨了。空气中隐约闪烁的光亮保卫着裘弟，令他差点儿忘了自己还带着爸爸的枪。他把枪挂在肩膀上拣着坚实的地面快速奔走。也不知道密尔惠尔要用多长时间才能到白兰溪，老大夫肯定是喝醉了，重要的是他醉到了什么程度。只要他能坐起来，就一定能来救爸爸。

他很小的时候曾去过老大夫家里。还记得那里的房子杂乱无章、有宽阔的阳台，位于一片密林中央。房子老旧，如同老医生一样都在腐朽衰败。他记得，那所老宅子里的壁虎和蟑螂和浓密的葡萄藤一样多。他也记得，老大夫醉醺醺地躺在一顶蚊帐里，凝望着天花板。有人来请他出诊的时候，他会爬着站起来，摇摇晃晃地拖着两条腿去看病开药，但他的手和心都软绵绵的。然而，无论他是醉酒状态还是清醒状态，都不影响他成为名医。要是他赶得及时，裘弟相信，爸爸一定死不了。

他离开了福列斯特家的那条小路，走上了通往东面父亲走过的那片耕地大路。再走四英里就到了。一般的硬地面，他走一个多小时就到了。但在松软的沙地上，再加上黑暗的阻挡，他很难稳稳当当地走路。一个半小时能走到家就很好了，说不定还要走两个小时。他一会儿小跑，一会儿走路。钻入黑暗丛林的闪光，犹如钻入河中的蛇。路两边的植物逼近他，路也越来越狭窄。

东方传来了雷声，一道闪电闪过，照亮夜空。他觉得自己听到了橡树林中的脚步声，可事实上那不过是雨点打在树叶上的声音而已。平时，因为有贝尼走在前面，所以他从来不觉得黑暗有什么可怕。而现在只有他自己，他很不情愿地幻想，身中剧毒的爸爸难道正躺在前面的路上？或者勃克已经找到他，而他已经躺在了勃克的马鞍上。又一道闪电闪过。他曾经多次和爸爸坐在栎树下面躲避暴雨，因为和爸爸相拥在一起，所以连暴雨都是友好的。

一阵咆哮声从灌木丛中传了出来。有东西以迅雷不及掩耳之势从他前面迅速闪过，空中飘浮着一股麝香的味道。虽然他并不害怕野猫和猞猁狲，但他很清楚地知道豹子是怎么袭击马的。他心跳加快，他摸着爸爸的那杆枪，但枪已经没用了。一枪打了响尾蛇，一枪打了母鹿，所以两个枪筒都空了。他的腰带上挂着爸爸的猎刀，但还是觉得如果奥利弗送的那把猎刀在身边就好了。那把猎刀还没有配刀鞘，贝尼觉得带在身上过于锋利。他躺在家里的葡萄架下或者凹穴底的时候，都会畅想着自己用那把刀准确地刺进豹子、狼或者熊的心脏。而眼前的情况，已经令他失去了骄傲的劲头。因为一头豹子的利爪比他快太多。

无论是什么野兽，都已经走了。他便加快脚步，因为走得太急，被绊倒了好几次。他仿佛听到远处传来了狼叫的声音，但也许是风声在作怪。风势越来越大，远处传来了呜呜的声音。仿佛狂风正在另一个世界肆虐，横扫过黑黝黝的地狱。突然，风声更大了，犹如一堵移动的后墙正在逼近。狂风撼动着大树的树枝，灌木丛乱糟糟地发出杂响，匍匐在地。一声怒吼响过，暴风雨劈头盖脸地砸了下来。

他低着头反抗着，但瞬间就被暴雨淋透了。大雨从他的后颈倒进去，雨水一直冲到裤子。衣服变得沉甸甸地下坠，他走得非常艰难。他停下脚步，背对风，把枪放到路边。他脱下衣服，卷成一捆，之后便拿起枪，在暴风雨中光着身子继续走路。感受着打在皮肤上的雨点，真是既痛快又利索。

电光闪过，看到自己白净的皮肤，裘弟非常吃惊。他突然觉得自己没有任何保护，就这么光着身子、孤独地处于一个满是敌意的世界。仿佛被人遗弃在暴风雨和黑暗之中，好像有东西正潜行在丛林之中，一会儿在他的后面，一会儿又窜到他的前面。他的敌人是巨大而无形的。死神就游荡于丛林之中。

他想到爸爸已经不在人世，或者即将离开这个世界。这种思想负担简直让人难以忍受。他想摆脱它，所以跑得更快。狗死了没什么，熊和鹿死了也没什么，因为这些都远离他的生活，但贝尼绝不能死，爸爸绝不能死！就算他脚下的大地塌陷成凹穴，他照样可以忍受。但爸爸不在了，就相当于没了大地；爸爸不在了，就什么都没有了。他从来没有像现在这样惊慌过。他开始哭出声来，嘴里感到了眼泪的咸味。

他向黑夜苦苦哀求，仿佛哀求福列斯特兄弟们那样。

"求你了……"

他喉咙生疼，腹股沟处像被铅弹打中一般灼热。一道闪电闪过，他面前的一片空地被照亮了。荒废的那片耕地出现在他的面前。他冲到耕地里，紧贴着老旧的栅栏，缩着身子躲避风雨。但风吹雨打之下，风给予了更多的寒冷。他哆哆嗦嗦地站起来继续前行。短暂的停留令他感到更冷了。他想跑起来也好温暖一下身子，但现在，他只有慢慢走路的力气了。沙地已经被大雨夯实了，所以走在上面就感到稳当和轻松。风势渐渐减弱，暴雨也转变为绵绵细雨。他带着一种麻木的哀愁继续前行。他觉得自己要一直这样走下去。但突然，他就看到了凹穴，看到了自家的耕地。

巴克斯特的房中闪着烛光。栅栏板上拴着三匹马，都在低声嘶鸣，用蹄子刨着沙地。裘弟穿过栅栏门，走进屋里。

所有事情都做完了，没有人跑过来欢迎他，勃克和密尔惠尔正坐在空荡荡的壁炉旁边。他们斜靠在椅子上，有意无意地聊着天。他们看见裘弟，说了声"你好，孩子"，之后便接着聊。

"图威仕特老爷子被蛇咬死的时候，勃克，你不在那里。就算贝尼喝了威士忌也不一定有什么用。图威仕特老爷子踩到响尾蛇的时候，他已经醉得迷迷糊糊了。"

"是啊，要是我被蛇咬了，我一定先喝饱酒图个吉利。不管什么时候，我就算醉死也不想清醒着。"

密尔惠尔吐了一口到壁炉中。

"别担心，总有一天你会醉死的。"他说。

裘弟胆子小，他什么也不敢问。他从他们身边走过，去了爸爸的房间。床的一边坐着妈妈，另一边坐着威尔逊大夫。老大夫没有回头，妈妈看到裘弟并没有说话，而是静静地站了起来。她走到衣柜旁边，给他拿了一套干净衣服。他放下湿衣服，将枪靠在墙边，再慢慢地靠近床边。

"如果现在还活着，那就不会死了吧。"裘弟心想。

躺在床上的贝尼正在挣扎。裘弟的心脏扑腾乱跳，像只小兔子一般。贝尼呻吟着开始呕吐。大夫立刻弯腰给他拿了脸盆，并且扶住了他的头。贝尼的脸肿胀得发黑。他痛苦地吐着，但好像再没有什么可以吐，干呕了一阵。他喘得上气不接下气地躺回了床上。大夫伸手从被子下面拿出一块用法兰绒包着的砖头，并递给巴克斯特妈妈。她放下裘弟的衣服，便去厨房烧砖头。

"他很危险吗？"裘弟小声地问道。

"的确很危险。看着他好像熬过来了，但没过多久又不行了。"

贝尼双眼肿胀,费力地睁开眼睛。他的瞳孔扩张,两个眼珠差不多变成了黑色。他动一下自己的胳膊,胳膊已经肿得如同牛腿一般。

他嗓音嘶哑地低声说道:"儿子,你要受凉了。"

裘弟赶紧穿好衣服。大夫点了点头。

"这是好兆头,他还认识你,居然还开口说话了。"

裘弟感到一股柔情涌上心头,既有痛苦又有甜蜜。当爸爸正处于极度痛苦的时候,依然在关心他。贝尼没事了,他肯定不会死了。

"大夫,他还想说话啊。"裘弟说道。他继续说着爸爸曾经说过的话:"我们巴克斯特虽然个头不高,但都很坚韧。"

大夫点点头。

老大夫冲着厨房喊:"现在,我们试着给他点热牛奶。"

因为看到了希望,巴克斯特妈妈开始抽泣。

裘弟也去炉灶帮忙。

她抽泣着说道:"为什么我们要受这样的磨难,要是他死了……"

"不会的,妈妈!"裘弟一边否定着,一边感到自己后背发凉。

他去外面抱了木柴,烧旺火炉。暴风雨已经向西移动,滚滚乌云犹如猎队行进的西班牙营兵。东方的夜空已经缀满了明亮的繁星。风儿吹过,空气凉爽而清新。他抱着木柴走了进来。

"妈妈,明天会是个好天。"

"如果他在天亮的时候醒过来,就真是好天了。"滚烫的泪水流出她的眼眶,滴在炉灶上,发出咝咝的响声。她撩起围裙擦了擦眼睛。"把牛奶端进去吧,我要给大夫和我烧杯茶,勃克带着他回来的时候,我一直在等你们两个,还没吃过东西。"

裘弟想到自己也只吃过一点东西,他不知道现在还能吃什么。吃东西完全变成了一个枯燥的想法,现在,任何吃食对他都没有什么魅力。他小心翼翼地端着牛奶进了房间。大夫接了过去,坐到贝尼旁边。

"孩子,扶着你爸爸的头,我来喂他。"

躺在枕头上的贝尼,头很沉重。裘弟用手臂托着他,因为紧张,手臂发疼。爸爸的呼吸非常沉重,就像跟福列斯特兄弟们喝醉酒一样。他的脸色已经变得又绿又苍白,好像青蛙的肚子。刚开始,贝尼的牙齿一直在抵抗汤勺。

"张开嘴巴,要不然我让福列斯特兄弟过来撬开你的嘴巴。"大夫说道。

贝尼终于张开了他肿胀的嘴唇,并且咽下了牛奶。喝掉了一半牛奶之后,贝尼扭开了头。

"好了,要是你再吐出来,我只能再拿点儿来。"大夫说。

贝尼浑身是汗。

"不错不错,中毒后,出汗是好事。上帝啊,就算我们没有威士忌,但还是得想办法给你出汗。"大夫说。

巴克斯特妈妈端着两个盘子进了卧室,上面放着一些饼干和茶。大夫接过自己的那盘,稳稳地放在膝盖上。他喝着茶,看上去好像没有味道,却又好像味道十足。

"茶不错,但是没有加威士忌。"大夫说道。

裘弟觉得,从他认识老大夫之后,这句话是说得最清醒的。

"这么个好人居然被蛇咬,而且正好赶上所有人都把威士忌喝光了。"大夫惋惜地说道。

巴克斯特妈妈麻木地问："儿子，你饿吗？"

"不饿。"

裘弟感到自己的胃也像爸爸一样想呕吐。他好像感到蛇毒已经侵入自己的血管，攻击了自己的心脏，正在自己的胃里翻搅着。

"感谢老天，他没有把刚才的牛奶吐出来。"大夫说道。

贝尼已经睡着了。

巴克斯特妈妈坐在摇椅上一边喝茶一边吃饼干。

"知晓万物的上帝，甚至能够看到麻雀之死，或许他也会帮助巴克斯特的。"

裘弟走到前屋，看到勃克和密尔惠尔已经躺在了鹿皮地毯上。

"我妈和大夫都在吃东西，你们饿不饿？"裘弟问道。

"你到我家的时候，我们刚吃完饭。你不用管我们，我们躺在这里等结果就行了。"勃克说道。

裘弟蹲下来想跟他们说话。他喜欢跟他们聊枪、狗、打猎等等。所有能谈论的事情都非常有意思。但勃克已经打起了鼾声。裘弟踮着脚尖轻轻地走回到爸爸的床边。大夫也靠在椅子上打盹儿。妈妈把蜡烛拿开，又坐回了摇椅里。椅子摇动了一会儿后，就看到妈妈已经打盹儿了。

裘弟觉得能守着爸爸的就只有自己了，便主动担负起了守夜的责任。如果他努力保持清醒，用呼吸来带着爸爸呼气、吸气。爸爸一定可以活下来。他试着像爸爸那样深呼吸，却感到一阵眩晕。他感到肚子空空的、头也晕眩。他知道，要是能吃点东西就会没事，但实在咽不下去。他坐到地板上，靠在床边。回忆着一天的经历，他仿佛又重新走了一遍今天的路。现在跟刚才的暴风雨不同，因为爸爸就在身边，这让他觉得很安全。他深切地感受到，当孤身一人的时候，很多事情非常可怕，但和爸爸在一起就全部不可怕了。不过那条响尾蛇依旧令他心惊胆战。

那颗三角形的头、闪电般的攻击、蜷缩成一盘的躯体，又一次出现在他的眼前。他浑身的汗毛都竖起来了。以后再去树林里，他一定会更加小心。他又想到了爸爸冷静的射击，猎狗的恐惧，也想到了母鹿新鲜的心脏贴在爸爸伤口上的样子。最后，他想起了那头小鹿。他一下子就坐了起来，漆黑的夜晚，那头小鹿正孤零零地待在某个地方，好像他孤身一人被困丛林的情形一样。这场灾难几乎要夺走他的爸爸，却真真实实地夺走了小鹿的妈妈。它现在一定躺在大雨里，忍受着电闪雷鸣，彷徨地靠在妈妈的尸体上，它多么希望那具已经僵硬的尸体能跳起来带给它安慰、食物还有温暖。他忍不住用被子蒙住头哭了起来。他憎恨任何死亡，他同情所有孤独者，他感到自己的心被撕碎了。

第十五章 小鹿，是我

裘弟在曲折离奇的噩梦中扭动着，梦里他跟爸爸正在和一窝响尾蛇苦战。蛇群拖着尾巴上的响环爬过他的脚，不停地发出响声。突然，一窝蛇变成了一条巨蛇向他逼近，从与他脸齐高的地方咬了过来。他想喊却喊不出声音。他想找爸爸，却在响尾蛇身下找到了他，爸爸瞪着两眼，空空地望向漆黑的天空，身体肿得像一头熊，已经断气了。裘弟挣扎着，为了避开蛇，他想往后退，可是双脚好似黏在了地上无法动弹。突然，蛇不见了，寒风萧瑟的原野上只剩下抱着一头小鹿的裘弟。爸爸也不见了，裘弟感到一阵哀愁，心痛难耐。他哭着醒了过来。

他从坚硬的地板上坐起来，发现天快亮了。松林那边开始出现曙光，泛起灰白色的条纹。房间里依然灰蒙蒙的，刹那间，他感到自己怀里依然抱着那头小鹿。接着，他彻底清醒了，他爬过去看爸爸。

爸爸的呼吸很顺畅，但还是有些肿胀发烧，然而相比被野蜂蜇的时候，他的情况并不算糟糕。巴克斯特妈妈依然靠在摇椅上熟睡，脑袋远远地仰向后面。床脚边上横卧着睡着的老大夫。

"大夫！"裘弟小声地喊道。

大夫嘀咕着抬起头："怎么啦？怎么啦？"

"大夫，你看看我爸！"

大夫动了动身子，活动一下撑着身体的胳膊肘。他眨一眨眼睛，又用手揉了揉，便坐起来弯腰检查贝尼的情况。

"上帝啊，他终于过了危险期了。"

"什么？"是巴克斯特妈妈的声音。

她猛然坐了起来。

"他死了？"

"哪儿的事？"

她爆发出一阵哭声。

"你真是没事找罪受啊。"大夫说道。

"你可能不知道，要是没有他，我们还怎么活啊。"她说。

裘弟可没听过她这么温柔地说话。

"怎么？你不是还有个儿子吗？你看裘弟，到了他这个年纪，完全可以打猎、种地、收割了。"大夫说道。

"裘弟确实不错，可这个孩子不成器，整天除了玩就是玩，从来不想点正经事。"她说。

妈妈说的也是事实，裘弟低下了头。

"他爸爸就知道惯着他。"她说。

"孩子，真是不错，受到别人鼓励是件非常幸福的事情。我们大部分的生活中都没有鼓励。太太，我们现在要等这位兄弟醒来后，再多喂他些牛奶。"大夫说道。

裘弟高兴地说道："我去挤牛奶！"

"是该挤牛奶了。"妈妈很满意。

裘弟从客厅走过。勃克坐在地板上，好像刚睡醒，正迷迷糊糊地揉着脑袋。密尔惠尔还在睡着。

"大夫说，我爸爸挺过来了！"裘弟说道。

"该死的，我还想着睡醒后帮他下葬呢。"

裘弟绕过去，取过挂在墙上的牛奶瓢。他感觉自己终于解放了，可以像牛奶瓢一样轻飘飘的，可以展开双臂，像羽毛一般悠然地飞过栅栏门。天还没有大亮，光滑的冬青树上传来了鸟儿清脆的鸣叫声。公鸡也在迷迷糊糊地打鸣。每天的这个时辰，贝尼都会起身出来，而裘弟则可以多睡上一会儿。静谧的清晨，一阵阵微风拂过高大的松树树梢。耕地上已经映出了朝阳的身影。他吱吱呀呀地推开牛圈的栅栏门，只见扑棱棱地飞起很多只鸽子，飞向了松林的方向。

"你好，鸽子！"裘弟兴奋地喊着它们。

老母牛听到了他的到来，发出了哞哞的叫声。他先是爬上草料棚拿了些干草。母牛很知趣，只吃了这么点可怜巴巴的饲料，就会馈赠给人类美味的奶汁。它用力地咀嚼着干草。但是裘弟笨拙地挤着牛奶的时候，它还会时而抬起后腿来吓唬他一下。裘弟小心翼翼地挤着奶头，并且让小牛犊过来吸其他两个。他挤出来的牛奶并不像爸爸挤出来的那么多，所以他放弃了自己那份牛奶，这样爸爸就可以喝更多，一直喝到他身体康复。

小牛犊还在咕咚咕咚地吮吸着妈妈的乳汁，它已经长大了，居然还在吃奶。裘弟又想到了小鹿。他的内心感受到了铅一般的沉重压力。今天早上，小鹿一定会饿坏的。他特别想知道，它还会去吸妈妈已经冰凉的奶头吗？狼群一定能嗅到母鹿的血腥味，或许小鹿已经被发现了，或许它那柔软的身躯已经被撕碎了。因为爸爸的安全而带来的喜悦也在这一瞬间变得暗淡。因为心里一直惦记着小鹿，他的内心始终得不到任何安慰。

巴克斯特妈妈接过牛奶瓢，并没有说什么。她把牛奶过滤好，倒了一杯后便端给了贝尼。裘弟也跟着走了进去。贝尼睡醒了，正软弱无力地微笑着。

他嘶哑着嗓子小声地说着："老天爷不收我啊。"

"老兄,难道你是响尾蛇家的亲戚?没有威士忌你竟然都能活下来。真是太让我吃惊了。"大夫说道。

"大夫,我可是蛇王。一条响尾蛇怎么可能杀得了蛇王?"贝尼小声说道。

勃克和密尔惠尔也微笑着走了进来。

"你看上去真是太难看了,贝尼,凭借老天的力量,你终于活过来了。"勃克说道。

大夫端着牛奶喂贝尼喝,他奋力地吞咽着。

"这次救你,我可是一点把握也没有。就是因为你的阳寿未尽啊。"大夫说道。

贝尼又闭上了眼睛。

"我简直能睡整整一个星期。"他说道。

"我也希望你能这么做。剩下的就看你自己了,我做不了什么了。"大夫说。

大夫站了起来,活动一下身体。

"可是,你睡觉了,地里的活儿谁干啊?"巴克斯特妈妈问道。

"还有什么活儿需要他干的?"勃克问道。

"主要是玉米地里。收完还得储存起来,还需要锄土豆地。虽然裘弟也能锄地,但他干不了多大会儿。"

"妈妈,我会坚持的。"

"我留下来给你们收拾玉米还有别的事情。"勃克说道。

她一时语塞,很不自然地说道:"我不想欠你们的人情。"

"哦,太太,我留下来并不是因为我们人太多,我不得不到这里来干活挣钱。要是不留下来,就不够格做个男子汉大丈夫。"

"那真是太感谢你了。如果玉米收不上来,我宁愿我们一家三口都被蛇咬死算了。"她的语气很温和。

"自从我太太过世之后,我还从没像今天这样清醒过,所以我想在这里吃过早饭后再走。"大夫说道。

巴克斯特太太去厨房忙碌了,裘弟负责烧火。

"没想到,有一天我还要接受福列斯特家某个人的帮助。"她说道。

"妈妈,勃克是我们的朋友,他是福列斯特家的人。"

"看起来确实如此。"

她加满了咖啡壶,又把新鲜的咖啡倒在旧的里面。

"你去熏房,把仅剩的那挂猪肉拿过来。我可不能落于人后。"

裘弟骄傲地取来了熏猪肉,妈妈指示他来切肉。

"妈妈,爸爸打死了一头母鹿,用母鹿的肝吸出了毒汁。他还用刀割开了自己的手臂,把肝贴到伤口上。"

"要是你能带一条后腿来就太好了。"

"当时可没时间想这事。"

"确实。"

"妈妈,那头母鹿还有一头小鹿。"

"不错,差不多所有的母鹿都带着小鹿。"

"但那只非常小,可能是刚生下来的。"

"好了,说这些有什么用?去放好桌子,摆上刺莓酱,虽然那些牛油有点硬,但也称得上是牛油,也摆到桌子上去。"

她正忙着翻动着玉米饼,长柄铁锅中的肥肉咝咝地响着。她把蛋面浆倒了进去,平底锅中的熏肉爆响。她转动着锅里的肉片,好煎出均匀的棕黄色。裘弟不知道这些食物是否能喂饱习惯了福列斯特家丰盛食物的勃克和密尔惠尔。

"妈妈,再做点肉羹吧。"

"要是你不喝牛奶,我就用那牛奶做肉羹。"

不喝牛奶也没关系。

"我们要不要再杀只鸡?"

"我也想杀,可是那些鸡要么太老,要么太嫩。"

她翻动着玉米饼,咖啡也煮沸了。

"今天早上,我原本可以打几只鸽子或者松鼠来加餐。"

"都什么时候了你才想起来。去,喊那些男子汉们洗完脸就过来吃饭。"

他招呼着三个男人,先去外面的水架子旁边洗完手和脸,接着又递过去一条干净毛巾。

"我清醒的时候,要是能感觉不到饥饿,就太好啦。"大夫说道。

"威士忌也是不错的食物,靠着威士忌我也能活着。"密尔惠尔说道。

"我基本上就是这么过的。自从我太太去世后,我已经这么过了二十年。"大夫说道。

看到这桌食物,裘弟感到非常骄傲。虽然并没有福列斯特家的食物那么丰盛,但每种食物都分量充足。男子汉们大口地咀嚼着。终于,他们放开了盘子,点起烟斗。

"今天好像是周日,是吗?"密尔惠尔问道。

巴克斯特妈妈说道:"不知道为什么,生病的时候就像是过周末,大家聚集起来,男人也不用去耕地干活了。"

在裘弟的印象里,妈妈从来都没有这么温柔过。她担心大家没吃饱,一直等男人们吃完她才坐下来。现在,她正在津津有味地吃着。而男人们则悠闲地聊着天。裘弟不由自主地又想起了小鹿。他实在无法忘记它。它已经完全占据了他的内心,就像在梦里一样紧紧地依偎在一起。他悄悄地从餐桌旁走开,去了爸爸的床边。贝尼正躺着休息,睁着清澈的双眼,但瞳孔依然有些发黑。

"爸爸,觉得怎么样?"

"很好,儿子。死神大概去其他地方勾魂了。但这一次能死里逃生,真是有点勉强了。"

"我也这么觉得。"

"儿子,我真为你感到自豪。你头脑冷静,该做的事情都完成得非常好。"

"爸爸……"

"嗯,儿子。"

"爸爸,你还记得母鹿带着的那头小鹿吗?"

"我怎么能忘记它们呢,我的命是那头可怜的母鹿救下来的,这一点不能否认。"

"爸爸,小鹿可能还在那里,它肯定饿坏了,也可能会吓坏了。"

"我也这么觉得。"

"爸爸,我已经长大了,不喝牛奶了。我现在去把小鹿带回来好吗?"

"带到家里来?"

"还要养大它。"

贝尼注视着天花板,什么也没说。

"儿子,我被你问住了。"

"爸爸,它吃不了多少食物的。很快它就可以到外面吃果子和树叶。"

"真该死,你竟然想出了我所了解的最温顺的小动物。"

"我们把它的妈妈杀了,应该承担起责任。"

"如果看着它饿死,我们就是忘恩负义。儿子,说实话,我实在无法拒绝你的这个想法。无论如何我都想不到，我居然还能看到今天的黎明。"

"我能不能和密尔惠尔一起骑着马去找它？"

"跟你妈说一声，就说是我让你们去的。"

裘弟又悄悄地回到餐桌边，妈妈正在给大家倒咖啡。

"妈妈，爸爸说让我把那头小鹿带回来。"

她手中的咖啡壶突然停在了半空中。

"什么小鹿？"

"就是我们杀死的那头母鹿带的那头小鹿啊。我们用母鹿的肝吸了毒汁，爸爸才能被救活的。"

她的呼吸越来越急促。

"天啊，放过我吧……"

"爸爸说，如果看着它饿死了，我们就成了忘恩负义的人。"

威尔逊大夫也开口道："是啊，太太。世界上的任何东西都要付出代价，孩子说得没错，他爸爸说得也没错。"

密尔惠尔说道："我可以和他一块儿骑马去找，我会帮他找到那头小鹿的。"

她痛苦地放下咖啡壶，显得那么孤独。

"好吧，要是你能把你那份牛奶让给它……我们实在找不到食物给它吃。"

"我就是这么想的。在它长大之前，也不会吃其他东西。"

男人们也从餐桌边站起身。

"现在，我只能期望他的病情会越来越好。太太，如果他的病情变严重了，你知道去哪里找我吧。"大夫说道。

"是的，大夫，我该怎么感谢您呢？现在我们也没有钱给你，等收割之后……"

"给什么钱?我什么都没做啊。我来的时候他已经脱离危险了。我在这里住了一晚上,还吃了一顿这么美味的早餐。只要你们甘蔗收获的时候给我点糖浆就好了。"

"大夫,您真是太好了。我们一直这么勉强度日,都不知道还有您这么好的人。"

"太太,你的男人是个大好人,别人当然也能对他好了。"

"你们觉得贝尼那匹老马套上犁还能耕地?我觉得它可能会累死。"勃克说道。

"给贝尼多喂点牛奶,只要他想喝。然后,如果你们有鲜肉和青菜,也可以给他吃点儿。"大夫说道。

"我跟裘弟会去找的。"勃克说道。

"走吧,小家伙,我们骑马去。"密尔惠尔说道。

"你们应该能很快回来吧?"巴克斯特妈妈着急地问道。

"晚饭前我们肯定能回来。"裘弟说道。

"我想不到晚饭时间,你们肯定不会回来。"妈妈说道。

"男人的天性如此。太太,能让男人回家的只有三种东西:床、女人还有一日三餐。"大夫说道。

勃克和密尔惠尔放声大笑起来。大夫的眼睛注意到了裘弟那个用奶油色浣熊皮做成的背包。

"这东西真够好看的,要是我用来装药真是再好不过了。"

裘弟从来没送过别人什么好东西,他从钉上拿下来背包,递给了大夫。

"这是我的,送给你了。"裘弟说道。

"我怎么可能抢你的东西啊,孩子。"

"留着我也用不上,而且我可以再做一个。"他自豪地说道。

"那我真要感谢你了。以后出诊,我总会想起'谢谢裘弟·巴克斯特'。"

听到老大夫感谢自己的话,裘弟感到很不好意思。他们去外面饮马,又从储存不足的仓库中拿出干草喂马。

"你们巴克斯特就靠着这些东西勉强度日?"勒克问道。

"巴克斯特家里只有一个大劳力,等这个孩子再长大点儿,日子就会好过了。"大夫说道。

"长不长大对他们家人来说,都没什么关系。"勒克说道。

密尔惠尔骑上马,让裘弟坐在了后面。大夫也骑上马,掉头去了相反的方向。裘弟挥着手和大夫告别,但心里非常高兴。

他跟密尔惠尔说道:"你觉得那头小鹿还在那里吗?你真的能帮我找到那头小公鹿吗?"

"如果它还活着,我们肯定能找到。你怎么知道是公鹿?"

"它身上的斑点排得很整齐。雌鹿的话,爸爸说斑点会是乱的。"

"雌的都是那样。"

"什么意思?"

"不是吗?所有女的都不可靠。"

密尔惠尔踢着马肚子小跑起来。

"女人就这德行。我们跟奥利弗·郝陀打架的时候,你跟你爸爸为什么会搅进来?"

"奥利弗吃亏啊。你们三个人打他一个,显然很不公平。"

"你说得没错。那是雷姆和奥利弗的情人,让他们自己解决就行了。"

"可是一个女人不能同时是两个小伙子的情人啊。"

"真搞不懂情人是什么东西。"

"我讨厌那个吐温克·薇赛蓓。"

"我也不愿意看见她。在葛茨堡,我有个寡妇情人,她对我永远都不会变心。"

对裘弟来说,这种事情太复杂。他又开始想小鹿,他们也经过了荒废的耕地。

"密尔惠尔,我们绕到北边去。爸爸被咬伤后,就在这里杀了母鹿,我也是在这里发现了小鹿。"

"你们到这条路来做什么?"

裘弟犹豫了。

"我们在追我们那几头猪。"

"哦……追你们的猪啊?好吧,别担心那些猪了,我想日落的时候它们肯定能回去的。"

"要是看到它们回去了,爸爸妈妈一定高兴坏了。"

"真没想到,巴克斯特家的人竟然这么咄咄逼人。"

"我们可不是咄咄逼人,因为我们有理啊。"

"我是说,你们巴克斯特家的人勇气可嘉。"

"你说,我爸爸不会死吧?"

"死不了,他的身体是铁打的。"

"草翅膀怎么样了?是真病了?还是雷姆为了不让我见他随便说的?"

"真病了。他跟我们任何人都不一样,完全和别人不一样,他好像可以把空气当水喝,把小动物的饲料当肉吃。"

"他还能看到别人看不到的东西,比如西班牙人。"

"没错,真是该死,要不是那已经是很多年前的事情,他肯定能让你相信他真的看到了。"

"你说雷姆会让我去看草翅膀吗?"

"我不敢肯定,等哪天他出门的时候,我再通知你,懂吗?"

"真想早点见到草翅膀。"

"会的。现在你想去哪里找小鹿?这条小路四周都是茂密的草丛。"

突然,裘弟不想跟密尔惠尔一起去了。要是小鹿死了,或者找不着它,他可不想让密尔惠尔看到自己有多失望。要是小鹿还在那里,就太好了,但这是个秘密,他可不想让密尔惠尔知道。

"可能离得不远了。但是这里草木太茂密了,马没法进去,我自己步行过去吧。"裘弟说道。

"可是孩子,我不能让你一个人走。要是把你丢了或者被蛇咬了……"

"我会小心的。要是小鹿走了,我可能得找很长时间。让我在这里下马吧。"

"也好,但你一定要小心,用根棍子在扇棕榈下面好好探一下。这里是响尾蛇的老窝。你能分清东南西北吧?"

"这个,那个,远处高大的松树,都可以告诉我方向。"

"对了,要是有什么情况,你或者勃克就可以骑马来告诉我,再见!"

"密尔惠尔,再见。真的非常感谢你。"

裘弟和密尔惠尔挥手告别后,等马蹄声彻底消失,他才绕近道往右走去。丛林里非常安静,但他折断树枝的声音划破了一片寂静。他的恐惧被渴望压了下去,但他还是折断一根树枝,用来探索前面那些不见天日的、草木茂密的地方。响尾蛇也会尽可能避开人。贝尼忽略了在茂密的橡树林中已经走得太深太远了。刹那间,裘弟怀疑自己走错了方向。一只鸟从他面前拍打着翅膀飞了起来。他到达了橡树林中的那块空地。那头母鹿的尸体周围围着很多鸟,它们扭着头、扭着长而瘦的脖子冲着裘弟发出了愤怒的声音。他将手中的树枝扔了过去,鸟儿纷纷飞到附近的一棵树上。它们拍着嘎吱作响的翅膀,发出如同生锈气筒一样的尖叫声。沙土上留下了大大的野猫足迹,裘弟不敢肯定那足迹到底是野猫的还是豹子的。但可以肯定的是,野猫们吃掉鲜肉之后,就把母鹿丢给了专吃腐肉的鹭鸟。他不禁怀疑,那些灵敏的鼻子是否也会嗅到小鹿身上更为香甜的肉味。

他绕过母鹿的尸体,来到小鹿曾经站过的地方,剥开草丛寻找着。好像这并不是昨天发生的事情。小鹿并不在这里。裘弟在空地上转着圈,没有任何声音,没有任何踪迹。那些秃鹫还在空中盘旋,急不可耐地等着回来继续美食。他转回小鹿跑出来的地方,趴在地上认真地观察着沙地,试图找到小鹿的足迹。但昨晚的大雨冲掉了所有的痕迹,剩下的只有野猫和秃鹫的脚印。但看着野猫的足迹并没有延伸到这个方向,终于,在一棵扇棕榈的下面,他找到了一些尖细的小蹄印。他立刻爬过去。

前面突然出现的一阵骚动,令他大吃一惊,快速后退。抬着头的小鹿和他面对面。它正用一种幅度很大的奇怪动作转着脑袋,用水汪汪的眼睛注视着裘弟。裘弟感到全身颤抖起来,而它也在发抖。但是,小鹿并没有站起来,也没有试图逃走,所以裘弟也决定暂且不采取行动。

"小鹿,是我。"他柔声细语地说道。

小鹿抬起鼻子,嗅着空气中的气息。裘弟伸出手,抚摸着小鹿柔软的脖子。这样的接触令他高兴不已,他向前爬着,一直爬到它的身边。他用胳膊环住它的整个躯体,它的身躯传来一阵战栗,但它没有逃。他继续温柔地抚摸着它,仿佛在摸一头瓷鹿,生怕会打碎了。比起奶油色的浣熊背包,小鹿的皮毛更加柔软。不仅光滑干净，并且带有清凉的青草香味。裘弟缓缓地站起来，将小鹿抱离地面。它甚至比老裘利亚还要轻，它的腿悬垂着，呈现弯曲状。它的腿长得惊人，所以裘弟只好尽量抬高自己的胳膊。

他担心小鹿一旦嗅到或者见到妈妈就会发出悲鸣或者挣扎，所以他沿着空地的边缘走进密林之中。抱着沉沉的小鹿，很难穿过重重阻碍。小鹿的长腿时而会被灌木丛绊住，他也无法自由地迈动双腿。他只好尽力地挡着刺人的藤条，避免划到小鹿的脸。随着他大步迈进，小鹿的头也在摇摆着。因为惊讶于小鹿竟然顺从了他，他的心脏一直在剧烈地跳动。上了小路之后，他用尽全力快步行走，到了岔道口，走上回家的路。他停下脚步休息，让小鹿站在了地上。但它一直在摇晃，凄凉地看着裘弟，发出阵阵悲鸣。

"等我喘口气，就抱着你走。"裘弟温柔地说道。

他想起了爸爸说的：小鹿会追随第一个抱它的人。他慢慢从小鹿身边走开，小鹿呆呆地站在原地看着他。他又回到小鹿身边，摸摸它之后再走开。它也开始摇晃着走起来跟着他，并发出阵阵悲鸣。它愿意跟裘弟走，它将属于裘弟，它已经成了他的东西。想到这里，他简直高兴得要跳起来。他想抚摸它，想和它一起玩耍、一起奔跑，想喊它到自己跟前来。他不敢吓唬它，他用两条胳膊抱起它来。现在，走起路来他一点也不觉得困难，他的力气大得犹如福列斯特家的人。

他感到胳膊的酸痛，只好再休息一下。但他单独走开的时候，小鹿会马上跟上来。他把它放在路上走了一小段，之后又抱了起来。回家这段路真是太轻松了，他领着小鹿，小鹿跟着他，他走上一天一夜也没有问题。虽然他已经满身大汗，但一阵清风吹过，带来了六月清晨的凉爽。天空清澈得犹如盛在蓝瓷杯里的泉水。他到了耕地边缘，昨夜的大雨过后，耕地变得翠绿清新。在玉米地里，勃克·福列斯特正扶着犁走在老马的后面。他似乎听到勃克正因为老马走得太慢在破口大骂。他突然想到，要是能让小鹿跟着他走进屋子、走到贝尼床边就太好了。可是到了门口的台阶处，小鹿却害怕得不敢上去。他只好抱着小鹿来到爸爸身边。贝尼正在床上闭目养神。

"爸爸，你看！"裘弟喊道。

贝尼睁开眼，看到裘弟站在旁边，而小鹿则紧紧地依偎着他。贝尼看到儿子和小鹿的眼睛都那么明亮，看到他们一起站着，贝尼面露喜悦之色。

"你找到它了，我真为你高兴。"贝尼说道。

"爸爸，它完全不怕我。它还乖乖地待在它的妈妈为它安置的地方。"

"母鹿刚生下小鹿的时候，就会教给它这么做。小鹿一动不动地躺在那里的时候，你都可能会踩到它身上。"

"爸爸，我抱着它走的时候，一放下它，只要我走开它就会马上跟上来，和狗差不多。"

"很好啊，我们来好好看看它。"

裘弟举起小鹿，贝尼伸出手来摸了摸它的鼻子。它叫了起来，充满希望地嗅着。

"小东西，真是对不住，我夺走了你的妈妈，也是迫不得已啊。"贝尼说道。

"你说，它会想妈妈吗？"

"不会，它只想吃，也只知道吃。就算它会想念其他东西，也不会明白那是什么。"

巴克斯特妈妈走了进来。

"妈妈，你看，我找到小鹿了。"

"我看到了。"

"妈妈，它长得好看吗？你看，这些斑点排成一排。你看它的大眼睛，它不好看吗？"

"真是太可怜了，还这么小。很长时间以内都得喂它喝牛奶了。要是我事先知道它这么小，真不知道我还会不会让你把它带回来。"

"奥拉，我要跟你说件事，现在就必须说清楚，我并不打算以后再提这件事。在这个家里，小鹿应该和裘弟一样受到我们的欢迎。我们必须心甘情愿地用食物和牛奶喂养它。你说，我以后是不是要一直听你因为小鹿跟我吵吵闹闹的？这小鹿是裘弟的，就跟裘利亚是我的狗一样。"

裘弟还是第一次听到爸爸用这么严厉的口气和妈妈说话。不管怎样，严厉的语调一定可以镇住妈妈的口无遮拦。只见她的嘴巴张了又合上，还一个劲儿地眨眼睛。

"我只不过说它太小了。"妈妈说道。

"好了，这件事到此为止。"

贝尼再次闭上眼睛。

"要是大家都同意了，那真要谢谢你们，让我休息一下吧。一说话，我就觉得心跳加速。"

"我去给它喂牛奶，妈妈，不用麻烦你了。"

妈妈没说话。裘弟来到厨房，小鹿也摇摇晃晃地跟着他走了进来。柜子上摆着一盘早上的牛奶，上面已经漂浮起一层奶油。他将奶油倒进罐子里，又用袖子抹去溅出来的几滴牛奶。要是他能少麻烦妈妈，或许她就不会嫌弃小鹿了。他用一只小瓢盛好牛奶，端过去喂小鹿。小鹿闻到牛奶的味道，便立刻用头撞了上来。为了不使牛奶洒到地上，他急忙护住小瓢。他只好带着小鹿去外面的院子，重新开始喂它，但小鹿对瓢里的牛奶毫无办法。

裘弟把手指伸进牛奶里，之后再送到小鹿柔软的嘴里。它开始贪婪地吮吸。他刚拿出手指，它便狂躁地叫起来，用头撞他。他用手指浸了牛奶后又送给它吮吸，再慢慢地用手指将它的嘴巴带到牛奶中。小鹿一边喷着鼻息，一边吮吸着。它着急地踢着小蹄子，只要他的手指隐没在牛奶里，小鹿就感到满意。它闭上眼睛，好似沉浸在美梦之中。他为小鹿吮吸自己的手指激动不已，它小小的尾巴左右摆动着。最后，在一阵旋转的泡沫和舔抹的声音中，牛奶消失了。小鹿依然在叫着、撞着，但是它已经安静下来了。裘弟的内心动摇了，他想再拿些牛奶。但就算得到了爸爸的支持，他也不能毫无收敛。母鹿的乳房和一岁小母牛的乳房大小差不多，小鹿吃的量也和它妈妈平时喂它的差不多了。突然，小鹿躺了下来，带着满足和疲惫。

他开始想着为它准备一个窝，带到屋里去？想都不要想，这根本不可能。他在屋后的棚屋里的沙地上清理出一块地方，又在院子北头的大栎树下采了一大堆西班牙苔藓。用这些苔藓在清理出来的角落里铺了窝。而旁边的鸡窝里有一只老母鸡。它瞪着圆溜溜的眼睛疑惑地看着他。它下完蛋就咯咯地叫唤着冲了出去。鸡窝很新，但里面躺着六枚鸡蛋。裘弟小心翼翼地收好鸡蛋，送去厨房。

"有了这些鸡蛋，你一定会开心的。妈妈，这些是意外惊喜。"他说道。

"确实不错，但我们也多添了张要饭吃的嘴。"

裘弟没有回答妈妈的嘲讽。

"新鸡窝就在小鹿窝的旁边，小鹿住在棚屋里，不会麻烦别人的。"裘弟说道。

妈妈没有回答他。他来到院子里小鹿躺着的地方,抱起小鹿,将它放到了新铺好的窝里。

"现在,按照我说的做。"裘弟说道,"以后我就是你的妈妈,在我来带你走之前,你都要在这里好好地躺着。"

小鹿眨着眼睛,低着头舒服地呻吟着。他小心翼翼地从棚屋出来,心里想着,就算是再听话的狗也赶不上小鹿。他来到木柴堆旁边,剥下松脂片生火。他整理好木柴堆,又抱了很多黑橡木木柴装满妈妈的柴箱。

"妈妈,我从牛奶里倒出来的奶油行吗?"

"不错。"

"草翅膀生病了。"

"是吗?"

"但雷姆不让我看他。妈妈,因为奥利弗的爱人,雷姆还在恨我们呢。"

"哦。"

"密尔惠尔说,等雷姆不在家时,他会来告诉我,这样我就能偷偷地去看草翅膀了。"

妈妈忍不住笑了起来。

"你今天的话真多,像个老太婆似的。"

她去炉灶边的时候,从他身边经过,顺手轻柔地抚摸了他的头。

"我真是太高兴了,怎么都想不到你爸爸还能看到今天的太阳。"

厨房中一片安宁,突然传来一阵马具的哐啷声。从地里回来的勃克正经过门外。他穿过大路去了马厩,要把老马的马具卸下来,好让它休息一下。

裘弟说道:"我还是去帮他吧。"

但事实上他是在小鹿的吸引下才想离开床。他又跑到了棚屋去看小鹿,同时对自己拥有小鹿而感到骄傲。他和勃克从马厩出来的时候,还在不停地谈论着小鹿,他甚至带着勃克去看小鹿。

"别吓着它,它正躺着呢。"

勃克的反应并不像贝尼那样让他高兴,因为勃克对草翅膀的宠物们已经习以为常了。

"说不定它会变野逃跑了。"勃克一边说一边去洗手,为午饭做好准备。

裘弟吓了一跳,勃克还不如自己的妈妈,完全毁了他高兴的心情。他停顿了一会儿,摸了摸小鹿。它吮吸着他的手指,摇晃着它迷迷糊糊的脑袋。勃克可不知道他们之间的关系怎么样,不知道也更好。他离开小鹿,也去洗手吃饭。因为接触过小鹿,他的手上多多少少留下点儿青草味道。他不想洗掉这种味道,但这样做妈妈肯定不愿意。

妈妈已经用水湿了头发并且梳好后过来吃饭了。她之所以这么做只是因为要保持骄傲,而不是为了炫耀姿色。她在咖啡色的花布衣服外面还穿上了一件干净整洁的围裙。

"家里只有贝尼自己干活,我们的食物不能和你们家里相比,但我们吃的东西都很讲究文雅和卫生的。"妈妈对勃克说道。

裘弟快速地看了一眼勃克,好确定他是否生气。勃克只是将玉米粥盛到自己的盘子里,并在中间挖出一块放煎蛋和肉羹。

"奥拉小姐,不要因为我而添麻烦。今天傍晚,我会和裘弟到外面打一堆松鼠,可能还会打到一只火鸡。因为在豌豆地里我发现了火鸡的脚印。"

巴克斯特妈妈也给贝尼盛了满满一盘,并且还准备了一杯牛奶。

"裘弟,给爸爸端过去。"

"儿子,我可不想吃这些东西。给我几勺玉米粥和牛奶,以我现在力气,还举不起来胳膊。"

贝尼脸上已经消肿了,但右胳膊依然肿得有平时的三倍大,呼吸还不够平稳。贝尼喝了几口软软的玉米粥,又喝了牛奶。接着便让裘弟拿走了盘子。

"你和你的小宝贝相处得愉快吗?"

裘弟说起了他搭的苔藓窝。

"你挑的地方还真是不错。想好让它叫什么名字了吗?"

"还没想好。但我想给它起一个特别的名字。"

勃克和巴克斯特妈妈也进来了,坐下来探望贝尼。太阳高照,天气很热,所有的一切却显得非常从容。

"裘弟正愁着给新来的巴克斯特起什么名字。"贝尼说道。

"裘弟,我跟你说,等你见到草翅膀的时候,他会帮你想个好名字的。对于这种事情,他可是内行,就好像那些擅长弦乐的人一样。他给它起的名字一定是顶呱呱的。"勃克说道。

"裘弟,去吃午饭吧。你真是被那个有斑点的小鹿给迷住了,连吃饭都忘了。"妈妈说道。

这可真是再好不过的机会了。他从厨房拿了满满一盘子食物去了棚屋。小鹿还在迷迷糊糊地睡着,他就坐在小鹿旁边吃了起来。玉米粥里漂浮着猪油,裘弟把手指浸了浸,就伸向了小鹿的嘴巴。但它只是嗅了一下后,就扭过了头。

"除了牛奶,你还得学会吃别的东西才行。"他说道。

棚屋顶的橡子沾满了污泥,发出了剥裂声。他把盘子刮干净,放到一边。接着便躺在了小鹿身边,伸出胳膊搂着它的脖子。从这一刻开始,他再也不会孤单了。

第十六章　黑夜猎狐

裘弟花了很多时间在小鹿身上。无论他走到哪里，小鹿都会跟着他。柴堆旁，小鹿时不时地妨碍着他挥舞斧头。挤牛奶的工作也归了裘弟，但他只能把小鹿关在牛圈外面。它趴在门边上，透过门上的木条看着里面的情景，呦呦地叫个不停，一直等他挤完牛奶才罢休。他用力地挤压着母牛的乳房，直到母牛踢着脚开始抗议才停下来。多挤一点牛奶，就意味着小鹿能多补充一些营养。他要亲眼看它长大，看它细细的腿稳当地站到地上，看它蹦跳着晃动脑袋和尾巴。他要和它一起蹦蹦跳跳、一起开心地躺着、一起休息、一起凉快。

天气又潮湿又闷热，躺在床上的贝尼一身臭汗。勃克浑身是汗地从耕地里回来。他脱掉了衬衫，光着上身卖力地工作着。胸前密密麻麻的黑毛上面分布着汗珠，犹如干燥的苔藓上分布着闪闪发光的雨滴。巴克斯特妈妈确定了他不再需要上衣的时候，就拿去清洗了一下，放在太阳下晾晒。

"刚才上面还全是汗臭味，但现在干干净净的。"她满意地说着。

巴克斯特家的茅屋简直要被勃克高大的身躯给撑破了。

巴克斯特妈妈和贝尼说道："早上刚看到他的胡子和上身时，真是太吃惊了。还以为闯进来的是一头熊。"

对于一天三顿吃饭速度如闪电般迅速的勃克，巴克斯特妈妈感到非常吃惊。但她没有任何埋怨，因为他做的大量工作以及打到的各种野味完全可以补偿他吃掉的食物。他来这里的一个星期时间里,不仅锄完了玉米、豌豆和甜薯,而且还在溪边的豌豆地和凹穴之间新开垦出两亩地。他砍了十几棵橡树,有松树、橡胶树,还有很多小树,烧了树杈,去了树枝,这样一来,通过树干的横切面,裘弟和贝尼就可以判断出来它们是否适合做柴火。

"新开垦的那片地里可以种棉花,明年就能有收获。"勃克说道。

"我们还从来没种过棉花呢。"巴克斯特妈妈有些怀疑这个建议。

"我们福列斯特家的人,都不擅长种庄稼。虽然我们也有耕地,还经常种地,可我们的天性却是过你们认为的那种粗鲁懒散的生活。"勃克从容地说道。

"懒散的生活总是令人苦恼。"她尴尬地说道。

"你没听说过我的爷爷吗?大家都称他为'苦恼的福列斯特'。"勃克说道。

她真的没办法讨厌他,脾气好得像狗一样温顺,晚上,她会悄悄地对贝尼说:"他干活的时候简直像一头公牛,可他黑得真让人烦恼。艾世拉,他那么黑,简直像只秃鹫。"

"还不是因为他那黑胡子,要是我长了那样的黑胡子,就算不像一只秃鹫,至少也会像只乌鸦。"贝尼说道。

贝尼的身体渐渐康复,身上的肿胀已经不见踪影。响尾蛇留下的牙印以及为放毒血而割开的伤口也开始结痂了。但只要用点力,他就会感到头晕,心脏也会扑通扑通地不停地跳,还喘着粗气,如果不马上平躺下来,就很难呼吸顺畅。他那坚韧的神经,仿佛紧绷在脆弱木头架子上的金属琴弦。

因为勃克的存在,裘弟感到非常刺激和兴奋。小鹿的到来已经令他着迷了,加上勃克的存在,他更加神魂颠倒了。

从贝尼的房间出来，裘弟来到了勃克干活儿的地方，之后再溜达到小鹿所在的地方，他就这样一直绕圈。

"你要注意看勃克怎么干活儿的，等他走了，你也好照着做。"巴克斯特妈妈说道。

三个人之间形成默契，贝尼可以不做任何工作。

勃克在耕地忙活的第八天，一大早他就把裘弟喊到玉米地里。昨天夜里，几个坏蛋光顾了这里。半行玉米的玉米棒都被掰掉了。玉米行之间还留了一些玉米叶。

"知道这些坏蛋是什么吗？"勃克问道。

"浣熊？"

"不是，是狐狸。它们对玉米的喜欢程度一点儿也不比人低。昨天夜里，这里来了两三只尾巴蓬松的狐狸，而且在这里享受了一顿美味夜宴。"

裘弟笑了起来。

"狐狸的美味夜宴？我还真想亲眼看看。"

"你应该做的是晚上带着枪出来，赶走它们。"勃克严肃地说道，"接下来，就等我们晚上过来收拾它们。你必须认真学，今天傍晚我会带着你去凹穴那边有蜂窝的树上偷蜂蜜，你跟着我就能学会怎么做。"

裘弟一整天都过得很不耐烦。和勃克外出打猎跟和爸爸打猎情况完全不同，因为福列斯特兄弟做任何事都会带给他无尽的兴奋，会令他疯狂，令他更加神经质。他们无时无刻不在争吵，无时无刻不是处于一片混乱之中。和贝尼外出打猎的乐趣甚至超越了打猎本身。因为可以欣赏飞过的小鸟，倾听沼泽中喘气的鳄鱼。他多么希望贝尼能跟他们一起去偷野蜂窝里的蜂蜜，一起收拾偷玉米的狐狸。下午，勃克从新开垦的耕地里回来的时候，贝尼还在熟睡。

勃克告诉巴克斯特妈妈:"给我一把斧头、一只盛猪油的桶,再来一堆破布,用来烧浓烟。"

但巴克斯特家的破布非常稀少,他们的衣服补了一层又一层,直到碎得无法再穿为止。连面粉袋都做成了围裙、抹布,甚至做成了被套,而且巴克斯特妈妈在冬天的傍晚还绣上了花,还有补过的被子内衬甚至也用作了面粉袋。勃克看着她拿来的一小把破布,露出厌恶的表情。

"算了算了,我们还可以用苔藓。"

"你们可要小心野蜂,别被蜇了。我爷爷曾经被蜇过一次,在床上躺了半个月才好。"巴克斯特妈妈说道。

"就算被蜇,也不会有什么大事。"

他领着裘弟穿过院子,身后紧紧跟着的是那头小鹿。

"你想让野蜂蜇死你这个小宝贝吗?我想,你最好把它关好。"

裘弟不情愿地把小鹿关到了棚屋里,就算是去找蜂蜜,他也不想丢下小鹿。贝尼不能一起去,裘弟觉得非常不公平。因为整整一个春天,贝尼都在关注那个野蜂窝,他一直在等待合适的时机动手。春天里,野蜂从山楂和野梅子、桑葚和冬青、野葡萄和桃树、扇棕榈和栎树以及黄色的茉莉上采集各种味道的蜂蜜。以后还会有更多的花朵,它们完全可以采集到更多的过冬蜂蜜。现在的红月桂以及火炬松正绽放着簇簇鲜花,不久之后漆树、黄花、翠菊也会次第绽放。

"你知道最喜欢跟我一起偷蜂蜜的是谁吗?"勃克问道,"是草翅膀,就算在野蜂中间,他也能保持镇静。你甚至会觉得那些野蜂已经把蜂窝送给他了。"

他们终于抵达凹穴。

"真是搞不懂,你们怎么会来这么远的地方打水。如果我不着急走的话,肯定会给你们挖口井。"勃克说道。

"你要回家了吗?"

"是啊,我很担心草翅膀。并且,我跟威士忌告别的时间可从来没有像这次这么久。"

野蜂做的窝在一棵枯死的老松树上。蜂窝就在树的半腰上,野蜂正从那个黑黝黝的洞里飞进飞出。这棵松树位于凹穴的北边。勃克停在了栎树下面,收拾了好几捆西班牙青苔。等到松树根旁边,勃克指了指那里的羽毛和干草,说道:

"鸭子曾想把窝设在这里,但最后却被野蜂赶走了。它们光看到树上有个洞,却不想想那里住着的到底是啄木鸟还是野蜂,不管不顾地就在这里设窝。"

勃克开始砍松树的树根,嗡嗡声从高空中传来,仿佛一窝响尾蛇正在乱哄哄地摇着尾巴靠近。斧头的声音回荡在凹穴中。橡树和棕榈树上一直都静悄悄的松鼠们也开始吱吱乱叫。丛林中受惊的鸟儿也开始尖声啼叫。因为松树的震动,嗡嗡声变成了怒吼声,野蜂化身小弹丸,纷纷掠过他们的头顶。

"赶快点烟熏啊,孩子,放开干吧!"勃克喊道。

裘弟卷好破布和青苔,打开了勃克的火石筒,努力地用钢片打击着火石。想到贝尼的点火技术那么熟练,还没有用过火石的裘弟感到有些恐慌。火石迸发出的火星点燃了蓬松的破布,但因为吹得太急,火苗刚碰到破布就熄灭了。勃克放下斧头,跑过来夺走了火石。他用了和裘弟一样大的力气打击着钢片和火石,但吹火的姿势却是属于福列斯特式的令人惊讶,破布接触到火星后就燃烧起来。他将火苗靠近青苔,立即浓烟滚滚。

勃克快速地跑回松树底下,用力挥舞斧头砍下去。锋利的斧头一下子就砍进了松树的树心。松树在战栗中断裂了，空中仿佛传来了怒吼声，又像是有一个呐喊助威的声音。松树轰然倒下，树洞中飞出了一团野蜂组成的云团。勃克立刻拿过滚滚浓烟的青苔扔进洞口。虽然他身形高大，却灵活异常。将烟球扔进洞的勃克立刻发疯一般地跑了起来。此时的他看上去更像一头体形笨重的熊。他拍打着自己的肩膀和胸膛，发出阵阵怒吼。裘弟不禁笑了起来。但就在这个时候，他感到自己的脖子被扎进了一枚热热的针。

"快到凹穴里去，跳进水里！"勃克叫道。

他们狼狈地翻下陡峭的凹穴岸边。凹穴底部的池塘因为雨少已经变得非常浅。当他们跳进去的时候，水还不能完全盖住他们的身体。勃克挖了泥浆盖到裘弟的脖子和头发上，而他则完全依靠自己那浓密的头发来保护。跟随他们过来的野蜂并没有离去，而是执着地在空中盘旋。片刻之后，勃克才小心地坐了起来。

"现在这些野蜂该冷静下来了，但我们差点就成猪了。"勃克说道。

他们衣服上的、脸上的泥浆都要干结成块了。现在的天气还不能洗澡，但裘弟还是领着勃克去了凹穴的南岸，爬上了洗衣水槽。他们在一个水槽里洗了衣服，在另一个水槽里洗了澡。

"你咧着嘴笑什么啊？"勃克问道。

裘弟摇着头，但他想到了妈妈的话。

"要是有能把福列斯特蜇干净的野蜂，一定给我来上一窝。"

虽然裘弟逃脱了被蜇的厄运，只被蜇了两下，但勃克却没有这么幸运，被蜇了十几下。他们小心翼翼地来到松树前。

烟球的位置非常好，滚滚浓烟已经熏醉了野蜂，蜂群正慢慢地在洞穴四周聚集，找寻着蜂后。

勃克将蜂巢劈开，用猎刀割掉周边，又去掉了木片和残屑，把刀插进去查看。拔出来一看，便惊叹道。

"今天运气真不错！这里的蜂蜜能装一脸盆，整个树腔里都是蜂蜜。"

他拿出一片闪着金黄色光亮的木屑，上面滴落着蜂蜜。蜂巢虽然黑黑粗粗的，但蜜汁真是纯净得都赶上糖浆了。他们把盛猪油的桶盛满，便提着回家了。巴克斯特妈妈又给了他们一只木桶。

"现在用一盆饼干来蘸蜜吃都吃不完这些蜂蜜啊。"勃克说。

"我想你回家的时候也可以带一些。"巴克斯特妈妈慢悠悠地说道。

"不用太多，装到我肚子里就行啦。我已经在沼泽地看上了两三棵树，如果哪个都不能让我满意的话，我再跟你们要。"

"你对我们太够朋友了，如果有一天有需要我们的地方，我们一定不会推辞的。"她说。

"勃克，真希望你能不回家。"裘弟说道。

"我要是走了，你就没时间跟小鹿腻歪在一块儿了是吧？"勃克开玩笑地推搡着裘弟说道。

很显然，勃克非常好动。晚上的时候，他的两只脚不停地摆动，后来又变成了上下踏步。他仰望着天空，说道："这个晚上真是适合骑马。"

"你怎么突然这么着急了？"裘弟问道。

勃克停止了脚上的动作。

"我脾气就这样,说风就是雨,不管什么地方,吸引我的也就那么一段时间,之后也不知道为什么我就开始不满意起来。每次跟密尔惠尔还有雷姆去肯塔基贩马的时候,我敢肯定我觉得自己要爆炸了,但一回到家里就会马上平静下来。"他停了一会儿,凝望着落日,接着又压低声音说道,"现在,因为草翅膀的事情我真的很烦,我有一种感觉……"他用力地拍拍自己毛茸茸的胸膛,说道,"我担心他情况不好……"

"家里会派人过来告诉我们吧?"

"这正是我担心的地方。如果他们不知道你爸爸伤得很严重,一定会骑马来找我让我回去。但他们知道你们正需要帮助,所以不管怎么样,他们都不会来叫我的。"

勃克焦急地等着天黑,他想做完这些事情就赶紧回家。贝尼的夜猎本领可以跟任何一个福列斯特人相媲美。裘弟原本想好好炫耀一下爸爸除掉的大量野兽,但因为会占掉大量时间他只好闭了嘴。他帮勃克准备着点火用的松脂片。

"我的考顿叔叔满头红发,那可真是一头蓬松的头发,像一堆倒竖的乱草,并且红得像斗鸡的鸡冠。一天晚上,他带着火盘外出打猎。因为火盘的柄太多,迸出的火星飞到他头发上,着火了。他立刻向我爸爸求救,可我爸爸压根儿没理他,他以为考顿叔叔的头发是因为月亮的光亮而闪光呢。"

裘弟听得张大了嘴巴。

"勃克,是真的吗?"

勃克正忙着削木片。

"如果是你讲故事,我肯定不会这么问。"勃克说。

躺在床上的贝尼喊道:"我受不了了,我真想跟你们一块儿去。"

勃克和裘弟走进了房间。

"要是你们去打豹子,我敢肯定以我现在的力气完全可以跟你们一起去。"贝尼说道。

"要是我们的狗也在这里,我肯定想跟你一起打豹子去。"勃克说道。

"怎么？我这两条狗难道还比不过你们那一群？"贝尼直白地问道,"我给你们的那条烂狗,你们后来怎么处理的？"

"怎么？事实就是,在我们养过的所有猎狗里,那条狗最出色、最迅猛、最能吃苦、最勇敢,但是,必须有人训练它才行。"勃克慢悠悠地说道。

贝尼哈哈地笑了,说道:"我太高兴了,你们竟然把它训练得有模有样,它现在怎么样？"

"它的叫声那么洪亮,足以令别的狗自叹不如。但雷姆却忍受不了,某天晚上,它被雷姆拖出去一枪打死了,最后被埋到了巴克斯特家的墓地里。"

贝尼的语气一本正经:"我看到那个新坟了,还以为你们用光了你们的墓地。等我身体好了,我一定给那个坟立碑,写上'这里安息着一位福列斯特,所有人致敬！'"

贝尼一边宽厚地微笑着,一边拍打着被褥。

"勃克,认输吧。"贝尼说道。

勃克摸摸胡子,说道:"是的,我觉得那只不过是一个玩笑。但你可不要觉得雷姆也会认为那是个普通的玩笑,他可能觉得是莫大的侮辱。"

"没什么事情是过不去的。我可以忘掉,希望你们也可以,希望雷姆也行。"

"雷姆和别人不一样,他对任何事情都有自己的见解。"

"那我就太难过了。我之所以在你们跟奥利弗打架的时候动手,仅仅是因为你们人太多。"

"没错,血浓于水。虽然我们之间也会打架,但当我们跟别人发生争执的时候,肯定会一致对外。但你和我之间并没有必要发生争执。"勃克说道。

这场争论就这么结束了。

"如果双方都不吵架不谩骂,你说还能打架吗?"裘弟问道。

"我觉得还会打起来。有一次,我就看到过两个聋哑人扭打在一起。他们根本不会说话,只会用手势,之所以打起来可能就是因为某一方用手势侮辱另一方。"贝尼说道。

"男人的天性如此。孩子,等你长大要追求女人的时候,你就会知道为什么要让你的裤子沾满灰尘了。"勃克说道。

"可是追求女人的就只有雷姆和奥利弗啊,没有其他人,可是这件事却把巴克斯特家的人和福列斯特家的人都牵扯到了。"

"打架的原因有很多种。我曾经听过一个牧师因为别人不同意他让未成年人发誓而脱掉法衣要打架。无论哪个人,打架都是因为觉得自己有理,但'遭殃的总是最无辜的那个'。"贝尼说道。

"听!我好像听到硬木林里有狐狸在叫。"勃克说。

刚开始,夜深人静。接着,耳朵里边钻进了各种浮云一般的声音。猫头鹰呜呜的叫声,树蛙拉出的小提琴声,这些都是下雨的征兆。

"它们已经来了!"勃克说。

远处回荡着一阵阵微弱、尖利而悲哀的叫声。

"对于我们那可怜的猎狗来说,这可是最好的音乐。难道它们不想跟这些高音歌唱家们来首对唱吗?"勃克说道。

"如果今天你跟裘弟收拾不了这些混蛋,下个月你们带狗来，我们好好大围猎一回。"贝尼说道。

"裘弟，我们走！等我们赶到的时候，这些家伙可能已经到玉米地了。"勃克从房间角落里拿起贝尼的后膛枪，"今天我就要用这支枪，好像之前看到过这支。"

"这确实是把好枪，可不能和那条狗埋在一块儿。"贝尼说道。

裘弟整理好那支老前膛，扛到了肩膀上。他跟着勃克出去了。关在棚屋里的小鹿听到了裘弟的声音，发出阵阵哀鸣。他们走过桑树，越过用劈开的树干做成的栅栏，到达玉米地。勃克顺着第一行玉米一直走到最北边。他开始横穿过每一行玉米，在两行中间，他会停一下，端着火盘向玉米地深处探索着。走了一半，他就停下了脚步。他转过身碰了碰裘弟，在火光照亮的地方，他看到了正盯着亮光的两颗玛瑙。

"你溜过去，我先用火光稳住它，你小心点不要遮住亮光。等它的眼睛看上去跟一个先令一样大的时候，你就照着它眼睛中间打一枪。"勃克小声地说道。

裘弟从左边的那行玉米中间爬了过去。碧绿的玛瑙亮光消失了一会儿，但接着又亮了。他举起枪，接着火盘中的亮光瞄准了狐狸。他扣动了扳机，但因为枪的震动，他失去了平衡。他向前跑了跑，想看看是否打中目标。但勃克用声音阻止了他的前进。

"你打中了，快回来，先别管它，让它在那儿躺一会儿。"

裘弟顺着玉米行爬了回来，勃克把那支后膛枪递给了他。

"附近可能还有一只。"

他们爬过一行行的玉米，这次，裘弟先于勃克发现了那对发光的玛瑙。他拿着后膛枪像上次那样前进着，内心太高兴了。这支枪并不比老前膛长，瞄准非常方便。他自信地开了一枪。勃克依然在喊他后退,他只好退回来。可是,他们一遍遍地找过去,甚至绕到了西边从南头顺着玉米行找了一遍,但还是没有发现闪着绿光的玛瑙。

"看来今晚就这点收获了。看看我们打到了什么。"勃克大声说道。

两枪都直中要害,打中一只雌狐狸和一只雄狐狸。巴克斯特家的玉米把它们养得肥肥的。

"它们可能生了一窝小狐狸,可是不知道它们在什么地方。不过它们肯定已经分开觅食,会想方设法单独生活。等秋天来了,我们一定会收获一大批狐狸。"勃克说道。

灰色的狐狸长着蓬松的大尾巴,看上去非常不错。裘弟扛着它们回家,感到得意极了。

快走到家的时候,他们听到一阵骚乱,还夹杂着巴克斯特妈妈的尖叫声。

"你爸还没好,她不可能和他胡闹,难道她?"勃克说。

"她没事的时候从来不会乱闹,就只会动动嘴而已。"

"我宁可被一个女人用鞭子打,也不想听到她尖酸刻薄地骂我。"

刚到院子门口,就听到贝尼的喊叫声。

"怎么啦,难道那个女人要杀了他?"勃克说。

"可能是有东西在追小鹿。"裘弟说。

除了鼬鼠,这座院子还从来没有遭遇过什么更大的危险。勃克跳过栅栏,裘弟也跳了过去。茅屋的门廊里射出了一束光亮,只穿了一条裤子的贝尼·巴克斯特站在那里,巴克斯特妈妈站在他的旁边,正拍打着身上的围裙。裘弟看到一个黑影闪过,在黑夜中跑向了葡萄架。两条猎狗紧紧地追着黑影。

"是熊！快打死它！趁它还没爬过栅栏，快开枪！"贝尼喊道。

勃克在奔跑，火盘中的火花溅了出来。在火光的映照下，他们看到了一头笨重的熊正从桃树下向东面的栅栏奔跑着。

"火盘给我，勃克，你来开枪！"裘弟喊道。

他觉得自己办不到，甚至感到害怕。他们一边奔跑一边交换了手里的东西。熊在栅栏边上转身抵抗，它撕咬着扑过来的猎狗，忽明忽暗的火光照耀着它的眼睛和牙齿。就在它转身爬上栅栏的时候，勃克开枪了。熊滚落在地，两条狗顿时兴奋起来。贝尼也跑了过来，在火光的照耀下，大家发现熊已经死了。两条狗装着是自己咬死熊的模样，得意扬扬地攻击着熊的尸体。勃克很得意。

"假如这个畜生知道福列斯特在这里，它可不敢乱来！"勃克说道。

"就是所有的福列斯特都在这里，它照样会来，因为它嗅到了令它发疯的味道。"

"什么味道？"

"裘弟那头小鹿还有蜂蜜。"

"它找到了小鹿？爸爸？小鹿怎么样了？"

"很幸运，棚屋的门关着，它绝对没有碰小鹿。但后来它嗅到了蜂蜜，所以就绕到了门口。我还以为是你们回来了，并没在意，等我发觉是它的时候，它已经打开了蜂蜜桶的盖子。原本它还在门口的时候我就能打死它，可是我没枪。我们两个只能大声喊叫，我想着一定是它进来后听到的最勇猛的喊叫声，所以它就跑了。"

裘弟一听到小鹿可能遭遇不测，简直吓坏了。他立刻跑到棚屋去，却发现它正呼呼大睡，丝毫不关心外面发生的一切。他抚摸着熟睡的它,感到非常庆幸。他又回到了熊的旁边。这是一头两岁的肥肥的公熊。贝尼坚持要帮着剥皮,他们将尸体拖到后院,在火盘的光亮下剥好皮,又将肉分成四份,挂到了熏房。

"我得跟你们要一桶肥肉回去,让我妈来熬熊油和油渣。要是没熊油,她都不炸东西了。她老人家说,最爱的就是熊油渣和甜薯。可是她剩下的四颗牙齿光嚼就得嚼上一整天。"勃克说道。

猎物如此丰富,巴克斯特妈妈都变得慷慨了。

"把熊肝也带回去给小可怜草翅膀吧,吃了它他一定会强壮起来的。"她说道。

"只可惜这个不是缺趾老熊,老天爷,总有一天让那贼骨头好好尝尝我猎刀的滋味。"贝尼说道。

明天早上再剥皮也不晚,狐狸肉只能放上胡椒,煮过之后给小鸡当补品。

"伊粹·奥塞尔那老家伙请你们吃过他的狐狸肉没?"勃克说。

"他请过我,但我说:'不了,谢谢你,伊粹,我还是等着你杀了狗之后请我吃狗肉吧。'"贝尼说道。

贝尼心情很好,他在勃克身边蹲下来,跟他交换狗和狐狸的故事,还有稀奇古怪的食物以及吃古怪食物的人的故事。裘弟对这种奇谈怪论并没有兴趣,他只希望大家赶紧上床睡觉。终于,贝尼的劲头也减弱了。他洗完手,再洗干净剥皮用的刀,之后便上床躺到了妻子的身边。勃克依然劲头十足,好似上紧的发条,大有要讲到半夜的架势。裘弟了解到这一点后便假装要躺到地铺上睡觉。他的床已经让给了勃克,但小小的床根本放不下他的大长腿,大约四分之一的腿都伸到了床外面。坐到了床沿上的勃克还在讲，发现他的听众已经不见了才罢休。裘弟听到了他的哈欠声，听到他已经脱了裤子躺到嘎吱乱响的玉米壳床垫子上去了。

一直等到勃克发出雷鸣般的鼾声之后，裘弟才悄悄溜了出去，摸索到棚屋。听到声音的小鹿立刻站了起来，裘弟摸黑走了过去，伸出胳膊抱住了小鹿的脖子。小鹿也用湿润的舌头舔着他的脸颊。他抱着小鹿朝门口走去。小鹿来到家里的这几天，居然长得这么快，裘弟抱它的时候要用上全身的力气。他抱着小鹿，踮着脚尖，悄无声息地来到院子里后才放下小鹿。小鹿一直跟在裘弟身后，他抚摸着小鹿那光滑而坚硬的头顶，引领着它小心翼翼地走进屋子。它尖细的小蹄子敲击着木头地板，发出滴答的声音。他只好再次抱起它，慢慢地经过妈妈的卧室，走进自己的房间。

他躺在地铺上，让小鹿躺在他的旁边。无论是棚屋里，还是大热天的栎树下，他经常和小鹿紧挨着躺在一块儿。他把头贴近小鹿，感受着它的肋骨随着呼吸上下起伏着。它把下巴放在裘弟的手上。裘弟感到了下巴上的几根短毛触动着自己，他一直都在想办法找个理由好让小鹿晚上能到房间里和自己一起睡，但现在，他找到了一个最佳的理由。他尽量像偷运货物一样地带着小鹿溜进来再溜出去，这样才能避免争吵。假如真到了被发现的那一天，他的这个理由绝对是最好的！那就是避免熊的威胁！

第十七章 希望您赐他几只红鸟

这块甜薯地简直是漫无边际的大海,一点儿都不像是甜薯地。裘弟回头望望已经锄完的一行行甜薯,真是太可观了。但还没锄的甜薯好像依旧无边无际。在七月的酷热中,大地都被煮沸了。他赤裸的双脚忍受着沙土的灼烧。甜薯藤向上卷曲着叶子,仿佛不是接受阳光的暴晒而是在忍耐着干燥沙土的炙烤。他向后推了推棕榈帽子,又拿袖子擦擦脸。看太阳的方向,应该已经十点了。爸爸说,如果上午能锄完甜薯,下午就可以去看望草翅膀,还能给小鹿起名字。

小鹿就躺在栅栏里面的树荫下。裘弟锄地的时候,小鹿变得那么讨厌。一直在甜薯之间到处乱跑,甜薯藤被踩坏了,整齐的甜薯行也被踩乱了。没一会儿,小鹿又会跑到裘弟的前面,挡住他锄地的脚步,站着不动想迫使裘弟和它玩。刚开始只会瞪着眼睛发呆的小鹿已经掌握了一种敏锐的领悟能力。已经变得和裘利亚那样通晓人意了。在裘弟差不多就要把它带回去关到棚屋里的时候,它又乖乖地躺到树荫下去了。

它卧在那里,一直用大眼睛凝望着他。它扭着自己的脑袋,找到了最舒服的方式靠在自己的肩膀上,它时而摇动自己的小白尾巴,它不断地抖动着自己带斑点的皮,抖得如细浪一般,正在驱赶苍蝇。要是小鹿能一直安静地躺在树荫下,裘弟就会有更多的锄地时间。他工作的时候喜欢让小鹿留在附近。这样他似乎感到了一种从来没有过的安慰。他抖擞精神,继续和野草抗战。看到自己的伟大成就,他感到非常得意。他已经将甜薯行甩到了身后,不自觉地吹起了毫无旋律的口哨。

他想了很多名字给小鹿,轮流着叫,但哪一个都无法令他满意。连他知道的狗的名字也用上了,裘、格兰博、罗佛、老布,等等,没有一个合适的。它走路非常轻盈,如贝尼所说它走路的时候好像一直是蹑着脚的。如果是这样,他好像应该叫吐温克·特欧士,简称吐温克。可这个名字让他想到了吐温克·薇赛蓓,所以这个名字根本不合适。就取个有"蹑脚"这层含义的名字,但贝尼曾经的那只毫无用处的哈巴狗就叫这个名字。但裘弟想草翅膀一定有办法,他在给宠物起名字方面真是个天才。他的浣熊叫"闹闹",鼬鼠叫"急冲",松鼠叫"尖叫",蹩脚的红鸟栖息的时候一直喊"教士、教士、教士",所以名字叫"教士"。草翅膀还说,红鸟这么叫的话,森林里的其他红鸟就会飞来和它配对。可裘弟听到的所有红鸟好像都是这么叫的。不管怎样,这些名字都很不错。

勃克回家已经两个星期了,在这期间,裘弟已经完成了非常多的工作。虽然贝尼的身体一直在恢复,但还会常常头晕,心脏快速跳动。贝尼相信这是因为体内还有余毒,但巴克斯特妈妈却觉得他在发烧,还给他喝柠檬茶。他不再打寒战的时候,她会让他下地来回走动一下。可裘弟却想让他好好休息。每次想到小鹿能帮他消除自己常常感到的孤寂和痛苦,他就开始感激妈妈的宽宏大量。唯一的问题就是小鹿需要大量的牛奶。但是很明显,小鹿已经开始妨碍妈妈了。有一天,小鹿闯进了屋子,吃光了妈妈已经搅拌好还没烤的玉米面包糊。从那个时候开始,绿叶、玉米糊以及碎饼干都成了它的食物,它基本上什么都吃。巴克斯特家的人吃饭时,只好将它关到棚屋里。因为它会叫喊着用头撞翻他们的盘子。

每当贝尼和裘弟笑话它的时候,它就会善解人意地抬起头。刚开始猎狗还会追它,但现在也忍下了。巴克斯特妈妈虽然也会忍着它,但它对她从来都没有兴趣。裘弟曾告诉妈妈小鹿哪里迷人。

"妈妈,它的眼睛多好看啊。"

"老远它就能看到玉米面包。"

"妈妈,你看它的尾巴多么伶俐,还那么滑稽。"

"所有的鹿的尾巴都跟旗子一样。"

"但是妈妈,你看它多可爱,却又笨笨的。"

"没错,它确实很笨。"

太阳就要爬到头顶,小鹿又跑到甜薯地中间来了,吸了几口藤枝便又回到栅栏旁边重新找了树荫躺下。裘弟环顾了一下甜薯地,没锄的就只剩下一行半了。他想回去喝点水,但这样做真是浪费时间,可能还会耽误吃午饭。在不伤害甜薯藤的前提下,裘弟加快速度挥动锄头。当太阳爬到头顶的时候,他终于锄完了半行。但最后一行甜薯还讽刺般地留在那里。现在,妈妈马上就该敲响东厨房门边上的铁铃,唤他回家吃饭。贝尼要求得很严格,一会儿也不能耽误。要是午饭前锄不完,他就不能去看草翅膀。他听到栅栏那边传来了脚步声,原来是贝尼来了。

"儿子,不错嘛,锄了一大片甜薯地。"

"确实不少。"

"想想就感到难过,明年的这个时候,一个甜薯都不会留下。躺在树荫下的那个宝贝儿也需要一份,但是你要记住,两年后,我们就得放它走。"

"爸爸,我不能这么做。我不停歇地干了一个上午,但还有一行没锄。"

"嗯，但我必须和你说，我并不想让你下午出去。因为我们之前已经讲好了。可是我想跟你做个交换，你帮我去凹穴挑一担干净的水回来，傍晚的时候我会锄完剩下的一行。在凹穴的陡坡上爬来爬去，我还真有点受不了。这个交换可是非常公平的。"

裘弟放下锄头，跑着回家去拿水桶。

贝尼在他身后喊着："别挑太满，一岁的小家伙怎么都赶不上老家伙有劲儿。"

光是柏木水桶就已经很沉了，而悬挂桶的白橡木扁担也不可轻视。裘弟挑着水桶，匆忙地走着。小鹿跟他后面慢悠悠地跑着。凹穴又安静又幽暗。正午的阳光还没有早晚的时候多，因为密密麻麻的枝叶遮挡了正午直射下来的阳光。鸟儿也非常安静，它们正环绕在凹穴岸边自由自在地休息或者享受沙浴。傍晚的时候，它们才回到凹穴底来喝水。他慢慢地跑下凹穴陡峭的斜坡，到达绿油油的凹穴底。小鹿也跟着他下来了，一起蹚过浅水滩。小鹿低着头喝水，裘弟曾在梦中见过这样的场景。

"总有一天我会在这里建个房子，再给你找头母鹿，我们一起住在浅滩边就太好了。"裘弟对小鹿说道。

一只青蛙突然跳了出来，小鹿吓得一直后退。裘弟一边笑话它，一边爬上对岸的饮水槽。裘弟趴在饮水槽边喝水，小鹿也伏到水面饮水，它的小嘴沿着水槽移动着。突然，小鹿的头碰到了裘弟的脸，为了保持友好，裘弟也采用了和小鹿一样的饮水方式，发出了类似的声音。裘弟抬头并且摇摇头，再摸摸嘴。小鹿也抬起头，它的鼻子和嘴巴上不断滴落下水珠。

裘弟拿起挂在水槽边的水瓢，盛满两只水桶。他完全忽视了爸爸的忠告,而是将水桶盛得满满当当。他很想就这么挑着满满的水桶回家。他蹲下身,肩膀靠近扁担。他想挑着扁担站起来,但沉重的重量令他站不起来。他把水倒出一部分,这才能挑起来一步步艰难地爬上岸。他瘦瘦的肩膀被扁担压得生疼,连背都开始疼了。半路上,他只好停下来从水桶中再倒出一部分水。小鹿好奇地把鼻子伸到水桶中嗅嗅,幸亏妈妈没看到。她根本不会明白小鹿有多干净,她肯定也不会说它的气味有多好闻。

等他回到家的时候,他们已经开始吃午饭了。他拎着水桶,放到水架上,再把小鹿关进棚屋。他把水瓶灌满了干净的水,再拿到餐桌上。他又热又累,但还是不辞辛劳地忙碌着,可他并没有感到特别饥饿。他感到高兴,这样一来他就可以把自己的午饭分出更多给小鹿。腌在盐水中的熊屁股肉是放到罐子中烤熟的。肉的长纤维有点粗,但裘弟觉得味道甚至超过了牛肉,差不多能跟鹿肉相媲美。他把所有的玉米饼和牛奶都留下来给小鹿,自己吃了肉和生菜。

"我们运气真是不错,来的竟然是一头幼熊,如果来的是一头大公熊,我们可能就没有这么好的熊肉吃了。裘弟,你记住了,熊是七月求偶,在它们求偶的时候,可不能吃它们的肉。如果它们没找你的马鞍,就绝不能在这个时候打熊。"贝尼说道。

"为什么不能在这个时候吃它们的肉?"

"我也不是很明白,不管怎么说,它们求偶的时候,身上会满是仇恨和卑贱。"

"就好像雷姆和奥利弗?"

"……和他们一样。它们愤怒起来的时候,或者说脾气很糟糕的时候,它们身上的仇恨好像也浸入了肉里。"

"公猪也是如此。不过公猪是一年到头都那个德行而已。"巴克斯特妈妈说道。

"爸爸,那么公熊也会打架吗?"

"它们打得非常厉害,而母熊一般都会站在旁边看着它们打架。"

"和吐温克·薇赛蓓似的?"

"……和她一样。之后它会和打赢的那头公熊一起走。它们就这样成双成对地生活在一起,经过七月份甚至八月份,公熊就会离开。而第二年的二月,小熊就会出生。千万别觉得像缺趾老熊那样的公熊不会吃掉小熊。我之所以讨厌熊,这就是原因之一。它们的爱情就不能顺其自然。"

"你可得注意点儿,今天去福列斯特家的时候,一定要躲着点那头求偶的公熊。"巴克斯特妈妈对裘弟说道。

"你还要多加留神,当你看到某种动物的时候,只要别激怒它,一般都没事。就连那条咬了我的响尾蛇,要是我不惊吓它,它都不会出现这种自卫的行为。"贝尼说道。

"你还真是喜欢替魔鬼说好话。"巴克斯特妈妈说道。

"我确实想替它们好好辩护一下。它们并没有做什么坏事,却被扣上一堆烂帽子,其实那些都是人类犯下的罪恶。"

"裘弟真的锄完了那片甜薯地?"妈妈怀疑地问道。

"他已经完成了我们的约定。"贝尼面露喜悦地说道。

他冲裘弟眨眨眼睛,裘弟也冲爸爸眨眨眼睛。他们认为不需要跟妈妈说明一切,因为男人心知肚明的圈子里并没有她。

"妈妈,现在我能走了吗?"

"我想一想啊……对了,你还得给我抱点木柴来。"

"妈妈,拜托你不要光想着怎么浪费时间好吗?我想你不希望我今天回来得太晚喂了熊吧?"

"你要是等天黑以后再回来,还真是宁愿碰上熊也不要碰到我啊。"

当他抱完木柴准备出门的时候,妈妈又要求他换衣服啊、梳头啊。裘弟真怕要耽误了。

"我就是想让那些卑鄙的福列斯特们看看,世上仍然有正派文雅的人。"妈妈说道。

"他们一点也不卑贱。他们过得很快活,过得又好又自由。"裘弟说道。

她冷哼一声。裘弟从棚屋里带来了小鹿,用手喂完食物,又把掺了水的牛奶喂给它,之后就一起出了门。小鹿有时会跟在他的身后,有时会跑到他的前面,但在灌木丛中弹一下身子就会慌张地跑回他身边。裘弟觉得它只是在假装。有时候他们也会并排走,这是最好的方式了。这个时候,裘弟就会将手轻轻地放在它的脖子上,努力让自己双腿的节奏和它四条腿的节奏合拍。他想象着自己也是一头小鹿,他弯腰弯腿,学小鹿走路的样子,接着又会敏锐地抬起脑袋。路旁的一条豌豆藤正在盛开,他拽了一段藤条做成项圈缠到了小鹿的脖子上。在那玫瑰色花朵的衬托下,小鹿更加可爱了。他甚至觉得,妈妈见了它也会赞不绝口。如果他回来的时候花枯萎了,他一定会在回来的路上再做一个新的。

走到废弃的耕地附近时,小鹿停下了脚步,抬起鼻子嗅着,竖着耳朵,转动脑袋,努力地分辨着空气中的味道。他也转头看着小鹿选择的方向。突然,一阵浓烈的气味传来,既刺鼻又带有恶臭。他不禁感到汗毛直竖,他好像已经听到了低沉的、如同滚雷一般的吼叫声,接着又是一阵咬牙切齿声。他差点就要掉头往家跑了,但是他又非常想知道到底是什么声音。他向拐弯的地方迈了一步，之后一下子怔住了。小鹿却在他后面没有动。

大概一百米之外，两头公熊正并排着走在一起。它们用后腿站立，像人一样步行着。它们看上去像在跳舞，犹如一对舞伴从舞池的这边跳到另一边。突然，它们如大力士一样地冲撞起来，举起前掌，转身咆哮着想要捏住对方的喉咙。其中一头公熊用爪子抓另一头公熊的脑袋，接着就传来了怒吼声。几分钟的争斗异常凶猛，它们继续走着、扭打着、碰撞着、互相躲避着。裘弟在下风口，所以它们肯定不会嗅到他。他趴在地面上，爬着跟着它们，始终保持一定的距离。他不想错过它们的身影，他想看到打斗的结果。可是他又害怕起来，万一打斗结束后某一头熊突然朝他扑过来怎么办？但他料定它们已经打斗了很长时间，已经筋疲力尽了。沙地上还有血迹，它们每一次击打的力量好似都不如上一次击打，它们并肩的速度越来越慢。当他聚精会神地观看战斗的时候，一头母熊从树丛中走了出来，后面还跟着三头公熊。它们排成一队走着，而那对正在打架的公熊看了一会儿后也默默地跟在了队伍的后面。裘弟站了起来，一直看着熊的队伍消失。他感到既庄严又兴奋又可笑。

他转身回到路口，却发现小鹿不见了。他喊它，它才从树丛中钻了出来。他们拐上了去往福列斯特家的大路，一路向前。事情过去之后，裘弟倒为自己刚才的大胆害怕起来，但事情已经终结了，他反而想再看一遍，因为人类很难有机会窥见动物的私事。

"我看到了一件奇特的事情。"裘弟心想。

当长到爸爸和勃克那个年龄的时候，看到的和听到的都会成为男子汉的所见所闻，兴趣异常。也是因为这一点，他才会喜欢趴在地板上或沙地上听大人们说话。大人们经历过稀奇古怪的事情，而人的年龄越大，见到的听到的稀奇事情就会越多。他觉得自己也要进入这样的境界了。现在，他也拥有了一个可以在冬夜里夸夸其谈的神秘故事了。

"裘弟，讲讲你看到两头公熊打斗的事情吧。"爸爸肯定会这么说。

但是首先，他可以先讲给草翅膀听。想着想着他加快了脚下的速度，他一心想着赶紧把这种喜悦分享给自己的朋友。这个故事一定会令他的朋友喜欢。草翅膀一定正在树林里或者是和宠物在一起。也许他还病着，这样就会在他的床边看到他。小鹿会和他肩并肩走，草翅膀看到这种场景一定会露出惊讶的表情。他会歪歪扭扭地走到小鹿身边，伸出手来温柔地抚摸小鹿。当草翅膀知道裘弟已经感到满意的时候，还会露出笑容。一段时间之后，草翅膀肯定会给他讲故事，他的故事一定是奇特的，而且还非常动听。

裘弟抵达了福列斯特家的耕地。他匆匆忙忙地经过那些栎树，走进了那所宽敞的院子。屋子里没有任何动静，烟囱里也没有炊烟，甚至没有看到一条狗。但屋后的狗舍里有一条猎狗正在叫着，难道福列斯特家的人都在午休吗？但他们白天睡觉的时候，一般会有人在外面的树荫下或者凉台上，因为屋子里容不下那么多人。他停下脚步喊道：

"草翅膀！草翅膀！我是裘弟！"

猎狗发出一阵哀鸣。屋内传来一阵椅子拖过木地板的声音。勃克出现在了门口。他低头看着裘弟，抬手擦擦嘴巴，眼睛好像没看到他一样。裘弟心想他一定是喝醉了。

"我是……来看草翅膀的，还想让他……看看……我的小鹿。"裘弟结结巴巴地说道。

勃克晃着脑袋，好像正在赶走一只嗡嗡的蜜蜂，看上去一副心不在焉的样子。他又擦了擦嘴巴。

"我特地跑来看他的。"裘弟又开口说道。

"他死了。"勃克说道。

裘弟好像听到了三个完全无法理解的字。他感到仿佛有几片残留的秋叶在风的吹拂下从他的眼前飘过。但接着就感到一阵寒意袭来，他感到一阵麻木。他迷糊了。

裘弟重复道："我是来看草翅膀的。"

"你来晚了。要是时间来得及，我一定会去接你。但是我们连接大夫的时间都没有。前一分钟他还有呼吸，后一分钟就没气了。整个过程就像吹灭了一根蜡烛。"

裘弟注视着勃克，勃克也凝望着裘弟。刚才的麻木进化为瘫痪，裘弟没有感到悲哀，只是觉得寒意更重，晕眩也开始出现。仿佛草翅膀没有活着也没有死。他甚至不知道自己在哪里。

勃克嗓音沙哑地说道："你可以到里面去看看他。"

勃克刚刚还说草翅膀已经如吹灭的蜡烛一样死了，现在又说他在里面。裘弟完全不知道他在说什么。但勃克已经转身要进屋，他转过头来看裘弟，用浑浊的目光催促着他。裘弟抬起一条腿，又抬起一条腿，上了台阶。他跟着勃克走了进去。福列斯特家的男人们都坐在那里，他们都心情沉重地坐着，一动不动，好似已经变成了一体。眼前的他们犹如从巨大岩石上切割下的石块打造成的人。福列斯特老爹扭头看着裘弟，仿佛不认识他。之后他又转过头去了。密尔惠尔和雷姆也在看着他。其余的人都没有动，裘弟觉得他们好像正站在一堵挡着他的墙上从上而下地注视着他。他们根本不想见到他，勃克拉着他的手，领着他走进了大卧室。勃克开口说话，但根本不成句子。他停住了脚步，握紧裘弟的肩头。

"你要忍忍才行。"勃克说道。

草翅膀躺在大床的中央，闭着眼睛，瘦小得快要消失一般。此刻的草翅膀比躺在草铺上睡觉时更加瘦小。他的身上裹着一条被单，双臂伸在被单外面，交叉着放在胸前。手掌和生前一样，粗笨而扭曲。裘弟感到害怕。福列斯特老妈妈坐在床边上，正用围裙掩面哭泣，身体前仰后合得非常伤心。她掀开围裙，说道：

"我的小心肝再也不会回来了，我可怜的驼背儿啊。"

她又开始伤心地来回晃动。

她哀号着："上帝太狠心了！啊，上帝太狠心啦！"

裘弟被枕头上骨瘦如柴的脸吓到了，他想逃走。那个是草翅膀，不，那个不是草翅膀。勃克拉着他走到床边。

"虽然他已经听不到了，但你还是可以跟他说说话。"

裘弟感到喉咙干渴，他发不出声音。草翅膀仿佛是牛脂做成的蜡烛。突然，裘弟认出他了。

他小声地说道："你好！"

打完招呼，裘弟感觉瘫痪不见了。他的喉咙非常紧张，好似有一根粗绳在勒着他。草翅膀一直沉默着，这简直难以忍受。现在裘弟终于明白了，草翅膀再也不会开口说话了。他转过身，在勃克的胸前躲着。他在这双巨大臂膀的紧紧环抱下站了很久。

"我知道，你一定会憎恨死亡的。"勃克说道。

他们从卧室离开了，福列斯特老爹冲裘弟点点头。他走到老爹跟前，老爹抚摸着裘弟的胳膊，冲坐在周围的儿子们挥挥手。

"真是太奇怪了，这些混蛋当中任何一个人走了我都能舍得，老天爷偏偏夺走了我最舍不得的那一个。"他故作轻松地补充道，"可他是个歪歪扭扭还毫无用处的家伙。"

说完后，老爹便躺到了摇椅里，继续思考着。

因为裘弟的出现，大家感到更加悲伤。他只好走到院子里，又逛游到屋后。那里关着草翅膀的宠物们，很显然它们已经被遗忘了。一根木桩上面，绑着一头大约五个月大的小熊，很明显这头小熊是给生病的草翅膀解闷的。小熊一直绕着布满灰尘的木桩转圈，直到铁链将它缠住，它才被牢牢地拴到木桩上。它打翻了自己的水盆，但里面并没有水。它一看到裘弟，便四脚朝天地滚到地上，发出阵阵娃娃一般的声音。松鼠也踏着没有尽头的踏板尖叫着。它的笼子里没有水也没有食物。箱子中的鼬鼠还在熟睡。红鸟用那只健全的脚站立着，不停地啄着光秃秃的笼子。但裘弟没有看到浣熊。

裘弟知道在什么地方能找到草翅膀为它们准备的花生和玉米袋子。福列斯特们给他做了一个小箱子，而且常常把里面塞满。裘弟先找到食物喂了宠物们，之后又给它们喂了水。他小心翼翼地走近小熊，它小小的身躯圆滚滚胖乎乎，但裘弟并不确定它究竟会不会用爪子伤人。它嘴里发出呜呜的声音，一条胳膊伸了过来。小熊的四肢抱着裘弟的胳膊，拼尽全力缠着他，它的黑鼻子用力地摩挲着他的胳膊。裘弟推开它，摆脱了它的纠缠，又帮它解开了缠绕着的链子，之后便打了水给它。它不停地喝着水，用犹如黑黑的小手一般的前掌从裘弟手里接过水盆，把最后几滴凉水也倒进了嘴里。要不是心情异常沉重，裘弟一定会哈哈大笑的。代替它们的主人给予了它们主人一般的照料，裘弟感到些许安慰。但他难过地预测着：不知道它们接下来的命运会如何。

他跟它们玩耍，却心不在焉。曾经和草翅膀一起分享宠物而感受到的强烈快乐，完全不见了。那只步伐不稳、迈着奇特脚步的浣熊闹闹从森林里跑过来的时候，便马上认出了裘弟。它发出阵阵悲鸣，从裘弟的腿上一直爬上他的肩头。小浣熊那不安分的小爪子挠着他头发的时候，他因为想念草翅膀而感到了无尽的哀痛，难以忍受的他趴到沙地上放声大哭。

渐渐地，这种悲伤转换成了对小鹿的想念。他爬起来给小浣熊抓了一把花生，看着它专心吃了起来后，他便动身去找寻小鹿了。他在桃金娘树丛后面找到了小鹿，这个位置正好可以隐藏自己还能观察一切。他觉得小鹿一定口渴了，于是便把小浣熊的水盆拿了过来。小鹿却喷着鼻子不肯喝。他想偷偷地从福列斯特家丰富的玉米储存中拿一把给小鹿吃，但这样做又欠妥当。而且，小鹿的牙齿咀嚼硬硬的玉米可能会觉得太硬。他在一棵栎树下坐下来，小鹿紧紧地挨着他。在勃克毛茸茸的怀抱中，根本找不到这样的安慰。他不知道为什么，到底是因为草翅膀的死他才会不对那些宠物那么感兴趣，还是因为小鹿已经带给了他无尽的快乐。

他对着小鹿说道："就算用它们所有来交换你，我也不会愿意的，哪怕是那头能穿鞋子的小熊。"

他感到了一种心满意足的忠诚感，对那些宠物的长期渴望也无法减弱他对小鹿的喜爱。

这个下午好像过得非常慢，他总感觉还有什么没有结束的事情。福列斯特家的人对他态度冷淡，但不管怎么说，他明白他们都希望他留在这里。如果他们希望他离开，勃克早会说"再见"了。太阳已经转到了栎树后面，巴克斯特妈妈肯定会发怒的。即使天快黑了，他还是想等一等。好像他和躺在床上的草翅膀约好了，只有那件事办完后，他才能放心地离开。夜幕即将降临，福列斯特兄弟们从屋里涌了出来，悄无声息地干活去了。烟囱中升起了袅袅炊烟。空气中弥漫着夹杂了煎肉香气的松脂味。他和勃克一起赶着母牛去饮水。

"我已经喂过小熊和松鼠它们了，还喂了水。"裘弟说道。

勃克抽了一头小母牛一鞭子，说道："今天，我也想过它们，但刚想到它们就感到灰心丧气。"

"我能帮着做点什么？"裘弟说道。

"我们这里有的是干活的人。你还是去伺候妈吧，就像草翅膀那样。帮她看着炉火。"

裘弟勉强地走进房间，他不敢看卧室的方向。房门虚掩着，哭得两眼通红的福列斯特老妈妈正在炉灶旁边忙活。每过一会儿，她就会用围裙的裙角擦一下眼睛。但她已经在蓬松的头发上敷了油，梳得滑溜溜的，好像在向贵宾表达敬意。

"我来帮忙吧。"裘弟说道。

她转过身来，手里拿着一个勺子。

"我一直在想你的妈妈，她埋葬的孩子和我生下来的孩子差不多。"老妈妈说道。

裘弟闷闷不乐地烧着木柴，感觉越来越难过，但是他还不能离开。福列斯特家的晚饭和巴克斯特家的晚饭一样简单，老妈妈漫不经心地把饭菜摆放到桌上。

"我忘了煮咖啡，每次他们不想吃饭的时候，都会喝咖啡。"老妈妈说道。

她灌好咖啡壶，并放到了炉灶上。福列斯特家的男人们一个一个地洗了手脸，而且还整理了胡子和头发。他们秩序井然，没有相互推搡，没有玩笑，也没有说话，更没有乱糟糟的脚步。他们挨个走到餐桌旁边，似乎还没有从睡梦中醒来。福列斯特老爹走出卧室，用奇异的目光盯着裘弟。

"真是太奇怪了……"他说道。

裘弟在福列斯特老妈妈的旁边坐下来。老妈妈给每个人的盘子里盛了肉之后,却大声地哭了起来。

"我跟平常一样准备了他的晚饭,啊,老天哪,我准备了他的晚饭!"老妈妈喊道。

"好了,妈妈,让裘弟代替他吃吧,或许裘弟以后会长得像我这么高呢。孩子,你说呢?"勃克说道。

全家人又来了精神,开始狼吞虎咽地消灭眼前的食物,可是很快又感到了难受来袭,他们不得不推开面前的盘子。

"今天我不想收拾这些东西,我想你们也不想干的。就让这些盘子这么放到明天早上吧。"老妈妈说道。

这么看来,要到明天早上才能迎来"解放"。老妈妈看看裘弟的盘子。

"孩子,你没吃饼干,没喝牛奶,这些食物不好吃吗?"她问道。

"这些要留给我的小鹿。我每次都会从自己的食物中留些给小鹿。"

"我可怜的小宝贝……"她又哭了起来,"我那可怜的孩子一直想看看你的小鹿,他常常说,常常提到小鹿。他一直说'裘弟找到一个小弟弟'。"

裘弟再次感到喉咙哽咽了。他忍着泪水说道:

"我来就是为了这个,我还想让草翅膀给它起个好名字。"

"你说什么?他已经给小鹿起了名字。上次他说起小鹿的时候,就已经起好了名字。他说'小鹿的尾巴就跟一面愉快的小旗一样,摇着小旗的小鹿多开心啊。我要是有头小鹿,一定让它叫小旗。我就喊它小鹿小旗'。"

"小旗……"裘弟重复着这个名字。

他差点就要欢呼了,草翅膀提到过它,还给它起好了名字。他感到既欣慰又难受,真是悲喜交加。

"我想,我现在需要去喂喂它,最好现在就去喂喂小旗。"裘弟说道。

他溜下椅子,端着牛奶和饼干出了房门,而草翅膀好像就站在他的身边。

"小旗,到这里来。"他叫着小鹿的名字。

小鹿跑到裘弟面前,看上去它好像已经知道了自己的名字,而且是早就知道了。他用牛奶浸着饼干喂它,他感到他手掌中的小嘴巴柔软而湿润。接着,小鹿便跟着他走进了屋里。

"小旗可以跟进来吗?"他问道。

"欢迎欢迎,快带它进来。"

他慌乱地走到角落里,坐在了草翅膀的三脚凳子上。

福列斯特老爹说道:"小鹿一定会给他带来快乐,今晚你跟他做个伴吧。"

也就是说,他们希望他做的就是这件事了。

"除了你以外,他没有其他朋友了,明天早上下葬,你要是不在的话就太遗憾了。"

裘弟彻底丢开了对父母的思念,就像丢掉一件破烂的衬衫。眼前有这么重要的事情,回不回家根本不重要了。福列斯特老妈妈走进卧室,开始守灵。小鹿东闻闻西嗅嗅,闻过每一个人之后才走到裘弟身边卧倒。即将侵占整个房间的黑暗令大家的心情更加沉重了。他们闷不作声地坐在悲伤的氛围之中,能将这股忧伤驱散的大概只有时间的清风了。

九点钟的时候,勃克赶紧点了一支蜡烛。十点钟,有人骑着马闯进了院子。骑着老凯撒的贝尼来了。他把缰绳扔到了马脖子上，以最快的速度走进了屋子。作为家长的福列斯特老爹率先站起来迎接他。贝尼扫视了一遍个个阴沉的面孔，老爹指了指半掩着的卧室门。

"是孩子吗?"贝尼问道。

老爹点了点头。

"走了，还是快要走了?"

"已经走了。"

"我担心的就是这个。裘弟这么晚没回去，我就知道一定是出了这样的事情。"

他将手放到老人家的肩膀上，说道：

"我跟你一样难过极了。"

他和每个人都说了话，他看着雷姆，说道："雷姆，你好！"

雷姆略有犹豫："贝尼，你好！"

密尔惠尔将椅子让给贝尼坐。

"什么时候走的?"贝尼问道。

"今天早上。"

"早上妈妈进去看他要不要吃点早饭。"

"他已经躺了两天，太受罪了。我们想去请大夫的时候，他看着又好了。"

贝尼听着大家劈头盖脸地谈论着，这样的滔滔不绝或许可以减轻他们内心的哀痛。他一脸庄重地听着，时不时地点点头。他仿佛变成了一块坚硬的小石头，大家的忧愁碰到这块石头就会粉碎。大家讲完后便陷入了沉默，这时，贝尼便开始讲到自己那些夭折的孩子。他安慰着大家，任何人都有一死。所有人都要忍受发生的任何不幸。他分担着大家的忧伤，大家仿佛也化成了他的一部分。这种融合令他们的哀痛减弱,令他们的忧愁减轻。

"裘弟可能会想单独和草翅膀待一会儿。"勃克说道。

他们把裘弟带进房间里。看到他们转身关门,裘弟感到一阵惊慌。房间那头黑暗的角落里好像坐着什么东西,那天夜里爸爸被蛇咬的时候,潜行在丛林中的东西和这个东西一模一样。

"可以让小旗也进来吗?"他问道。

他们同意小旗也进来,而且认为非常合适。小鹿被带进来后,就卧在椅子旁边。椅子上还有老妈妈留下的余温。他把手交叉着放在膝盖上,偷偷地看着躺在枕头上的脸。床头的那张小桌上,燃烧着的蜡烛发出微弱的光。烛光摇曳,草翅膀的眼睛好像也在随之闪动。房间里掠过一阵微风。被单好像被风鼓了起来,看上去好像草翅膀在呼吸。一会儿之后,恐惧感消失了,他才安心地靠在了椅子上。靠在椅子上的裘弟远远地望着草翅膀,感到有点熟悉,却又觉得躺在摇曳烛光下的瘦俏脸庞并不是草翅膀。身后跟着浣熊的草翅膀,现在一定正一扭一扭地在丛林里玩呢。过不了多久,他就会晃动着扭曲的身体走进屋里,裘弟还会听到他说话的声音。他又悄悄地看了一眼交叉放在一起的扭曲的双手。它们的静止不动简直让人难以忍受,他不出声地哭了起来。

摇曳的烛光具有催眠的效果,他感到眼皮开始打架,他重整了一下精神。可没过多久眼皮又睁不开了。同一个空间里,汇聚了死亡、寂静和他的熟睡。

破晓时分,他醒了过来,但感到精神不济。他听到了阵阵捶打声。不知道是谁把他放到了床上。他马上清醒过来,因为草翅膀不见了。他跳下床跑到大房间里,那里也没人。他快速跑到外面,贝尼正在钉一个新松木箱子的盖子。福列斯特家的人站在箱子周围，老妈妈正放声大哭。谁也没有理会裘弟，贝尼将最后一枚钉子钉好。

"都准备好了吗？"贝尼问道。

大家点点头。勃克、密尔惠尔和雷姆向木箱走了过来。

"我自己也能扛动的。"勃克说道。

他举起木箱，福列斯特老爹和葛培并不在这里。勃克扛着箱子朝南面的硬木林走去。老妈妈跟在后面，密尔惠尔扶着她的胳膊。其他人也跟在后面，整个队伍慢悠悠地朝着硬木林进发。裘弟记得，这里有草翅膀的大栎树，还有葡萄藤秋千。他发现福列斯特老爹和葛培正站在秋千旁边，手里都拿着铲子。一个刚刚挖好的坑正张着嘴巴等待食粮。坑边堆着刚刚挖出来的泥土，里面夹杂着木头腐烂后的黑色。硬木林中燃起了曙光，穿过云层的朝阳将灿烂的手指伸向大地，整个森林都布满了光明。勃克放下木箱，小心翼翼地将木箱放入墓穴。他向后退去，所有的福列斯特都在犹豫。

"让爸爸先来吧。"贝尼说道。

福列斯特老爹举起手里的铲子，铲起一块泥土扔到了棺材上。接着，铲子传到了勃克的手中。勃克也铲了几块泥土扔了上去。别的兄弟也接过铲子，铲过泥土。当剩下的泥土不多的时候，裘弟接到了传过来的铲子。他麻木地铲起泥土堆到了坟堆上。福列斯特们看着彼此，一脸茫然。

福列斯特老爹开口道："贝尼，你生长在基督家庭中，如果你能为我们祈祷，我们将倍感高兴。"

贝尼走过去站在坟墓旁边，紧闭双眼，仰起脸面向阳光。福列斯特们低下了头。

"上帝啊，万能的上帝啊，是非善恶，我们这些无知的凡人又怎能区分？如果我们能提前预知一点点，就不会将这个驼背的可怜孩子带到世界上，我们会将他生得和其他兄弟们一样高大威猛。这样的他才能劳作，才能健康地生活下去。可上帝啊，您已经给了他生命，并给了他野生小动物当伙伴，你给了他智慧，令他领悟力超群，令他性格温和。连小鸟都会飞来陪他，鼬鼠们都能和他一起快乐生活。他那弯曲的可怜的双手，可从没有抓过任何野母猫。

"现在，您带他去的地方会和他扭曲的四肢以及诡诞的思想毫无关系。但是上帝，您现在一定已经让他的双腿双手以及驼背都恢复了正常，这令我们感到欣慰。一想到他会和其他人一样，可以自由地去任何地方，我们就感到满足。上帝啊，赐他几只红鸟吧，或者松鼠、浣熊、鼬鼠，赐他一些同伴吧，就像他活着的时候一样。不知为何，我们都感到了世间的落寞，所以请您一定赐他一些野生动物当伙伴吧。就算天堂中多几只鼬鼠，也不会怎样。这样一来，他在天堂将不再寂寞。您一定会答应我们的。阿门！"

福列斯特们也小声地嘀咕着"阿门"。他们的脸上冒着汗，他们挨个走到贝尼旁边和他握手。突然，草翅膀的浣熊跑了过来。它跑到那片泥土上，放声哀嚎。勃克把它举到肩膀，所有的福列斯特都转身匆忙地回家了。他们已经为凯撒备好马鞍，贝尼上去后就将裘弟放在自己的身后。裘弟招呼着小鹿，小鹿才从矮树丛中跑过来。勃克手里拿着一个小铁笼子从屋后走过来。铁笼子里关的是那只红鸟。勃克把笼子递给了裘弟。

"我也知道，你妈妈不让你养小动物，可只要给它点面包屑就行了。你带回去当纪念吧。"勃克说道。

"非常感谢，再见。"

"再见。"

凯撒沿着大路慢悠悠地向家里走去。他们没有说话,凯撒脚步缓慢,但贝尼并没有催它。太阳升得很高了,一直举着笼子的裘弟感到胳膊酸痛。他们已经看到了巴克斯特的耕地。听到马蹄声的巴克斯特妈妈,已经等在了门口。

她大声地嚷嚷着:"有一个就够让人烦恼了,这倒好,两个人都没回来,还住下了。"

贝尼下了马,裘弟也跟着下了马。

"好了,裘弟他妈。我们有重要事情要处理。可怜的草翅膀走了,我们帮着把他埋葬了。"贝尼说道。

"好啊,很遗憾,死的不是那个爱吵架的雷姆。"巴克斯特妈妈说道。

贝尼安排老凯撒去吃草后,又回到屋里。早就做好的早饭,已经凉了。

"没关系,把咖啡热热就可以了。"贝尼说道。

他无法专心地吃东西。

"我还从来没看到过一个家庭因为这种事难过成那样。"贝尼说道。

"我可不相信,就那些野蛮的家伙也会伤心。"妈妈说道。

"奥拉,我想总有一天,你将发现人心都是肉长的。谁遇到悲痛都会伤心,只不过伤心的模样不同而已。我觉得,我们之前的几次悲痛令你的舌头更锋利了。"他说道。

她无力地坐了下来。

"也许只有这么狠下心肠,才能让我忍受那些悲痛。"妈妈说道。

贝尼立刻放下食物,到她旁边摸摸她的头发。

"我明白,但对别人我们总要宽容些。"

第十八章　裘弟的怀念

八月炎热得异常无情,但整个八月又是仁慈的。人们工作很少,闲暇很多,不用匆匆忙忙地干活。几场雨过后,玉米已经成熟。玉米秸秆慢慢干燥,应该很快就可以收割了。贝尼预计今年的收成不错。一亩地说不定能有十个蒲式耳。甜薯的长势也非常喜人,喂鸡的班图黍也快熟了,它的穗头长得和高粱穗差不多。沿着栅栏种植的向日葵,顶着汤盘一样大的花盘等待成熟。葵花籽也可以喂鸡。扁豆产量很高,是主要的粮食,拿野味和扁豆一起烧,天天吃都不会厌烦。那片长势喜人的豆藤晒干之后就是冬季的饲料,可以用几个月之久。花生地的收成不是很好,但传宗接代的老母猪被缺趾老熊咬死了,所以并不需要花生米去哺育肥小猪仔了。巴克斯特家的几头猪早已经神奇地回来了,还跟着一头可以传宗接代的年轻母猪。它身上的印记不再是福列斯特家,而变成了巴克斯特家。贝尼没有推辞,因为这头母猪是他们想跟他搞好关系的礼物。

红丝带甘蔗的长势非常好。巴克斯特一家希望等秋天和霜降的时候,收获甜薯,杀好猪,把玉米磨成粉,榨出甘蔗汁,熬好糖浆,到时候,饮食将不再贫乏,而会无比丰盛。在目前这个食物贫乏的季节,食物依然够吃,但吃的东西过于单调,没有那个时候富于变化,更不会给人以储存丰富的美好感觉。他们现在每天都吃玉米面和面粉,很少吃肥肉。能吃到的肉就只有贝尼偶尔打到的鹿、火鸡或者松鼠。有一天夜里，贝尼在院子里捉到一只肥肥的负鼠，就挖了一些新鲜甜薯跟负鼠肉一起烤，大家享受了一顿特殊的美食。尚不成熟的甜薯个头很小，所以这顿美味非常奢侈。

丛林和耕地都在忍受着太阳无情的烘烤。大热天里，身躯庞大的巴克斯特妈妈感到很痛苦。身体瘦削但手脚灵活的贝尼和裘弟仅仅感到动作迟缓而且不想动弹。清晨，他们会一起做日常家务：挤牛奶、喂马、劈柴、去凹穴挑水。之后就会一直休息到傍晚。只有中午，巴克斯特妈妈才会烧火做饭，之后就会封住炉灶。晚餐只有冷食，还会有中午剩下的饭菜。

裘弟经常想起已经去了天堂的草翅膀。草翅膀还在世的时候，他们常常一起玩耍。但现在，草翅膀亲切友好的形象依然留在了裘弟的内心深处，因此，裘弟常常会对他说说心里话，可实际上这根本不可能实现了。小旗正一天天长大，这使裘弟感到无比欣慰。裘弟觉得它身上的斑点正在消退，这说明小鹿正在成年。可贝尼却没看到什么变化，但他肯定小鹿的智力正快速增长。贝尼曾经说过，丛林中的野兽，熊的脑子最大，其次就是鹿。

巴克斯特妈妈说："这畜生精明得跟耗子一样。"但贝尼说："裘弟他妈，你是怎么啦？不顾自己以前答应过什么又不害臊地骂它了？"说着就会对裘弟眨眨眼睛。

小旗在被关起来之前，就已经学会了拉门闩，所以不管什么时候，它都有本事跑到屋子里。它用头把裘弟床上的羽毛枕头撞到地上，便叼着枕头满屋子乱扔，枕头不破裂之前它绝不罢休。于是，接下来好几天屋子里都会飘着羽毛，连软饼布丁上都可能会黏上羽毛。它还会和猎狗玩耍。老裘利亚非常稳重，小旗用小蹄子踩它的时候，它顶多就是摇摇尾巴。但列波会狂叫一阵，绕着小鹿转悠，好像要扑过去一样。这种情况下，小旗会踢着后蹄，开心地晃着短尾巴、晃着小脑袋，大胆地跳过栅栏，沿着大路飞奔而去。它最喜欢的还是裘弟，他们会扭打在一起，用头互相抵着对方，并列地赛跑，一直到巴克斯特妈妈开始抗议，她觉得裘弟越来越瘦，快变成一条黑蛇了。

八月末的一个黄昏，裘弟和小鹿到凹穴去挑晚饭用的水。一路上都能看到盛开着的种种鲜花，怒放的漆树花，高举着枝条的粉条儿菜上面盛开着白色或橙色的花朵，像兰花一样。细长枝条上的法兰西桑葚正在成熟。淡紫色的小珠子堆在一起，好似百合花枝条上的蜗牛卵。芬芳的野香子兰花蕾上栖息的蝴蝶缓缓地张开翅膀，好像正在等待即将开放的花苞，已经迫不及待地要去采集花蜜了。豌豆地里响起了成窝的鹌鹑叫声，甜甜的非常和谐。太阳落山的时间提前了，那一长排栅栏在西班牙人的旧路上向北弯去，之后便会经过凹穴。低矮的栎树上洒满了橙黄色的阳光，枝丫上悬挂着的灰色西班牙苔藓也在阳光的作用下变得金碧辉煌。

突然，裘弟停下了脚步，同时将手放到了小鹿的头上。他看到一个带着头盔的骑士正骑马穿过苔藓帷幕。裘弟又向前一步，却发现骑士和马消失了，仿佛两者是由什么物质组成的。他向后一步，却又看到了骑士骑着马。他深呼吸，他想草翅膀说的骑士就是这个吧。他也不知道自己到底害不害怕。他想往家跑去，但他心里好像有个声音在说今天真的见到鬼了。可是，他继承了爸爸的特性，便强迫自己向前迈动脚步，他要去看一看鬼影出现的地方。很快，真相就出现了，原来这一形象是由纠缠在一起的树枝和自己的幻想造成的。他看得出来骑士在哪里，马在哪里，头盔在哪里。剧烈跳动的心脏恢复了平静。可他感到一阵失望,他后悔自己找到了真相,如果就那么跑开,相信它的存在,就太好了。

他继续朝着凹穴走去。香月桂鲜花盛开,整个凹穴都充满了香气。裘弟又一次想到了草翅膀,现在他永远都不可能知道夕阳下的西班牙骑士到底是不是那个西班牙精灵,或者草翅膀看到的是另一个更神奇的、更确实存在的西班牙人。裘弟放下水桶,顺着这条自己出世之前就已经被爸爸挖好的小路向凹穴底部走去。

他完全忘掉了自己的目的,躺在了岸边一棵山茱萸树的阴凉下。小鹿四处嗅过之后,也在他的身边卧了下来。躺在这里,裘弟可以看到整个凹穴的全貌。他的头上正好是凹穴的边缘,此时正镶嵌在夕阳里,仿佛是一个肉眼看不到的、燃烧着的火环。因为裘弟的到来,这里的松鼠沉默了一会儿后又开始啃咬树皮,继续吱吱乱叫,再次在树顶之间来回跳。在白昼最后的余光下,松鼠们疯狂了。而白昼开始时的曙光里,它们也会一样疯狂。当棕榈树承载着小松鼠们的身躯时,棕榈叶会发出沙沙的声音。但它们跳到栎树上的时候,却不会有任何声音产生。而当它们跳跃到浓密的橡胶树和胡桃树上的时候,它们的身影和声音往往会被隐去,但当它们顺着树干爬上爬下的时候,或者爬到树枝尽头蹿到另一棵树上的时候,又会回到裘弟的视野里。枝叶中传来了鸟儿甜美的歌声。远处,一只唱着悠扬歌曲的红鸟渐渐靠近,裘弟看到它最后飘落到了饮水槽旁边。那一群斑鸠盘旋着落下,饮过水之后又飞回了附近的松林中,那里是它们的栖息地。它们的翅膀发出沙沙的声响,它们尖尖的灰色翅膀泛着玫瑰色,好似薄薄的小刀,不断地切割着空气。

忽然,裘弟发现岸边上一阵骚动。两只小浣熊在母浣熊的带领下，来到了水槽边上。母浣熊正小心谨慎地从最高的水槽开始在各个水槽中摸鱼。现在，裘弟终于找到了晚点儿回家的理由。水槽中的水被搅浑了，他必须等着水澄清之后才能挑水。母浣熊并没有找到有用的东西，而其中一只小浣熊已经爬上了牲畜饮水槽，紧张地张望着。母浣熊果断地打了小浣熊一下，带它脱离了险境。母浣熊走下水槽，很快便消失在了茂密的羊齿草丛中。不久之后，它那仿佛戴着黑面具的脸又出现在了念珠豆的枝叶之间。两只小浣熊也跟在妈妈身后紧张地张望着，它们的小脸简直和妈妈完全一样，两条毛茸茸的小尾巴卷得非常明显，深得妈妈真传。

母浣熊又走到凹穴底部的地下水浅滩里，慌张地摸鱼。它用长长的黑爪子伸进落在水面的枯枝下，急切地掏着。它侧着身子把爪子伸进缝隙中，很明显它在抓小龙虾。突然，一只青蛙跳了出来，母浣熊快速转身，扑住了那只青蛙，蹚着水回到浅滩边。它蹲下身子，将青蛙在胸前搋了一会儿后，便踢着脚咬住了青蛙，摇头晃脑地像狗摔田鼠一样把青蛙摔来摔去。最后，青蛙被它摔到了两只小浣熊的中间。它们立刻尖叫着扑了上去，咆哮着咬碎青蛙，分而食之。母浣熊静静地看着一切，之后又回到了浅滩。那蓬松的大尾巴刚好漂浮在水面，跟在它身后的两只小浣熊也走进了浅滩。那小小的尖鼻子正好露出水面。母浣熊发现了它们，便立刻将它们一个个地拖回岸上，用力地打着它们毛茸茸的小屁股。看上去，简直就是人类的母亲在教育自己的孩子。裘弟忍不住用手捂着嘴巴笑了起来，只有这样才能防止自己发出尖叫声。他一直都在观察母浣熊摸鱼，看着它是如何喂食小浣熊的。最后，母浣熊带着两只小浣熊悠闲地穿过凹穴底部，爬上对面的坡岸，翻过凹穴消失了。其间，两只小浣熊一直都发出可爱的呢喃声,并相互交谈着。

阴影笼罩住了整个凹穴。裘弟突然感到草翅膀刚和浣熊们一起离开了这里。他的一部分好像留在了野兽觅食和游荡的地方,他的一部分好像一直在野兽的附近。草翅膀和那些树一样,属于大地,他们脆弱的根部牢牢地扎进沙地。他好像又是不断变化的白云,好像是落山的太阳以及升向高空的月亮。他的一部分永久地留在了他扭曲的身体之外,那就像清风一样来去无影踪。想到这里,裘弟感到再也不必为自己的好友孤寂了,他已经接受了他的离开。

他来到饮水槽边,舀水到水桶中,挑着回家去了。餐桌上,他讲述了浣熊的事情,妈妈听到母浣熊打小浣熊屁股的情节时都感到很有趣,也没人再问他为什么会迟到了。晚饭之后,裘弟和爸爸坐在一起倾听猫头鹰的叫声,倾听蛙鸣以及远处的野猫和狐狸发出的声音。从北边传来了狼的吼声,并且有其他狼的回应声。他想把当天的感受讲给爸爸听,但贝尼一边倾听着野兽的声音一边表情严肃地点着头。裘弟不知道该如何表达自己的情感,最终他也没有开口向爸爸讲述。

第十九章 弥漫暴风雨

九月的第一个星期,在太阳的炙烤下,大地枯焦干燥得犹如朽骨。尚在生长的就只剩下了芦苇。一种紧张感在炎热中悄然弥漫。连狗的性子都变得越来越乖戾了。三伏天就要过去了,蜕皮期结束的蛇都出了洞。贝尼捕获了一条足有七英尺长的响尾蛇,捕获地点就在葡萄架下。当他看到咖啡草丛中好像爬过一条鳄鱼的时候,便找了过去。那条蛇可能正在找鹌鹑吃,冬眠之前,它想顺便填饱肚子。贝尼把那张大大的蛇皮挂在了熏房的墙壁上熏干了,之后就挂到了火炉边的墙上。

"我喜欢看着它,看到它我就知道,在毒蛇里,还有一条无法害人的。"贝尼说道。

整个夏天,最难熬的就是这几天。但所有的植物都感到了一种音乐的变化:一个季节的结束代表着另一个季节的到来。气候非常干燥,但秋麒麟草、紫菀和鹿舌草长势非常好。栅栏四周的浆果已经熟了,却成了鸟儿们的美味。贝尼说,这些动物能把它们当食物也是迫不得已。像悬钩子、黑莓子、乌饭树梅子、苦梅子以及野醋栗等春天和夏天的浆果早就没了,鸟兽们已经几个月没有找到野梅树和山楂。连野葡萄藤的皮都变成了浣熊和狐狸的食物。

而万寿果、梅食子、柿子等秋天的果子尚未成熟。而霜降以后才能吃到松子、橡实以及扇棕榈的浆果。而鹿的食物就只有植物的芽,像橡胶树、桃金娘的芽,蟋蟀草的嫩尖,还有分布于草原和池塘的竹芋嫩尖和睡莲的枝叶。因为这种植物的分布，鹿们不得不到地势低洼的地方觅食，沼泽中、草原上以及河湾的滩头，所以它们很少会经过巴克斯特岛地，而在地势低洼的地方会很难猎到鹿。一个月以来，贝尼捕获的就只有一头一岁的小公鹿。它嫩嫩的犄角上还覆盖着一层天鹅绒一般的绒毛。鹿茸上的毛粗糙得犹如羊毛，上面还沾有树皮屑。这是因为鹿角生长的时候会产生痛痒感，为了减轻痛苦，小鹿会不停地在树皮上摩擦。巴克斯特妈妈把鹿茸煮了后吃掉了，据说味道和骨髓差不多。而贝尼和裘弟都不喜欢吃，因为他们会想到鹿角下面的大眼睛。

熊也会出没在地势低洼的地方。因为它们的食物是扇棕榈的嫩芯——沼泽甘蓝。它们无情地把外皮剥掉，吃掉沼泽甘蓝。田水溪两边的棕榈林好似遭遇了狂风暴雨的肆虐。矮小的扇棕榈外皮变成了条状，而里面的奶油色沼泽甘蓝则被掏空了。就连那几棵高大的棕榈树叶都好像被雷击中一样，被不太懒惰却饿得发昏的熊剥光了树皮，吃光了嫩芯。贝尼说，扇棕榈死定了，因为所有的生物都一样，没有了芯必死无疑。一棵矮棕榈，外皮虽然被撕裂了，但里面的沼泽甘蓝却完好无损。贝尼拿出猎刀割断它，把那圆梗状的沼泽甘蓝带回了家，计划煮着吃。巴克斯特一家酷爱这种"沼泽卷心菜"，和熊一样喜爱。

"等那些剥皮的混蛋们把沼泽甘蓝吃光之后，就会来找小猪的麻烦。它们会在晚上爬到猪圈里。你那个好友小旗，你这个忠诚的守护者可要看好它，尤其是晚上。要是你妈妈因为它跟你吵起来，我会帮你的。"贝尼说。

"小旗这么大了，难道熊还会来找它吗？"

"任何打不过熊的动物，都可能被它杀死。那年在草原上,我那头和熊差不多大的公牛竟然被熊咬死了,那可足够熊吃上一个星期的。它常常回到牛的尸体边,一直吃得那头牛只剩下了胃,最后,连胃也被吃了。"

巴克斯特妈妈一直抱怨不下雨,盛雨水的木桶已经干了,她不得不带着衣服到凹穴去洗。衣服看上去都不怎么干净了。

"不管怎样,阴天都更适合洗衣服。我妈妈也经常说,阴天好洗衣。"巴克斯特妈妈说道。

另外,没有雨水她也没办法做酸奶。大热天里,牛奶酸得发馊,却不会凝结成酸奶。所以热天里,她会用上几滴雨水来帮着牛奶凝结。每次下雨,她都会让裘弟去胡桃树下接雨水,因为做酸奶最有效的就是胡桃树下的雨水。

巴克斯特一家紧张地看着九月的月亮。每次上弦月出来的时候,贝尼都会高兴地呼唤着家人,只要银色的新月差不多垂直的时候,他就会感到无比高兴。

"很快就会下雨,一定一定会下雨。"贝尼说道,"如果月亮是横的,雨水就会被赶跑,我们休想得到一滴雨水。但是你们看,这次要是下起雨来,你们直接把衣服挂到绳子上,上帝会把衣服冲干净的。"

他的预言非常准确。三天之后,到处都是下雨的前兆。他和裘弟打猎经过裘尼泊溪的时候,溪水中传来了鳄鱼喘气的声音。白天,蝙蝠都飞了出来。夜里,青蛙不停地呱呱乱叫,而那只公鸡也在不停地啼叫。鲣鸟成群结队地齐声尖叫,炎热的阳光下响尾蛇在耕地里爬来爬去。第四天,空中飞过一群白色的海鸟。贝尼用手遮着阳光,惶恐不安地观察着海鸟。

"这群海鸟可不应该从佛罗里达经过,我讨厌这样。因为这代表着接下来会有恶劣天气,我说的恶劣是指特别恶劣。"

贝尼说道。

裘弟却精神倍增,他喜欢大暴雨。他喜欢看它猛烈地扫过,喜欢它令所有人把自己舒服地关在屋子里。因为不能工作,所以大家坐在一起听着暴雨打在屋顶的鼓声。每到这个时候,妈妈的心情都会好起来,会给他糖浆做成的糖果,爸爸还会给他讲故事。

"我希望来的是场真真正正的大飓风。"裘弟说道。

贝尼转过身来看着他,表情非常严肃。

"你可不能有这种想法。飓风会刮倒庄稼,可怜的水手会因此丧命,树上的橘子都会被吹掉。儿子,当飓风刮来的时候,连房屋都可能被吹倒,它会残酷无情地夺取人命。"

"那我可不希望来飓风了。但风和雨还是很不错的。"裘弟语调温和地说。

"没错,风和雨就另当别论了。"

傍晚时分,太阳落山的时候,天空很异常。夕阳是绿色而不是红色。太阳下山后,西方的天空又变成了灰色。东方却变成了玉米苗一样的淡绿色。

贝尼摇着头,"这样子真不让人喜欢,天色好像非常糟糕。"

夜里,刮起了阵阵狂风,屋子的门窗被吹得啪啪乱响。小鹿跑到裘弟床边,用嘴拱着裘弟的脸。他抱起小鹿,好跟自己一起睡觉。第二天一早,天终于晴了,但东方却变成了鲜血一样的颜色。一整个早上,贝尼都在修理熏房的屋顶。他从凹穴挑了两趟水,把所有能用的木桶都装满了。上午,天空又变成了灰色,并一直持续着这个颜色。空中没有一丝空气流动。

"要来飓风了吗?"裘弟问道。

"我觉得不是,但肯定会发生什么不平常的事情。"

下午,天色乌黑,连鸡都钻进了鸡窝。裘弟把小牛和老母牛都赶进牛圈,贝尼提前挤了牛奶。老马凯撒也被拉进了马厩,贝尼又用叉子叉了一把剩下的甘草扔了进去。

"把各个鸡窝里的鸡蛋都收集起来,我先回房间去。你现在必须抓紧干,否则可能会被淋成落汤鸡。"贝尼说道。

鸡窝里只有三个鸡蛋,那些老母鸡并没有下蛋。裘弟又去了玉米仓,有一只老母鸡正在下蛋。裘弟踩在玉米棒壳上,发出了窸窸窣窣的声音。充满了干燥气息的空气闷热难耐,令裘弟感到窒息。这个鸡窝里有两个鸡蛋,他收好五个鸡蛋,转身向屋里走去。他并没有爸爸那种匆忙的感觉。忽然,寂静而黑暗的天空从远处传来一阵怒吼,他吃惊不已。听着这么大的吼叫声,大概也只有林中所有的熊相遇在一起的时候才会出现吧。这是风的吼叫,它从东北方渐渐靠近,听得如此清楚,仿佛风的巨足正在踏过树梢。呼……它一下子就飞过了整片玉米地,接着便沙沙作响地拍打着小院里的树木。桑树枝被吹得亲吻到了地面,栎树的枝丫比较脆弱,甚至发出了断裂的声响。风哗啦啦地越过裘弟的头顶,仿佛有无数只振翅高飞的天鹅正从头顶掠过。松树也发出了怒吼声,暴风雨来了。

头顶的风呼啸而过,雨铺天盖地落下来,犹如一堵坚硬的墙壁。裘弟弯着腰,用手挡着雨水,看上去好像正从高处向下跳水一样。但是,在狂风的作用下,他站立不住失去了平衡。再次袭来的狂风好似伸出了强劲有力的双手,推开坚硬的墙壁,掀走了一切挡路的障碍。狂风吹动他的衬衣,吹疼他的眼睛、耳朵、嘴巴,这一切令他窒息。他没有胆量扔掉放在衣服里的鸡蛋,只能一只手遮着脸,一只手护着鸡蛋,匆忙地向院里逃去。还有浑身发抖的小鹿正在等他。它的尾巴湿漉漉地垂着，紧贴在屁股上，耳朵也耷拉着。小鹿向他跑过来，想在他的身后找到避难所。他绕着屋子跑着，最后到了后门。小鹿也紧紧地跟在他的身后。厨房的门已经上了门闩，狂风暴雨中，他怎么也拉不开门闩。他用力地敲击着厚重的门板。刹那间，他觉得在这样的狂风暴雨中，他们一定不会听到敲门声。难道他和小鹿只能在门外淋成落汤鸡吗？可是，贝尼打开了门闩，狂风暴雨中的门被打开了。裘弟和小鹿立刻冲进屋子。裘弟站在那里大张着嘴巴喘气，他用手抹掉脸上的雨水，小鹿也在不停地眨着眼睛。

"看看，这暴风雨是谁期盼来的？"贝尼说道。

"如果我期盼的事情都能这么快实现，我以后再期盼什么的时候，可得好好想想了。"裘弟说。

"快去换下来这湿漉漉的衣服。你进来之前就不能关好小鹿吗？"巴克斯特妈妈说道。

"妈，根本来不及啊。它已经浑身湿透了，而且还吓得不轻。"

"算了……只要它老实地待着，别给我惹祸就成。这种时候不要穿那条好裤子，去把那条破得跟渔网似的洞洞裤子找出来。反正在屋子里，好歹那些布还连在一起。"

裘弟的身后响起了贝尼的声音："你看，他多像一只被淋得浑身湿透的一岁小灰鹤？要是装上翅膀和尾巴就一模一样了。老天啊，整个春天他好像都没长大过。"

"如果他身上没了那些雀斑，头发也顺滑些，骨头上的肉再多些，一定会非常漂亮。"巴克斯特妈妈说道。

"感谢老天，如果他能稍微变化下，一定会和巴克斯特家的男人一样英俊。"贝尼直率地说道。

巴克斯特妈妈挑衅地看着他。

"或者，他会长得跟阿尔佛斯家的人一样好看。"贝尼赶紧补充道。

"这么说还有点意思。果然你还是换换说话的腔调会更好。"

"亲爱的，就算我们没被暴风雨困在一块儿，我也不希望惹你发火。"

两个人咯咯地笑在了一起。身在卧室的裘弟不经意间也听到了他们的对话，他不知道他们是在笑话他还是他真有可能变得英俊些。

他跟小旗说道："不管怎么样，你一定永远都觉得我英俊无比，对吗？"

小旗用头撞他，他觉得这是在表达它的肯定之意。他带着小旗慢慢地走回了厨房。

"不会错的，这种风暴一定会持续上整整三天。今年风暴来得很早，但这种提前到来的情况，我已经遇见过几次了。"贝尼说道。

"爸爸，为什么会是三天？"

"我也不能保证一定是，但九月的第一次风暴往往是刮上整整三天的东北风，之后全国的气候都会发生变化。我想，全世界的气候大概都是这样吧。奥利弗曾经说过，就连遥远的中国都会在九月刮风暴。"

"这回奥利弗为什么没来看我们？我虽然受不了郝陀婆婆，但还是很喜欢奥利弗的。"巴克斯特妈妈问道。

"我觉得，可能是因为这次福列斯特兄弟让他吃尽了苦头，所以他这次并不想从这里走。"

"如果他不和他们吵架，他们还会揍他？没了弓的小提琴，怎么可能拉出声音？"

"福列斯特兄弟，特别是那个雷姆，可能每次见到他都会揍他，除非那个姑娘的问题彻底解决。"

"居然还有这种事！我当姑娘的时候，可从来没遇见过有人这么做。"

"那是当然，因为当时只有我一个人爱你。"

她举起扫帚，做出了要打他的动作。

"但是我的甜心儿，那个时候，可没有任何一个男人会像我这么英俊。"贝尼说道。

疯狂的暴风雨突然出现了短暂的停歇，这时，门外传来一阵猎狗的哀鸣。贝尼打开房门，只见老裘利亚浑身湿透地站在门外，正瑟瑟发抖着，但列波并没有出现，它可能已经找到了合适的藏身之所。老裘利亚可能也找到了避难的地方，但它还希望能保持干爽。贝尼让它进到屋里。

"现在，干脆放老母牛和老凯撒都进来，这样一来，跟你求爱的女人可就多了。"巴克斯特妈妈说道。

贝尼跟裘利亚说道："你在嫉妒小旗吗？相比小旗，你可要年长很多，是正式的巴克斯特家成员。还是你自己来烘干自己吧。"

老裘利亚摇着笨笨的尾巴，舔着贝尼的手。裘弟感到非常温暖，因为爸爸也把小旗当成了家人，"小旗·巴克斯特……"

巴克斯特妈妈开口道："真是搞不懂，你们这些男人为什么会对这些不会说话的畜生这么好。你允许一条狗跟自己一个姓，现在还让这头小鹿也加入你的姓氏，干脆让裘弟跟它同床共枕好了。"

"妈妈，在我的眼里，它可不是什么畜生。它和另一个孩子一样的。"裘弟说道。

"那好啊,让它睡你的床好了。只要它别带着虱子、跳蚤什么的上床就行。"

裘弟忍不住想发火。

"妈妈,你好好看看,它这身外套多么光滑,你再闻闻它的味道。"

"我可不想闻。"

"它真的非常香。"

"大概和玫瑰花的香味差不多吧。但是,在我看来,湿乎乎的皮毛就是湿乎乎的皮毛。"

"可是,我现在也觉得湿乎乎的皮毛味道不错。"贝尼说道,"记得有一次去很远的地方打猎,天突然变得很冷,但我没带外套。当时的位置正好是咸水溪源头。上帝啊,简直太冷了。后来我们打死了一头熊,我就剥了熊皮。那天晚上我就是在那张熊皮下睡的觉,皮面朝上。当天夜里下着冰冷的小雨,我从熊皮下面伸出鼻子的时候就能闻到湿乎乎的皮毛味道。当时还有其他人,有南里·秦雷拓、贝尔特·哈帕,还有米尔特·雷凡尔斯。虽然他们说我臭死了,但我把身子缩在熊皮下面的时候,就好像窝在空心树里的松鼠一样暖融融的。在我看来,那湿乎乎的熊皮味道,简直比茉莉花还香。"

大雨不停地拍打着屋顶,狂风吹打着屋檐。老裘利亚就卧在小鹿的旁边,悠闲地舒展着身躯。暴风雨正如裘弟所盼,非常舒服。他偷偷地期盼着,希望一两个星期之内,可以再来一次暴风雨。但贝尼却在时不时地望着窗外的黑暗。

"这种大雨,是想癞蛤蟆都窒息而死吗?"贝尼说道。

晚饭非常丰盛,不仅有熏鹿肉馅的馅饼,还有扁豆和小布丁。只要生活中发生一点值得庆祝的事情，哪怕只有一丁点理由，巴克斯特妈妈都会发挥想象力，用面粉和油脂来烹调出特别的美味佳肴。她还用自己的手指喂了小旗一点布丁，这还真是头一回。裘弟感动坏了，所以他格外开心地帮妈妈收拾了晚餐用的盘碟。贝尼感到体力透支，早早地就上床了，却辗转难眠。卧室里的蜡烛还亮着，巴克斯特妈妈正在做着针线活。裘弟躺在床脚，听着拍打在窗户上的雨声。

"爸爸，讲个故事吧。"裘弟说道。

"我的故事一个不少地全讲过了。"

"不会的，你经常都会有新故事。"

"那好吧，我正好想起来一个还从来没有讲过的故事，但这真的很难称得上故事。我之前跟你讲过，我刚来这里的时候有一条狗，那条狗非常机灵，很擅长追寻猎物。"

裘弟感兴趣地裹了裹被子。

"快讲，快讲！"

"好的，儿子。那条狗有一部分狐狸的血统，有一部分警犬的血统，还有一部分普通狗的血统。它的耳朵差不多快坠到地上了，真是令人发愁。它的腿罗圈得非常厉害，甚至都没法在甜薯垄上走路。它那对眼睛能看到很远的地方，但总是看着别的地方。因为它那对无法聚焦的眼睛，我差点换掉它。但是，我带着它打了几次猎之后，就发现它跟我之前见过的任何猎狗都不一样。它会让野猫或者狐狸的足迹留在小路中间，自己就卧在旁边。它第二次这么做的时候，我简直觉得自己没有带猎狗。

"但是，儿子，后来我才发现它打猎很有一套方法。儿子，去，拿我的烟斗过来。"

这种间断简直让人发怒，但是裘弟仍然感到热血沸腾。

他匆忙跑去拿了烟斗和烟丝。

"现在好了!儿子,你索性坐到椅子上,或者坐地板上,别在我床上赖着。我一说到足迹,你就扭来扭去,我还以为床板要断了呢。嗯,这样就好多了……

"好了,儿子,我只能跟那条狗一起坐在那里,我得看看它到底要干什么。你现在明白那些狐狸和野猫是怎么嘲弄那些猎狗的吗?它会耍花样,沿着自己的足迹走回去。没错,它就是在自己的足迹上再走一遍。它们会先于猎狗出发,到离猎狗很远的地方,以拉开和猎狗之间的距离。接下来,你想它们会干什么?它们会踩着自己的脚印再跑回来。一边听着猎狗的声音,一边往回跑。能跑多远就跑多远,之后就会换一个方向跑开,这样一来,它的足迹会呈现出一个大大的树枝状,或者呈现出鸭子飞行时的队形。然后,猎狗们会跟着足迹沿着刚开始的方向追踪过去,因为猎物已经走了两遍,所以刚开始的方向气味会更重。接下来,它们会发现足迹断了,不断地嗅来嗅去后,它们往往会怒气冲天。等它们觉得再嗅下去也没什么意义的时候,就会沿着足迹再跑回来。当然了,它们还会找到猎物拐向另一个方向的足迹,但为时已晚,野猫或者狐狸基本上都已经逃脱了,而且逃得不知所踪。那么,我那条长耳朵的罗圈腿的狗是怎么做的?"

"快讲!快讲!"

"它识破了这种诡计,而且还找到了对付它们的方法。当它预料猎物快要回头时,它就会沿着足迹跑回来,然后埋伏在旁边。等野猫或者狐狸头儿聪明地跑回来的时候,我的老丹迪就会突然跳出来抓到猎物。

"但有的时候,它的预料也可能出错。每当它过早离开,就会垂下耳朵摆出一副无精打采的样子。不过到现在看来,它的预料基本上都是正确的。它捉到的野猫或者狐狸,超过了我的任何一条猎狗。"

他呼哧呼哧地吸着烟斗,吞云吐雾一般。巴克斯特妈妈将坐着的摇椅往蜡烛一边挪了挪。故事这么快就结束了,真不让人喜欢。

"爸爸,老丹迪还做过什么?"

"哈哈,有一天,它碰上了一个对手。"

"是野猫还是狐狸?"

"都不是,是和它同样机灵的大公鹿。那头公鹿的犄角弯弯的,而且是越长越弯。一般来说,鹿是不大可能重复踩自己足迹的。但这头公鹿经常这么干。这简直太合我那狡猾的老猎狗的口味了。很巧的是,那条狗还是不够机灵。它预料的公鹿情况往往正好相反。这一回,公鹿重复踩了足迹,下一回可能就会直接跑掉。它的花样总是不停变化。一年又一年地过去了,公鹿好像一直在和猎狗比着聪明。"

"爸爸,最后到底谁更聪明?最后怎么样?"

"你非得知道结果?"

裘弟犹豫了一下,他希望胜利的是垂耳朵的猎狗,可又希望是那头公鹿。

"嗯,我想知道,我非常想知道结果。"

"那好吧,故事确实有答案,但没有结果。老丹迪永远也不可能抓到它。"

裘弟松了一口气,这样才对嘛。他又重新回顾了一下整个故事,再次觉得真正的情景是这样的:公鹿一直在猎狗的追踪下愉快地生活。

"爸爸,再讲一个类似的故事吧。这个故事有答案可是没有结果啊。"

"儿子,世界上很少会有这样的故事,你最好还是就此打住吧。"

巴克斯特妈妈说道:"我不怎么喜欢狗,但有一回我也看上了一条狗,是一条母狗,皮毛特别好看。我跟狗主人说,'它生了小狗的时候,能给我一条吗?'狗主人说,'好啊,小姐,非常荣幸。但你必须让它去打猎,否则……'当时我跟你爸爸还没有结婚,'如果猎狗不打猎会死掉的。''那它是猎狗吗?'听到我的问题,他回答'是的。'当时我就拒绝了他,说道'猎狗我就不要了,因为猎狗会偷吃我的鸡蛋。'"

裘弟很想听接下来发生的事情,但他马上就知道这已经是整个故事了。就和妈妈的所有故事一样,它们往往像一次什么都没发生的打猎活动。他又想到了刚才的故事,那条聪明得足以战胜所有狐狸和野猫的狗,以及那头永远也不会被捉到的公鹿。

"我相信,等小旗长大后,一定更聪明。"裘弟说道。

"如果别人家的猎狗追它,你会怎么做?"贝尼说道。

裘弟感到喉咙紧绷。

"不管是狗还是人,要是敢到这里来抓它,我一定杀光他们。应该不会有人来吧,对吧?"

贝尼语气柔和地说道:"我们可以把消息散布出去,这样别人就会注意的。它应该不会离开得太远,一定不会。"

裘弟决定,为了防止侵害,他要让他的枪永远处于装满弹药的状态。那天晚上,他和小旗同床而眠。整个晚上,狂风席卷着窗户,他睡得很不安宁。梦里,那条聪明的猎狗正在大雨中追击他的小旗。

早上,裘弟发现爸爸穿上了厚厚的外套,头上包着围巾,好像冬天来了一样。他正准备冒着风雨去给老母牛挤奶。眼前唯一一件必须马上做的家务就是挤奶了。但外面狂泻的大雨依旧没有任何减轻的征兆。

"你得快点,赶紧回来,否则你可能会因为肺炎而离开我们。"巴克斯特妈妈说道。

"让我去。"裘弟说。但贝尼拒绝了他:"儿子,狂风会刮走你的。"

裘弟看着爸爸瘦小的身躯在狂风暴雨中快速前进,不免想到,在暴风雨中,要说爱笑的身躯和高大魁梧的身躯哪个更合适,结果不言自明。贝尼浑身湿透、气喘吁吁地回来了,瓢里的牛奶也掺杂着雨水。

"上帝保佑,幸亏我昨天已经挑好了水。"贝尼说道。

整整一天,暴风雨都没有停歇,和刚刚开始一般。雨水密集地下着,犹如瓢泼一般,狂风狂吹不止,屋檐下不断有水流下来。巴克斯特妈妈用锅、瓢接着水。放在外面用来接雨水的木桶早已经满了,屋顶上面的雨水还在不停地流下来,冲进各种容器中。老裘利亚和小鹿被迫到外面去了,但很快它们两个又来到厨房门口,不停地颤抖着。这一回,除它们两个之外,还有列波,它不断地发出哀鸣。虽然巴克斯特妈妈并不同意,但贝尼仍然把它们带到了屋里。裘弟赶紧用火炉前那块麻袋布做成的小地毯给它们擦干了身体。

"差不多也该迎来一段暴风雨的间歇了。"贝尼说道。

然而,间歇并未到来。有几次,暴风雨好像要缓慢下来了,贝尼已经充满期待地站了起来向外望去。可是,他刚刚决定冒着风雨跑出去劈柴或者看看鸡群的时候,狂风暴雨好似又恢复了刚才的猛烈。傍晚的时候,贝尼冲过暴风雨去挤牛奶、喂马,还喂了因为害怕而挤成一堆、无法吃食的鸡群。巴克斯特妈妈快速地为贝尼换下湿衣服,在火炉边烘烤。冒着水汽的衣服，散发出一阵霉烂却夹杂着芳香的味道。

晚饭并不丰盛，贝尼也没有了讲故事的心情。狗得到了准许，可以留在屋里过夜。所有人都早早地上了床。黑暗来得并不合适，所以无法估计时间。裘弟醒来的时候，基本上会是黎明前一个小时。整个世界都沉浸在黑暗中，暴风雨还在继续。

"今天早上风雨也该停一停了。东北风已经刮了整整三天，但是雨竟然还这么猛。我真是太想见到太阳了。"贝尼说道。

整个早上既没有太阳，暴风雨也没有停歇。一直到下午，才出现了贝尼期盼的间歇。但这个间歇很是阴暗，屋檐依然滴着水，树木也泡在水中，泥土已经喝饱了。短短的几分钟时间，鸡群也跑出来心不在焉地寻找着食物。

"终于要转风向了，我们终于要迎来明亮的大晴天了。"贝尼说道。

风确实转向了，但灰色的天空却变成了绿色，远处再次吹来了狂风。之前的东北风变成了东南风，而风带来的雨水也更加强劲了。

"我还从来没遇到过这种暴风雨。"贝尼说道。

暴雨比之前更猛烈了。它瓢泼一般，好似裘尼泊溪、银谷、乔治湖以及圣约翰河里的水都被倾倒进了丛林一样。风虽然有所减弱，但依旧非常猛烈。狂风在继续，暴雨在继续，暴风雨好似无穷无尽。大风呼呼地吹，大雨瓢泼地下。

"上帝一定是在捉弄海洋里的水，竟然下起了这样的暴风雨。"贝尼说道。

巴克斯特妈妈说道："别乱说话，小心上帝的惩罚。"

"再没有比这更糟糕的惩罚了，裘弟他娘。甘蔗遭殃，甘草全完,玉米扑倒,甜薯腐烂。"

院子好像漂在水上,裘弟透过窗户看过去,发现两只小鸡被淹死了,肚皮朝上地漂着。

"我这辈子见到的灾难不少,但这次的情况真是最惨烈的。"贝尼说。

裘弟提议自己到凹穴去挑水。

"那里除了雨水还有什么?而且水都浑了。"贝尼拒绝了。

他们喝的是位于屋子西北角那口锅接到的雨水。因为接的水是从房顶的木板上流下来的,所以水里难免有一种木头的味道。裘弟负担起了黄昏前的家务。他拿着牛奶瓢走出厨房门就进入了一个完全不同的世界。这是一个异常荒凉的世界,仿佛一切都不复存在。好像这里就是世界的末日,是宇宙的洪荒时代。所有的农作物都匍匐在地,大路变成了河流,只要划着小船就能到达银谷。之前的松树仿佛落到了海底,忍受着大雨冲刷的同时也在经受着怒潮和急流的冲击。裘弟感到自己差点就被水冲上天了。牛舍的地势低于房屋,里面的积水已经没过了膝盖。隔开母牛和小牛的木板已经被老母牛撞断了,母子俩依偎在一起,躲在一处地势稍高的地方。牛奶已经被小牛吃掉了大部分,在那干瘪的乳房里,裘弟只挤出了很少的一点牛奶。牛舍和玉米仓之间的过道,已经变成了人工河渠。裘弟原本还想过去拿一些玉米壳给老母牛当特殊营养品的,但河渠中奔流的水实在令人扼腕叹息,所以他只好决定明天早上再从阁楼抱干草来喂他。这也不错,用不了多久就可以收获新的干草,干草的储藏量又会丰富起来。现在阁楼上剩下的干草实在是不多了。他不知道怎么做才能把长大的小牛从母牛的身边弄走。这里实在是找不到一个干燥的地方供它安身了。巴克斯特家现在很难再喝上牛奶了,但裘弟还是想和爸爸商量之后再做决定，必要的时候还可以再来一趟。他挣扎着，努力地从牛舍离开，一步步地蹚着水向屋里走去。大雨模糊了他的双眼，耕地好像变成了充满敌意的陌生人。推开厨房门的时候，他感到无比庆幸。厨房真是一个安全的地方，他把自己看到的一切都汇报了一下。

"这种情况下，还是让它们娘俩待在一块儿吧。就算不喝牛奶也可以，等明天早上再想解决办法。明天早上到来之前，天一定会晴朗起来的。"贝尼说道。

然而，第二天一早的风势依然强劲。贝尼在厨房不停地走来走去。

"我的爸爸说过，1850年曾经经历过一次非常惨烈的暴风雨，可我觉得，这次的暴风雨是佛罗里达从来没有遇到过的。"贝尼说。

一天天过去了，天气依然没有好转的迹象。平常一直都相信贝尼对天气预测的巴克斯特妈妈也开始哭了。她一边哭一边将双手放在胸前，摇晃着摇椅。暴风雨的第五天，贝尼和裘弟冲到扁豆地里抱来两大捆扁豆，足足可以吃上两顿。扁豆已经扑倒在地了。他们背对着风雨，将扁豆连根拔起。他们在熏房停留片刻，将勃克和他们一起打死的那头熊割了一小块，贝尼又从盛放金黄色熊油的罐子中倒了些熊油，他担心妻子没有油脂可用于烹调。他们把熊肉压在油脂上，用身体护着熊油，冲进了屋子。

扁豆的豆荚发霉了，可里面的豆子依然新鲜而坚实。一家人又享用了一顿丰盛的晚餐。靠着之前收获的野蜂蜜，巴克斯特妈妈制作了一个散发着蜂蜜香的布丁。但吃起来好似又夹杂着木头和烟的味道。

"看来明天早上到来之前天气晴不了了。但是，就算天还不晴,裘弟,我们两个也得出去尽量把扁豆收回来。"贝尼说道。

"可我要如何保存扁豆呢?"巴克斯特妈妈说道。

"他妈,煮熟了吃。不行的话就每天热一下。"

第六天早上,天气依然没有好转。反正都会浑身湿透,贝尼和裘弟干脆只穿了条裤子,就带着布袋冲到了扁豆地里。冒着大雨,他们一直干到中午,他们快速地把豆荚摘下来放进布袋,返回家里,匆忙地吃过午饭,甚至都没有换衣服就又重新回到扁豆地里。地里大部分的豆子都被摘了下来,但他们不得不放弃能做干草的豆梗。贝尼说,这是很大的损失,可他们已经尽量地挽回了扁豆的损失。有些豆荚已经长成。接下来,从黄昏到深夜,他们一直都在剥黏糊糊且发霉的扁豆。巴克斯特妈妈生起了炉火,剥好的扁豆被放到火炉前的地面上烘干。深夜里,裘弟被厨房中添火的声音惊醒了好几次。

第七天早上,坏天气和刚开始时没什么两样。狂风肆虐,好像永无止境。屋顶传来的雨声,接雨水的木桶传来了潺潺流水声,但大家已经听惯了,似乎可以忽略这种声音。黎明时分,院子里传来了栋树树枝被折断的声音,是狂风刮断了树枝。巴克斯特一家人静静地吃着早饭。

"我们比约伯①受到的惩罚还轻一些,至少我们还没有长满毒疮。"贝尼说道。

"从苦难中吸取教训,才是正确的。"巴克斯特妈妈说道。

"不是不吸取教训。上帝可能是在提醒我们,必须更加谦

---

① 约伯:《圣经》中的人物,上帝为了考验约伯对他的忠诚,便让魔鬼打约伯,令他全身生满毒疮。——原注

逊。也就是说，世上的任何东西都不是属于某个人的。"

早饭后，贝尼带着裘弟去了玉米地。狂风刚刚刮起的时候，玉米秆就已经折断了。玉米秆倒在地上，但玉米棒并没有受损。他们收集了玉米棒，将它们带到了厨房里，这里才是温暖而干燥的避难之地。

"扁豆还没烘干，又来这么多玉米，我可怎么办？"巴克斯特妈妈说道。

贝尼没有说话，他走进厨房，在前厅，生起火炉。裘弟从外面抱了很多木柴进来。虽然木柴已经湿透了，但松脂片烧着后，木柴也跟着烧了起来。贝尼在地板上摆好玉米棒。

贝尼跟裘弟说："现在，你需要不停地翻动这些玉米棒，让它们均匀受热。"

"甘蔗怎么样了？"巴克斯特妈妈问道。

"刮倒了。"

"甜薯呢？"

贝尼摇了摇头。黄昏时分，他去甜薯地里挖了些甜薯回来，当作晚餐。虽然甜薯已经开始腐烂，但削去一些仍然能吃。有了甜薯的加入，晚餐又一次丰盛起来。

"要是明天早上天还不放晴，我们索性什么也别做了，躺着等死算了。"贝尼说道。

裘弟还是第一次听爸爸这么绝望地说话。他愕然了。小旗已经表现出了营养不良的症状，肋骨和脊椎露了出来，完全是瘦骨嶙峋。它痛苦地发出哀鸣，但为了小牛，贝尼已经不再给母牛挤奶了。

裘弟在半夜里醒了过来，他似乎听到爸爸在干什么。雨好像减弱了很多，可他还没弄明白是怎么回事，就睡了过去。第八天早上，裘弟醒来的时候，发现一切都不同了。喧闹不见了,狂风消失了,雨也停了,一切都变得安静了。盛开的石榴花映红了晨曦,早晨的阳光穿透潮湿的空气,照进房间里。贝尼把所有的门窗都打开了。

"虽然外面的世界里,已经没有太多值得我们留恋的东西了,可我们还是要全家出动去感谢上帝,因为他毕竟把这个世界留给了我们。"贝尼说道。

猎狗冲到了贝尼的前面,肩并肩地跳跃着出了房门。贝尼笑了起来。

"快看看,这简直就是刚刚从诺亚方舟上下来的情形。"贝尼说,"动物都是成双成对的,奥拉,快来,我们一起出去吧。"

裘弟和小鹿一起蹦跳着跑下台阶。

"我们是一对小鹿。"裘弟喊着。

巴克斯特妈妈望着田野,伤心地抹着眼泪。可裘弟觉得,现在空气中充满了芬芳,无比凉爽,而且异常柔和。小鹿也感受到了他的内心,它快速地移动着小蹄子跳过了院子的栅栏。在洪水的肆虐下,整个世界都变荒凉了。但一切都如贝尼告诉他妻子的那样,这是他们能够获得唯一世界。

第二十章 长途寻觅野兽的踪迹

暴风雨过后第二天,勃克和密尔惠尔骑着马来探望巴克斯特一家。他们没有管在洪水中陷于困境的家畜,而是直接来看望他们。他们说,一路上看到的情景,是他们这一代人从来不曾经历过的。对小动物来说,洪水是摧毁性的灾难。大家觉得,勃克、密尔惠尔、贝尼、裘弟四人应该到几英里范围内认真查看,也好掌握野兽们最近的动向,不光要看普通的猎物,还必须了解猛兽的情况。福列斯特兄弟带来了一匹马和两条猎狗,他们还希望裘利亚和列波也加入查看队伍。听到自己也可以加入,裘弟感到异常激动。

"我可以带着小旗吗?"裘弟问道。

贝尼转身严肃地看着裘弟。

"这次狩猎非常严肃,带你去,是想教你怎么打猎。你要是想玩,就别去了。"贝尼说道。

裘弟羞愧地低下了头。他只好把小旗关到棚屋里去。棚屋里的沙地依然湿漉漉的,屋子里充斥着发霉的味道,但裘弟用粗布袋为小旗铺了窝,这样它就可以在干燥的地方睡觉。而且,为了防止在外面的时间过长,他还为小鹿准备了食物和水。

"你在这里乖乖的,等我回来的时候,我会告诉你我看到的一切。"裘弟对小鹿说道。

和往常一样,福列斯特兄弟的弹药永远非常充足。暴风雨期间,贝尼用了整整两个傍晚,准备了很多铁砂子弹,并且装进了弹壳。他准备的弹药已经足够使用一个月之久,每颗子弹都放好了火药,安好火帽,随时可以使用。他把弹药袋装满,又擦了擦双筒枪。

"我还给你们的那条狗,最后成了彻头彻尾的骗局。如果你们想要回这支枪,请随时告诉我。"贝尼对福列斯特兄弟说道。

"除了雷姆,我们谁都不会这么卑鄙,谁都不可能想着要回来。贝尼,雷姆那个混蛋居然变得这么懒惰无赖,暴风雨期间他竟然天天待在家里,不做任何事。我只好亲自出马狠狠教训他一顿。"勃克说道。

"他现在在哪儿?"

勃克唾了一口唾沫,说道:"在河边。他很苦恼,可能他看上的那个狐狸精吐温克会发生什么灾祸,他想先和她和好,之后再去教训奥利弗。这回,他可以独自和奥利弗决战了。"

他们决定查看福列斯特岛地、巴克斯特岛地、裘尼泊溪、霍普金斯草原以及鹿的乐园栎树岛地,这需要绕一大圈。栎树岛地是一片高地,位于长满锯齿草的沼泽地中间,现在自然是动物们的避难所。除去西面通往奥克拉哈瓦河的一片高低起伏的岗地之外,丛林中地势最高的地方就属巴克斯特岛地了。但它的四周地势低洼,这一大圈也足以说明这一问题。他们准备赶到福列斯特岛地过夜,如果天黑之前赶不到的话,就露营。贝尼认真地装好背包,他带了煎锅、盐、肉、大块的熏肉以及一包烟草。他又将引火用的木屑、一瓶猪油还有一瓶他珍藏的治风湿痛的豹油放到一个粗布袋中。暴风雨期间,他的身体常常暴露在风雨中,他的风湿痛发作了。最后,他发觉还没有带上喂狗的肉。

"我们可以打野味给它们吃。"勃克提议道。

最后，他们终于准备好了一切。他们骑着马沿着大路精神焕发地朝东南方向走去，那里是银谷和乔治湖的方向。

"既然我们去那边，还是去看看威尔逊老大夫吧，他那个地方可能一半都被水浸泡了。"贝尼说道。

"或者他醉得不省人事，根本不知道呢。"勃克说。

巴克斯特岛地和银谷之间的大路，陷落得非常严重。在凶猛的洪水冲击下，平坦的沙路甚至变成了峡谷。松林矮松的枝丫密集，兜住了大量的各类垃圾。再往前走一段，就会发现小动物的王国正在塌陷。负鼠和鼬鼠遭受的灾难最重。洪水退去之后，地面上散落着它们的尸体。低矮的树枝上也可能会挂有它们的尸体以及各类废物。东方和南方陷入一片沉寂。虽然丛林经常会陷入安静，但裘弟也能感受到从前的丛林中多多少少会传出动物的叫声或者骚动产生的微弱声音，即使它们的声音比微风更难辨别。但北面高高的丛林地带，密集地生长着瘦弱的松树，上面传来了不寻常的沙沙声以及遥远的叽叽喳喳声。很明显，松鼠已经搬到那里居住。即使没有洪水，它们在低洼的沼泽以及硬木林中也会经受种种恐惧和饥饿，这就足以让它们搬走了。

"我敢肯定，那边的丛林里，各种动物一定已经喧闹起来了。"贝尼说道。

他们在考虑是否到密集的丛林里打猎。但最后大家还是决定按照原定计划去地势低洼的地方查看，以便确定动物的伤亡情况，之后再返回来查看究竟有多少丛林居民幸存。去往银谷的路上，他们停下了前进的脚步。

"你们看到我瞧见的情形了吗？"贝尼说道。

"如果不是你也看到了，我真是难以置信。"勃克说。

银谷里的水翻滚着，逆流而上。冲下来的洪水和它汇合之后，造成的伤亡是巨大的。银谷水逆流的地方，漂浮着各种动物的尸体。

"我从来没想过，这里的蛇竟然如此之多。"贝尼说道。

高地上冲下来的爬虫尸体密集得犹如甘蔗田中的蔗杆。响尾蛇、王蛇、马鞭蛇、小鸡蛇、黑蛇、珊瑚蛇，还有吊袜带蛇。在消退的洪水边缘，活着的铜头毒蛇以及其他种类的水蛇聚集在一起，密密匝匝。

"我真是想不明白。蛇会游泳的，怎么会被淹死了？我看到过一条响尾蛇在河里游得非常好。"勃克说道。

"我想，这些陆地上的蛇可能是被洪水闷死在蛇洞里的。"贝尼说道。

洪水无处不在，像浣熊抓食物的爪子一样想去哪里就去哪里。把陆地当成唯一避难之地的生物都被洪水冲了下来，地上还躺着一头肚子鼓鼓的小鹿。裘弟心跳加速，要是小旗不是巴克斯特家的一员，会不会和这头小鹿一样厄运临头呢？正当大家目瞪口呆地看着眼前一切的时候，两条响尾蛇在它们面前游了过去。它们没有理睬人类，在巨大的灾难面前，人类好像已经不重要了。

"只要爬过那片高地，我们就会知道人的生命是多么宝贵了。"贝尼说道。

"我也这么觉得。"勃克说。

他们没有继续向东走，而是顺着水洼的边缘向北走去。之前的沼泽地现在已经变成了水塘，之前的硬木林现在已经变成了沼泽。能逃过这次灾难的就只有地势稍高、土壤贫瘠的丛林高地。但即使在高地上，也出现了被连根拔起的松树，还有的倾斜着，尚未倒下，这也是在长达一周的暴风雨摧残下造成的。

"恐怕得过很长时间,这些树才能重新站起来。"贝尼说道。

快到勃兰溪的时候,大家都感觉不自在起来。水面仍然非常高,甚至超过了乔治湖的水位。三四天之前,这里的水面一定更高。他们停住脚步,俯瞰着倾斜向湖水的老大夫的住所。原来沼泽地上的柏树林已经变成了密集的矮树丛。高大的栎树、胡桃树、橡胶树、木兰树以及橘树,都陷入了一片沼泽之中。

"我们过去看看吧。"贝尼说道。

这条路和巴克斯特岛通往东南方向的路一样原本是一条泄洪渠。但现在这里已经变成了一条干沟。大家沿着干沟走着,威尔逊大夫的房子出现了,在大树阴影的笼罩下,房子显得更加黑暗了。

"真是想不通,这种阴暗的地方也会有人住,就算喝醉了也不能住在这种地方啊。"勃克说道。

"要是每个人都喜欢住同样的地方,那我们的住所一定会非常拥挤。"贝尼说。

屋子四周的水已经淹没了脚踝。地基上的痕迹表明洪水曾经漫过地板。阳台上的木板已经翘了起来。大家蹚着水走到门前,看到盘成一堆的毒蛇,大家立刻警觉起来。一个白色的枕套斜钉在前门上头,上面是一个用墨水写好的留言。墨水已经散开了,但字迹依旧清晰。

"我们福列斯特家的人都不大会读字,贝尼,你来念。"勃克说道。

贝尼念着湿乎乎的字迹:

我已经去海边了,这里的水到达大海就没什么本事了。我想喝得烂醉,以度过这次暴风雨。我会待在大海和屋子之间,请不要打扰我,除非是扭断了脖子或者生孩子。

大夫留

附言:如果真扭断了脖子,不管怎样都回天乏术了。

贝尼、勃克和密尔惠尔都哈哈大笑起来,裘弟也跟着笑了起来。

"这老大夫,就算当着上帝,也总会开天大的玩笑。"勃克说道。

"难道这就是他能成为好大夫的原因吗?"贝尼说。

"这话怎么讲?"

"还不是因为他不分时候地嘲弄上帝,所以才能治好病人。"

大家又一次大笑起来,一直笑到没力气。在这种长时间灰暗沉闷的环境中,放松一下益处多多。他们走到屋子里面,把从桌子上找到的一罐饼干和一瓶威士忌统统装入了他们的储备之中。他们再次走上大路,先向北一英里后,又再次向西行进。

"不用去霍普金斯草原了,不难想象,那里一定一片汪洋了。"贝尼说道。

勃克和密尔惠尔同意了贝尼的意见,但在霍普金斯草原的南面,他们看到了和之前一样的情况。弱小的动物以及陆地上的生物都在洪水的冲击中丢了性命。在一个河湾的上部,他们看到一头蹚水而行的熊。

"我们得一个月以后才需要它的肉,现在打它没什么用。而且从这里带回家实在太远,天黑之前我们还得开很多枪呢。"贝尼说道。

福列斯特兄弟勉强答应了。对他们来说,想开枪就开枪,根本不考虑猎物是否有用。但贝尼从来不会开枪打不需要的猎物。就算是看到仇人一样的熊，他依然宁肯等到它肉肥鲜美能够吃的时候才开枪。大家骑马继续向西走。那里是一片生长着苦梅子丛的平原。天气好的时候，狼、熊和豹子经常到这里来。平常，那里非常潮湿，生长的植物很矮，但东边和北边是河湾，所以这里就变成了方便觅食而且方便藏身的宝地。但暴风雨后，这里已经成了一片沼泽。沙土地上的水会快速排出去，而土质坚硬的地方，水会停留在土中。平原和宽阔的丛林地带之间，分布着矮橡树林、栎树林以及较少的高大棕榈林，它们犹如一个个小岛一般。它们仿佛是新沼泽地的镶边，同时又是组成部分之一。

刚开始，裘弟看不出个所以然。后来，在爸爸的一一指点下，他才看出来那些动物的轮廓。他们骑着马靠近，但这些动物并不害怕人类。勃克毫不犹豫地开枪打倒了那头注视着他们的美丽公鹿。他们走得更近的时候，枝叶间露出了向外窥视的野猫和猞猁狲。福列斯特兄弟们想开枪打它们。

贝尼说道："太可怜了，我们还要给它们添烦恼。照理说，世界上完全能够找到让人类和动物和平共存的地方。"

"贝尼，跟你在一起真是麻烦，你生长在教士家庭，难道你还希望绵羊和狮子在一起睡觉？"密尔惠尔说道。

贝尼指了指他们面前的高地。

"没错，你们看，那边，鹿和小野猫就在一块儿……"贝尼说道。

但贝尼也清楚，一般来说，野猫、熊、狼、豹子、猞猁狲等等，不仅会劫掠猪、牛、鸡等家畜家禽，还会猎杀那些温和的动物，比如浣熊、鹿、负鼠或者松鼠。这就构成了"吃或者被吃、挨饿或者残杀"的不断循环的食物链。

贝尼也加入了对野猫群的猎杀。掉下来六只野猫，有的伤，有的死。裘弟也打到一只猞猁狲。在老前膛的力量下，他在老凯撒的屁股上颠簸了一下。他跳下马，装好弹药，福列斯特兄弟们拍了拍他的后背。他们把鹿皮剥了下来，鹿很瘦，可见一周以来的食物多么匮乏。整挂鹿肉都被扔到了勃克的马上，之后大家又步行去了前面的橡树岛地。远处隐约有无数快速逃窜的身影。动物发出的沙沙响动声不断地传入大家的耳中。看着动物们四处逃窜躲避，真是一片怪异的景象。

野猫皮很差劲，根本没有保存的必要。

"拿出一部分肉来给狗当午饭吧，一定很美味。这样还能减轻我们的负担。"贝尼说道。

狗狗们已经开始大嚼猫肉了。暴风雨期间，狗的食物也大大减少。大家把剥了皮的野猫肉放到了马背上。黄昏时分，大家到了福列斯特岛地的西北方向。他们决定继续前进，找地方露营。太阳还能照射一两个小时，但潮湿的泥土和积水中散发出来的腐烂气味令裘弟感到不舒服。

"真庆幸草翅膀已经离开了这个世界，否则，他看到这么多动物丢了性命，肯定会受不了。"勃克说道。

他们又看到了熊，还看到了狼和豹子。他们穿过丛林，奔驰了几英里之后，看到了很多鹿和松鼠。可能它们觉得这里非常安全，所以并没有离开。很明显它们已经饿慌了，看到人也不感到害怕。福列斯特兄弟们为了让两家都能吃到肉，急切而贪婪地又猎到一头公鹿，公鹿被扔到了密尔惠尔的马背上。

夕阳快要落山的时候，丛林中又出现了几个栎树岛地。遥远的南面是裘尼泊草原，现在那里一定是洪水泛滥。稍微向东，有一片不是草原不是丛林，不是沼泽不是岛地，也不是岗地的地方。那里开阔得犹如耕地。他们决定即使白天还有一两个小时,但还是要到那里露营,因为谁都不想在一片散发着恶臭、到处是蛇虫鼠蚁的洼地里睡觉。他们把营地搭在了两棵高大的红松下面。夜空明澈,所以即使没有遮盖,在这种自然条件并不太好的地方露营,这片开阔地仍然是最合适的。

"要是让我跟一头豹子一起睡觉的话,希望会是一头死豹子。"密尔惠尔说道。

他们松开了马的缰绳,让它们在被拴住之前自由地吃草。密尔惠尔消失在了南边的一片矮橡树丛里。接着就传来了他的喊声。狗狗们已经追踪了一整天的各种足迹,在各种气味的熏蒸下已经疲惫不堪,但还是慢悠悠地朝他的喊声走去。突然,老裘利亚发出阵阵狂吠。

"是野猫。"贝尼说道。

显然他们已经对野猫没了兴趣。但接下来,四条狗齐齐发出威逼猎物的狂吠声。既有最高的尖叫狂吠,也有列波传来的低声怒吼,密尔惠尔又一次叫喊起来。

"你们福列斯特兄弟怎么跟没打过野猫似的?"贝尼说道。

"野猫绝对不会让他这么起劲地喊叫。"勃克说道。

狗狗们的狂吠更加疯狂,受到感染的贝尼、勃克和裘弟也跑进了浓密的橡树林。一棵矮壮结实的橡树的横枝上,卧着一头母豹和两头小豹,这就是他们的猎物。母豹憔悴而瘦弱,但身体特别长。小豹的毛皮上还残留着豹婴的白色蓝色花纹。裘弟觉得这是他见过的最漂亮的小动物。它们的大小犹如刚刚长成的家猫。小豹也模仿着妈妈,不停地咆哮着,优美的胡须倒竖着。母豹非常勇敢,它露着牙齿,长长的尾巴前后拂动着。它锋利的前爪抓刨着橡树的树枝。很明显,它已经准备好扑向任何一个最先靠近它们的人或者狗。狗狗们更加疯狂了。

裘弟喊道:"我要小豹子,我要小豹子!"

"我把它们从树上晃下来,让狗围过去咬吧?"密尔惠尔说道。

"那样我们的四条狗会被撕得粉碎。"贝尼说道。

"贝尼说得没错。我看还是开枪打下来吧,之后再了结它。"勃克说完就开了枪。

母豹跌落到地上,狗狗们立刻围上去撕咬。就算母豹还剩了一口气,也会马上完蛋。勃克爬到了橡树低矮的枝丫上,开始晃动横枝。

"我要小豹子!"裘弟又喊了起来。

他原本想等它们掉落下来后,马上去抱起它们。他相信它们一定是温和的。在勃克的猛烈摇晃下,小豹子们掉落下来。裘弟跑了过去,可狗狗们已经在他的前面赶到了。两只小豹子已经死了,狗狗们正拖着它们抛扔着。裘弟看到了它们临死之前一直在用牙齿和利爪同狗狗们奋力抗争。他清醒了,如果刚才他扑过去抱它们,一定会被咬得浑身是血。可是他依旧希望小豹子还活着。

"儿子,抱歉啊。但是你还有自己的宠物不是吗?这两头小豹子已经野性难驯了。"贝尼说道。

裘弟情不自禁地又看了一眼正恶狠狠地露出小牙齿的小豹子。

"能用它们的皮给我做个小背包吗?"

"当然可以。勃克,这里,帮我把狗赶开,得留下完整的皮。"

裘弟抱着小豹子软绵绵的尸体,摇着它们,好似在摇娃娃。

"我最讨厌活生生的东西就这么死了。"裘弟说道。

大人们一时语塞。

贝尼慢慢开口道:"什么都难逃一死,儿子,如果这么说能安慰到你的话。"

"爸爸,什么安慰也没有。"

"没错,这就是一堵谁也穿不过的墙壁。你再用头撞、用脚踢,再痛哭流涕,都不会有人听到你、回答你。"

"好吧,等我老的时候,一定花光所有的钱,省得死后后悔。"勃克说道。

从豹子鼻尖到弯曲细长的尾巴,尺寸足有九英尺。但瘦弱的豹子如果用于剥皮取油,还真是太瘦了。

"我最好还是抓到肥豹,或者是没得风湿病的。"贝尼说道。

显然豹皮已经没什么用了,他们割下了豹心和豹肝,想烤熟后喂狗。

"裘弟,别再抱着小豹子摇了,没用的。放下它去捡柴火吧。我把它们的皮剥下来给你。"贝尼说道。

裘弟走开了。晴朗的黄昏,呈现出玫瑰色。太阳的手指模糊不清,却穿过了明亮的天空一直伸到铺满水的地面,它在吸收水汽。看到闪闪发光的潮湿矮橡树叶子以及松针,他忘掉了自己遭遇的苦难。宿营需要做的事情很多。所有的树都湿了,但裘弟来回寻找后,终于找到一棵倒在地上的松树,它的树心有满满的松脂。他喊来了勃克和密尔惠尔,他们把整棵树都拖到了营地。松脂将点燃篝火,可以用来烘干木柴。他们把松树劈开,将长木料并排摆放。裘弟从火绒角里拿出燧石和钢片,努力地打火,却怎么也打不着。贝尼接过打火工具，这才在两端木料中间生起了一堆松脂片篝火。贝尼将小树枝放到上面，很快就燃烧起来。接着放上粗树枝以及成段的木头。刚开始一直冒烟，最后终于烧起了熊熊火焰。现在，他们已经拥有了火势旺盛的火堆，再湿的木柴也能烘干了。木柴慢慢地燃烧着。裘弟又搬来了所有他搬得动的木柴，堆了高高的一堆，这样可以在晚上用。勃克和密尔惠尔也拖过来很多粗壮的木料。

贝尼从猎到的那头最肥的公鹿身上割下几条肉，切成薄片，准备用油煎来吃。密尔惠尔到处寻找了一段时间后，带着扇棕榈的叶子返了回来。这些叶子不仅可以当放食物的容器，还能用作其他干净的容器。他带来的还有两棵沼泽甘蓝，也就是"沼泽卷心菜"。他一层一层地剥掉外皮，只留下两条鲜嫩的菜心。

"对不住啊，贝尼先生，我得先用煎锅煮煮这'沼泽卷心菜'，等我煮完了，你再煎你的鹿肉吧。"密尔惠尔说道。

沼泽甘蓝已经被他切成了薄片。

"贝尼，油在哪里？"

"粗布袋里有一个瓶子。"

裘弟慢慢地走来走去，看着其他人干活。他负责的是给火堆添加树枝，保持篝火的旺盛。木头燃烧得很好，里面的积炭已经足够熏烤使用。勃克削好了几个顶端有尖的树枝，好让大家用来烤肉。密尔惠尔也从附近的池塘里提来了干净的水，他倒了一些到放着甘蓝的煎锅里，用扇棕榈叶子当锅盖，之后才放到火上煮。

"我刚刚才想起来，居然忘了带点咖啡。"贝尼说道。

"想想威尔逊老大夫的威士忌，没咖啡也不打紧。"勃克说道。

他说完就拿出了酒瓶,传了起来。贝尼做好了煎鹿肉的准备,但煎锅里的沼泽甘蓝还需要些时间。于是他做了一个大木叉,把野猫肉放到木叉上。野猫和豹子的心肝也被他切成了片,用小树枝串起来后放到了炭火上。阵阵香气袭来,裘弟用力地闻了闻,再拍拍自己空空如也的肚子。贝尼切好鹿肝,小心谨慎地用勃克做的小叉子串好,放到了炭火上。之后,又给大家分了小叉子,好让每个人烤出自己喜欢的口味。跳动的火焰舔着野猫肉,散发出了阵阵香气,引得狗狗们跑过来趴在地上,不停地用尾巴捶打地面,发出哇啦哇啦的叫声。显然,那些生野猫肉并不受它们的欢迎。虽然它们也曾扑过去撕咬,但那仅仅是获得胜利的表示。而烤过的野猫肉就另当别论了,它们已经欲罢不能了。

"我想,烤熟的野猫肝味道一定好极了。"裘弟说道。

"那好,先让你尝尝烤熟的野猫肝。"贝尼从炭火上拿过来一块,递给了裘弟,"小心啊,这可比烤苹果烫多了。"

面对着从来没吃过的味道,裘弟犹豫了。他用手指捏起散发着香味的野猫肝,塞到了嘴里。

"太好吃了。"裘弟叫道。

大人们哈哈大笑,而裘弟连着吃掉两块。

"大家都说,吃了野猫肝的人会变得无所畏惧,我们可要拭目以待啦。"贝尼说道。

"真该死,这气味真是不错,我也来一块尝尝。"勃克说道。

他品尝过后,也认为和其他肝类同样美味。于是密尔惠尔也尝了一块,但贝尼拒绝食用。

"我可不想变得更加勇敢了,否则我一定会跟你们福列斯特兄弟打架,那样一来,你们还得把我打得找不着北。"贝尼说道。

酒瓶已经传递了一圈。火势还非常旺盛,肉汁也滴了下来,随着缓缓上升的烟气,肉的香气也不断弥漫开来。太阳已经躲到了丛林的背后,密尔惠尔也煮好了他的"沼泽卷心菜"。贝尼找了一张干净的扇棕榈叶子用来盛放菜心,并将其放到了余温未尽的木头上,这样就可以保温。他用苔藓擦干净锅后,再次放回炭火上。接下来,他把切好的熏肉片放上去。熏肉很快变成了棕黄色,冒着肥肉油,这正是放进鹿肉薄片的最佳时机。味道好极了,鲜嫩爽脆。勃克用棕榈梗做了几把汤勺,这样大家就可以用来喝"沼泽卷心菜"的汤汁,共享美味。贝尼还用肉、盐、水以及玉米面做了小肉饼,刚才鹿肉片剩下的油脂正好派上用场。

"要是到天堂也能吃到这样的美味,就算死我也不怕了。"勃克说道。

"在丛林里吃的东西味道格外好,就算在丛林里啃冷面包,我也不想在家里坐着吃热布丁。"密尔惠尔说道。

"你们也终于了解这种感受了,"贝尼说道,"我的想法跟你们一样。"

野猫肉也烤好了。等肉不烫的时候,他们便扔给了狗吃。狗狗们馋嘴地扑了过去,享受完美味后又到池塘边饮水。因为附近充斥着各种气味,狗狗们来回寻找了好一会儿才赶回来。黄昏时分,气温渐渐降低,狗狗们都依偎着篝火卧了下来。密尔惠尔、勃克和裘弟都吃饱了。他们仰面躺着,凝望着天空。

"管它有没有洪水,现在真是惬意啊。希望你们能答应我一件事。等我变成一个老头子,你们打猎的时候得允许我坐到树桩上听声音。但是,可不能把我一个人扔下,我可不想被野兽包围。"贝尼说道。

九天以来,空中第一次出现了星星。贝尼还在收拾剩下的食物,剩余的玉米肉饼被丢给了狗。当他把玉米瓤做的瓶塞塞回油瓶的时候,不禁将油瓶拿起来在火光前端详。

"真是糟糕!大家吃的居然是我擦风湿的豹油!"贝尼喊道。

他在粗布袋里摸索了一会儿,拿出一个瓶子来,并拔开了瓶塞。没错,这才是那瓶猪油。

"密尔惠尔,你这个笨蛋。你煮'沼泽卷心菜'的时候居然用了豹油。"

大家瞬间沉默了。裘弟感到胃里的东西正翻江倒海一般。

"我上哪儿知道这是豹油!"密尔惠尔说道。

勃克小声地咒骂着,但很快又发出一阵响雷般的笑声。

"我绝不会跟我吃进肚子里的东西作对,这可是我吃过的最好吃的'沼泽卷心菜'。"勃克说道。

"我也这么觉得。但是等我风湿发作的时候,我还是希望油能待在它应该待着的地方。"贝尼说道。

"不管怎么说,以后我们再宿营的时候就会知道,没有食用油的话完全可以用豹油代替。"勃克说道。

裘弟感觉胃平静了。因为吃过两块野猫肝,裘弟可不想拿作呕来显示自己的怯懦。可想想贝尼在冬天的傍晚常常用豹油擦膝盖,还是觉得猪油豹油根本不是一回事。

"好吧,既然我做了这样的事情,接下来铺床用的树枝就让我一个人收集吧。"密尔惠尔说道。

"我还是和你一起去吧,否则我睡梦中要是迷迷糊糊地醒来,看到矮树丛里的你,一定认为那是一头熊。我真是搞不懂,上帝怎么会让你们兄弟长得如此人高马大的。"贝尼说道。

"鬼才明白为什么呢。可能我们都是吃豹油长大的吧。"密尔惠尔笑着说道。

大家高高兴兴地分头去收集铺床用的树枝。裘弟收集了干苔藓,还砍了带着松针的小树枝。他们在篝火附近铺好床。福列斯特兄弟躺下的时候,压得树咯吱呀乱响。

"我敢肯定,缺趾老熊躺下的时候发出的声音也不可能有你们这么大。"贝尼说道。

"我也敢肯定,六月里的一只小鸟飞进巢穴的时候,发出的声音也会比你们父子俩上床时的声音大。"

"我希望能有一袋玉米壳做床垫子。"密尔惠尔说道。

"我这辈子睡过最舒服的床垫是阔叶香蒲草的绒做成的,躺上去软绵绵的,好像躺在云彩上。"贝尼说道。

"但全世界最舒服的床垫子应该是羽毛床垫。"勃克说道。

"你们的老爹曾经为了一个羽毛床垫把家里闹得翻天覆地,我想肯定没人跟你们讲过这件事。"贝尼说道。

"赶紧说!"

"当时你们还没出生,或者角落里的摇篮里已经躺着你们中间的两三个了。我那个时候还是年轻小伙子,有一次跟着我老爹去你们家。现在想来,他可能是想去度化你们老爹。你们老爹年轻的时候,那粗野劲儿你们都比不了。整瓶的烧酒,他居然能像喝水一样咕噜咕噜喝下去。那个时候,他经常那么喝。我们骑着马快到你们门口的时候,就看到过道上全都是盆子的碎片以及食物被扔得乱七八糟。椅子也是东倒西歪地堵着门。院子里、栅栏边全都是羽毛,我还以为鸡自己爆炸了。门口的台阶上躺着一个床垫套,上面那条大缝很明显是刀子割开的。"

"接下来,你们老爹出现在了门口。我不好说他当时是不是醉着，但肯定是曾经喝得烂醉如泥。他醉酒的时候，看到什么毁什么，他最后看到的东西就是羽毛床垫。我们看到他的时候，他已经清醒了，看上去平静而开心，大概是因为他已经破坏了一切并且发泄完了自己的情绪。至于你们的老妈，就算我不说你们也知道面对你们老爹发酒疯她会怎么做吧？她看上去很冷静，但面若冰霜。她双手交叉地坐在摇椅上，不停地摇晃着，但紧紧地闭着嘴巴。我老爹是教士，他自然已经发现来得不是时候，他肯定在想'不管怎样，还是再找时间来比较合适'，所以，他在那儿逗留了一个白天就准备离开。

"突然，你们老妈貌似记起了该干什么，喊住了我们。'巴克斯特先生，留下来和我们共进晚餐吧，'她说道，'但我只有玉米饼和蜂蜜可以用来招待你们。不知道我是否还有一个完整可用的盆子，好让你们用来吃饭。'

"这个时候，你们老爹转身来惊讶地看着她。'我的蜜①啊，'他惊叫道，'我的蜜啊，蜜罐里的蜜还在吗？'"

福列斯特兄弟互相拍打着，笑得前仰后合。

"回家后，我一定得问问妈妈，'我的蜜啊，蜜罐里的蜜还在吗？'哈哈，等着看吧。"勃克说道。

福列斯特兄弟们的笑声停下来很长时间后，裘弟还在偷偷地乐。爸爸讲的这个故事真是太生动了。他好像也看到了羽毛满天飞的情形。笑声惊醒了狗，它们动了动身子。狗狗们紧紧地挨着温暖的篝火和人体。老裘利亚躺在贝尼的脚边。他多么希望小旗也可以在这里，它光滑的、湿漉漉的毛皮一

---

① 这里是指丈夫对妻子的一种昵称，相当于"甜心"等称呼。——译者注

定会紧紧地贴着自己。勃克站起来,往火里添了一大段木料。大人们开始讨论沼泽和丛林中的动物可能出现的地方。很明显,狼选择的方向和其他野兽不同。相比那些大野猫,它们更讨厌潮湿。不用怀疑,它们一定正处于丛林高地。另外,碰到的熊也没有它们想象中的多。

"你们觉得熊会去哪里?它们肯定在南面的丛林里,就在那个被称为'印第安女人池塘'和'卖货郎'的地方。"勃克说道。

"我敢打赌,它们一定在近河那边的硬木林里,就是那个叫'小公牛'的地方。"密尔惠尔说道。但贝尼觉得:"不会是南面,后面那几天的暴风雨都来自南方,所以他们只会离开那个地方,不可能会去那里。"

裘弟枕着胳膊,凝望着天空。天空繁星密布,仿佛满池的柳条鱼。他的头顶上是两棵高大松树的交界,那里正是一片乳白色的天空,怎么看都像老母牛踢翻了奶桶,激起了漫天飞溅的泡沫。凉爽的微风中,松树摇曳着身姿。繁星的银光映照着松树的松针,袅袅上升的烟仿佛要去会漫天的繁星。他注视着从松树树梢飘浮出去的烟,不禁泛起困来,眼皮开始打架了。但他还不想睡觉,他想继续听大人们说话。听着大人们说话,他感到了阵阵袭上脊背的凉意。映衬在繁星下的烟,仿佛变成了轻柔的面纱,飘拂在他的面前。他闭上了眼睛,很快,大人们的说话声变成了低沉的嗡嗡声,夹杂着潮湿木头发出的噼啪爆裂声。接下来,嗡嗡声消失了,微风声消失了,噼啪声消失了,所有的声音都不见了。唯一留下的就只有裘弟睡梦中的轻声呢喃。

半夜,爸爸猛然坐起惊醒了裘弟。勃克和密尔惠尔依旧伴随着沉沉的打鼾声沉睡。篝火减弱了,将要熄灭。潮湿的木头依旧发出吱吱的声响。裘弟跟着贝尼坐了起来。

"听!"贝尼小声说道。

静静的夜晚,有遥远的猫头鹰的叫声,有豹子尖锐的呼啸,但在他们附近还有一种声音。那像是风箱挤压空气时发出的声音。

"呜——呼——呼——呜——呼——呜——呼……"

这声音仿佛就在他的身边,裘弟不禁害怕起来。难道是草翅膀说的西班牙骑士来了?难道他们也跟平常人一样,会受到暴风雨以及洪水的影响?难道他们也希望到我们的篝火上暖和一下瘦弱而透明的手?贝尼稳了稳神之后才站起来。他找一根带着结节的松树枝在篝火上点燃,以当作火把。然后便小心谨慎地朝前走。叹气一般的声音消失了。裘弟也紧跟着爸爸走着,突然又传来阵阵窸窸窣窣的声响。贝尼晃动一下手中的火把,只见一对如同夜鹰眼睛一般的大眼睛红彤彤地瞪着火光。贝尼再晃动一下火把,忍不住笑了起来。原来是一条鳄鱼从池塘里爬了出来。

"它闻到了鲜肉的味道。现在,我可真想把鳄鱼扔到勃克和密尔惠尔的身上。"贝尼说道。

"是它在叹气?"裘弟问道。

"没错,就是它,一会儿呼气,一会儿吸气,还时不时地挺着身子,时不时地趴在地上。"

"我们用它捉弄一下他们两个怎么样?"

贝尼犹豫着。

"它体形太大,不能拿来开玩笑。它身长足足有六英尺。搞不好它会咬下他们一块肉来,那可就不好玩儿了。"

"我们要杀了它吗?"

"毫无用处。我们有肉给狗吃的,放了它吧,鳄鱼也没什么危害。"

"难道一直让它在这里叹气?"

"当然不,要是它放弃了它闻到的肉,也就不会再叹气了。"

贝尼向鳄鱼冲去,鳄鱼立刻用四只短脚支撑着身子,扭头向池塘逃去。贝尼跟着追了一段,还时不时抓起沙子或者其他什么东西投过去。它逃跑的速度令人吃惊,贝尼紧追不放。裘弟跟在他的身后,一直等到前面传来一阵跳水声两人才停止追击。

"行了,它已经回家了。现在,只要它守礼节地待在家里,我们是不会打搅它的。"

他们走回到篝火旁边,黑暗中燃烧的篝火令人感到温暖、舒适,得到些许安慰。寂静的夜晚,繁星灿烂,从篝火边望去甚至可以看到池水闪烁的光亮。空气沁人心脾,裘弟多么希望能一直这样露营下去,而且绝不能少了爸爸的陪伴。小旗不在身边成了唯一的遗憾。贝尼晃动着火把照了照福列斯特兄弟俩。勃克伸手遮住脸,可仍然没有醒。密尔惠尔仰面朝天,他浓密的黑胡子随着沉重的呼吸起伏伏。

"他喘气的声音大得简直跟鳄鱼一样。"贝尼说道。

他们给篝火添了木柴后,又躺回了地铺上。但是床铺好像不像之前那么舒服,他们只好抖动着苔藓,用力让松枝更加服帖。裘弟在地铺中间挖了一个小坑,便蜷着身子犹如小猫一样躺了进去。他凝视着燃烧着的篝火,舒服地躺着,没多久就像之前一样舒服地睡着了。

黎明时分,狗在人醒来之前醒了。它们跟前曾经跑过一只狐狸,空气中的恶臭刺激着它们。贝尼爬起来,抓住狗,又将它们拴了起来。

"今天,我们还有比狐狸更重要的事情要做。"贝尼警告狗狗们。

裘弟躺在地铺上，望着远处。太阳出来了，和他的脸处于同一个水平线上，真是太奇特了。在家里，在空旷的田野上，因为远处浓密的矮树丛，太阳往往会显得很模糊。可是现在，他和太阳之间只有一层晨雾。太阳好像不是升了起来，而是从灰色的屏幕后面走了出来。屏幕的褶皱不断向两旁退却，好让太阳走过。阳光呈现出的颜色好像妈妈结婚戒指上的淡金色，越来越亮，越来越亮，渐渐地，裘弟发现要想看清太阳的整个脸庞，他必须眯着眼睛才行。九月的薄雾固执地在树梢上稍作停留，仿佛在反抗太阳的撕扯。很快，薄雾消散了，整个太阳通红得犹如熟透的大石榴。

"谁能帮我把豹油找出来，否则我可没法做早饭了。"贝尼喊着。

密尔惠尔和勃克坐了起来，但刚刚从睡梦中醒来的他们，身体还不够灵活。

"狐狸和鳄鱼从你们身体上跑过去了。"贝尼说道。

他向他们讲述了半夜里的遭遇。

"你能确定，不是因为你喝威士忌喝醉了，把沼泽里的某只蚊子看成了鳄鱼？"勃克说道。

"如果它们的尺寸只有一英尺的差距，我可能真会看错。但它们相差六英尺，绝不可能看错。"

"啊，我想起来了。有一回在外露营的时候，我睡梦中听到耳边有蚊子的嗡嗡声。可是我醒来的时候却发现自己和地铺都挂在伸向沼泽水面的树枝上。"

贝尼让裘弟到水塘边去洗手和脸，但到水边才发现，阵阵恶臭逼迫他们不得不放弃。

贝尼自我安慰地说道："还是算了，我们身上就只有些木柴烟灰，不是太脏。这种水，你妈肯定也不会让你洗的。"

早饭和昨天的晚餐一样，但是少了豹油煮的"沼泽卷心菜"，福列斯特兄弟依然用威士忌酒代替了咖啡。贝尼没喝，他认为池水不适合饮用，但裘弟已经口干舌燥了。在一个随处能看到水的地方，谁会想着带水。

"你去找一棵站着的空心树，树腔里积满的雨水往往可以放心饮用。"贝尼说道。

早饭的煎鹿肉片、烤鹿肉以及死面的小馒头，相比昨天晚上味道稍差。吃过早饭，贝尼收拾好东西。暴风雨把草都刮平了，马的食粮很不好。所以裘弟找了好几捆青苔喂马，马儿吃得倒是非常不错。他们收拾停当，骑上马，向南面开始新的旅程。裘弟回头看了看，露营的地方一片荒凉。烧焦的木头以及灰烬都留了下来，但随着篝火的消失它们的魅力也不复存在。早晨很是凉爽，但太阳的上升使得天气开始变热。大地开始升腾起蒸汽。污水的臭味实在令人难以忍受。

贝尼走在队伍前面，回头喊道："我真怀疑，野兽们的肚子是否能受得了这臭气熏天的脏水？"

密尔惠尔和勃克摇着头。没有人经历过这种丛林中的洪水，所以也没人能够预知后果。队伍继续向南挺近。

贝尼冲着裘弟喊道："儿子，还记得我们在这里一起看过那群美洲鹤跳舞吗？"

裘弟根本没有认出这里是草原。只见眼前汪洋一片，就连鹤都会犹豫着才会迈开涉水的步伐。再往南，还是丛林，接着就来到了满是光滑冬青的平原以及河湾上面的洼地。可是，原来的沼泽已经变成了一片湖泊。他们停下马，好像他们昨晚露营的地方是一个陌生国度的边界一样，现在已经进入了另一个国家。一个星期前，这里还是一片干旱，现在却是鱼儿畅游的天地。经过长途跋涉,他们终于在这里看到了很多熊。熊正在专注地抓鱼,完全没有注意到靠近的人马。齐腰深的水中,足足有二三十头黑色的庞大躯体。鱼儿们正在它们跟前跃跃欲试。

"这是鲷鱼!"贝尼喊道。

鲷鱼?裘弟想鲷鱼不是应该生活在大海里吗?它们生活的水域是有咸味、有些许海潮涌入的乔治湖才对。它们还会生活在浸入了潮水的河流或者某些淡水溪里。因为那里奔流的溪水犹如湍急的海水波浪一样令它们欢喜。它们会迎着湍急的水流欢呼跳跃,犹如一条条紧绷的银弧。

"很明显,乔治湖的水在回涨,倒灌进了裘尼泊溪,溪水再次倒灌,流到了草原上,因此这里才会有鲷鱼。"贝尼说道。

"又出现了一个崭新的草原——'鲷鱼草原',快看那些熊……"勃克说道。

"这里简直是熊的乐园,哈哈!伙计们,我们来上几只呢?"密尔惠尔说道。

他尝试着举起猎枪瞄准,裘弟也忍不住眯着眼睛。除了在梦里,他还从来没有一次性见过如此多的熊。

"就算是熊,我们也别太贪心。"贝尼说道。

"只要四只熊,我们就能吃上一阵子。"勃克说道。

"我们家只要一只就行。裘弟,你想亲自打伤一只吗?"

"爸爸,我想。"

"好,伙计们,既然大家都同意了,我们就准备开枪吧。来,散开点,大概有人要开两枪的,要是裘弟没打中,可能还得开第三枪。"

距离最近的熊被安排给了裘弟,那可是只大家伙,应该是只大公熊。

"裘弟,现在你往左挪一下,一直挪到能瞄准熊的脸部。等我说放的时候,大家要一起开枪。要是它刚好动了,你也要尽量打它的头部。要是它低头了,你没瞄准头部,就打身体的中间,我们会帮你干掉它的。"贝尼嘱咐道。

密尔惠尔和勃克也选好了目标,大家小心翼翼地分散开。贝尼举起手,大家便齐刷刷地停了下来。裘弟感觉自己在颤抖,以至于举枪瞄准的时候,眼前只剩下了一片模糊的水面。他努力让自己镇静下来,瞄准目标。目标熊转身了大概四分之一的角度,但是他依然能从后面瞄准它的脸。贝尼手一落下,枪声轰然响起。接着就是密尔惠尔和勃克的第二声枪响。马向后退了退,裘弟已经记不起自己是否开了枪,但距离他前面五十码的地方,原本站立的黑色躯体已经倒在水中。

"儿子,打得好!"贝尼边喊边纵马跑了过去。

其他熊快速地越过水面,犹如划桨的船一般猛烈地搅动水面。现在要想再打死一头,就只能远射了。裘弟再次感到惊讶,如此庞大的躯体竟然速度如此之快。所有人的第一枪都非常精准,一枪毙命。但勃克和密尔惠尔的第二枪却只打伤了熊,现在狗狗们正发疯似的狂叫,跳到了水里。可是对狗而言,水太深了,浮水的话水中的植物又过于茂密。它们只能退回来,沮丧地狂叫。他们骑马走向受伤的熊,又补上一枪,两头庞大的躯体应声倒下。没有被瞄准的熊已经瞬间消失不见了,熊是所有猎物中最机灵、最敏捷的动物。

"我还真没想过这些混蛋们会在水里面。"勃克说道。

裘弟两眼冒光地盯着自己打死的猎物。真是难以置信,他居然一枪就打死了它。这只熊在巴克斯特家的餐桌上足够吃上两个星期了,而这是他做出的贡献。

"我们需要回家赶着牛车来拉!"密尔惠尔说道。

"听我说,你们拉走五头,我们只要一头。我对这次打猎已经心满意足了。更让我欣慰的是我们已经知道哪里能打到猎物。不知道你们愿不愿意帮我和裘弟一把,我们需要把那头熊运回去,希望你们能把这匹马再借给我们一两天,我们就此分手吧,各回各家。"贝尼说道。

"我们同意!"

"你们一定在想,像我们这种年纪的人,怎么会没想到带绳子来。"贝尼说道。

"谁会想到整个丛林都倒霉到被洪水淹没了呢?"

"比起你们父子俩,我们的腿更长些。你们还是别下马了。"勃克说道。

但贝尼已经跳到淹没到他膝盖的水里了。对自己不得不像小孩子一样留在马背上,裘弟感到一阵羞涩。他从马背上滑到水里,发现水底的土地非常结实。他帮着爸爸将熊拖出来。福列斯特兄弟根本感觉不到对裘弟来说打死一头熊是多么重要的事情,因为这是他有生以来第一次独立打死一头熊。但贝尼拍了拍他的肩膀,这已经足够奖励他了。那头熊大约有三百磅重。大家商量着先分割一下,这样才好分放到两匹马上。他们剥了熊皮,在鹿和豹子都瘦弱无比的情况下,熊竟然能如此肥胖。暴风雨的最后几天,熊一定在这里吃得饱饱的。

当他们把半只熊放到老凯撒后背上的时候,它惊慌得跳了起来。它很难接受熊的味道,曾经在耕地的黑夜里,它经常会闻到这种臭味。有一天,仓房里爬进来一头熊。听到了老凯撒的悲鸣,贝尼火速赶来救援,但熊已经闯进马厩并且到了老凯撒的身旁。不管怎样,福列斯特家的马倒是可以安然接受运送熊皮的重任,所以熊皮也被放到了贝尼的身后。

密尔惠尔和勃克调转马头朝家里跑去。

"把牛轭朝后挪挪,就能一次性地全部拉回去。还请你们有空上我家里坐坐。"贝尼喊道。

"也请你上我家里来。"

他们挥挥手走了,贝尼和裘弟骑着马缓缓地跟在他们身后。刚开始,他们走在同一条小路上,但后来,福列斯特兄弟们的毫无负担的马快速跑远了。到了东边,两人便离开小路上了回家的大路。贝尼和裘弟走得非常缓慢,老凯撒并不想跟在熊皮的后面。但是裘弟骑着老凯撒走到前面的时候,福列斯特家的马又非得走到前面去。就这样一直僵持着。最后,通过裘尼泊草原的时候,贝尼用脚踢着马肚子,勉强向前走了很远。看不见熊皮、闻不到恶臭的老凯撒终于心情愉悦地跑了起来。刚开始,裘弟一个人行走在一片汪洋中,感到很不舒服,但很快他又想到了熊肉,便大胆起来,他认为自己已经长大了。

原本,裘弟想着这么一直打猎、露营下去是最好的。但当他看到巴克斯特岛地的高大红松、穿过通往凹穴的岔路时,走进爸爸耕地的短栅栏时,他为自己回家而感到高兴。耕地被水淹之后,一片荒凉。院子也被暴风雨刮得空空荡荡。但是他回来了,他带着自己猎到的熊肉回来了,这是全家的食粮。另外,小旗还在等他。

第二十一章 丛林浩劫

整整两个星期,贝尼都在想着怎么拯救遭灾的农作物。再过两个月甜薯就可以收获了。但现在它们已经开始腐烂,要是不挖出来,全部都会坏掉。裘弟每天都会花很长时间做这项工作。他小心谨慎地把甜薯叉插进深深的泥土中,不要太过靠近甜薯垄,之后再小心谨慎地举起来,这样就能安然无恙地把甜薯挖出来。等甜薯被挖出来后,巴克斯特妈妈就把它们铺到后面晒干再做进一步加工。它们不得不挨个检查,最后差不多被扔掉了一半。他们用刀切掉腐烂的一端,再混合一些嫩根好用来喂猪。

甘蔗已经铺倒在地,但尚未成熟的甘蔗,只能顺其自然了,他们想不到任何挽救办法。每节甘蔗都长出了根须,或许以后削掉根须以挽救它们。

扁豆全完了,但它们已然接近成熟。已经在地里被水浸泡长达一个星期,早就变成了一堆破烂儿。巴克斯特一家剥好的那部分豌豆,就是唯一收获的了。洪水之后的三个星期,经过阳光照射之后,贝尼去了被称为"鲷鱼草原"的地方,准备拿镰刀割沼泽草。还要放在那里晒干。

"在这种糟糕的情况下,这就是最好的饲料。"贝尼说道。

草原上的水已经退了。那里已经没有了鱼的痕迹,但依然漂浮着阵阵污水的臭味。就连不怕臭味的裘弟也有些受不住了。到处都散发着尸体的恶臭。

贝尼感到阵阵不安:"一定是有什么糟糕的事情发生。被水淹过之后，臭味本应该消失的。但现在野兽却不断地死去。"

洪水过后已经一个月了，进入了十月。贝尼和裘弟赶着马车到"鲷鱼草原"收回之前晒的沼泽草。列波和裘利亚就跟在牛车后面。连小旗也得到了允许，跟着出来了，因为它被关在棚屋里的时候，总是发出很吵的声音。它快速地奔跑着，有时会跑到老凯撒前面，路面足够宽广的时候，它还会和老凯撒肩并肩地走上一段。偶尔它也会在后面和狗玩闹。现在的它已经能吃绿色植物了，偶尔还会停下脚步啃上几口新叶子或者嫩芽。

"爸爸，你看，小旗啃嫩芽的模样，好像已经长大了。"裘弟说道。

"我跟你说，我还真没见过这么漂亮的小鹿。"贝尼笑着说道。

突然，老裘利亚狂叫着钻进了右边的树丛里。列波也跟着跑了过去。贝尼不得不停下车。

"裘弟，你去看看那些笨蛋在追什么。"

裘弟跳下车跑了过去，但没走多远就认出了地上的足迹。他扭过头来喊道："没什么，只是一只野猫而已。"

贝尼听到裘利亚将猎物逼迫到最后阶段的时候，便吹起口哨，激励着猎狗们进攻。同时，他也跳下车，钻进了浓密的矮树丛。猎狗已经将野猫逼得穷途末路了，但没有任何恶斗发生。他走过去，裘弟正疑惑地站着。野猫躺在地上，没有任何伤口。裘利亚和列波围着野猫转圈，时不时地咬一下，野猫却没有反抗。野猫露着牙齿，尾巴拍打着地面，却没有动弹。很明显，它已经衰弱得厉害。

"它就快死了，别管它了。"贝尼说道。

他唤着狗离开，重新回到车上。

"爸爸，野猫为什么会死?"裘弟问道。

"为什么？因为野兽和人一样，如果不是死在敌人手里，就是因为自身的衰老而死，因为它已经老得无法觅食了。"

"但是它的牙齿完好无损啊，根本没有衰老的迹象。"

贝尼看着裘弟。

"儿子，你对事物的观察非常仔细。看到你这样，我感到很高兴。"

但他们还是没有弄明白野猫为什么会死。他们到了草原，将干草装满马车。贝尼想着，再来三四趟就能把所有干草运回去了。虽然这些沼泽草的粗纤维非常多，但等霜降之后，蟋蟀草会变得粗涩难咽，那个时候老母牛、小母牛和老凯撒都会喜欢吃沼泽草的。他们慢悠悠地赶着大车回家。老凯撒却加快了步子，连裘利亚也跟了上去，它们也想快点回家去。穿过通往凹穴的岔路时，裘利亚在第一排的栅栏角落里嗅了起来，并且发出了逼迫猎物般的吠声。

"大白天的，那儿能有什么野兽啊。"贝尼说道。

但裘利亚并没有停，而且还跳过栅栏，停了下来。之前的吠声已经变成了狂叫，声音异常尖利。列波笨重地爬过栅栏，接着便凶猛地叫了起来。

"看来是真的，我的判断往往比狗的鼻子还要准。"贝尼说道。

他停下车，拿着枪和裘弟一起越过栅栏朝两条猎狗走去。栅栏的角落里卧着一头公鹿。它摇着头，头上的犄角摆出反抗的架势。但看到贝尼手中的枪后，又放下了反抗的犄角。

"这头公鹿也生病了。"

他靠近公鹿，它耷拉着舌头并没有动弹。裘利亚和列波好像疯了一般。他们想不通，为什么这头活着的猎物既不起来反抗也不逃跑。

"不用开枪浪费弹药了。"

贝尼拔出猎刀，刺进了公鹿的咽喉。它死得很安静，对它现在的惨况来说，死亡只是必然。贝尼把狗赶走，认真地查看着公鹿的情况。它的舌头又肿又黑，两只眼睛红红的饱含泪水，和那只临死的野猫一样，瘦弱不堪。

"现在的情况比我预料的糟糕多了，野兽之间正有一场瘟疫在蔓延。看看这发黑的舌头。"贝尼说道。

裘弟听说过人类发生的瘟疫，但他一直认为野兽好像有魔法保护，它们不可能感染人类的任何疾病。野兽，应该死于人类的狩猎中，或者死于另一头更加凶猛的野兽手里。在丛林里，死亡一直都是惨烈而干脆的，怎么可能出现慢性的疾病死亡？裘弟低头看着已经死亡的公鹿。

"我们不会吃它的，对吗？"裘弟问道。

贝尼摇着头。

"这个不能吃。"

狗狗们又顺着栅栏一路嗅了过去，裘利亚的叫声再次响起。贝尼顺着裘利亚的方向望去，却看到堆叠在一起的好几头野兽的尸体。那是两头公鹿和一头一岁的小鹿。裘弟很少看到爸爸如此严肃的神情。贝尼查看了因瘟疫而死亡的鹿，默不作声地转身离开。很显然，丛林中正在出现大批量的死亡。

"爸爸，到底发生了什么？它们为什么会死？"

贝尼再次摇头。

"我也不知道它们的舌头为什么发黑，或许是洪水中那些尸体，让水也有了毒。"

裘弟突然感到一阵恐惧，仿佛一柄灼热的刀刺穿了他的身体。

"爸爸，小旗呢？小旗会不会染上瘟疫？"

"儿子，我知道的全都告诉你了。"

他们重新上车，赶着车子回到棚屋，并卸下了干草。裘弟感到全身无力，很是难受。小旗一直在叫着，裘弟走过去一把搂住它的脖子，用力地搂着，最后小鹿只好用力挣开好喘口气。

"别被传染，请一定不要被传染！"裘弟小声地说道。

房间里，巴克斯特妈妈面无表情地听着这个消息。农作物被毁的时候，她已经哀号过、流泪过。曾经夭亡的几个孩子已经令她麻木，现在这些野兽的死亡也不过是一桩无法改变的不幸而已。

"最好给家畜喝高水槽的水，别让它们喝凹穴底部浅水滩里的水了。"巴克斯特妈妈说道。

裘弟感觉到小旗有救了。他要给它吃自己吃的东西，绝不能让它吃那些散发臭味的草。还要给它喝巴克斯特家喝的饮用水。"要是小旗活不成了，"他伤心地想，"我们就一起死！"

"人的舌头也会发黑吗？"他问道。

"只有动物才会。"贝尼回道。

他们第二次去搬运干草的时候，裘弟坚定地将小鹿关到了棚屋里。贝尼也把狗拴了起来。裘弟的问题真是太多了，"干草会被传染吗？""瘟疫是不是永远都不会结束？""什么动物才能逃过这次瘟疫？"裘弟觉得爸爸知道一切，但贝尼听到他的问题，只是无奈地摇着头。

"上帝啊，你能安静一点吗？现在发生的事情可是第一次发生。没有谁能回答上来所有的问题。"

爸爸留下裘弟自己整理干草并装车，自己骑着老凯撒去了福列斯特家。留在沼泽边的裘弟感到很孤独，现在的他又难过又不自在。这个世界真是太空虚。丛林的上空，盘旋着很多鹫，正寻找着它们的猎物。他努力地干着活儿，在爸爸回来前就干完了一切。他在装好车的干草顶部舒适地躺下来，仰面望着天空。他觉得这个世界真是一个特别的存在。毫无理由、毫无意义地就发生了某些事情，而且带来了很多灾难，就像那些豹子和熊一样。可是豹子和熊到底还是因为饥饿，但瘟疫又有什么理由来到这个世界上呢？他无法对这个世界感到满意。

面对令人震撼的巨大灾难，裘弟只能用小旗带来的些许安慰来加以抵抗。当然，令自己得到安慰的还有他的爸爸。但是存在于他空虚而痛苦的心灵深处的只有小旗。他觉得，只要小旗能在洪水中生存下来、能逃过这场瘟疫，世界就会依然有趣。就算他活到了爸爸那个年龄或者郝陀婆婆以及福列斯特老妈妈的那个年纪，他觉得自己永远都不可能忘记连续一周不停歇的暴风雨所带来的恐惧。他不敢确定，鹌鹑会不会舌头变黑而死去。记得几个月前的一天，爸爸曾经说过，可以用交叉的树枝制作捕捉鹌鹑的陷阱。这种小型禽类根本不必使用昂贵的弹药。可是，贝尼不允许用陷阱捕捉大量没有长成的鹌鹑，而且每一年都一定要留下几对继续繁衍后代的成年鹌鹑。火鸡会被传染吗？松鼠、狼、豹子、熊呢？裘弟满脑子想法。

远处传来的隐约声转变成熟悉的老凯撒的马蹄声时，裘弟终于感到安心了。贝尼依然一副严肃的表情，但是因为跟福列斯特家的人商谈过了，所以情绪上稍有缓和。福列斯特兄弟追踪猎物的时候，两天前就已经发现了瘟疫。他们说，人和动物都不会幸免于难的。他们发现，猛兽们就死在了猎物的旁边或者即将死亡。无论是强者还是弱者，无论是尖牙利爪的还是温和无争的，最后所有的动物都只有一个同样的归宿——死亡。

"所有东西都会死吗？"裘弟问道。

"上次我已经跟你说过了，别问我这种问题，对于这些情况，我们都只能走着瞧。"

第二十二章　缺趾老熊的再次挑衅

时间到了十一月，巴克斯特家和福列斯特家都掌握了瘟疫发生的范围以及冬季还能剩下多少猛兽和猎物。鹿的数量只剩下了一少部分，耕地的边缘也出现了十几只鹿。有时候，一头孤独的公鹿或者母鹿还会跳过栅栏，到一片荒凉的扁豆地里寻找食物。鹿的胆子越来越大，它们会用鼻子嗅甜薯垄，寻找人们落下的嫩根。鹌鹑的数量和往常一样多，但大部分野火鸡都消失了。从现实的情况来看，贝尼可以确定这次瘟疫确实是由沼泽中的污水引起的，因为野火鸡经常在水中觅食，而鹌鹑从来不去。

所有可以食用的动物都少得可怜，比如负鼠、松鼠、火鸡和鹿。打猎的时候，往往一天都不会有任何收获。就连那些和人类作对的猛兽也减少了很多。刚开始，贝尼认为家畜会更加安全，但事实却正好相反，因为食物供应紧缺，这些遭遇劫难的猛兽们面对更严重的饥饿已经顾不上恐惧了。贝尼开始担心猪，便赶紧在马厩里又重新建了猪棚。全家都跑到树林里去搜集橡实以及丛林矮棕榈的果实。贝尼又拿出一部分玉米来喂猪，以便它们快速长膘。几天之后的某个深夜，马厩中传来阵阵哀鸣以及践踏声。被惊醒的狗狗们狂叫着奔了过去。贝尼和裘弟也赶紧套上裤子，拿着火把冲了过去。不见的正是最肥的那头猪。敌人干得干净利索，现场没有留下任何挣扎的痕迹。顺着出马厩的路，能看到一行细细的血迹。这么轻易就能杀死这样一头肥猪，凶手一定身材高大。

贝尼急匆匆地查看着地上的足迹。

"是熊,这家伙好大。"贝尼说道。

老裘利亚要追出去,贝尼也起了杀心,因为对于一个正在享用美食的敌人来说,是追击的最佳时机。但是,贝尼觉得黑夜里追击,如果只打伤而不能打死它,实在是太危险了。而且明天一早,足迹还会非常清晰,再追过去也不晚。他们返回卧室睡觉,天刚亮就带着猎狗追了出去。这足迹不是别人,正是缺趾老熊。

"我早该料到是这老东西了,它和其他熊不一样,它肯定会躲过这次灾难。"贝尼说道。

在离耕地很近的路上,那头肥猪就已经被缺趾老熊吃掉了。它美餐过后,从路面上抓了一堆垃圾盖好尸体,之后便向南穿过了裘尼泊溪。

"它还会返回来吃这头猪的。熊杀死猎物后,总得花一个星期才能吃完。我曾经见过,就算它们不想吃也会把尸体旁的鹫鸟赶走。要是其他熊,我们还可以安装捕机来抓它,但这是缺趾老熊。自从它丢掉一个脚趾后,什么捕机都不可能再抓到它了。"贝尼说道。

"难道我们不能等在这里,它回来吃的时候就干掉它?"

"可以尝试一下。"

"明天?"

"明天。"

父子俩转身向家里走去。这时,传来了一阵轻盈的蹄声,原来是挣脱了束缚的小旗赶着来加入狩猎队伍。它的后腿高高地踢着,小尾巴直竖着。

"爸爸,它漂亮吗?"

"漂亮,儿子,漂亮极了。"

第二天，贝尼因为忽冷忽热的痢疾病倒了。他躺在床上已经三天了，错过了捕熊的时机。裘弟打算一个人去树丛后面等熊，但没有得到贝尼的许可。贝尼认为缺趾老熊太狡猾，而且非常危险。而裘弟如同响尾蛇的头，不够稳当。

"现在，就算那些猪还不够肥，我也不想让它们再进熊的肚子了。"巴克斯特妈妈说道。

贝尼能下床后，大家一致同意，不再等猪长膘了，现在就要杀掉所有的猪。裘弟把带着松脂的引火柴劈好，在大锅底下生好火，在锅里放好从凹穴里挑来的干净的水。他还把木桶放好，并且用沙土固定好木桶。等水烧开后，巴克斯特妈妈便把开水舀进木桶。贝尼杀好猪以后，每一头都放到木桶中烫。贝尼手法熟练，拽着猪腿转动着。贝尼突然感到一阵乏力，只能借助巴克斯特妈妈和裘弟的帮忙，才将猪抬到了树枝搭成的架子上。三个人用力地刮猪毛，在开膛破肚之前，要刮干净所有猪毛。

面对猪身体的变化，裘弟感到一阵惊讶：原本还活生生的、能引起自己兴趣和同情的动物，转眼间就变成了冰冷的鲜肉，还是可以吃的鲜肉。真是庆幸，猪都已经杀死了。看着刮掉猪毛的猪皮变得白净而光滑，他感觉这是一种享受。他开始期待散发着香气的油煎香肠以及熬猪油时变得越来越黄的猪油渣。所有的东西都会发挥作用，包括肝脏。猪肉可以做熏肚肉、熏肋条、熏肩肉以及火腿。先用盐、胡椒以及自制的棕色蔗糖把肉腌渍好，之后再放到熏房的胡桃木炭火上慢慢熏制。剩下来的肘子和蹄子就会一直泡在盐水里。用油煎好的排骨和里脊肉会被放到坛子里，上面还会覆盖上一层保护用的猪油。而猪头、猪腰子和猪肝以及猪心都会做成杂碎肉冻，并用同样的方法封存在坛子中。用瘦肉杂碎做成肉糜以制成灌肠,肥肉杂碎会用煮衣服的打铁盆熬煮。漂在上层的猪油会舀进罐子或者坛子保存,剩余的油渣会收集起来做油酥,这样玉米面包才能发脆。还要刮干净猪肚和猪肠子,将肉糜塞进去,香肚和香肠就诞生了。之后,像霓虹灯一样把火腿和熏肉都挂起来熏制。再剩下的杂碎会和玉米面一起煮,变成狗和鸡的食物。可以吃的还有猪尾巴,丢掉的就只有气管这种毫无用处的东西。

"妈妈,这个是什么?"裘弟问道。

"什么?哦,这是喉管。"

"喉管是什么?"

"如果没有喉管,它连声音都发不出来。"

他们杀死了八头猪,但老公猪、两头小母猪以及留种母猪都留下了。这头母猪正是福列斯特家为了表达友好而送过来的礼物,也是巴克斯特家用以继续喂养和屠杀的保证。暂时先冒险放它们去树林中觅食吧。黄昏时分,厨房的泔水以及橡实是它们最好的食物。到了晚上,会将它们关进猪棚,以尽可能地保证它们的安全。能做的都做了,是生是死,只好看上帝的决定了。

那天晚上好像过节一般,裘弟很久之后都会回想起那顿异常丰盛的晚餐。不久之后,后面的菜园里会长出羽衣甘蓝,耕地上也会长出野荠菜。用扁豆和火腿加以烹调,加上做油酥的猪油渣就可以过上几个月了。这个冬天,巴克斯特一家会过得很丰裕。一年当中,这个季节的食物最为丰盛。虽然猎物不多,但他们的熏房已经挂满了,所以猎物已经不是什么问题。

匍匐在地上的甘蔗已经长出了根须,现在必须将甘蔗拔出泥土。拔出来的甘蔗犹如拖着破布的拖把,但在制作甘蔗汁之前，不得不去掉所有的根须。老凯撒在裘弟的驱赶下，一圈一圈地绕着甘蔗榨汁机转着，贝尼正在把细长纤维组成的甘蔗杆塞进旋转的榨汁机。甘蔗汁产量不高，熬出的糖汁也稀而带酸，可是甜蜜的香气仍然充满了整个屋子。最后熬的糖浆里，被巴克斯特妈妈扔进了橘子，于是大量的蜜饯就这样诞生了。

玉米并没有受到什么损失，就连经受了暴风雨摧残的玉米棒也没有那么糟糕。裘弟每天都会花费大量时间在石磨周围干活。从下面那扇磨盘的中心开始，蜗牛壳一般向外旋出的细沟非常明显。上面那扇磨盘压在磨盘上面，重叠起来的两扇磨盘被安置在四脚木架上。裘弟将脱好的玉米粒慢慢地加进上面那扇磨盘的中心洞里。等玉米磨成细面的时候，就会从磨盘的孔里筛出来，并汇集到木桶里。裘弟一小时又一小时地推着架空的磨杆打转，他感到的是愉快而不是单调。裘弟搬来一个大树桩，累的时候可以坐上去休息一下，也好调整身心。

"在这里我想了很多。"裘弟对爸爸说道。

"我也想让你多想想。这次的洪水就是很好的老师。原本我跟福列斯特兄弟们已经商量好了，今年冬天就想给你和草翅膀请位老师。但草翅膀不在了，我觉得最好还是多打野兽多卖些钱，单独给你请老师。但是，现在也没什么野兽，兽皮质量不好，实在没什么用处。"

裘弟安慰着爸爸："这样也不错啊。我已经懂得不少事情了。"

"小东西，这正是你无知的地方。我可不想你长大了还是一无所知。今年，就得让你明白我教给你的都有什么。"

这种情况自然非常愉快。贝尼教裘弟读书认字，贝尼教他之前可能还会讲上一两个故事。裘弟带着愉快轻松的心情继续推着磨杆。小旗过来的时候，他会停下工作带着小鹿舔一口筛出来的玉米面。因为他自己也会这么做。因为磨石的摩擦生热，刚磨出来的玉米面有一种爆米花或者烤玉米饼的味道。每当他感到饥饿的时候，尝上一口就会觉得味道好极了，但闻起来味道会更好。小旗因为无事可做而无聊地离开了。它的胆子越来越大，有时候还会到丛林中逛上一个小时。棚屋已经关不住它了，它学会了踢开隔板。巴克斯特妈妈曾经说过，小鹿的野性会越来越大，直到某一天它一定会不知去向。当然，这也是她所希望的。但这丝毫没有令裘弟苦恼，他觉得小鹿和自己一样拥有好动的特性。小旗只是想舒展下身子、探索一下周围的环境而已。他们了解彼此，他知道小旗每次跑开都只是在附近转悠，它从来不会跑得太远，每次都可以听到裘弟的呼唤。

那天傍晚，小旗做了一件令人懊恼的事情。趁大家都在埋头干活的时候，小旗招惹了堆在后廊的甜薯。它发现只要用头撞一下甜薯堆，就会有甜薯滚下来，甜薯滚动的声音令它着迷。它不停地撞击甜薯堆，大半个院子都滚落了甜薯。它尖尖的小蹄子踩踏着甜薯，很快，甜薯的气味引诱着它开始啃咬。它太喜欢这个味道了，一个接着一个地啃咬着。巴克斯特妈妈发现的时候已经晚了。甜薯损失惨重。她拿着棕榈扫帚拼命地敲打它，但看上去和裘弟跟它追逐玩耍一样。她转过身，它也跟着转过身，还用头撞击她的肥臀。裘弟推完磨回来时刚好碰上这一场面，就连贝尼面对这么严重的场面，也选择和妈妈站在一起。裘弟实在难以忍受爸爸严肃的表情，不禁热泪滚滚。

"它根本不知道它在干什么！"裘弟说道。

"裘弟,我明白,但甜薯遭受了重大损失,这是它在故意糟践甜薯。现在,我们这一年的口粮已经很少了。"

"那我就不吃甜薯来做出补偿吧。"

"没人要求你不吃甜薯,但你必须管好这个捣蛋鬼。你要养着它,就得负责到底,不能让它出来闯祸。"

"可我不能一边磨面一边还能看着它啊,我只有一个人啊。"

"那就把它圈到栅栏里!"

第二天一早,裘弟便早早起床,开始在院子的角落里做栅栏。这是他精心选择的位置,院子原来的栅栏可以做栅栏的另外两边。从他干活的大多数地点,都可以看到小旗。比如石磨旁、柴堆旁、马厩里。他想,小旗一定会喜欢这里的,因为它也可以看到他。那天黄昏,他干完活后又完成了栅栏的建议。第二天一早,他将小旗从棚屋里抱起,将不停挣扎的小鹿抱到了栅栏里。但是,他还没走回屋子,小旗已经跳出栅栏跟到了他的身后。贝尼看到裘弟又流出了眼泪:"儿子,别苦恼,我们再想想办法。只要你把它关在屋外,它就有机会骚扰甜薯。但我们可以把甜薯关起来啊。你把那个晃动的栅栏拆下来,做个笼子关住甜薯,就像鸡笼关上鸡群一样,两边一盖,做个尖角就没问题了。我马上帮你做。"

裘弟用袖子擦着鼻子说道:

"谢谢爸爸!"

甜薯进了笼子,麻烦也不见了。现在,小旗还要被禁止进入熏房,就像不准它进屋子一样。因为它个头已经很高大了,只要用后腿站起来,挂在墙上的熏肉就会到它的嘴里,它喜欢舔上面的盐巴。

"除了我自己,我可不想任何人舔我吃的肉,更何况是一个脏兮兮的小畜生。"巴克斯特妈妈说。

小旗好奇心太强烈,令人恼火。它会用头撞熏房里的猪油罐,聆听罐盖掉在地上的声音,还会伸进去观察罐子里有什么。幸亏天冷了,凝固的猪油流出来之前就被发现了,才不至于造成损失。但这种损害只要关上门就可以防止发生。因此,裘弟养成了很好的关门习惯。

贝尼对裘弟说道:"对你来说,学会小心谨慎是很有益处的。你必须学会怎么获得食物,得到食物之后,还要用心怎么保管它们。"

第二十三章 饿狼夜袭

十一月底出现了第一次霜降。耕地北面的胡桃树叶子已经转成了奶黄色,橡胶树的叶子也变得红黄相间。葡萄的藤蔓是金黄色的,漆树叶仿佛变成了橡木燃烧的余烬。大路边上的黑橡林叶子如燃烧旺盛的篝火一般。盛开在十月的狗茴香花和桃金娘花变得了羽状绒毛。早上是凉爽的,之后会慢慢暖和起来,令人愉悦,但最后还会变得很冷。黄昏时分,巴克斯特一家坐在前房里,面前是燃烧的炉火。

"真想不到,这么快又到了烤火的时候。"巴克斯特妈妈说道。

裘弟在地板上趴着,凝望着炉火。因为他经常会在炉火里看到草翅膀说的西班牙骑士。只要眯起眼睛,当火焰烧着有权的木头时,他就能轻易地想象出那个披着红色披肩、戴着金黄头盔的骑士。可木柴一动,美好的景象就会消失,木头一倒,骑着马的西班牙骑士又不见了。

"西班牙人会戴着红披肩吗?"裘弟问道。

"儿子,我可不知道。你看,要是有一位老师在这里,就方便多了。"贝尼说道。

巴克斯特妈妈感到很是奇怪:"这个时候,这孩子是看到了什么才会想到这么一件事。"

裘弟侧了侧身子,伸手搂住小鹿。小鹿已经睡着了,正像一头小牛一样把两条腿叠着放在肚子下面。它在睡梦中还不忘咬着自己白色的尾巴。对于晚饭后留在屋里的小旗,巴克斯特妈妈并没有反对。就连小旗在裘弟卧室里睡觉,她也装作看不到,因为这样它是肯定不会闯祸的。她自顾自地对待小鹿,冷漠而挑剔的态度和对狗的态度一模一样。而狗睡觉的地方在屋子外面。但严寒的冬夜,贝尼也会带它们进来睡觉,倒不是因为需要这么做,而是因为贝尼希望能跟猎狗们分享安乐。

"添根木柴!我都看不清楚线了。"巴克斯特妈妈说道。

她正在给裘弟改裤子,是用贝尼冬天的一条裤子改的。

"如果你以后都像这个冬天长得这么快,以后我就得把你的裤子改给你爸爸穿了。"

裘弟哈哈大笑起来。贝尼装作生气,之后便闪烁着狡黠的眼睛,开始抖动他那枯瘦如柴的双肩。巴克斯特妈妈摇晃着摇椅,很是得意。不管何时,只要妈妈开个玩笑,大家都会感到非常开心。她脾气好的时候,简直像取暖用的炉火一般,寒冷的冬日里,温暖着大家的心田。

"现在,我们要把拼字课本拿出来才行。"贝尼说道。

"或者,已经让蟑螂给咬坏了。"裘弟不假思索地说道。

巴克斯特妈妈手里的针停在了半空,指着裘弟说道:

"你真该好好学学语法,你应该说'蟑螂已经给咬坏了'啊。"

说完便接着舒服地摇晃着摇椅。

"你们觉得呢?我觉得今年冬天应该不会很冷。"贝尼说道。

"要是不用出去抱木柴,我也喜欢冬天冷一点。"裘弟说道。

"没错,看来这个冬天还是比较容易过的。我们的粮食和肉,都比预想的多。现在可能真的能松口气了。"

"差不多可以放松下来了。"巴克斯特妈妈说道。

"没错,但饿鬼们还在其他地方等着觅食呢。"

黄昏中大家陷入一片沉默。除了熊熊燃烧的炉火发出的噼啪响声,就只剩下贝尼抽烟的声音以及巴克斯特妈妈晃动摇椅的声音了。屋子里一片安静。突然,屋顶上掠过一阵狂风吹过树林般的巨大呼啸声。是野鸭子向南狂飞的动静。裘弟抬头看看爸爸。贝尼用烟斗柄指了指屋顶,点了点头。要不是看贝尼这么轻松,裘弟一定会追问他是哪种鸭子、鸭子们要飞到哪里去。要是他可以跟爸爸一样知道很多很多事情,他觉得就算不理这些数字和语法也完全能过得去。可是他喜欢那本书,里面多数都是故事,虽然那些故事并没有爸爸讲得那么精彩,哪一篇都不如爸爸讲的好,但毕竟是故事。

"好了,要么上床睡觉去,要么在这里睡。"贝尼说道。

贝尼站起来,在火炉上敲掉烟灰。当他弯腰的时候,猎狗们突然狂吠着窜出了屋子。难道是贝尼的动作惊醒了它们?而它们现在正想象出一个战斗的敌人?贝尼打开前门,将耳朵贴在手掌上倾听着外面的动静。

"除了狗的叫声,听不到别的声音。"

小牛惨叫一声,听上去既痛苦又恐惧。接下来又传来一声更加惨烈的叫声,之后突然没了声音。贝尼立刻从厨房中拿来了枪。

"拿火把!"

裘弟以为这应该是妈妈去做的事情,便跟着爸爸去拿自己的老前膛枪。自从上次缺趾老熊来过之后,爸爸便允许他给枪上好了弹药。巴克斯特妈妈勉强点了一块木片,慢悠悠地摸索着前进的路。裘弟爬过牛圈的栅栏,但因为没带火把,什么也看不到。列波和裘利亚的狂吠声消失了,取而代之的是一阵咆哮和厮斗,许多牙齿在互相啃咬,声音乱七八糟。乱糟糟的声音中,爸爸正绝望地叫喊着。

"裘利亚,咬住它们!列波,拖住它们!上帝啊,火把!快拿火把!"

裘弟快速地翻过栅栏,跑到妈妈跟前接过火把。只有贝尼知道当下正发生什么,裘弟快速返回,高举手中的火把。原来闯进来的是狼群,小牛已经被咬死了。大约有二十多只饿狼围在四周。迎着火光的一双双眼睛,仿佛闪闪发光的污水。它们身形精瘦,皮毛粗糙,露出白花花的牙齿,仿佛鱼的尖嘴骨。听到妈妈站在栅栏边发出的尖叫声,裘弟才意识到自己也发出了尖叫。

"拿好火把!"贝尼喊道。

裘弟尽量把火把拿稳当,爸爸举起枪就开火,接着又打一枪。狼群开始掉头,像灰色的潮水一般退去。列波追过去咬它们的脚,贝尼也跟在后面大声叫喊,裘弟跟在爸爸后面,尽量举着火把照着那些敏捷的身影。他猛然想起自己也拿着枪,便立刻把枪递给了爸爸。贝尼拿起老前膛又开了一枪,狼群终于如针鱼般消散了。列波徘徊了一会儿,黑暗中,它的淡色皮毛很显眼。接着,列波转身一瘸一拐地走回主人身边。贝尼蹲下来,安慰着它。之后,贝尼转身慢悠悠地走进牛圈。母牛正在痛苦地发出悲鸣。

"把火把给我!"贝尼冷静地说道。

他拿着火把,查看了四周。被撕碎的小牛躺在地上。老裘利亚躺在小牛的旁边,嘴里还紧紧地咬着一头狼的咽喉。狼就要断气了,它的眼神呆滞,身上疥癣遍布,还有很多扁虱爬来爬去。

"干得好,老姑娘,放开它吧!"贝尼说道。

裘利亚松开牙齿，向后退去。因为年岁已长，它的牙齿磨损的非常严重，已经平得像玉米粒。因此，它只咬死了一头狼。贝尼看看被撕碎的小牛，又看看死狼，接着扭头看向外面的黑夜，好似正在凝视着一个看不到的敌人那绿幽幽的眼睛一般。他看上去身材很矮小，精神不佳。

"这下啊……"贝尼说着。

他把枪递给了裘弟，又从栅栏边上拿回了自己的枪。他弯腰拉着小牛的腿，拖着小牛的尸体朝屋里走去。裘弟明白爸爸的意思是要提前做好防备，以防止侵略者再次来袭。但他不禁感到害怕，他开始发抖。每当一头熊或者豹子回头反抗的时候，他也会感到害怕。但是总会有举着枪的人站在那里，还会有不停地扑上去撕咬的猎狗。可是刚才在牛圈里，饿疯的狼群在夜里偷袭的场景，他永远也不想再来一次。他恨不得让爸爸把小牛拉到丛林里去。巴克斯特妈妈走到门口，声音有些发抖。

"我还从未感到如此恐惧，我只能摸索着回到这里来。还是熊吗？"

他们回到屋子里，贝尼走过妻子的身旁，在火炉前面提起火炉上的水壶，他必须先用开水清洗狗的伤口。

"是狼群！"

"什么？啊，上帝啊，小牛被咬死了？"

"是。"

"上帝啊，那可是头小母牛啊！"

贝尼正往木盆里倒热水的时候，巴克斯特妈妈过来了。狗的伤口并不严重。

"我希望，每一次狗都能咬死一头野兽，这些混蛋！"他的语气很严厉。

屋里既温暖又安全,但裘弟因为妈妈的恐惧而变得勇敢了,他开口说道:

"爸爸,今天晚上它们还会再来吗?我们是不是得去打它们?"

贝尼在列波身侧的那个撕裂成锯齿形的深深的伤口上抹好熟松脂末儿。他不想回答任何问题,也不想讨论任何事情。等他包扎好狗的伤口,在卧室窗户下的走廊地板上铺好狗窝,才开口说话。但他的意思并不是要准备狼群的再次来袭。他回到屋里,洗洗手,并靠近火炉取暖。

"现在我需要喝点酒,明天我必须到福列斯特家要一大罐酒来。"贝尼说道。

"你明天去他们家?"

"我必须请求他们的帮助。我们的狗是不错,但是一个小个子的男人,一个胖胖的女人,加上一个跟一岁小鹿差不多的孩子,怎么能对付得了那群夜袭的饿狼。"

裘弟感到非常奇怪,爸爸竟然承认自己无法独立处理这件事情。但是,狼从来没有成群结队地袭击过耕地,因为那么多的鹿和小动物给它们提供了充足的食物。即便狼来了,也就只有一对或者一条。它们会怯懦地藏起来,只要听到人的动静,便会立刻跑掉。狼从来都不是生存的威胁者。贝尼脱下裤子,背靠着炉火。

"这次真是吓到我了,我的屁股都被吓得冰凉!"贝尼说道。

巴克斯特一家上床了,但裘弟确定窗户已经关严实了才上床睡觉。他本想让小旗和他睡一个被窝,但就算他一次又一次地盖好被子,小旗还是会踢开被子。它更愿意躺在床脚。夜里,裘弟醒了两次,直到伸手摸到小旗安然无恙他才会安心地睡觉。小旗的身高还不如即将长大的小牛，一片漆黑中，他不禁感到心脏怦怦直跳。原来耕地也不是不可攻破的堡垒啊。他用被子蒙上头，却不敢睡觉。但是，在寒冷的秋夜，最舒服最温暖的睡觉之地就是床了……

第二天一大早，贝尼就准备去福列斯特家。夜里，狼群没有再次返回。但愿狼群里已经有一两条重伤的狼。裘弟要跟爸爸一起走，但妈妈无论如何也不想一个人在家。

"你们开玩笑呢吧？我一个女人怎么可能承受得住？你这个男子汉，怎么一点也不为你妈想想呢？"巴克斯特妈妈抱怨着。

"妈，别愁了，我不走，我一定不让狼群靠近！"

"这就对了，一想到那些狼，我腿都发软了。"

当听到贝尼确定狼群一定不会在大白天来的时候，裘弟感觉自己更加胆大了。但是，贝尼骑着老凯撒离开之后，他又开始慌乱起来。他把小旗拴在卧室的床柱上，又去凹穴挑了水。等他回来的时候，他确定自己听到了之前从没有听过的声音。他慌张地回头看，并且快步向前走去，一直走到栅栏的拐角，他才放下心来。他嘀咕着，或许妈妈已经吓坏了。他匆忙地劈好木柴，将厨房里的柴箱塞得满满当当，并在火炉旁边也放了一大堆。这样妈妈就不会喊他去外面抱木柴了。他又询问了妈妈是否需要熏房里的肉，她说不需要，只需要一碗猪油和一点猪油渣。

"现在你爸爸不在，但他并没有说这可怜的小牛该怎么办，煮煮喂狗还是埋葬了它，或者放起来当诱饵，我们还是等他回来再决定吧。"巴克斯特妈妈说道。

所有需要外出的事情都办完了，裘弟顺手锁上了厨房门。

"把小鹿放到外面去。"妈妈说道。

"妈妈，不能让它去外面！你是想让它的气味把四周所有的饿狼都招惹过来？"

"没错没错，但是如果它胡来的话，你就得跟着它处理好一切。"

"没问题。"

裘弟决定去读语法课本，他妈妈已经从大木箱子里把书翻了出来。因为里面还放着过冬的被子、棉衣以及巴克斯特岛地的地契。整整一个上午，裘弟都在专心地看书。

"我还从来没见过你这么喜欢这本书。"巴克斯特妈妈有点怀疑。

事实上裘弟根本没看进去，他又一次地跟自己说，我什么都不怕。但是他的耳朵一直都在紧张地听着外面的动静。一上午他都在侧耳倾听外面是否想响起狼群闯进来时杂乱的踩踏声，但他更希望传来老凯撒踩在沙地上的马蹄声以及爸爸的说话声。

贝尼正好赶上吃午饭，早饭吃得太少，他已经非常饿了。他默默地吃饱饭，点燃烟斗，斜靠在了躺椅上。巴克斯特妈妈收拾完餐具，正在用棕榈扫帚打扫卫生。

"不错，我来跟你说说现在的情况，"贝尼说道，"跟我预料的一样，所有野兽中损失最为惨重的是狼。昨天晚上出现在这里的狼也是仅剩下的狼。勃克和雷姆已经去过博特勒堡和伏流西亚镇了。自从发生了瘟疫，除了这群狼，人们再也没有见到或听说过其他的狼群了。这群狼一直聚在一块，它们从葛茨堡来到这里，路上的家畜全被扫荡了。可是它们仍然吃不饱，因为它们每次袭击家畜，都会被人们追击。它们已经饿疯了。前天晚上，福列斯特家的一头小母牛和一头周岁小公牛也被咬死了。今天黎明的时候，他们听到了狼群的叫声。那个时候它们才刚从我们这里离开。"

裘弟一下子来了精神。

"我们会跟福列斯特们一起打猎吗？"

"没错。我已经有了一个围剿狼群的好办法。但是，关于怎么杀死狼，我们的意见出现了分歧。我是想风风光光地来两次围猎，把陷阱设置在我们的马厩和他们的牲畜栅栏四周。但福列斯特兄弟们想用毒药毒死狼，我还从未用过毒药去杀死野兽，我可不喜欢这种办法。"

巴克斯特妈妈猛地一下丢掉了洗碗布。

"艾世拉·巴克斯特，我真想挖出你的心好好看看，它一定不是肉做的而是充满了奶油。你这混蛋大傻瓜呢，你就是这种人。哪怕那些野兽无情地杀死了我们的牲畜，就算我们被活活饿死。而你还在大发慈悲，居然舍不得让它们肚子疼一下。"

贝尼感叹一声。

"你们也觉得我愚蠢吗？啊？我绝对不能这么做。不管怎么样，别的动物是无辜的，比如狗，要是它们吃了毒药就糟糕了。"

"就算这样，也比我们被饿狼赶走要好。"

"奥拉，我们怎么可能被它们赶走。它们不会骚扰我们的老凯撒，也不会骚扰老母牛，那些狼的牙齿根本咬不动它们的老皮。而且，那些狼也肯定不会团结起来攻击勇敢跟它们战斗的猎狗们。树上的鸡也是安全的，它们不可能爬到树上去。现在，小牛没了，其他的动物都不会成为它们的猎物了。"

"爸爸，还有小旗呢。"

裘弟马上觉得爸爸想错了。

"爸爸，相比撕烂了小牛，显然下毒是更好的选择。"

"撕烂小牛那是狼的天性，因为它们饿了，但下毒却不是自然的选择。这种斗争不公平。"

"你居然想跟那群饿狼讲究公平，你真是的……"巴克斯特妈妈说道。

"奥拉，继续说，不要有所顾忌，痛快地说吧。"

"要是还让我说，我可都是没有深思熟虑过的，还是你自己接着说吧。"

"我亲爱的太太，那就让我说个痛快吧。我绝对不会去干下毒这种事情的。"

他又吧嗒吧嗒地抽起了烟斗。

"连你们都觉得下毒更好，难怪福列斯特兄弟会比你们说得更不像话。"贝尼说道，"我也明白，要是我继续坚持我的做法，他们一定会嘲笑我，最后，他们肯定也不会饶了我。他们已经准备好马上去外面下毒了。"

"丛林里有他们这种男子汉，我感到很自豪！"裘弟怒气冲冲地看着父母，爸爸错了，但是很明显妈妈说得一点也不公平。因为爸爸身上总有些东西比福列斯特兄弟们高尚得多。这回，他们之所以不听爸爸的话，并不是因为爸爸不是男子汉，而是因为爸爸这次的做法是错的。但是，爸爸也可能并没有错。

"就让我爸爸照自己的想法做吧。我觉得相比福列斯特兄弟，我爸更有道理。"

巴克斯特妈妈突然扭头冲着裘弟喊道：

"哼，你这个冒失鬼，非得揍你一顿你的骨头才能轻松吗？"

贝尼愤怒地用烟斗敲着桌子。

"都闭嘴！野兽还不够麻烦吗？家里也不能消停吗？非得让人死了，才能得到安宁吗？"

巴克斯特妈妈转身又做家务去了。裘弟也悄悄地跑回卧室，带着小旗出门溜达了。走到树林里，他难以安心，怎么也不敢去远的地方。他叫回了小鹿，坐到了一棵胡桃树下面，紧紧地挨着小鹿，开始看树上的松鼠。他想把树上的胡桃采下来，并不想等松鼠做好它们的准备工作。胡桃产量很高，但因为瘟疫，松鼠的数量并不多。可这是自己家的耕地，他并不想跟松鼠分享果实。他爬到树上，摇晃着树枝。胡桃纷纷落了下来。他爬下来，将胡桃收集在一起，把脱下来的衬衣做成口袋，装上胡桃回家了。胡桃被倾倒在棚屋的地上，准备晾干。等他再次穿上衬衣，才发现衣服上已经染了胡桃皮汁液，而这根本洗不掉。这件衬衣还非常好，上面只有一个小补丁。补丁在衣袖上，是他从玉米仓顶滑下来的时候扎破的。他开始埋怨自己，因为他可能因为这洗不掉的汁液而遭遇麻烦，但也可能会免受灾难。不管怎么说，每当妈妈生爸爸气的时候，她就不再关注裘弟干了什么。

下午过后，巴克斯特妈妈的怒火渐渐平息。因为福列斯特兄弟们总会处理好的。太阳还没下山，福列斯特三兄弟骑着马来了。他们把具体的下毒地点告诉了贝尼，要避免让狗经过下毒地点。他们下毒的手法很精妙，在马背上就可以干完。所以，狼根本就闻不到人类的气味。他们在被狼群咬死的小公牛和小母牛身上割下鲜肉，每次都会放几块鹿皮在手上之后才在肉里裹上毒药。三个人分散开，骑着马在狼群可能经过的小路上放置毒药。他们会坐在马鞍上，用削尖的棕榈树枝弯腰戳个洞，然后再放进毒饵，之后用树干划拉一些树叶来盖上。最后，他们还在狼群可能出现的饮水地点或者伏击其他小动物的凹穴,一直到贝尼的马厩旁,设置了无数个毒饵。贝尼只能无奈地接受了这个事实。

"好吧,接下来的一个星期我都会拴好狗。"

他们在这里喝了水,抽了几口好烟,但并没有留下来用晚餐。他们想在天黑前赶到家,因为他们的牲畜栏很可能再次遭遇狼群的袭击。他们只在贝尼家逗留了几分钟,之后便上马走了。傍晚时分一切正常。可是,贝尼给更多的弹壳装好弹药,安上了铜帽,枪里也装好了子弹,裘弟的老前膛也装好了弹药。裘弟拿着枪,小心谨慎地靠在床头。爸爸在做好准备的时候,还能准备好他的武器,他感到很开心。全家都上床之后,躺在床上的裘弟依然在思索着。他听到了爸爸和妈妈的对话。

爸爸说:"我跟你说件事。奥利弗·郝陀已经坐船,经杰克逊维尔去了波士顿。他出海前想先住在那里。曾经,他给了吐温克·薇赛蓓些钱,让她从杰克逊维尔坐船去波士顿找他。得知这个消息的雷姆简直气疯了。他说,如果哪天遇到奥利弗和吐温克两个,一定要了他们的命。"

裘弟听到妈妈肥胖的身体动了动,床发出了咯吱咯吱的响声。

"要是那个姑娘对奥利弗是真心的,奥利弗为什么不用结婚来结束这场纠纷?要是她是个淫荡的女人,他为什么非要和她纠缠在一起?"巴克斯特妈妈说道。

"我可说不准,我年轻的时候,也研究过怎么求爱,但事情过去这么久了,我也不知道奥利弗是怎么想的。"

"不管怎样,奥利弗不应该用这种方法得到她。"

裘弟觉得妈妈说得对。他盖在被子下面的腿狠狠地蹬着床。这下,他和奥利弗的关系彻底结束了。要是他再见到奥利弗，他一定得把自己的想法告诉他。他更希望能见到吐温克·薇赛蓓，这样就能拽住她的黄头发，或者把什么东西丢她身上。都是因为她，奥利弗才会不辞而别。他再也见不到奥利弗了。他恨他，甚至觉得就算没有他也没关系。最后，他终于进入了梦乡，梦里的情景让他非常开心：吐温克·薇赛蓓在丛林里走着，吃掉了给狼下的毒饵，她经受着无尽的痛苦，倒在地上再也没有起来。

第二十四章　活捉十头小熊

一个星期之内,三十条狼都死在了毒饵之下,避开了毒饵的也就只有二十条左右。贝尼依然希望能用陷阱和枪结合的方法来消灭狼群。这群狼的活动范围很大,但它们从来不在同一个地方重复杀害牲畜。一天夜里,福列斯特家的家畜又遭到了狼群的袭击,小牛们的惊叫声惊动了福列斯特们。他们冲进来的时候,看到母牛们正围成一个圈子把小牛护在中心,用牛角抵抗着狼群的侵袭。一头小牛已经断了气,咽喉被撕裂了。两头小牛的尾巴被咬掉了。福列斯特兄弟们开枪打死了六头狼,第二天他们放了毒饵,但狼群并没有来。他们家的两条猎狗却误食毒饵丢了性命。他们也只好答应了贝尼,用更加缓和的方法来对付剩下的狼群。

一天傍晚,勃克来到贝尼家,邀请他参加第二天黎明时的围猎。地点就在福列斯特岛地西面的一个水塘边上,那里曾经传来狼的叫声。洪水过后,丛林迎来了长时间的干旱。高处的水已经干涸,沼泽、洼地、池塘以及溪流的水量和平时一样。所以,幸存下来的猎物都会去那些水塘旁边饮水。狼群好像也注意到了这点,经常会出现在水塘边。所以,这次狩猎是一石二鸟,如果运气不错,不仅能杀死残留下来的狼,还能收获点儿其他的野兽。瘟疫已经消失了,熊肉和鹿肉的诱惑力又回来了。贝尼感激地接受了来自福列斯特的邀请。福列斯特家人手多,无论是什么样的围猎他们完全可以独立完成。但他们是慷慨的,所以才会让勃克来邀请他。裘弟也明白，但他更加明白：爸爸对各种猎物的了解才是他受欢迎的原因。

"勃克，留在这里过夜吧，天亮我们一起走。"贝尼说道。

"不行，如果我在睡觉前不回去，他们还以为不用为打猎做准备呢。"

就这样，两人商量好黎明前一个小时，贝尼去大路和小路的交叉口等福列斯特兄弟。裘弟拉了拉爸爸的衣角。

"我可以带着我的孩子和狗一起去吗？"贝尼问道。

"欢迎带着狗，毕竟奈尔和毕坤都被毒死了。但我们还没想过你的孩子，要是你能吩咐他别捣乱的话……"

"我会告诉他的。"

勃克上马走了，贝尼把弹药准备好，给枪上好油。巴克斯特全家都早早地上床了。

裘弟正睡得香甜，突然被贝尼摇醒了。天还没亮，他们一向起得很早，但平常起床的时候东方已经有些许光亮，而这一次外面依然伸手不见五指，漆黑一片。夜风吹动着树上的枝叶，发出沙沙的响声。除了沙沙的声音以外，根本没有其他的声音。一瞬间，裘弟开始为昨晚急切的心情感到懊恼。但他马上想到了即将开始的围猎，兴奋的情绪占据上风，他感到浑身暖和，终于一跃而起，完全不再顾忌这寒冷的空气。穿衬衣和裤子时，他光着脚丫站在光滑而柔软的鹿皮上，急匆匆地向厨房跑去。

炉灶中的火燃烧旺盛，妈妈正在荷兰灶上烘烤一盘面饼。她穿着法兰绒长款睡衣，外面还披着贝尼外出打猎时穿的旧衣服。她的头发已经灰白，被编成了两条垂至肩膀的长辫子。他跑到妈妈身边嗅了嗅，鼻子擦到了她穿着法兰绒衣服的胸脯上。他感到妈妈的身躯既庞大又暖和，还非常柔软。所以他将双手插到妈妈后背的外衣和睡衣中间取暖。妈妈忍受了一会儿后就推开了他。

"还有这种娃娃似的猎人,我还真是没见过。如果不能及时吃早饭,只会耽误你们的约会。"妈妈说道。

她的语气非常友善。

裘弟帮着妈妈切了熏肉片。巴克斯特妈妈用热水烫了肉片后,又在面糊里蘸了一下,再放到煎锅中炸至金黄色。裘弟还不饿,但炒栗子般的香气诱惑着他。从卧室里跑出来的小旗也在用力地嗅着香气。

"趁你还记着,赶紧把小鹿喂饱,再把它拴到棚屋去。你们不在家,我可不能再忍着它了。"巴克斯特妈妈说道。

裘弟领着小旗到外面,灵活的小鹿快速躲开了。他追着它,费了很大劲才从黑暗中抓到它。他拴好小鹿后,又用玉米糊和水喂了它。

"小旗,你一定要乖乖留在这里。等我回来,我跟你讲打狼的故事。"

他的身后传来了小鹿呦呦的叫声。要是这次的打猎和往常一样普通,他宁可带着小鹿留在家里。但贝尼说,他们这次的目的是消灭丛林中最后一群狼。裘弟一辈子可能只有这么一次机会。他来到屋子里的时候,已经挤好牛奶的贝尼回来了。因为挤奶时间太早,牛奶并不多。早饭已经备好,父子俩开始匆忙地吃早餐。巴克斯特妈妈并不想吃,正在为他们准备点心。但贝尼说,他们一定能赶回来吃午饭。

"你以前也说过这种话,但不到天黑就不见你回来,饿得肚子都疼了才知道回家。"巴克斯特妈妈说道。

"妈妈,你最好了。"裘弟说道。

"那是当然,只要有吃的,我就是最好的。"

"没错,只要你能把吃的做得非常美味,其他事情小气点也没什么。"

"小气?我小气吗?"

"很少,你小气的时候非常非常少。"裘弟安慰着妈妈。

贝尼早饭前去马厩的时候,已经给老凯撒安好了马鞍。被拴在了门边的老凯撒使劲踢着蹄子。它也知道打猎,跟猎狗一样。猎狗们已经狼吞虎咽了一大盘掺了粗燕麦粉的肉汤,早早地摇着尾巴跟在了父子俩的后面。贝尼在马背上放好一捆绳子和几个袋子后,翻身上马。之后又拉着裘弟坐到后面。巴克斯特妈妈把枪递给爷儿俩。

"小心点,怎么能把枪来回晃荡呢?要是不小心走火打死了你爸,你以后就真得靠打猎生活了。"贝尼对裘弟说道。

天真的就要亮起来了。马蹄重重地踏在沙地上。路上回荡的阵阵声响不断地闪向他们的身后。他们也在渐渐前进着。裘弟想着,真是奇怪,大部分的动物都是晚上出来活动,太阳一出来它们就回去睡觉,但为什么晚上比白天还安静呢?这里只有猫头鹰的叫声,但它的声音一停,整个世界好像都变得黑暗而空虚。两个人的交谈自然是低声耳语。裘弟感到很冷,原来他兴奋得居然忘了穿那件旧外套。他只好紧紧地搂着爸爸的后背。

"儿子,你没穿外套啊。把我的穿上吧?"

他很想穿,但还是拒绝了。

"我不冷。"

因为没穿外套的责任在自己,而爸爸的身体比裘弟更加瘦小。

"爸爸,我们会迟到吗?"

"我觉得不会,或者我们到达会合地点的时候,天还没亮起来呢。"

他们在福列斯特死兄弟到来之前赶到了。裘弟跳下马和列波玩耍,既可以取暖又可以消磨时间。等人可不是件轻松的事情。他甚至担心福列斯特兄弟可能已经走了,但很快远处就传来一阵马蹄声,福列斯特兄弟们来了。六兄弟一个也不少,他们说着欢迎到来之类的话。西南方吹过来的微风,对猎人很有好处。只要他们不会倒霉地碰到警戒的那匹狼,就完全可以趁其不备发出突袭。最好的射击方式当然是远射。勃克和贝尼骑马领头,其他人跟在后面。

树林中出现了一片灰色的东西,不像黎明的到来却在不停地蠕动着。在黎明和日出之间还有一段时间,这种境界有些虚幻。裘弟感到自己好像正穿行在日夜之间的梦境之中,太阳出来之前,他是清醒不了了。又是一个多雾的早晨。灰色的东西沉浮在晨雾之中,久久不肯散去。两者交缠在一起,抵抗着即将撕碎它们的阳光。一队人马跑出了丛林,走进这片草原上的几个栎树岛地。远处就是猎物常常出没的水潭。水潭非常清澈,水中含有的某种成分可能非常符合野兽的胃口。水潭两面有起到保护作用的沼泽地,野兽们可以发现即将到来的危险,另外两面是丛林,为它们迅速撤退提供良好的保障。

就算狼群会来,但现在它们还没有到达。勃克、贝尼和雷姆下马,将狗拴在树上。东方的天空里横着一条低低的黄色丝带,晨光出现了。晨光之上悬浮着秋雾。人们的视线只能看清楚眼前几英尺之内的东西。刚开始,水潭周围好像毫无生机,但很快就看到了它周围的物体。那些物体仿佛是雾气凝结而成,不仅灰暗而且非常稀薄。稍远的地方,出现一头公鹿的犄角。雷姆本能地举起猎枪,但又放了下去。现在,狼比鹿重要多了。

密尔惠尔小声地说道:"我怎么不记得水潭四周的树桩这么多。"

他的声音刚落地,树桩突然动了起来。裘弟情不自禁地眨着眼睛。这些树桩居然是小熊,大约有十几头。前面慢悠悠地走着两头大熊,但大熊好像并没有注意到公鹿,或者它并不想理睬它。秋雾升了起来,东方的光带越来越宽阔。贝尼指着西北方,那边好像有什么东西在动。依稀可见狼的轮廓,它们像人类一样排队而行,正悄无声息地移动着。裘利亚的鼻子非常灵敏,已经嗅到了一些气味。它抬起鼻子,发出呜呜的声音。贝尼打了它一下,让它安静。它便老老实实地趴到了地上。

贝尼小声说道:"我还从来没遇见过这么好的开枪机会,可是我们不能走近它们。"

勃克低低的声音犹如咆哮。

"我们来射那两头大熊或者那头公鹿,如何?"

"听我说,找个人悄悄地绕到南面和东面,这个人必须快速地跑到南面的沼泽地把它们赶过来。它们将没有足够的时间跑回去。它们也不会跑到沼泽地里,它们只能向我们躲着的丛林这边跑。"

贝尼的意见得到了大家的认可。

"就这样来!"

"这件事交给裘弟就行,他会跟个大人一样完成这件事。他不用开枪,而我们就在这里一起开火。"

"很好!"

"裘弟,你骑着马跑过去,沿着林子边走,等你跑到那棵高大的松树对面时,再向右转,穿过沼泽跑到我们这边。等你转身的时候,拿着老前膛,在狼群后面随便开上一枪。不用瞄准。去吧,一定要快,要镇定!"

裘弟骑着老凯撒跑开了。他的心脏跳动得厉害,快要从喉咙里跳出来了。他的眼睛开始模糊,他害怕自己看不到那棵高大的松树,他害怕自己过早或者过晚地拐弯而耽误整个围猎。他差不多是毫无目的地骑着马跑着。他挺直腰背,用手摸摸老前膛。于是,他的内心中升腾起一种让人感动的勇气,他的头脑瞬间清醒了。在赶到之前他已经认出了那棵松树。他猛地向右勒了一下老凯撒的头,用腿踢着它的肚子,用缰绳抽着它的脖子,快速地跑上了开阔地。沼泽地里的水飞溅起来。他远远地看到小熊们惊慌地散开。但他害怕自己会赶不到狼群前面。走在他前面的狼群开始犹豫,它们正在考虑是否往回走。但裘弟举起老前膛,开枪了。瞬间,狼群乱套了。他屏住呼吸,看着它们如同激流一样地涌向丛林。接着,阵阵枪声响起。枪声简直犹如音乐一样动听,因为这标志着他的任务结束了,而且他亲自完成了这项任务。他立刻骑马绕到水潭南面,跑向大伙所在的位置。拴在树上的猎狗们正狂吠着。时不时地还会传来几声枪响。他感到非常轻松,多么希望能再开上一枪。他确信自己一定能准确无误地打中目标。

贝尼的计划非常完美。地面上散布着十几具灰色的尸体。大家争论着,因为雷姆想放猎狗去追击残余狼群,但贝尼和勃克并不同意这么做。

"雷姆,你知道的,我们的狗根本不可能追上快如闪电的狼群中的任何一匹。它们不像野猫那样会上树,也不像熊那样会回头反抗,它们只会一直跑一直跑。"贝尼说道。

"雷姆,他说得对。"勃克说道。

贝尼高兴地转过头。

"你们看那些小熊。它们爬到树上去了。我们活捉这些小熊如何？运到东海岸去，这些活蹦乱跳的小东西，一定能卖个好价钱。"

"那里的人确实这么说过。"

贝尼骑上马，裘弟向后挪了挪，让爸爸坐在前面。

"伙计们，慢慢抓就行。越是慢慢抓，就越能得到好效果。"

因为没有妈妈在身边，那三只春季生的小熊可能忘记了曾经的训练，没爬到树上。它们呆呆地坐在地上，跟小宝宝一样哀嚎着，甚至没想过要逃走。贝尼拿绳子把它们拴在一块儿，然后再拴到大松树上。另外几只小熊爬上的是一些小树，所以简单地把它们晃下来抓住即可。只有两只爬到了一棵大树上。身体最轻、动作最敏捷的裘弟爬到树上抓它们。它们比裘弟爬得更高，甚至爬到了伸出去的树梢上。裘弟也爬上了树枝，小心翼翼地摇着树枝试图把它们晃下去。一不小心可能他自己都会掉下去。树枝隐隐地发出断裂的声响，贝尼喊着裘弟稍等一下。接着便递上去一根削光了的木棍。裘弟爬下来接过木棍，又爬了上去。他用木棍桶着小熊，但小熊们只是紧紧地抓着树枝，好像跟树枝黏在了一起。最终，它们还是掉了下来，摔到了地上。

第一声枪响的时候，两头老熊和那头公鹿就不见了踪影。另外两只一岁大的小熊，为了不被活捉，还在拼命地挣扎。它们肥肥胖胖的，非常光滑。两家都想要新鲜的熊肉，于是他们决定开枪打死它们。他们整整活捉了十头小熊。

"如果草翅膀能见到这些小熊，他一定非常高兴。多么希望他能活过来看上两眼。"勃克说道。

"如果我没有小旗,我一定带头小熊回家。"裘弟说道。

"那样你就只能和小熊一起被关在门外头。"贝尼说道。

裘弟走到小熊的身边,想跟它们说说话。它们后腿站起,抬着尖尖的鼻子在他身上嗅来嗅去。

"你们到现在还能活着,应该感到很高兴才对。"裘弟说道。

他再靠近些,试着伸手触摸其中一头小熊。但它却伸出了利爪,嗖的一声划过他的袖子。吓得裘弟退后了一步。

"爸爸,它们根本不知道感恩。我们刚刚救了它们,否则它们早被饿狼吃掉了。真是一群不知好歹的家伙。"

"你好好看看它们的眼睛,你抚摸的那头是它们中最凶猛的。我不是跟你说过吗?一对双胞胎小熊,其中肯定有一头是温和良善的,另一头是凶猛的。现在,你再好好看看,是不是能把那头眼光和善的小熊找出来。"贝尼说道。

"它们爱怎么样就怎么样吧,我可不想挑什么小熊了。"

福列斯特兄弟哈哈笑了起来。雷姆又拿了根棍子去戏弄小熊。他桶小熊的肋骨,招惹它咬木棍。接下来,又一棍子将小熊打倒,小熊痛苦地发出了尖叫。

"雷姆,你这样折磨它还不如直接杀死它。"贝尼说道。

雷姆恼羞成怒地转过身。

"你还是去教训你儿子吧!我想怎么做就怎么做!"

"只要我还留着一口气就一定会阻止你,你休想折磨任何喘气的东西。"

"这么说,你是想让我打到你不能喘气为止吗?"

"雷姆,收收你那臭脾气吧!"勃克说道。

"你也想打架吗?"

福列斯特兄弟之间的吵架从来都没有什么道理可讲,想加入哪一方便随意加入,但这一次大家都统一站在了贝尼和勃克这一边。在打狼和抓熊的过程中,这些家伙变得性格温和了。雷姆愤怒地瞪着大家,最终把拳头收了回去。大家决定让密尔惠尔和葛培留下来看着小熊,以防止它们咬松捆绑它们的贝尼的绳子和勃克的鹿皮靴带。其他人都回福列斯特岛地驾车来拉小熊。

"我们现在就商量商量去哪儿卖这些小熊吧。"贝尼说道,"我和裘弟想先回家,顺路还能干点私事。"

"你是想一个人去猎那头公鹿吧?"雷姆语气充满怀疑。

"要是你非得打听我的私事,那就告诉你,我想去裘尼泊溪抓条鳄鱼。那鳄鱼油擦靴子是最好的,鳄鱼尾巴我还要熏熟了喂狗。这样你就满意了?"

雷姆没有说话。贝尼转身对勃克说道:"你觉得圣奥古斯丁卖这几只小熊合适吗?"

"没错,要是价格不合适我们还可以试试去杰克逊维尔。"

"杰克逊维尔,我正好去那里办点事。"雷姆说道。

"杰克逊维尔,我那个相好正好住在那里。但我去那里并没什么事。"密尔惠尔说道。

"要是她已经结婚了,你去当然没什么事情了。"勃克说道。

"那就去杰克逊维尔吧。但是,让谁去?"贝尼颇有耐心。

福列斯特兄弟们互相看着对方。

"你们几个人中,又会谈生意,又不会跟人吵起来的就只有勃克了。"贝尼说道。

"要是我不去,谁都别想去!"雷姆说道。

"那就只能勃克和雷姆去了。需要我去吗?如果车上能有三个座位的话。"

他们没说话。

最后,密尔惠尔说道:"贝尼,卖小熊的钱,一定会给你最大的那份。但是我必须去,你想啊,我还得去卖一大桶别的东西呢。"

"好,我也不是很想去。勃克,我相信你一定会帮我看好那份钱,还能帮我买点东西回来。你们什么时间去?明天?那就好。明天你们要是能路过我家,我们一定想好让你们帮我们买什么。"贝尼说道。

"你知道的,我从来不会失信于人。"

"我明白!"

大家分开了,福列斯特兄弟向北走,巴克斯特爷儿俩往南走。

"就算给我多少钱,我也不想和这些家伙们一起去东海岸。他们这一路上,还不知道砸破多少酒瓶、砸破多少人的脑袋呢。"贝尼跟裘弟说道。

"你觉得勃克会帮我们吗?"

"他会的,这些混蛋里头,只有勃克一人值得福列斯特家养大,还有让人怜悯的草翅膀。"

"爸爸,我觉得不太舒服。"裘弟说道。

贝尼停下马,回头看着裘弟。只见他面色苍白。

"儿子,你怎么了?是不是太兴奋了?现在兴奋劲儿过去了,你觉得没了精神?"

贝尼下马,抱下来裘弟。裘弟只觉得全身无力。贝尼把他放在地上,靠着一棵小树。

"今天,你完成了一件大人的事。现在得休息一下,我去给你拿点儿吃的。"

他在袋子里摸出一块凉的烤甜薯,剥下了皮。

"吃了它你就有精神了。一会儿我们到了溪水边,你再好好喝点溪水。"

刚开始,裘弟简直无法下咽。但甜薯的香气很快就勾起了他的食欲。他坐直身子,一口一口地吃了起来。瞬间,就感觉好了很多。

"你跟我小的时候一模一样的。你做事的时候太过认真,所以才会感到眩晕。"贝尼说道。

裘弟笑了。这话如果不是爸爸说的,而是其他人说的,他一定觉得害羞。他站了起来。贝尼将手放在他的肩膀上,说道:

"我可不想当着众人的面夸你,但你今天干得真的非常棒!"

爸爸的夸奖和甜薯一样拥有神奇的魔力。

"爸爸,我现在已经没事了。"

爷儿俩上马继续前行。越来越稀薄的晨雾终于消散了。十一月,凉爽的空气中,阳光犹如温暖的手轻轻地搭在他们的肩膀上。火红的黑橡树叶子在阳光下闪闪发光,野香兰的紫花散发着芳香,一路飘散。几只丛林中的樫鸟从路上飞过。裘弟觉得它们纯蓝色的翅膀比蓝鸟更好看,因为蓝鸟的蓝色很黯淡。老凯撒屁股上的小熊发出了强烈的气味,混合着马汗的酸臭味道,加上马鞍的气味,还有野香兰花散发的芳香和久久沉浮于他胸前的甜薯味道混合在一起,他感觉到一股快乐的味道。他觉得自己到家以后,就可以跟小旗讲各种各样的故事了。和小旗说话的时候,最惬意的就是他可以随意用语言表达出自己想要说的一切。但同样是喜欢跟爸爸说话,有时候却根本找不到合适的词语来表达自己想说的话。每次他想表达一件已经想好的事情时,他还在乱七八糟地说着时,要表达的意思早已经消失了。就好比他想用枪打那些停留在树上的鸽子,他看到了鸽子,也给枪装好了弹药,并且爬上树靠近它们,但刚要开枪的时候,鸽子轰一下都飞了。

跟小旗说话,他只要说一句"狼群从那边过来了,偷偷地向水潭这边移动着"。整件事情的一幕幕都将出现在他的面前,而且,当时的恐惧、欣喜、兴奋都将重新感受一遍。小旗将用鼻子触碰他,用柔和的水汪汪的眼睛凝视他,他也会感觉到被小旗理解的愉悦。

老凯撒惊跳了一下,裘弟回过神来。他们脚下是西班牙人的古道,正是穿过硬木林通往裘尼泊溪的必经之路。溪水也恢复了往常的水量。溪流两岸堆积着洪水留下的垃圾。一个深不见底的凹穴里正在潺潺涌出清澈的溪水。一棵大树倒了下来,横在溪水之上。爷儿俩将老凯撒拴在一棵木兰树上,之后开始沿着溪流寻找鳄鱼的踪迹。一条鳄鱼也没有找到。这里一直住着一条老鳄鱼,差不多隔一年它就会生一群小鳄鱼。每当有人喊着老鳄鱼并给它投放食物的时候,它就会游上岸。现在,它可能正和它刚满周岁的孩子们待在洞穴中。它温良柔顺,长期居住在这条溪流里,所以从来不会有人去打扰它。可是贝尼非常担心,万一哪天被陌生人发现了,肯定能轻易地抓获它。他们沿着溪流一直走,惊起了一只飞鸟。

贝尼挥手阻止了前进的裘弟。溪岸对面出现了一个崭新的鳄鱼滚坑,在鳄鱼坚硬躯体的碾压下,滚坑已经光滑而结实。贝尼趴到一丛悬铃木后面,裘弟也跟着趴了下来。贝尼装好弹药。突然,激流中泛起一阵骚动,水面浮起一段木头似的东西,它的一端有两个凸起的肿块。这木头段竟是一条八英尺长的鳄鱼,肿块正是它眼睑较厚的眼睛。它缓缓沉入水中,又漂浮起来,在岸边挺起前半身。慢慢地爬上滚坑,它的短脚起起落落地拖着它庞大的身躯，尾巴敲击几下地面后便安静地卧在了滚坑中。贝尼举枪瞄准，小心程度绝对超过瞄准熊和鹿的时候。他开枪了，鳄鱼慌乱地摆动着它的长尾巴，躯体沉默在泥浆之中。贝尼带着裘弟跑向上游，绕过溪水源头，跑向对岸的滚坑。鳄鱼扁平而宽阔的双颚正无力地张合着。贝尼伸手捏住它的双颚，又伸出另一只手拉住它的前脚。狗激动地狂吠。裘弟也抓住鳄鱼，和爸爸一起拉着鳄鱼拖到了结实的干地。贝尼站起来，拿袖子擦擦额头。

"还好拖的这段路并不长，还不算很累。"贝尼说道。

他们稍作休息，便再次弯腰干活。鳄鱼尾巴被割成一条一条的，之后便会被熏熟以作为打猎时狗的食粮。贝尼翻过鳄鱼皮，割下了一层层的脂肪。

"鳄鱼也是被洪水喂肥的野兽之一。"贝尼说道。

裘弟拿着刀蹲在地上。

"可能还有噬鱼、蛇和乌龟。"裘弟说道。

"鸟儿也是，除了火鸡以外，所有的鸟儿都肥了。遭遇这次灾难迫害的只有飞鸟。"贝尼说道。

裘弟思索着事情的奇妙之处。侥幸活下来的是水里和空中的生物，而陆地上的生物遭受的灾难是毁灭性的。水和风这两个陌生元素构成的陷阱令它们彻底沦陷。这只是扰乱他思考的念头中的一个，而且他无法用语言清晰地说出来，好让爸爸也理解自己的想法。但是，这个念头只是在他头脑中短暂出现，犹如残存的晨雾一般。接着他又动手和鳄鱼的脂肪奋战起来。

鳄鱼肉并没有吸引狗，因为鳄鱼肉和青蛙以及以吃鱼为生的野鸭子肉一样并不是它们喜欢的口味。但是，如同红色牛肉一般的鳄鱼尾巴肉经过熏制，异味也会随之消失。狗没有其他更好的选择时,就会乐意享用了。贝尼把袋子里的点心全拿出来,将鳄鱼尾巴和脂肪放进袋中。他看着点心,说道:"儿子,你想吃东西吗?"

"不管什么时候,我都想吃。"

"那我们就吃光这些点心吧。"

他们用溪水洗干净手和脸,还在溪水的源头俯下身子痛饮一番。之后,才打开点心包,分成了两份分量均匀的食物。贝尼留了一份蘸了山楂酱的烙饼和木薯布丁,裘弟兴奋地接过来。贝尼看着儿子慢慢鼓圆的肚子。

"真是搞不懂,那么多东西你都吃到哪里去了,但能弄到这么多东西给你吃,我真是感到高兴。我还是个孩子的时候,兄弟一大堆,饿肚子是常有的事。"

他们舒舒服服地仰面朝天地躺下来。裘弟凝视着上方的木兰树。密密麻麻的树叶背面的颜色如同妈妈的老奶奶拥有的铜壶的颜色。树上炸裂的红色球果,撒下了种子。裘弟收拢来大把的种子,悠闲自在地撒到了自己的胸前。贝尼也懒洋洋地拿食物碎屑喂着狗,还牵着老凯撒到溪水边喝水。接下来,他们继续上马朝着巴克斯特岛地走去。

裘利亚在甜水泉西面发现了一道野兽踪迹。贝尼弯下腰观察。

"它发现的是一头刚走过去的公鹿,足迹还很新鲜。"贝尼说道,"我想,让裘利亚去追吧。"

裘利亚摇动着尾巴,鼻子紧紧地贴着地面,快速地前进着。它鼻子高高地抬起,之后便嗅着风中的气味,迈开轻便的脚步跑了起来。

"那头公鹿肯定是在我们之前向右走了。"贝尼说道。

前面几百码的路上都有足迹,之后就拐了弯。裘利亚发出了轻声的尖叫。

"它就在不远处,我想它一定是在茂密的树丛里躺着。"贝尼说道。

他跟着裘利亚,骑马钻进了密林。裘利亚大声尖叫着,表明它发现了猎物。一头公鹿支着前腿站起来了。这头公鹿已经长了角,并没有立刻逃跑,而是低着头挺着犄角抵抗狗。它之所以抵抗,原来是它的后面还有一头没有犄角的母鹿。因为洪水,鹿的交配期推后了。正在求爱的公鹿已经做好了和其他公鹿决斗的准备。贝尼好像看到了什么奇怪的事情,惊诧地收回了枪。老裘利亚和列波也一样惊讶。它们遇到豹子、野猫和熊的时候都不害怕,但现在,它们碰上了来自原以为肯定会逃走的动物的抵抗。它们在向后退。公鹿像一头公牛一样用前蹄刨着土,晃动着犄角。裘利亚想尽办法想要咬住它的喉咙,却被对方的犄角抵住了,被扔到了树丛中。裘弟看到母鹿徘徊了一会儿,之后犹如闪电一般迅速逃跑了。裘利亚没有受伤,返回后又准备战斗。列波负责攻打公鹿的后方。公鹿又一次反击,之后便在猎狗的逼迫下站住了,低着头挺着犄角。

"老家伙,真是抱歉啊。"贝尼说着就开了枪。

公鹿倒下来,踢了几脚便不动了。裘利亚抬高了嗓门,发出一阵胜利的狂欢。

"现在可真是不喜欢这么做。"贝尼说道。

这头公鹿又漂亮又健壮,橡实和矮棕榈的浆果将它喂得膘肥肉满。它身上的夏季红毛已经没了光泽,但新换上的灰色冬毛却犹如西班牙苔藓或者寄生在松干背面的地衣。

"再过一个月,它会因为到处奔跑着求偶而变得干瘦,肉也不再这么鲜美了。"贝尼说道。

站在那里的贝尼满面春风。

"今天我们的运气真是太好了,儿子,我们今天是不是最走运的时候?"

他们剥下鹿皮。

"我觉得老凯撒根本驮不动我们收获的所有东西。"贝尼说道。

"爸爸,公鹿有我重吗?我走路就行了。"

"有几十磅重的,说得没错,我们都走路。"

老凯撒轻松地接受了重担,很显然,它并不害怕这头周岁公鹿,它已经驮过比这更大的熊了。贝尼在前面牵着马走,裘弟感到精神倍增,好像这一天才刚刚开始。他跑到了爸爸前面,狗狗们跟在他的后面。等他们到达耕地的时候,才刚过正午。巴克斯特妈妈没想到他们这么早就回来了,但是听到声音后还是出门迎接。她用手遮着阳光向他们来的方向张望,一看到猎物,她忧郁的脸瞬间开朗起来。

"你们都回到家,还带着这么多猎物,就算我自己一个人在家里也没什么了。"她喊道。

裘弟马上开始谈论起打猎的经历。妈妈心不在焉地听着,她专心查看着鹿肉和熊肉。于是裘弟离开妈妈,溜到棚屋去找小旗。他还没顾上讲故事,只是任凭小旗在他的手上、裤子上和衬衣上嗅来嗅去。

"这是熊的味道,你每次嗅到它,就会闪电一样跑开。"裘弟说道,"那个是狼的味道,洪水过后,狼的情况坏透了。今天早上,它们全被打死了。剩了三四只,但你可要躲着它们点。这里的另一种味道来自你的亲人。"他的语气中多出了一种恐惧,"或许它是你的老爹,你不用躲开它。不行,你还是得躲开。爸爸说过,一头发情的公鹿可能会杀死幼鹿或者周岁小鹿。不管碰到什么,你都要记着跑开。"

小旗摇一摇白尾巴,跺一跺小蹄子,再晃晃小脑袋。

"你不能跟我说不,你必须把我劝你的话都听进去。"

他松开了小鹿,带着它来到外面。贝尼喊着裘弟,希望他能帮忙将猎物扛到屋后。嗅到熊气味的小旗拔腿跑开,但接着又走了回来,隔着一段距离伸着细长的脖子、小心翼翼地嗅着空气中的气味。整个下午剩下的时间里,他们都在剥皮和剖肉。没有吃午饭,但大家并没有感到饥饿。巴克斯特妈妈比平时早一个小时准备好晚饭,非常丰盛、热气腾腾。刚开始,贝尼和裘弟还在狼吞虎咽,但吃了一半后,裘弟突然感到疲惫不堪,毫无胃口了。他离开餐桌找到小旗。太阳刚落山,但他感到腰酸背痛,眼皮都要睁不开了。他吹着口哨把小旗叫进房间。原本他想听爸爸妈妈商量在杰克逊维尔买东西的事情,也好决定自己需要的东西,但他现在真的睁不开眼睛了。他一下子倒在了床上,瞬间就进入了梦乡。

整整一个傍晚,贝尼和巴克斯特妈妈都在讨论冬季的必需品。最后,巴克斯特妈妈书写了一张购物清单,是用铅笔填写在一张横格纸上的。

一匹上好的棉布,给巴克斯特先生和裘弟做打猎时的裤子。

半匹好看的蓝底白条格子布,给巴克斯特太太做衣服,她现在身上穿的是非常好看的蓝布。

一匹家用的粗布。

一袋咖啡豆。

一桶面粉。

一把斧头。

一袋盐,两磅苏打粉。

两根铅条,用来做子弹。

四磅猎鹿的弹丸。

来上一些可以用于巴克斯特先生猎枪的弹壳。

一磅填充弹壳的火药。

六码土布。四码胡桃牌深色蓝布。

六码奥斯纳堡的德国粗布。

一双粗皮厚底皮鞋,给裘弟。

半刀纸。

一盒纽扣,内衣用。

一板上衣纽扣。

一瓶蓖麻油。(五角一瓶)

一盒疳积糖。

一盒肝丸。

一瓶头痛片。

一小瓶鸦片酊。

同上,樟脑酊。

同上,樟脑鸦片酊。

同上,柠檬油。

同上,薄荷油。

如果还有钱,请帮忙购买两码黑色羊驼呢。

第二天早上,福列斯特兄弟的四轮运货车停在了巴克斯特家外面。裘弟跑出来迎接他们。贝尼和巴克斯特妈妈也跑了出来。勃克、雷姆和密尔惠尔三个人挤在运货车的车座上。争吵喧闹和哀鸣声从他们身后的车斗中传了出来。那里有一堆堆黑乎乎油光光的毛团扭打着、纠缠着。小牙齿和小利爪闪现其中,一对对圆溜溜的黑眼睛不停地转动着。小熊们的绳子和链条毫无规律地纠缠着。他们中间还放着一桶走私的威士忌酒。那头链条比较长的小熊已经爬到了酒桶顶部,远离了纷乱。裘弟跳到车轮上去看热闹,却被一个带着利爪的脚掌扫了一下脸庞,吓得他赶紧跳了下来。货车的车斗简直就是疯人院一般。

"你们不要觉得奇怪,整个杰克逊维尔城的人都会跑出来跟着你们的车子跑。"贝尼喊道。

"我总在想,要是草翅膀看到它们,一定会非常高兴。"勃克对裘弟说道。

裘弟心想,如果草翅膀还活着,他们两个说不定也会被带到杰克逊维尔去。他满怀希望地盯着三个人脚下那一块的空间。坐在那里,他一定能和草翅膀快乐地欣赏外面的风光。

勃克接过了巴克斯特家的购物清单。

"上面好像写了很多东西。如果卖不到好价钱,或者钱不够多,我该去掉哪个呢?"勃克问道。

"家用粗布和格子布。"巴克斯特妈妈说道。

"不,不,勃克,不管怎么样,裘弟妈的格子布一定得买。格子布、斧头、弹壳和铅条是最需要的东西,还有给裘弟的胡桃牌深色蓝布。"贝尼说道。

"是蓝底白条的,勃克,是蓝白相间的,看上去像有节的蛇一样。"裘弟喊道。

"好的,如果钱不够了,我们会停车再抓几只小熊,哈哈。"勃克喊着。

他举起缰绳抽打着马背。

"羊驼呢也可以省掉。"身后传来了巴克斯特妈妈的尖叫声。

突然,雷姆喊道:"停车,你们看看我看到了什么!"

他用手指着熏房外面墙上挂着的那张公鹿皮。接着他从货车上跳下来,推开门,迈开大长腿,朝着熏房走去。他又找到另一边,看到了钉在墙上的阴干的鹿角。他一脸愤怒地走到贝尼身旁,狠狠地打了贝尼一拳,贝尼撞到了熏房的墙上。贝尼脸色煞白,勃克和密尔惠尔也赶紧跑过来。巴克斯特妈妈转身跑进房间,拿来了贝尼的枪。

"这是对你的教训,看你下次还敢不敢对我撒谎。你当时偷偷地跑开还真是为了找这头公鹿!啊?"

"我原本可以因为这一拳打死你的,但是雷姆,杀死你这种人真是太不光荣了。这头公鹿纯粹就是偶然遇见的。"贝尼说道。

"你说谎!"

贝尼转身看勃克,没有理睬雷姆。

"勃克,还从来没人说过我会说谎。如果你们能记着,在狗的交易上,你们不可能失败。"

"没错,贝尼,你别搭理他!"勃克说道。

雷姆转身大步流星地回到货车旁边,爬上车座。

勃克小声地说道:"贝尼,真是对不住。自从奥利弗带走了他的情人,他就变成了这副下贱到极点的怪模样。他丑恶得简直就像一头找不到母鹿的公鹿。"

"我原本想在你们回来的时候分四分之一的鹿肉给你们。勃克,我发誓,我绝不会原谅他!"

"我不会怪你的。这样吧,你就不用担心卖小熊的钱和你要买的东西了。每次需要我们出手的时候,我和密尔惠尔一定会把他结结实实地捆起来。"

他们上了车,勃克拉着缰绳,调转马头。他想走经过凹穴通往北面的大路。这样一来,就可以从霍布金斯草原以及咸水溪,再往北走到派拉迪加过河,或者在那里过夜之后再继续前行。贝尼和裘弟目送着货车离开,在门后观察情况的巴克斯特妈妈这才放下枪。贝尼走进屋子,坐下。

"你怎么任凭他打你?"巴克斯特妈妈和说道。

"一个人失去理智的时候,另一个人就必须冷静。我和他打架,块头上不占优势。我能做的就是开枪打他。但如果我杀了人,就连一个无知家伙的卑劣行径都不如。"

很显然,他感到很难过。

妈妈的态度出乎裘弟的意料。

"我觉得你的做法是对的,但你可不要没事就坐着想这种事了。"

裘弟不明白爸爸和妈妈的想法,他内心非常憎恨雷姆。爸爸放过了雷姆,没有任何责罚,这让他感到失望。他的感情扰乱了自己,他刚刚背弃了对奥利弗的忠诚,转向对福列斯特兄弟们的感情,但雷姆却背叛了爸爸。最后,他在内心这样开解着自己:他要单独憎恨雷姆,对其他人依然是喜欢,尤其喜欢勃克。这样一来,憎恨和友谊都得到了释放。

工作上,他没什么事情做。整整一个上午,他都在帮妈妈剥石榴,把石榴皮穿起来阴干。妈妈说,这种药治疗痢疾是最有效的。他吃了太多的石榴,妈妈开始担心石榴皮还没阴干之前,他就需要它们。咀嚼鲜艳透明的石榴籽是他最喜欢的事情,他偏爱硬籽石榴的甜汁。

第二十五章　准备庆祝节日

十一月毫无征兆地过去了，林鸭还在高飞哀鸣，十二月悄无声息地来了。林鸭们从硬木林的窝巢中飞向湖泊，又飞向沼泽，再从沼泽飞回湖泊。裘弟觉得奇怪，为什么有些鸟飞翔的时候会发出哀鸣，而有些鸟飞翔的时候毫无声响。鹤群只有飞翔在高空的时候才会发出长鸣；鹰翱翔在高空时会发出尖叫，但停留在树上时却毫无声响，仿佛冰冻一般；啄木鸟乱哄哄地飞过，鸣叫着落在树干上，但之后除了嗒嗒地啄树皮的声音之外，毫无声息；鹌鹑只有在地面上的时候才能听到它们的声音，而士兵一样的乌鸫只会从灯芯草丛中发出鸣叫。鹦鹉无论飞翔在空中还是停留在栅栏上或者躲在树丛里，任何时候都能听到它们喋喋不休的聒噪声或者毫无停息的歌声。

鹬鸟正在南迁，每年冬天它们会从佐治亚州飞过来。白色的、伸着弯曲长喙的是老鸟，棕灰色的是春季刚孵出来的幼鸟。幼鸟肉质鲜美，每当兽肉稀少或者巴克斯特吃够了松鼠肉的时候，贝尼和裘弟就会骑着老凯撒去"鲷鱼草原"打上几只鹬鸟。巴克斯特妈妈会把它们烤得像火鸡那样，当然，它们的味道比火鸡鲜美多了。

勃克·福列斯特在杰克逊维尔将小熊们以一个不错的价格出售了。他买了巴克斯特妈妈购物单上的所有物品，并且还给了他们一袋铜币和银币。两家的关系又一次紧张起来。雷姆打了贝尼，而勃克交换了钱物之后没做任何停留就离开了。

"可能雷姆已经让他的兄弟们跟他站到了同一战线,他们大概以为我确实是单独去打死了那头公鹿,以为我欺骗了他们。但总有一天,我们之间的误会会解除的。"贝尼说道。

"跟他们断绝来往,我倒感到心满意足了。"巴克斯特妈妈说道。

"但是,裘弟妈,不要忘了,我被响尾蛇咬伤的那次,是勃克帮了我们。"

"我怎么会忘呢?但雷姆就跟那条响尾蛇一样,只要听到风吹草动,就会扭头咬你一口。"

但某一天勃克还是来到他们家,带来了狼群已经全部消灭了的消息。他们在牲畜栏里打死一匹,设陷阱抓住三四匹,从今往后再也不会看到狼了。可是,熊也会常常骚扰他们。最可恶的就是缺趾老熊。勃克说,缺趾老熊的活动范围是从西面的琼普尔湖到冬眠的河边。它常常光临的福地就是福列斯特家以及牲畜栏。只要它喜欢,它就能根据风向躲开所有的猎狗和陷阱,偷偷地进入牲畜栏,抢劫一头小牛。可是,福列斯特兄弟们整夜整夜地等着它光临的时候,它却再也没有出现。

"如果你想抓它,估计也没什么好处。但我觉得怎么也应该告诉你一声。"勃克说道。

"我的马厩离屋子近,或许它耍花招的时候会落入我的陷阱。勃克,真的谢谢你,我正想跟你聊聊。我希望你能明白,那头公鹿究竟是怎么回事。"贝尼说道。

"是啊,一头鹿能怎么样?就这样吧,再见!"勃克回避着问题。

贝尼摇了摇头,接着干活去了。丛林只是个小小的社会,他们是他唯一的邻居,跟他们之间的不和睦令他感到苦恼。

工作并不多,裘弟也常常带着小旗出去玩耍。小旗长得非常快,它的腿细细长长的。有一天,裘弟发现它身上婴儿期的标记消失了——之前淡淡的斑点不见了。所以他马上去查看它坚硬而平滑的头顶,寻找鹿角的迹象。看到他这种行为,贝尼忍不住笑了。

"儿子,难道你想看到奇迹吗?它的头会一直乱撞到夏天。它满一周岁以前是不会长角的。只有到那个时候它才会长出角来。"

裘弟感到满意,他感到了温暖,感到了懒洋洋的诧异。虽然奥利弗离开了,与福列斯特一家疏远了,但这些都是和他没有关系的淡淡愁绪。他差不多每天都会扛着枪、背着弹药袋子、带着小旗去树林里。黑橡林的树叶已经变成了深棕色,再不是之前的红色。每天早上都会出现霜,丛林看上去会闪闪发光,整个树林好似由千千万万的圣诞树组成。他这才想起,圣诞节快到了。

贝尼说:"圣诞节之前,我们随便逛一下,等节日那天我们去伏流西亚镇过节。等过了节后,我们再好好干活。"

走过凹穴,来到松林里,裘弟发现了几丛念珠豆。他摘下了所有的红色种子,将所有的口袋装满。念珠豆都坚硬得如燧石一般,他在妈妈的针线筐里偷来了一根大针以及一段结实的线。每次出门,他都会带着这些工具。背靠着大树,沐浴着温暖的阳光,辛苦地将豆穿成一串。每天,他只能穿几颗,但他想做个项链送给妈妈。虽然穿好的红色念珠豆都并不均匀,但穿成后的成就感令他感到无比喜悦。他在口袋中放好项链,时不时地拿出来欣赏,最后口袋中的烙饼碎屑、松鼠尾巴和其他杂物将项链污染得不成样子。之后,他又到凹穴中把项链洗干净，放到了卧室中的柜子上藏好。

去年圣诞节的时候，因为缺钱，他们的正餐只有一只火鸡，可是今年他们有了卖小熊剩下来的钱。贝尼拿出一部分买棉种，剩下的就留着过圣诞节。

"如果我们计划去伏流西亚镇过节，我觉得节日之前还是要去镇上买点东西。我得买上四码羊驼呢，出去过节才能像模像样。"巴克斯特妈妈说道。

"我的太太，你该不是计划着什么秘密的事情吧？我不是想跟你唱反调，我愿意让你花掉我所有的钱。但是你说你想要四码羊驼呢，我觉得那些你只能做条短裤而已。"贝尼说道。

"你一定要问的话，我可以告诉你我想搭配一下我结婚时的礼服。这么长时间来，我没变矮也没变高，只不过横向宽了一点。所以，我想在那件礼服前面拼接一块一模一样的羊驼呢，那样就变得合体了。"

贝尼拍拍她宽阔的后背。

"不要生气，你这么好的太太，确实应该有一块料子能搭配到结婚礼服上。"

"你说得太好了，我都被感动了。我从没要求过你什么，你了解我，所以你没想到我开口却只要了这么点东西。"巴克斯特妈妈被感动了。

"我了解。我吃惊于你只要这么点东西。我多么想给你买一匹丝绸。上帝啊，原谅我吧，我一定会在屋子旁边挖一口井给你，这样你就不用跑到凹穴洗衣服了。"

"我明天就想去镇上。"巴克斯特妈妈说道。

"还是先让我和裘弟去打打猎吧，打一两天或许还能收获些兽皮和野味拿过去，你就可以更加心满意足地买东西了。"贝尼说道。

第一天,他们打猎没有任何收获。

"当不想猎鹿的时候,哪儿都能看到它们。当你想猎鹿的时候,好像进入了一个城镇似的,哪儿都没有它们的身影。"贝尼说道。

贝尼发现了一件让人想不通的事情。巴克斯特岛地南面出现了不满一周岁小鹿的踪迹,当他让狗去追的时候,它们怎么都不肯出发。贝尼做了一件几年来从来没做过的事,他用一根树枝敲打了裘利亚。刚开始,裘利亚会痛苦地尖叫,之后就开始哀鸣,但始终都不去追踪。傍晚的时候,答案出现了。小旗突然出现在了打猎的途中,它已经习惯了这种出现方式。贝尼发出一声尖叫,马上跪在地上观察小旗的足迹和猎狗不愿意追踪的足迹。一模一样。老裘利亚的聪明劲超过了贝尼,它早就知道那足迹属于巴克斯特家。

"做人真是应该更加谦虚,连这条狗都能认得它的家人。"贝尼说道。

裘弟感到非常得意,他非常感谢老裘利亚。如果小旗被猎狗追踪,它一定会发怒的。

第二天打猎收获颇多。他们发现了正在沼泽中觅食的鹿群,贝尼打死一头高大的公鹿,还追踪着一头小鹿逼它跳进了河湾,之后他让裘弟开枪,没打中的情况下自己又开枪打倒了它。这一时期的打猎,如果不发生什么特殊情况,猎人只有慢慢追踪才能抓到猎物,所以他们是走路来的。裘弟原本想扛起来那头小一点的公鹿,但他差点被鹿的重量压垮。于是,裘弟留下来看管死鹿,贝尼回家取车。贝尼回来的时候,小旗也跟着来了。

"你的宠物这么喜欢打猎,跟狗一样。"贝尼喊道。

在回去的路上,贝尼发现一处常常有熊觅食的地方。那些锯齿棕榈的浆果是它们喜欢的美食。

"这些浆果可以令它们内脏更加干净，不仅仅能喂饱它们，还能令它们更健康。它们开始冬眠的时候，就会变成一头奶油熊。今年，我们的鲜肉大概就只有靠它们了。"

"爸爸，吃这些浆果的还有什么动物？"

"鹿也会吃。我跟你说，把这些浆果装到瓶子里，再加入古巴红酒，五个月后拿出来，如果你能说服你妈喝下去，连她都会唱起赞歌的。"

走到一片长有锯齿棕榈、混杂着黑橡林的地方，贝尼把几条通往旱地乌龟洞穴的小路指给裘弟看，并告诉他那里就是响尾蛇冬天的洞穴。当天气晴朗温暖的时候，它们会到洞口晒几个小时的太阳。裘弟心想，贝尼好像能看到丛林里所有看不到的生物。

回到家里，裘弟一直帮爸爸剥皮、剖肉，斩下唯一能出售的后腿。巴克斯特妈妈割下鹿的前腿肉，煎着吃。之后还用鹿油把肉封存。碎肉和骨头会放在洗衣用的铁盆里，煮熟后就成为狗的食粮。晚餐是鹿心鹿肝宴。在巴克斯特岛地上，没有浪费一说。

第二天早上，贝尼说道："我们得先说好，今天晚上我们住在郝陀婆婆家里还是回家来？如果我们在那里过夜，裘弟就得留在家里喂鸡、喂狗、挤牛奶。"

"爸爸，老奶牛都快没奶了。我们留下饲料好了。还是让我也去吧，我们大家一块住在郝陀婆婆家才好。"

"你愿意住在那里吗？"贝尼问妻子道。

"不，我才不想住在那里呢。我不会被你的糖衣炮弹摧毁的。"

"那我们就回家来。裘弟，你也可以去，但是到了那里可不能想什么鬼点子强迫大家住在那里。"

"我的小旗呢？我能带着她让郝陀婆婆看看吗？"

巴克斯特妈妈张口骂道："该死的小东西，就算他们喜欢你，这种讨厌的畜生也不应该去那样的地方。"

这伤害了裘弟的自尊心，他说道："我觉得我还是跟小旗留在家里吧。"

"儿子，把小旗拴起来，忘了它。它不是狗，也不是孩子，但你简直把它当成了孩子。你也不能像小女孩抱着布娃娃似的带着它去各种场合吧。"

裘弟不情愿地拴好小旗，换好干净衣服，做好了去镇里的准备。裘弟穿的是他最好的衣服：崭新的粗皮厚底短靴、土布裤子、席草编的大凉帽以及崭新的黑色羊驼呢外套，腰上还系了一条红带子。贝尼穿的是袖子又短又小的阔幅呢礼服，戴着黑色毡帽。即使毡帽帽檐上有一个蟑螂咬的洞，但总算是帽子。除了这顶帽子，他就剩下一顶打猎用的棉帽子和一顶野外用的棕榈凉帽。巴克斯特太太穿的是新衣服，用的是从杰克逊维尔买回来的蓝底白条格子布制成的，看上去利落又干净。虽然蓝色没有她期待的那样浅一些，但上面的格子非常好看。她戴的是一顶蓝色遮阳软帽，但她还带着那顶皱边的黑色帽子，这样在没人的时候还可以戴戴。

大车颠簸着走过沙路，车上的人感到身心愉悦。裘弟靠着赶车人的座位，坐在车斗的地板上，他正在欣赏丛林的倒退，真是趣味无穷。相比看着前方的感觉，这种前进的感觉更加强烈。大车一路颠簸，到达河边时，他感到瘦削的臀部被颠簸得发疼。他不知道要想什么，却忍不住想到了郝陀婆婆。如果她知道自己讨厌奥利弗，她肯定觉得惊诧。他想象着婆婆可能出现的反应，渐渐觉得不自在了。夏天的时候，他完全忘记了婆婆，但他仍然觉得自己还像过去一样爱她。或者，他不会告诉婆婆自己要跟奥利弗绝交。他好像看到了自己若无其事地沉默着，而且笑容以待。这种想象令他感到高兴，他突然决定：礼貌地询问奥利弗的情况。

鹿肉放在两个小袋子里，鹿皮放在一口麻袋里。巴克斯特妈妈还带了一块奶油和一篮子鸡蛋，想拿到店里换成钱。给郝陀婆婆的礼物装在另一个袋子里，那是新熬出来的汤剂以及一堆甜薯，还有一根巴克斯特特制的糖渍火腿。虽然巴克斯特妈妈和婆婆的关系不太融洽，但她可不想空手去。

贝尼站在河岸边呼喊渡船，河的下游传来了回声。对岸出现了一个孩子，他淡定地划着船过来了。突然，裘弟觉得这孩子的生活一定非常令人羡慕，在河水中划来划去太自在了。但他又觉得这样的生活不够自由，因为这孩子不能在丛林里游荡，不能打猎，而且没有小鹿。于是，他非常庆幸那个船夫不是自己的爸爸。他宽容大方地和这孩子打着招呼。这孩子太丑了，而且脸皮薄。他低着头，帮巴克斯特家把马和车子拉上船。裘弟开始好奇他过的是什么样的生活。

"你有枪吗？"裘弟问道。

这孩子摇摇头表示否认，而且就那样呆呆地望着河东岸。裘弟开始想念草翅膀。只要裘弟出现在他的面前，他就会不停地跟他说话聊天。他失望了，只好放弃跟这个新见面的孩子聊天。巴克斯特妈妈想在拜访他人之前先完成交易。他们赶着车子到店门口，将货物放到柜台上。店老板鲍尔斯并不着急做生意，他想打听打听丛林里的情况。他已经从福列斯特兄弟那里听说了洪水后的情形，但实在令人难以置信。几个伏流西亚镇的猎人也告诉过他，根本不可能在丛林中找到猎物了。目前，熊正在祸害这沿岸居民的牲畜。近几年，那里还从来没出现过熊的身影。他希望从贝尼这里得到证实。

"这些情况都是真的。"贝尼说道。

他靠在柜台上,准备好好聊一聊。

但巴克斯特妈妈说道:"你知道的,我不能站太长时间,如果你们两个男子汉能先做完生意,我拿着东西去郝陀太太家里,你们在这里痛快地聊上一天也不要紧。"

鲍尔斯痛快地称好肉,因为鹿肉非常奇缺,所以他马上就能转手卖个高价。那些轮船上的人,总会买上一两挂后腿去迎合那些喜欢新鲜食物的北方客人和英国客人。他认真地查看着鹿皮,很满意它的质量。因为有人跟他订了货,他为每张鹿皮付五美元。这价格超出了巴克斯特夫妇期望的价格。巴克斯特妈妈开心地看着干货柜台,她生性阔绰,只看最好的东西。鲍尔斯的棕色羊驼呢已经卖完了,他说下一班轮船就可以带过来。但巴克斯特妈妈摇着头,从家里来取,太远了。

"那么,您为什么不买一些黑色羊驼呢的料子缝制一件新的?"

她抚摸着羊驼呢。

"的确不错,价格呢?啊——"

她转身离开了,同时用高傲的声音掩盖了她的无奈。

"我说棕色的就买棕色的。"她冷冰冰地说道。

她只买了做圣诞饼用的葡萄干和香料。

"裘弟,你到外面看看老凯撒是不是挣脱了缰绳。"巴克斯特妈妈说道。

这个要求太无理了,裘弟却不得不干瞪眼看着她。贝尼冲着裘弟眨眨眼,又快速地转过脸,好让妈妈看不到自己的笑容。她的意思很明显,把裘弟支出去,然后选一个令他感到惊奇的礼物。如果是贝尼，他一定会想一个更好的借口。裘弟到外面看那个划船的孩子。他正坐在地上研究自己的膝盖。裘弟捡起一片石灰石，扔向了路边的一棵树。接着，那孩子也默默地走过来，捡起几块石灰石扔了过去。潜在的竞争还在继续，一会儿，裘弟觉得妈妈应该已经做完要做的事情了，便返回店内。

巴克斯特妈妈说道："你跟你爸爸留在这里还是跟我走？"

他犹豫不决地站在那里。到了郝陀婆婆家，婆婆一定马上给他各种饼干吃。但是，他很想听听爸爸跟别人聊天的内容。最后，鲍尔斯老板把一枝甘草梗递给了他。这样就不用犹豫了，他决定留下，因为他的精神和肉体都会得到满足。

"我跟爸爸马上过去。"他大声说道。

巴克斯特妈妈一个人走路。看着她离去的背影，贝尼皱起了眉头。鲍尔斯还在摸着鹿皮感叹着好质量。

"我原本想用鹿皮换钱的，但是如果你能给我一些黑呢料子的话，我会同意的。"贝尼说道。

鲍尔斯很是勉强："要是别人，我肯定不会同意，但我们合作这么多年，就这么决定了。"

"你最好马上剪好，在我改变主意之前包起来。"

"你是说在我改变主意之前包好？"鲍尔斯一脸愁苦。

顿时响起了剪刀嗖嗖地裁剪呢料的声音。

"再给我配上做衣服用的纽扣和丝线。"

"这笔生意并不包括这些东西。"

"我付钱，用纸盒子把呢料装好。今天傍晚可能下雨。"

鲍尔斯一脸和气地说道："这笔交易你占了很大的便宜，赶紧告诉我，哪里能找到圣诞节用的野火鸡？"

"我只能说一个我想给自己打火鸡的地方。但野火鸡真是太少了,那场瘟疫差点让它们灭绝了。你到河对岸,走到七英里溪流的入河口。你知道的,那里有个柏树沼泽,长着两三棵大杉树。七英里溪西南方向,那个……"

男子汉的聊天总是这么吸引人,裘弟坐在一个饼干箱子上认真地听着。店里并没有其他人,鲍尔斯走出柜台,拉了一把蒙着牛皮的旧摇椅和一把直背椅给自己和贝尼,两个人坐到了大火炉旁边。贝尼拿出一撮烟丝,给鲍尔斯的烟斗也装了一些。

"烟味不错,这可不像是普通的烟丝。要是明年春天你能给我种点烟叶,我给的价格绝对比别人更高。接着说吧,西南面怎么样?"鲍尔斯说道。

裘弟继续嚼着甘草梗。他的嘴里充满了浓浓的甘草汁儿。聊天的内容勾起了他的另一种欲望,但这种欲望和口感不同,永远也得不到满足。贝尼说着丛林里的洪水。鲍尔斯也讲了沿河地区的糟糕状况。但雨水还没下满整条河流,大部分的水就会被冲走。河水只泛滥过一次,但伊粹·奥赛尔的茅屋还是在大风的吹拂下倒塌了。

"现在,他就住在郝陀婆婆的棚屋里。快活得像一条钻进了新木料里的钻心虫。"鲍尔斯说道。

贝尼又讲述了猎熊和打狼的事情,还讲了福列斯特兄弟们没说过的响尾蛇事件。跟着贝尼的讲述,裘弟又重温了一遍夏天发生的事情。这简直比真实发生的时候更加生动。鲍尔斯也被故事彻底吸引,身体前倾,甚至忘了抽烟。等有顾客来的时候,他很不情愿地离开了火炉。

"你妈已经去了一两个小时了,儿子,你还是先去婆婆家说一声,告诉他们我马上过去。"贝尼说道。

嘴里的甘草梗已经吃完了,马上到中午了,裘弟感到饥饿难耐。

"婆婆会请我们吃午饭吗?"

"当然啦。如果她不准备我们的午饭,你妈早回来了。你赶紧去吧,亲自给婆婆送去这个前腿。"

裘弟带着对故事的恋恋不舍离开了。

婆婆家的庭院遭遇了泛滥的河水,但现在正在逐渐恢复。曾经,这里冲进了河水,婆婆家的秋季花圃被冲毁了。到处都是碍眼的冲积物。重新种上的植物已经长了出来,但是只有污渍附近有几丛灌木,并没有什么鲜花。靛青花凋谢了,上面灌满了镰刀一样的黑夹子。妈妈和婆婆坐在屋子里聊天,在走廊里就能听到她们说话的声音。他从窗子向里看,正好看到摇曳着的火炉里的熊熊火焰。一看到裘弟,婆婆立刻迎到门口。

她亲切地拥抱他,但没有了曾经的热情。如果没有巴克斯特妈妈,只有巴克斯特家的两个男人来,他们将得到更加热情的款待。屋子里并没有什么小甜饼,但厨房里却飘来了烧菜的香味。否则,他一定会忍不住失望的。郝陀婆婆坐下来继续和妈妈聊天,时不时地闭着嘴巴克制自己的情绪。妈妈并不礼貌,她看婆婆花边围裙的眼光都是各种挑剔。

"不管是到哪里,上午的时候我总喜欢穿得朴素一点。"妈妈说道。

"我必须穿花边衣服才会更可爱。男人就是喜欢漂亮的女人。"郝陀婆婆的语气充满抵触。

"我一直认为只有下贱的女人才会讨好男人。算了吧,像我这样的朴素女人,来到世上就是过穷日子的,要想穿花边衣服,只能上天堂才能办到。"

郝陀婆婆快速地摇晃着摇椅。

"我现在可不想上什么天堂!"她抬高了嗓门。

"你可以考虑考虑,天堂也没什么不好。"巴克斯特妈妈说道。

郝陀婆婆的黑眼睛闪烁着光芒:

"婆婆?你为什么不想去天堂?"裘弟问道。

"我丢不下自己的好朋友就是其中一个原因。"

巴克斯特妈妈没有回应。

"还有一个原因就是音乐。大家都觉得,天堂里只有竖琴,别的什么也没有。但长笛、大提琴还有高音竖琴合奏才是我喜欢的音乐。如果你们中有一位传教士能保证天堂有这三样乐器,我才会考虑一下去天堂旅行。"

巴克斯特妈妈的表情骤变,仿佛暴风雨即将来临。

"再一个原因就是食物。就算是上帝,放到他面前的烤肉散发出的香味也会受到他的喜欢。但传教士说天堂里除了牛奶和蜂蜜,别的什么也没有。但牛奶和蜂蜜是我最讨厌的东西,看到它们我就难受得要呕吐。"婆婆洋洋得意地摸着自己的围裙继续说道,"我觉得,天堂只是那些在世间得不到自己想要的东西的人想象出来的。算啦,我已经拥有了一个女人该有的一切,所以我对那个天堂才没兴趣呢。"

巴克斯特妈妈说道:"你没兴趣的事情,应该还包括奥利弗和那个黄头发的贱女人私奔的事吧?"

婆婆的摇椅重重地敲击在了地板上。

"奥利弗不仅身强体壮而且非常英俊,那些跟着他的女人没一个不是心甘情愿的。就说这个吐温克,人们不应该责备她。她这辈子都没有拥有过什么好东西,现在奥利弗看上她了。她为什么不跟着他离开?她是个可怜的孩子,父母双亡,成了孤儿。"说到这里,婆婆拿起围裙的花边朝外抖一抖,

"你们这些基督教徒凭什么随便诽谤一个孤苦伶仃的孩子。"

裘弟再也无法安稳地坐在椅子上了。婆婆房间里的舒适氛围被打破了,瞬间好像冬季里打开了门窗的寒舍。他看出来了,这是女人之间的事情。只有煮出美食的时候,她们才能相处融洽,其他任何时候都是些惹是生非的人。走廊上传来了贝尼的脚步声。裘弟瞬间感觉见到了救星。或者,爸爸能够为她们评个公道。贝尼走了进来,走到火炉前搓着冰冷的双手。

"这样多好,我在这个世界上最爱的两个女人,一起在火炉边等我。"贝尼说道。

"艾世拉,如果这两个女人互助互爱,就太好了。"婆婆说道。

"我知道你们两个之间有些误会,你们想知道是为什么吗?婆婆,你是嫉妒我跟奥拉生活在一起。奥拉,你是嫉妒自己没有婆婆漂亮。一个女人要想漂亮,我说的可不是可爱,她就必须年轻一些。如果奥拉再年轻一些,她一定也很漂亮。"

他的好脾气镇住了场面,没再出现争吵。两个女人都控制住自己的情绪笑了起来。

"我想问一下,生活在丛林里的巴克斯特一家,今天是否能有幸品尝到这里的煨肉?或者他们不得不赶回家去吃冷冷的玉米饼?"贝尼说道。

"无论什么时候,对你们的到来我都将热烈欢迎。我要感谢你们带来的鹿肉。要是奥利弗能和我们一起品尝就好了。"

"他有传来什么消息吗?他走之前都没来看看我们,真是太伤心了。"

"他被打了一顿后,休息了很久才康复。他说波士顿的一艘轮船邀请他做大副。"

"我想,佛罗里达州的一位姑娘也在等着他做大副①吧?"

一个双关语缓和了紧张的气氛,裘弟也跟着大家笑了起来。婆婆的房间再一次热气腾腾了。

郝陀婆婆说道:"午饭已经做好了。如果你们这些从丛林里来的野人不好好享用的话,我会非常伤心的。"

相比贝尼和裘弟单独来的时候,今天的午饭并不太丰盛。但每一样食物都加上了装饰,令巴克斯特妈妈不得不对每一种食物都产生了兴趣。午饭的氛围非常友好。

巴克斯特妈妈说道:"没错,我们已经决定到镇上来庆祝这次的圣诞节。去年我们没来,因为我们觉得两手空空地来过节实在不像话。你说,如果我带着一些糖果还有一个果子蛋糕来当圣诞节礼物,会有人欢迎吗?"

"那就太好了。你们全家都住在我这里,我们一起过圣诞节,如何?"

"太好了。你的野味就交给我吧,要是我想要一只野火鸡,我就一定能猎到野火鸡。"贝尼说道。

"老母牛、猎狗,还有鸡,怎么处理?不管是不是圣诞节,我们全家都出来过夜,放下它们不管是万万不行的。"

"我们可以给狗和鸡留下充足的饲料,一天时间可饿不到它们。对了,我想到一个办法,老母牛马上要生小牛了,让小牛吃妈妈的奶就行了。"

"要我看,简直是把小牛留给快断气的豹子或熊当美餐。"

"我在棚屋里再建个牛棚,这样一来,什么野兽也无法接

---

① 英语中"大副"(mate)和"配偶""伴侣"是同一个词,这里是一语双关。——译者注

近它们。如果这样你还想待在家里，那你留下好了，我可是要过来过圣诞节的。"

"我也是！"裘弟说道。

"你看看，他们连个招架的机会都不给我，碰上这两只野猫，我就跟只兔子似的。"巴克斯特妈妈对郝陀婆婆说道。

"要我说，我们爷儿俩才像是两只兔子，怎么都抵挡不住你这只野猫。"贝尼说道。

"但你们会飞快地逃跑。"说着说着巴克斯特妈妈也不禁笑了起来。

最后，大家决定：郝陀婆婆和他们一起到教堂参加交际活动，之后所有人都在婆婆家过夜，第二天依然留在婆婆家里做客。裘弟非常高兴，但他马上想到了小鹿。瞬间好似艳阳天遭遇了朵朵乌云。

他焦急地说道："不行不行，我得留在家里。"

"怎么了，儿子？你想到了什么才这么说的？"贝尼问道。

巴克斯特妈妈也回头看着婆婆。

"这孩子一定是又想到了那头让人烦心的小鹿。他只要一会儿看不到小鹿，就觉得难受。我还真不知道，一个孩子居然能这么疯狂地喜欢上一个畜生。他就算自己饿着肚子，也要留下食物给小鹿，还和它一起睡觉、说话，简直当它是人一样。哦，还有，曾经我经过棚屋的时候，听到了你在里面跟他说话。现在他这个样子，一定是因为那头让人烦心的小鹿。"

"奥拉，别让儿子好像得天花似的难受了。"贝尼语气柔和地说道。

"为什么不带着它来呢？"婆婆说道。

裘弟伸开双臂紧紧地抱住了婆婆。

"婆婆,你一定会喜欢它的。它聪明伶俐,像狗一样可以得到训练。"

"当然,我肯定喜欢。但是,'绒毛'和它能不能和平共处呢?"

"它经常和我家的狗一起玩,它喜欢狗。狗跟着我们出去打猎时,它也会从其他路上走,之后再找到狗狗们。它和狗一样,非常喜欢打猎。"

裘弟不停地夸赞着小鹿,贝尼不得不笑着打断他。

"你说小鹿说得有点太多了,你要是全说出来,到时候婆婆就再也找不到它的优点,只能看到它的缺点了。"

"但它真的是没有一点儿缺点啊。"裘弟立刻说道。

"推倒甜薯堆、撞开猪油罐,还跳到桌子上,这些都让人难以忍受。它糟蹋任何它看到的东西,简直比小孩子还难管。"巴克斯特妈妈说道。

说完这些,她就去花园里散步了。贝尼拉着郝陀婆婆走到了一边。

"我很担心奥利弗,那些野蛮的汉子们想把奥利弗赶出去,他们来了吗?"

"是我把他赶出去的。他想出各种借口跑出去和那个姑娘约会,我简直受不了。我告诉他:'奥利弗,你还是出海吧,你在这里对我一点儿好处也没有,给不了我任何安慰。'他说:'我认为对我也是一点儿好处也没有,我适合的地方大概只有海洋了。'可是我怎么也没想到那姑娘会跟他一起走。"

"你知道吗?雷姆·福列斯特非常恼火。如果他喝醉酒后跑到这里来,你一定记住,这个家伙发火时,不知道会做出什么过分的事情。你可一定要尽量敷衍过去。"

"我现在可以肯定,连魔鬼都不会说他的不是了。你是了解我的,我是什么做的?鲸鱼骨头和地狱糅合在一起才有了我。"

"但你那些鲸鱼骨头都柔软弯曲了。"

"没错,但是地狱跟以前一样热烈。"

"我想,你确实可以对付大部分男人,但雷姆不一样。"

裘弟聚精会神地听着,他终于可以站到婆婆这边了。奥利弗原形毕露了。他看到婆婆也不再对奥利弗有耐心了,觉得心满意足。如果下次再见到奥利弗,他必须说出自己的不满,但他会原谅他的。然而,那个吐温克却永远都不能获得原谅。

巴克斯特一家收拾好自己的篮子、袋子和购物袋。裘弟非常想知道那个令自己惊喜的圣诞节礼物会放在哪个袋子里,但很不幸地发现所有的袋子都一样。他开始发愁,或许妈妈什么也没给他买,真的是让他去看老凯撒是不是跑开了。回家的路上,他仍然在试探着妈妈,想让她说出来到底是什么。

"你去问问马车轮子吧。"妈妈说道。

听到妈妈逃避式的回答,他完全可以确定,妈妈确实给他买了礼物。

第二十六章　缺趾老熊赴盛会

圣诞节的前一个星期，母牛产下小牛。这是一头雌性小牛，因此巴克斯特岛地呈现出一派欢乐的景象。因为它可以代替被狼吃掉的那只小牛。老母牛年纪大了，是该赶紧养大一头小母牛来取代它。屋子里都在谈论关于圣诞节的话题，除此之外再没有其他的话题。现在刚刚产下一头小牛，全家都可以在圣诞节前夕外出，因为小牛要吃奶，母牛的奶水就会一直有。

巴克斯特妈妈在超级大的荷兰灶上烤了一个果子蛋糕。裘弟帮她剥胡桃肉来做馅儿。烘蛋糕必须整天都看着，为了做蛋糕，全家人花费了整整三天的时间：一天的时间准备它，一天的时间烘焙它，一天的时间赞美它。裘弟从来没有见过如此大的果子蛋糕。他妈妈也非常得意。

她说："我不经常参加圣礼，只要我决定去的时候，就不会只是带一点儿东西。"

做完蛋糕的那天晚上，贝尼给她献上了黑羊驼呢料子。她看看他，又看看那块黑呢料子。突然流下眼泪哭出来了。她坐在摇椅里，掀起围裙，蒙着脸，前后晃动摇椅，显得非常伤心。裘弟很惊讶，认为她这是失望。贝尼来到她身边，用手抚摸她的头。

他说："是因为我从来没有为你做过这样的事情吗？"

裘弟这才明白，原来是因为高兴才哭的。她擦干眼泪，把呢料收起来，放在膝盖上。她拿着黑呢料子坐了很长时间，不停地用手轻轻抚摸。

她说:"现在我必须像一条黑蛇一样利索,把这件衣服做出来。"

她日夜加班做了三天。她两眼放光,非常喜欢这件衣服。她叫贝尼帮她制作衣服。贝尼答应她跪在地上,嘴里含着大头针,一会儿拉上,一会儿外移,顺从她的要求。裘弟和小旗认真地看着。那件衣服终于完工了,为了不让它沾上灰尘,在外面盖上了一张纸才挂起来。

圣诞节的前四天,勃克·福列斯特来看望他们。他依然一副好脾气。贝尼确定,以前觉得他对自己不信任,都是多心了。缺趾老熊再次来到福列斯特岛地,在附近的森林里杀死了一头重达两百五十磅的青毛公猪。那场杀害不是因为觅食,而是遭遇战斗。那公猪和它厮打得厉害。据勃克·福列斯特讲述周围几码地的泥土都掀起来了。公猪的两根长牙,其中一根断掉了,另一根沾着缺趾老熊的血和黑毛。

"让公猪遇到它还蛮好的,"勃克说,"就应该让缺趾老熊受点伤。"

福列斯特兄弟是在第二天才知道的,去追赶已经太晚了。贝尼非常感谢他的通知。

"我觉得我应该在畜栏里安装一个捕捉器来吓唬它,"贝尼说,"我们准备到河边参加圣礼。"他犹豫了一会儿又问,"你们去吗?"

勃克也犹豫着。

"我觉得不会吧。我不会那么笨,和伏流西亚镇上的家伙混在一起。要是我们不喝酒,那就没有意思。雷姆还可能和几个奥利弗的朋友打架。不,我觉得我们可能会在家里度过圣诞节。不过,也可能去葛茨堡。"

贝尼的顾虑瞬间消失了。他能想象到,沿河居民在圣诞节神圣的盛会上遇见福列斯特兄弟,会遭遇怎样的灾祸。

他把那架超级大的捕熊机加了油。那机器宽六英尺,有六斯吞多重。光铁链,就有两斯吞重。他想把母牛和小牛一块关进牛圈,用东西堵上门,把那架捕机放在门外。当他们不在家的时候,假如缺趾老熊来找小牛作为圣诞节午饭,那它就必须尝尝捕熊机的厉害。那一天都在忙碌中度过。裘弟把念珠豆穿成的项链擦得很亮。他希望他妈妈可以穿上那件黑呢衣服再戴上这串项链。他没有礼物送给贝尼,这让他感到很烦恼。下午,他来到一片洼地,那里长着可以制作烟斗的接骨木。他弄了一段,做成烟斗柄,又用混着玉米瓤的黏土做成烟斗,装上去。贝尼曾经给他说过,印第安人住在这里时,就是用这种办法做烟斗柄的,贝尼经常想给自己做一个这样的烟斗。裘弟想不出给小旗的礼物,但是他明白,只要多给小鹿一块玉米面包,就可以让它满足。而且他还想用槲寄生的藤和冬青叶做一个漂亮的项圈呢。

那天夜里,在裘弟上床休息后,贝尼依然没有休息。他正在全神贯注地、神秘地敲着、锤着,显然,是在忙着制造一件与圣诞节有关的东西。那剩下的三天比一个月的时间还长。

别说是人了,那天晚上就是狗都没有听到任何的响动。但是,第二天早晨,当贝尼到厩舍里给母牛挤完牛奶,正准备到小牛的畜栏里牵它到妈妈那里吃奶时,小牛却找不到了。他以为是小牛撞开了挡板,但是挡板完好无损。因此他就来到畜栏里软软的沙地上检查足迹!可是,在一片纵横交错的牛马蹄印和人的脚印上面,很明显有一条直线、毫不留情地穿过去,就是缺趾老熊的足迹!贝尼跑回屋里把这个消息告诉大家。他的脸因为愤怒和沮丧而变白。

"我已经受够了它的欺负,"他说,"我必须追上它,就算是追到杰克逊维尔!这次我必须和它拼出个胜负!"

他马上开始用油擦枪,同时准备弹药。他一脸正经地迅速干活。

"帮我在袋子里装上面包和烤甜薯,奥拉。"他吩咐道。

裘弟胆怯地问:"我可以去吗?爸爸?"

"如果你能跟上我,不要喊我停下,你就去。如果你走累了,那就只能躺在那里,或者自己再走回来。直到天黑,否则我是不会停下来的!"

"可以让小旗一起去吗,还是要把它关起来呢?"

"我不会阻止谁去,只是遇到困难,不要向我求助。"

贝尼从熏房割来几条鳄尾肉,当作狗粮。一切准备就绪,他步履坚定地走过院子,来到厩舍里准备追踪。他吹着口哨,把狗唤来,命令裘利亚去寻找足迹。它狂吠着,马上跑了出去。裘弟看着爸爸的身影,开始惊慌起来。因为他的枪还没有装弹药,他的脚还没有穿鞋子,而且也忘记了他的短外套放在哪里了。从贝尼的装备就看出来了,他明白要求爸爸等他是不可能的事情了。他匆忙收拾自己的东西,而且大声地喊妈妈,让妈妈在他的猎袋里疯狂地装上面包和烤甜薯。

妈妈说:"你马上要卷进去了。你爸爸现在必须要和那头熊决斗到底。我了解他。"

他喊上小旗,疯狂地跑出去追赶他的爸爸和猎狗。爸爸的脚步很快。当他赶上爸爸时,他已经喘得非常厉害了。老裘利亚对那条新足迹很感兴趣。它的狂叫声,它那不停摆动的尾巴,显示着那是它很愿意做的事情。小旗也一直在扬起后蹄表示高兴,与老猎狗并肩奔跑。

"如果缺趾老熊在它面前腾空扑过来，"贝尼担心地预言道，"它就没有现在这样高兴了！"

在向西一英里的位置，他们发现了小牛的剩余残骸。那老熊可能是因为最近受到福列斯特家公猪的重创，因此饱餐了一顿。那些吃剩下的尸体被残枝败叶严严实实地盖着。

贝尼说："它可能待在离这里不远的地方，还想再回来这里吃呢。"

但是那老熊根本不按常规行动，足迹一直往前伸展，几乎要接近福列斯特岛地，然后突然折向北又折向西，接着沿着霍布金斯草原的边缘北上。西南风吹得非常猛。贝尼说，可以确定，缺趾老熊本来离他们很近，可是因为风向的关系闻到了他们的气味而逃走了。

脚步这样迅速，路途又非常漫长，到了中午的时候，就连贝尼也只好停下来休息了。狗虽然还想继续，但是他们的两肋和拉长的舌头，显示出它们也是非常疲惫的。贝尼停在了草原中间一个高耸的宽地上，让狗到旁边的一个清水塘饮水。他躺在阳光直射的草地上，就这样默默仰天躺着，紧闭双眼。裘弟躺在爸爸的身边。狗也肚皮贴地的卧下来。只有小旗还有精神，在那片栎树岛地上到处狂跳。裘弟看着爸爸。他们从来没有过如此这般急速和剧烈的行动，这次出猎已经完全不像以前以人类智力对付野兽的逃跑和狡猾的那种兴趣。此刻只有复仇和愤怒，没有一点儿打猎的乐趣在里面。

贝尼睁开眼睛，翻身侧卧在那里。他把猎袋打开，拿出一些点心。裘弟也把自己的点心拿出来。两个人默默地吃起东西来。烙饼和冷的烤甜薯，好像没有任何味道了。贝尼把几块鳄尾肉扔给狗，它们高兴地撕咬着。不管贝尼是偶尔出猎还是现在这种孤注一掷的心情，对它们来讲是一样的。猎物都是一样的,那种强烈气味的足迹也是一样的,甚至结局时的那场恶斗也是一样的,贝尼坐直身体,一下子站了起来。

"好了,现在该出发了。"

这次休息是短暂的。裘弟感觉脚上的靴子异常沉重。老熊的足迹进入丛林,然后又出来,接着又回到了霍布金斯草原。缺趾老熊很想摆脱一直追踪的狗,因为它们的气味缺趾老熊还能闻到。贝尼只好在下午又一次停下休息,他感到很愤怒。

"真该死,此刻我可不能再休息了!"他说。

不过,只要是他在休息后再出发,他的脚步就会非常迅速,裘弟跟在后面走,累得要死,但是他不敢出声,只有小旗还在活泼地玩耍着。对于它来说,这次长途只是一次偶然的散步而已。老熊的足迹快要接近乔治湖了,却一下子折回南方,接着又折向东方,最后消失在黄昏的沼泽中。太阳就要落山,在阴影中,很难看清东西。

贝尼说:"哼,它想回去再吃小牛呢。让我们回家好好对付它。"

回家的路不算很长,裘弟却感觉永远也走不到头。假如换成另外的一次打猎,他会说出自己心里想说的话,贝尼也肯定会停下来等他,可是现在他爸爸执着又无情地赶着路,就跟出来时一样。当他们赶到家时,天已经很黑了。但是贝尼马上把那架巨大的捕熊机放到滑橇上,将老凯撒套到橇前,让它拉到小牛的残骸那里。他允许裘弟坐在滑橇上。他自己步行牵着凯撒。裘弟舒服地把两条酸痛的腿伸开。小旗早就对外出失去了兴趣,正徘徊在厨房门外。

裘弟喊道:"累不累,爸爸?"

"当我愤怒时,是不会感觉累的。"

裘弟手里拿着一个松脂火把照亮。贝尼为了不让熊嗅到人的气味，于是用木棒挑起小牛的尸体，放到捕熊机上，来当作诱饵，把它装好，然后用落叶和尘土盖好，还在上面放上松枝。回家时，贝尼在滑橇上蹲着，丢下缰绳，让老凯撒自己回去。贝尼把老马安顿好，发现巴克斯特妈妈已经把牛奶挤好了，心中非常感激。他们进屋后，热气腾腾的饭菜已经准备好了。贝尼很迅速地吃完了，然后上床睡觉去了。

"奥拉，你可以拿来豹油给我擦擦背吗？"

她过来了，用她粗糙的手掌在贝尼的背上揉搓开来。他发出很舒服的呻吟声。裘弟站在旁边看着。贝尼翻身让自己的头落在枕头上，叹了一口气。

"孩子，你感觉如何呢？很难受吧？"

"吃完饭后，感觉很好了。"

"哦，一个孩子的力气取决于他的肚子是饱的还是饿的，奥拉。"

"什么？"

"我必须在天亮之前做早饭吗？"

他闭上眼睛睡着了。裘弟也上床休息了，突然感觉浑身上下酸痛。接着，他也昏昏沉沉地睡着了，一点儿没有听见他妈妈为了明天那顿早饭碰触盘子、碟子的叮当声。

早晨，裘弟依然熟睡在吵闹声中。睡醒后依然感觉迷迷糊糊的。他伸了一下懒腰，活动一下四肢，感觉还是非常僵硬。他听见他的爸爸在厨房里说话。很明显，贝尼的心情和昨天一样，依然很冷酷，甚至没有想要喊他。他下了床，穿好衣服，然后睡眼朦胧地拿着两只靴子走进厨房。他的头发披散着。

贝尼说："早上好，我的孩子。你还要和我一起去吃苦头吗?"

裘弟点着头。

"这才是最棒的!"

裘弟因为太困而没有吃下很多东西。他揉揉眼睛,一边吃一边玩食物。

他说:"现在就去,会不会太早呢?"

"当我们到那里的时候,时间也就差不多了。我打算给它来个突然袭击,就算它起了疑心,在周围乱嗅,也没有关系。"

贝尼站起身,在桌边靠着,脸上露出苦笑来。

"假如我的后背没有像裂开两半那样痛的话,"他说,"我还感觉自己很有精神呢。"

黑暗的早晨极其寒冷。巴克斯特妈妈早把从杰克逊维尔买的粗呢布料,给他们父子俩做成打猎时穿的外套和裤子。当时他们还舍不得穿那样好的衣服呢,但是,后来当他们在松林中前进的时候,非常后悔没有穿上它们。猎狗们依然很困,它们宁愿一直跟在他们脚边。贝尼把手伸进嘴巴,然后举起来,来探测那难以察觉的空气的流动。显然没有一丝风。于是,他就径直走向放诱饵的捕熊机那里。因为它被放在一个比较空旷的地方,他就停在了几百米以外。他们的身后,东方已经渐渐变亮。他轻拍着猎狗们,它们都趴下了。裘弟已经冻得浑身发麻。贝尼穿着薄薄的衣服和破烂的外套,也冻得发抖。裘弟感觉每个树桩和每棵树的后面都有缺趾老熊。太阳慢慢地升起来了。

贝尼小声说:"如果它被捕熊机捉住了,那么它已经没命了,因为我没有听见任何的声音。"

他们举起枪向前爬着。那捕熊机和他们昨天晚上离开时一样。因为光线太暗,不能看清足迹,也就无法确定那狡猾的老熊是不是来过或者又逃走了。他们把枪靠在树干上,就开始挥动手臂,跺跺脚,让身体变得暖和些。

"如果他已经来过这里,"贝尼说,"它就不会走得太远。老裘利亚也早就追过去了。"

阳光没有一丝温暖,却照亮了大片森林。贝尼继续前进,弯着腰仔细查看地面。裘利亚嗅着,没有作声。

贝尼突然愤怒地跺着脚说:"我这个没用的家伙,真是该死!"

裘弟也早就看出来了,唯一的足迹还是昨天留下的。

"它并没有在附近,"贝尼说,"它故意不按照规律前进,这就让它逃过一劫。"

他站直身体,唤回来两只狗,起身回家。

"不管怎么样,"他说,"我们已经清楚了它昨天离开的地方。"

他没有再说话,直到他们回到家中。他进入自己的卧室,把那件新猎装套在薄薄的衣服外面。

他冲着厨房喊:"裘弟他妈,你准备好面粉、熏肉、盐、咖啡和你为我准备的一切食物了吗?把它们都放进背包里。再帮我多烘一些破布,放进我的火药角里。"

裘弟在后面紧跟着他。

"我也要穿上新衣服吗?"

巴克斯特妈妈拿着背包,走到门口。贝尼一边穿衣服一边说:"孩子,你想一起去,我很欢迎。但是,你得考虑一下,而且是好好考虑。这并不是一次很有趣的打猎。天气寒冷,不但打猎非常困难,而且还要挨冻露宿。除非捉住那头熊,否则我是不会回家的。现在你还要一起吗?"

"没错。"

"好吧,那就准备好一切。"

巴克斯特妈妈看着那件包着纸的黑色羊驼呢。

"今天晚上你们可能不回来了吧?"

"不是'可能'。那老熊已经比我们早走一夜的路。可能,明天晚上也不回来。也许,要待上整整一个星期。"

她的声音开始哽咽。

她有气无力地说:"艾世拉——明天就是圣诞前夕啊!"

"那没有办法。我要追踪新的足迹,我一定要找到它。"

他站起来,系紧腰带,他看着妻子忧愁的脸,同时也抿紧嘴巴。

"明天就是圣诞节前夕吗?裘弟他妈,你趁着天亮把车子赶到河边,这样就不害怕了,你愿意吗?"

"不行,白天不去。"

"如果我们不能及时赶回家里,你就自己骑马去吧。假如我们有机会,一定赶回来参加圣礼。你出门前先挤好牛奶。如果我们还没有回家,你就在第三天早晨回家挤牛奶。这已经是我能做到的最好的安排了。"

她两眼泪花,却默默地出去了,把食物装进背包里。裘弟在等机会。当她走进熏房去给贝尼取肉时,他就从木桶中偷偷地舀出一勺玉米粉,藏在自己的小背包里,这是留给小旗的饲料。他是第一次使用这个背包。他爱惜地抚摸着它。背包虽然比不上他送给老大夫的那只白浣熊的背包那样柔软,但是蓝色和白色的斑点,让这个背包显得和那个一样漂亮。巴克斯特妈妈把肉拿来了,做好了一切准备工作。裘弟犹豫地站在那里。他曾经非常盼望到河边参加圣诞节的圣礼。可是现在马上要没有机会了。他妈妈肯定很高兴他留下来,如果他这样做，一定会被认为是光荣无私的。贝尼已经背好包，拿上枪。一瞬间，裘弟觉得他一定不可以留下来过世界上的任何一个佳节了，因为他们是去杀缺趾老熊呢！于是，他就把背包背在穿着温暖呢外套的肩背上，拿着枪，怀着轻松的心情，紧跟着爸爸出发了。

他们一路向北，跟着足迹去寻找老熊前一天晚上让他们迷失足迹的地方。小旗突然钻进矮树丛，裘弟立刻吹起响亮的口哨。

"打猎是男子汉的事情，对吗？爸爸。即使是圣诞节也必须要去！"

"当然是男子汉的事情了。"

足迹还是新的，这让裘利亚很容易、不停歇地一直追踪。足迹把他们带到他们昨天离开的位置东面不远处，然后突然折向北面。

"昨天晚上我们没有追踪足迹，其实也没有关系。"贝尼说，"很明显它到另一个地方去了。"

那足迹又伸展到西边的霍布金斯草原，接着进入了潮湿的沼泽地。追踪开始变得困难起来。老裘利亚跳进水里，不停地嗅着水面，好像在寻找老熊的味道。它还像以前那样，用长鼻子嗅着灯芯草，茫然地看着周围，好像在确定恶臭的熊毛从哪一面穿过，接着，又继续向前。有时候，他会嗅不到一点儿气味。贝尼马上就会后退，沿着沼泽地的边缘，去观察那臃肿多节的大熊掌留下痕迹的地方。如果他在裘利亚之前找到痕迹，就会吹起号角，唤来裘利亚继续嗅。

"它刚刚从这里穿过，亲爱的！刚刚穿过！快点追上它！"

列波迈着短腿，跟在贝尼的身后。小旗到处乱跑。

裘弟着急地问："爸爸，小旗会坏我们的计划吗？"

"不会的。一头熊在下风闻到气味一般是不会理睬的,更何况必须要绕个大圈来吃它。"

不管贝尼的心情多么冷酷,这次的打猎好像又恢复了以前的快乐。天气晴朗,空气清新。贝尼一边拍着裘弟的肩膀一边说:"这难道不比圣诞节的玩具娃娃要有意思吗,对吧?"

"我也这样认为。"

中午,冰冷的食物比以前热气腾腾地午饭吃起来味道还要好。他们坐在暖暖的阳光下吃午餐,休息。他们感觉很热,甚至解开了外套。当他们准备再次出发时,背包变得很沉重了,但是一段时间后,他们又慢慢习惯了。有一阵子,他们感觉缺趾老熊想要绕一大圈返回福列斯特岛地或巴克斯特岛地,或是直接穿过丛林到沃克拉瓦哈河畔的地方去。

"既然它被福列斯特家的公猪伤了,"贝尼说,"它肯定会介意的。"

可是到了下午时分,那巨大的熊掌印又突然折回去,往东进入沼泽地。追踪变得很难寻。

"我记得,去年春天,我们两个曾经追踪它穿过裘尼泊溪旁边的沼泽。"贝尼说。

晚上的时候,他们已经在距离咸水溪下游很近的地方。老裘利亚突然狂叫不止。

"它居然在这里休息!"

裘利亚冲过去。贝尼也马上跑过去。

"马上就追上它了!"

前面传过来刺刺的挤压声,好像风暴从浓密的矮树丛刮过的声音。

"把它咬住,好样的!拖住它,咬它!好样的!"

那老熊的速度简直让人难以置信,它正奋力向前奔跑。

它压倒了狗无法前进的灌木丛。它好像河流中的汽船,而稠密的荆棘、刺藤和树木,在它看来只不过是船底的湍流。贝尼和裘弟满头大汗。裘利亚传出一阵非常失望的哀叫。它无法追上缺趾老熊。沼泽地变得很湿很黏,他们的靴子陷进去,连靴面也盖上了厚厚的泥浆,不得不一点一点地拔着脚前进,而且只有牛梅子藤可以用来支撑,除此之外再没有任何东西了。柏树在这里生长,那弯曲的树根很滑而且很绊脚。裘弟突然陷进了沼泽地,一直没到臀部。贝尼赶紧转身来拉他。小旗绕开到左边更高的地方。贝尼停下来,一边休息一边沉重的喘息。

他一边喘气一边说:"看来这次又要让它溜走了。"

当他稍微恢复一些体力时,又开始出发。裘弟被甩到了后面。但是穿过一片硬木林后,行走变得容易很多,裘弟终于赶上了爸爸。到处长满了桂树、槐树和扇棕榈。很多小石堆可以当作踏脚石。小丘中间是一汪清水。就在前方,裘利亚狂吠,表示那里有猎物。

"快咬住它,好样的!咬住它!"

再往前,林木慢慢变成了茂盛的绿草。穿过这片空地,竟然看见了缺趾老熊。它像旋风一样前进着。就在它后面不远处,裘利亚出现了。眼前是咸水溪波光粼粼的激流,缺趾老熊一下子跳进了溪流,竭尽全力向遥远的对岸游过去。贝尼举起枪冲缺趾老熊射击两次。裘利亚停在溪边,失望地蹲在那里,高抬鼻子,孤立无助地哀叫着。缺趾老熊已经上岸。贝尼和裘弟争着跑到潮湿的岸边,却只看见一个黑屁股。贝尼一把拿过裘弟的枪就射击。那缺趾老熊跳起来。

贝尼喊道:"我打中它了!"

可缺趾老熊仍然一直向前奔跑。从对岸传来了它穿过丛林时发出的树枝断裂的声音。接着,就一点儿声音也没有了。贝尼强硬地逼迫狗继续追。可是它们却拒绝游过那道宽宽的溪流。他非常失望地举起双手,一下子坐到地上,开始不停地摇头。老裘利亚在河边嗅着足迹,然后在缺趾老熊离开的位置发出了哀叫。裘弟全身都在颤动。他感觉这次打猎结束了。缺趾老熊再次从他们手中逃跑。

但是他惊奇地发现,贝尼又站起来,擦去汗水,把两支枪重新装上弹药,沿着岸边继续向北。他确定:肯定是爸爸知道还有一条可以回家的路而且很容易行走。但是贝尼并不在乎他们左边出现的是开阔的松林,还是沿着溪岸,只顾一直走下去。他不敢问爸爸。小旗不知道跑到那里去了,他为小旗担心起来。可是他早就答应过,绝不会为自己或小鹿哭鼻子。贝尼那并不宽的脊背好像被失望和疲乏弄得更加弯曲了,不过依然显得像磐石一样坚定。裘弟只好拖着酸痛的腿脚紧跟着他。那支挂在肩膀上的枪也变得愈加沉重起来。贝尼突然开口说话,但是这并不像是在和儿子说话,而更像是自言自语。

"我想起来了,她的家就是在那边……"

溪岸因为处于高地而慢慢升起。在夕阳的映衬下,橡树和松树巍然耸立。他们来到悬崖的脚下,可以俯瞰溪水。悬崖顶上建着一座茅屋,下面还有一片田地。贝尼沿着那条蜿蜒的小路向上攀登,最终来到屋前的平台。门是关着的,烟囱上没有一丝炊烟。茅屋的窗户不是玻璃的,而是一些方形的小洞。屋后的挡板也是关着的。贝尼在屋子后面观察着,有一扇挡板虚掩着。他向屋子看一下。

"她没有在家,不过我们还是要进去的。"

裘弟兴奋地问:"我们今天晚上就从这里回家吗?"

贝尼转身，看着裘弟。

"回家？晚上？我不是跟你说过，我必须要打死那只熊。你自己可以回家……"

他还不曾见过爸爸如此冷酷和不近人情。他听话地跟在爸爸的后面。狗已经卧在屋子旁边的沙地上，正在不停地喘气。贝尼来到木头堆旁开始劈柴。裘弟抱着一捆木柴，从那扇虚掩的挡板丢进屋里。然后，然后从那扇挡板处钻进去，从里面把厨房的门闩拉开。他返回到木柴堆旁，弄了一些松脂片，捧到屋里，放到地板上。一个荷兰烤箱和几把铁水壶悬挂在火炉的铁架上。

贝尼开始生火，把一个有拎环的锅挂在铁架上。他在地板上把背包打开，拿出火腿，然后把火腿切成薄片放进锅里。火腿片渐渐发出刺刺的声音。他来到井边，然后打出一桶水。从厨房的木架上把一只沾有污斑的咖啡壶拿下来烧咖啡。他把它放到燃烧得正旺的炉火旁边。然后在一只盘子里搅拌好玉米糊，又把两只冷的烤甜薯放在炉火旁，将它们烤透。当火腿片熟透后，接着他把玉米糊弄到油锅里翻动，烘烤成硬硬的玉米烙饼。当烙饼的颜色变成棕黄，他就把吊架和锅一块儿从炉火上移到一边，这样来完成烘烤。咖啡开始沸腾。他将咖啡壶放在一边，然后从摇晃着的厨架上拿出茶杯和盘子，将它们放到桌子上。

"可以了，"他说，"可以吃晚饭了。"

贝尼开始狼吞虎咽，又拿起可能会剩下的那些烙饼去喂狗，另外还给每只狗两条鳄尾肉。裘弟看着这样的情景感觉比黄昏的寒冷更难受。他讨厌爸爸的沉默。这样很像是在和一位陌生人一起用餐。贝尼在烙饼的锅里倒上水，烧开，然后把盘碟洗净，重新放回厨架。还剩下一部分咖啡，他把咖啡壶放到炉火边上。他扫完地,接着到屋外的栎树上拽下几把苔藓,在屋子旁边的一个角落里给狗把窝铺好。天色暗淡,周围一片安静,寒气逼人,深入骨髓。他抱来一堆柴火,往炉火里添加两根,就和黑人烧火一样,慢慢地把柴火一点一点地放进去。他把烟斗装满,点着,然后躺在炉火的旁边,头枕着背包。

他亲切地说:"你最好也像我这样,孩子。我们明天很早就要出发。"

他好像在这时候才有平时的好脾气,裘弟这才敢说出心里的问题:

"你觉得缺趾老熊返回时会从这里过吗,爸爸?"

"不会,我不会在这里待很长时间。我肯定它受伤了。我想顺着河岸到咸水溪的尽头,绕过泉源,从对岸下来,一直到它钻进树丛的位置。"

"这是很远的距离呢,是吗?"

"的确很远。"

"爸爸……"

"怎么了?"

"你觉得小旗会有危险吗?"

"你不记得我给你说过的话了吗?让它一起来怎么样,你想过没有?"

"我记得呢,我……"

贝尼开始心软。

"不用担心孩子,它不会丢掉的。你在树林里不会把小鹿丢掉的,假如他不想变野,它一定会回来找你。"

"它不会变野的,爸爸,什么时候都不会的。"

"不管怎么样,它不再是小家伙了。也许,现在,它正在家里跟着你妈呢。你快去睡觉吧。"

"这是谁的家呢,爸爸?"

"以前是一个寡妇的屋子,我有很长时间没有来过了。"

"我们在她家里,她不会生气吧?"

"如果屋子的主人还是她,她是不会生气的。我和你妈结婚前,我时常来这里找她,你去睡觉吧。"

"爸爸……"

"在我揍你之前,我答应让你再问一次;如果你问的问题无趣,我一定会揍你一顿的。"

裘弟开始犹豫。他的问题就是:贝尼是不是也想参加明天晚上圣诞前夜的圣礼。最终他认为:这个问题是无趣的。追踪缺趾老熊是一件长远的事情。他还想到在森林里迷路的小旗,又寒冷又饥饿,而且还有一头豹子在追逐它,小旗不见了,他感觉非常寂寞。他非常想知道:他妈妈是否也像他关心小旗那样关心着她亲爱的儿子。他非常怀疑。最终他心存悲哀地睡着了。

大清早,裘弟就被院子里大车轮子的轱辘声吵醒了。他听见狗在狂叫,还有一只陌生的狗也在叫。他坐起来。贝尼正在摇头晃脑使劲让自己变得清醒。他们已经睡过时间了。玫瑰色的朝阳正直射这座茅屋。炉火已经燃烧殆尽,烧焦的木柴还漏在炉子外面。空气很冷,就像冰一样。他们呼出的气就像云一样,悬在空中。他们感觉到渗入骨髓的寒冷。贝尼跑进厨房去开门。伴着一阵脚步声,一位中年女人走进来,后面还有个小男孩跟着。

她喊道:"我的天啊!"

贝尼回应道:"你好啊,南莉,看来你是无法摆脱我了。"

"艾世拉·巴克斯特,你怎么不等我邀请啊?"

他冲着她微笑。

"这是我的儿子,裘弟。"

她马上看了裘弟一眼。这个女人很漂亮,很丰满。有着玫瑰色的脸庞。

"他长得有点像你。这是我的侄子亚萨·雷维尔斯。"

"是麦特·雷维尔的孩子吗?我发誓,孩子,我以前见你的时候,你比一个垃圾篓还要小呢!"

他们相互握握手。那小伙子表现出了一丝紧张。

那个女人说:"巴克斯特先生,你非常有礼貌,请告诉我,为什么自作主张用我的屋子呢?"

她说话的口气是在开玩笑。裘弟非常喜欢她。他心想,女人和狗一样是有种的。她和郝陀婆婆是一类人,见到她的男人都会感到很舒服。即使两个女人说的话一样,但意义可能完全不同。就好像两条狗同样在吠叫,但一个可能是亲昵,另一个可能是威胁。

"我能先生火吗?太冷了,我简直说不出话来了。"贝尼说道。

他跪在火炉边。亚萨去外面抱了木柴,裘弟也出去帮忙了。裘利亚和列波正摇晃着僵硬的尾巴围着刚来的陌生狗转悠。

"你们的狗差点吓死我跟我的姑姑。"亚萨说道。

裘弟不知道该怎么回答,只好匆忙地抱着木柴回屋。

贝尼正说着:"如果你之前不是一个来自天堂的天使,那么昨天晚上你就变成了天使。我们用了两天的时间不停地追踪一头老熊。我的家畜被它祸害得太惨了。"

南莉插嘴道:"是不是前掌少一个脚趾的熊?哎呀,去年,我所有的公猪都被它咬死了。"

"没错,就是它。我们从家里一直追到这里,还过了溪南面的沼泽。只要我们再靠近十码,我就能打死它。可是,我开了三枪,都因为离得远,只有最后一枪打伤它。它横渡小溪,但狗怎么都不下水。南莉,真的,除了那一次我说要永远和你在一起以外,我还从没有跟你说过假话。"

"哈哈,继续说。你可从来没跟我求过爱。"她笑着说道。

"现在再说实话就晚了……没错,我知道如果你没再婚或者搬走,一定还住在这里。而且,我知道我借用你的地板和火炉,你一定不会埋怨我的。昨天晚上,我躺在这里睡觉的时候,就一直祈祷'上帝啊,请赐福于我的小南莉吧。'"

她哈哈大笑起来。

"没错,在这里你的确是最受欢迎的人。下次要是能提前告诉我,我也不会感到惊讶了。对一个寡妇来说,突然出现在她院子里的狗和躺在火炉边的男人实在是难以让人感到习惯。现在,你们想怎么办?"

"吃完早餐,我们会继续走,我想从溪水的尽头绕过去,从对岸它消失的地方继续追踪。"

她皱着眉头说道:"艾世拉,不用这么麻烦。我在这里有一条独木舟。虽然年久失修,但载着你们过小溪还是没问题的。你们最好用它,这样就不用走那么远了。"

"哈哈,太好啦。裘弟,听到了吗?现在我还是要说'上帝啊,请赐福于我的小南莉'。"

"我现在可不像我们刚认识的时候那么小了。"

"不不不,现在的你比当时更加丰满了。你永远漂亮,但当时的你真是太瘦了。你的腿简直就像一棵小树。"

大家都笑了起来。她摘下帽子,去厨房忙碌了。贝尼又好像不着急了,因为用独木舟可以省下很多时间,他可以好好吃顿早饭。他将火腿送给了南莉，她煮了燕麦粥以及新鲜咖啡，还有一些烙饼。饼上涂了糖浆，但并没有牛奶和奶油。

"这里经常会有熊啊豹子啊，连鳄鱼都会上来，所以不能养家畜。"她叹气道，"对一个寡妇来说，这种日子太难熬了。"

"亚萨不跟你一起住吗？"

"不，他只是从葛茨堡送我回来，晚上我们会去河边参加圣礼。"

"原本我们也要去的，但是我觉得还是忘了它吧。"他忽然想起来，说道，"我的妻子已经去了，麻烦你告诉她，我们见过面，也好让她不要担心。"

"艾世拉，你真是个好男人，这么关心你的妻子。你从来没跟我求过婚，但我觉得我最后悔的就是没鼓励你求过婚。"

"大概我的妻子会想，最后悔的就是鼓励我跟她求婚。"

"谁又能知道自己真正想要的是什么呢？知道的时候就晚了。"

贝尼聪明地终止了这个话题。

丰盛的早餐结束了，南莉大方地喂了狗，还非要招待他们用午餐。父子俩依依不舍地离开了南莉的家，带着暖意离去。

"距离上游不到四分之一英里的地方，你们就能看到独木舟了。"她冲着他们的背影喊道。

到处都是冰，连茅草都覆盖上了冰层。独木舟就在草丛里，父子俩拖出独木舟，推到水中。因为长期放在陆地上，独木舟漏水的速度超过了他们舀水的速度，他们只好放弃舀水，而是以最快的速度蹚过溪流。狗对独木舟充满了怀疑，贝尼只好把它们抱上船，但它们会马上跳出去。几分钟的时间里，船里的冰水已经几英寸深了。他们只好接着舀水。裘弟蹲在船上，贝尼揪着两条狗的脖颈就扔给了裘弟。裘弟用力地抱着它们，使劲儿压制住挣扎的两条狗。贝尼用一根长橡木树枝撑着小船离开了岸边。独木舟刚离开冰层就闯入了激流，在溪水的推动下向下游走去。渗进来的水已经淹没了裘弟的足踝。贝尼疯了似的划着小船。船边的一个漏洞不断有水涌进来。现在，狗却变得安静了，一动不动。它们在颤抖，现在的境况令它们恐惧。裘弟也蹲下身子用手划着水。

夏天的小溪看上去那么友善。如果是夏天，对于穿着单薄破旧衣裤的裘弟来说，船漏水不过就是让他以更快速、更凉快的状态游泳而已。但现在的他，穿的是沉甸甸的呢子外套和裤子，放在冰水里真是最糟糕的搭配。进了水的独木舟不仅速度慢还非常难以驾驭。但是，在它沉入溪流之前，贝尼终于划到了对岸。冰水已经灌进了靴子里，他们的脚已经在冰水中麻木了，但是他们终于上了陆地，终于和缺趾老熊上了同一个岸边，并且省掉了绕路的辛苦。狗也冻得直哆嗦，抬头看着贝尼，等待着指令。贝尼没有说话，而是不做停留地朝西南走去。路过一些潮湿的沼泽，他们只能回到沼泽地或者绕到高地的树林后再继续前进。这里是北向的圣约翰河和乔治湖的交界，非常潮湿而且行走困难。

贝尼停下脚步识别了一下方向，只要地上留下缺趾老熊经过的痕迹，贝尼就能靠着裘利亚追上它，但他并不想追得太紧。对于距离，贝尼有一种神秘感。那棵枯死的柏树，正是他们跟丢老熊后经过的那棵。他放缓速度，认真地查看着冻土，他做出了好像发现了足迹的样子。

他冲着裘利亚喊道："它从这里走了，快追，从这里走了！"

裘利亚抖动着冻得发木的身子，摇晃着长尾巴，在地面上一阵忙碌。走了一段之后，它发出一阵轻轻的叫声。

"它找到足迹了，就在那里。"

印在泥浆里的足迹已经冻结了。他们用肉眼就可以轻松地跟上去。缺趾老熊经过的灌木丛里，矮树已经折断。贝尼紧跟着猎狗。发现没人跟踪的老熊已经开始睡觉。距离溪水岸边不到四百码的地方，裘利亚扑向了老熊。藏身在灌木丛中的老熊，躲过了人的眼睛。灌木丛中传来了老熊笨重的跳动声。由于狗就挨着老熊的皮肉，贝尼不敢轻易开枪。裘弟也希望爸爸能走进灌木丛看清楚后再开火。

"没办法了，靠我们自己根本抓不到它，还是交给猎狗吧。我们可以慢慢来。"贝尼说道。

他们继续往前走着。

"我们走得挺远了，那个老东西一定没力气了。"贝尼说道。

但他真是低估了老熊，猎狗和老熊的战斗还在继续。

"看来它已经做好了去杰克逊维尔的准备了。"贝尼说道。

猎狗和熊都消失了，也听不到任何声音。但贝尼依然能看到老熊清晰的足迹。在贝尼看来，压弯的草以及断裂的树枝都如地图一般。连冻硬的、已经看不到足迹的地面也是如此。中午到来之前，他们走得上气不接下气，只好停下来休息。刺骨的寒风越来越大，贝尼用手挡着耳朵倾听着。

"我貌似听到了裘利亚，它正在逼迫老熊。"贝尼说道。

这一令人振奋的消息让两个人踏上征途。中午时分他们终于追到了猎物。老熊也下定决心展开生死之战。它已经被猎狗逼得走投无路了。它站定粗壮的短腿，摇晃着侧一侧身子，露着牙齿咆哮着，愤怒的情绪令它的耳朵平伏着。它转过身想继续后退的时候，裘利亚扑上去咬住了它的侧面。列波也跑到前面跳动着去撕咬它的咽喉。它巨大的前爪一阵乱抓之后便转身后退。列波从后面跳起，狠狠地咬住了老熊的腿。缺趾老熊发出了痛苦的尖叫，两只前爪抓住了列波。列波哀痛地嚎叫着，但依然英勇地和老熊展开厮杀，以防止老熊咬到它的脊梁骨。老熊和列波翻腾着、咆哮着、撕咬着。双方都在保护自己并试图咬住对方的咽喉。贝尼举起枪，冷静地瞄准目标开枪了。紧抱着列波的缺趾老熊倒下了。从此，它劫掠残杀的生活就结束了。

现在看来，事情似乎结束得太简单了。他们不断地追踪，贝尼也曾开枪，但现在，它就躺在了他们的面前……

他们惊讶地看看对方，走近倒在地上的尸体。裘弟感到膝盖发软，贝尼也脚步不稳。裘弟感到自己仿佛一只气球一样飞了起来。

"我不得不说，这真是一个意外的惊喜。"贝尼说道。

贝尼拍拍裘弟的后背，跳起了踢踏舞。

他发出尖叫声："欧耶！"

沼泽地里回响着他兴奋的声音。一只樫鸟也跟着发出一声尖叫，飞走了。裘弟被爸爸的兴奋所感染，也兴奋地叫着"欧耶！"蹲在地上的老裘利亚抬着头大声吠着迎合他们。列波正在舔着自己的伤口，短短的粗尾巴摇来摇去。

贝尼开口唱出了不成调的歌曲：

我的名字叫山姆

但我根本不在乎

我不想做个穷苦的白人

宁愿做一个黑奴

他又一次用力地拍拍裘弟。

"穷苦的白人是谁？"

裘弟大叫着:"我们可不穷,我们抓到了缺趾老熊。"

他们一起欢呼、跳跃,一直唱到喉咙嘶哑,周围的松鼠也在枝头上吱吱乱叫。他们终于感到欣慰了,贝尼高兴得喘不上气。

"我还是头一次像现在这样欢呼雀跃,我相信这对我的身体一定有好处。"

裘弟的狂热劲头还没过去,再次欢呼起来。贝尼冷静下来,弯腰认真观察着老熊的尸体。它的重量足足有五百多磅,皮毛非常好看。贝尼举起它少了一根脚趾的前掌。

"好啦,老东西,虽然你这个敌人非常卑鄙,但也是一个值得尊敬的家伙。"贝尼说道。

他以一副胜利者的姿态坐在老熊的尸体上。裘弟伸手抚摸着老熊浓密的软毛。

"现在,我们得好好想想,我们现在所处的位置。我们全家再加上老母牛都没它沉呢。"贝尼说道。

他掏出烟斗,装好烟丝,悠闲地吸了起来。

"我们最好还是冷静下来好好想想。"贝尼说道。

他简直太高兴了,裘弟认为难以解决的问题,在他看来,不过是一次愉快的挑战而已。他差不多是在自言自语。

"现在看来,我们所处的位置应该是大河和熊溪之间。溪边的大路通往葛茨堡,东边是大河。我们完全可以把这头黑家伙弄到公马埠头,那里一直有来来往往的船。好吧,我们还是先清理好它的内脏吧。"

他们把老熊翻得仰面朝天,简直沉得仿佛在翻满满一车面粉。它的皮下脂肪非常厚,它那胖鼓鼓软乎乎的身体真难抓。

"就算死了也还跟活着那样难以对付。"贝尼说道。

他们清理了老熊的内脏,现在的缺趾老熊已经变得跟挂在店里的牛肉一样干净而无害了。裘弟紧紧地拉着沉甸甸的熊腿,好让贝尼轻松工作。他太激动了,真没想到他居然有机会用自己的小手拉住这么巨大的熊掌。在这次的追踪中,他并没有开过枪,只是跟在爸爸瘦小倔强的背影后面奔跑,但他现在却感到了自己的强壮有力。

"我们需要试一试,看能不能拖动它。"贝尼说道。

他们一人拉一只前掌,努力地向前拖。这具躯体需要的力量太大了,他们每次拖拽都只能令其移动一英尺而已。

"就这么拖,我们就是拖到春天也不可能到达河边。"贝尼说道,"而且我们非在路上饿死不可。"

他们前进的最大阻碍正是那难以抓住的光溜溜的熊掌。贝尼坐到了老熊的屁股上想着办法。

最后,他说道:"我们可以走着去葛茨堡找人帮忙。这么做虽然会让我们付出一些熊肉,但能给我们省去很多麻烦。要么我们自己做一个能拖拉的工具,勉强拉到河边。但是,这么一来,我们可能会累得心脏都跳出来。要么我们回家赶着大车来拉。"

"可是爸爸,大车不在家了啊。我妈已经赶着车去河边参加圣礼了。"

"啊,你要不说,我都忘了今天是圣诞前夜了。"

贝尼推了推帽子,挠了挠头皮。

"儿子,走吧。"

"去哪里?"

"葛茨堡!"

和贝尼判断的一样,离这里不到两英里的地方就是通向大河边那片居住地的大路。离开沼泽地和丛林上了砂质的宽敞大道，父子俩心情顿时开朗不少。虽然吹过一阵冷风，但太阳却洒下了温暖的阳光。贝尼从路边摘了一把鼠尾草，折断草茎，将可以疗伤的草汁滴到列波的伤口上。他开始滔滔不绝地讲述很久以前的猎熊故事。

"我跟你一样高的时候，我的迈尔斯叔叔从佐治亚州回来看我们。天气也像今天这么冷，他带着我慢慢地游荡在刚才穿过的那片沼泽地里。我们并不期待能碰上特别的猎物，但突然，我们发现一只栖息在树墩上的猎物，远远看去就像是一只鹬鹑，而且貌似在吃什么东西。于是，我们悄悄跑过去，你猜，我们看到了什么？"

"不是鹬鹑吗？"

"根本不是什么鹬鹑，而是一头小熊。它正坐在自己孪生兄弟身上调皮地打着兄弟的耳光。他们看上去很温顺，所以我叔叔就过去抓了上面那只。可是，等抓住之后才发现没有东西可以装小熊。你也知道，要是不拿袋子装住它，它可是要咬人的。好吧，冬天的时候，他们内地人都穿内衣裤，所以他脱了外面的裤子，再脱下衬裤，在衬裤的裤管那里打上结，一个可以装小熊的袋子就做好了。装好小熊，他正要穿上裤子的时候，灌木丛里传来一阵树枝断裂的声音，接着就是一阵怒吼声，稠密的灌木丛里蹿出来的老母熊朝着他冲了过去。他撒腿就跑，小熊也不要了，一直跑过沼泽地。母熊收起了衬裤里的小熊，可是母熊离叔叔很近，它踩住的那根树枝绊倒了我的叔叔。他跌倒的时候正好跌在了荆棘丛里。我那个善良而糊涂的婶婶，怎么都弄不明白，那么冷的天气里自己丈夫的衬裤为什么会不见了，而且跑回来的时候连屁股都受了伤。但迈尔斯叔叔一直说，这有什么好不明白的，真正搞不明白的应该是那头熊妈妈，它一定不知道宝宝身上的衬裤是怎么回事。"

裘弟笑得前仰后合,浑身无力。

"爸爸,你居然还藏着这么多故事不告诉我。"他埋怨着。

"哦,要不是看到这片沼泽地,我也想不起来。对了,我想起来了,也是在这片沼泽地里,那是一个寒冷的三月,我碰上另外一对小熊。它们冻得哭了起来,刚生下来的小熊小得跟老鼠一样,毛都没长出来,两个小家伙缩在红月桂丛里,依偎在一起,哭得像两个小娃娃。你听!"

他们身后传来了清晰的马蹄声。

"真是够巧的,这下我们就不用去葛茨堡找人帮忙了。"

马蹄声越来越近,他们站到路边,发现骑马而来的竟然是福列斯特兄弟们。

"这简直太不可思议了,跟我叫错自己名字一样难以置信。"贝尼说道。

走在队伍前面的是勃克,他们在大路上策马飞奔。所有人都喝醉了,他们停下了马。

"快看看,原来是贝尼带着他的小熊啊。你好,贝尼!什么风把你吹到这里来了?"

"我在打猎。这是一次策划很久的打猎行动。我跟裘弟追着缺趾老熊一直追到这里。"贝尼说道。

"什么?走着来的?伙计们,都听听,看他是怎么吹牛的。说得跟两只小鸡在抓老鹰一样。"

"我们已经干掉它了。"贝尼说道。

勃克一下就惊醒了,整个队伍好像都清醒了。

"别净跟我说些没用的,快说,它在哪里?"

"往东大约走两英里,就在大河与熊溪之间。"

"这只不过是你的一面之词。这么长时间以来,它在这里不知道骗过了多少人。"

"它真的死了。要问我怎么那么确定它已经死了,就是因为我刚刚把它的内脏清理干净。我跟裘弟正准备到葛茨堡去找人帮忙,帮着我们把它的尸体拖出来。"

勃克一脸庄重,醉意中又带着不容推辞的态度。

"去葛茨堡找人搬运缺趾老熊?你面前不就是这一带最顶尖的沼泽搬运队吗?"

"我们把它弄出来,能得到什么?"雷姆喊道。

"一半肉。不管怎么说,我觉得也得给你们一半肉。这头老东西也欠你们太多了,而且勃克还特意跑过来提醒我。"

"我们是朋友,贝尼·巴克斯特。我提醒你,你也提醒我,来,坐我后面带路吧。"勃克说道。

"不知道去过沼泽地后,还会不会想去巴克斯特岛地。我就想赶紧去参加盛会。"密尔惠尔说道。

"贝尼,你大概也想去吧?"勃克问道。

"你们干什么去?"

"你还想去伏流西亚镇参加圣礼吗?"

"如果我们能及时把熊运回去并且收拾好,我们当然想去。但是我们到那里的时候可能会很晚。"

"来吧,坐我后面带路。伙计们,我们把熊处理好后就去伏流西亚镇参加圣礼。如果他们不欢迎我们,只好请他们把我们扔出去了,但前提是他们敢这么做才行。"

贝尼犹豫了。就算去了葛茨堡,在圣诞前夕,可能根本找不到人帮忙。但是去那个文雅体面的盛会,福列斯特兄弟们一定不受欢迎。他决定先让他们帮着把熊运回去,之后再看是否能打发他们去干自己的事情。他翻身上了勃克的马。

"哪位能好心地带着我的哈巴狗?虽然它伤得不重,但也跑了那么远,还跟熊拼死一战了。"贝尼说道。

葛培抱起列波,放在了他的马鞍上。

"我们走过来的这条路,非常好走,跟那些平坦的大路没什么两样。我们很快就能到那里。"贝尼说道。

他们走过来时觉得路程漫长,但骑在福列斯特兄弟的马背上,这简直太近了。巴克斯特父子想起来,从早饭之后两人还没吃过东西。他们从背包里拿出南莉的面包和肉,大口地吃了起来。贝尼飘飘然的心情配合着福列斯特兄弟们微醺的醉意,再惬意不过了。

他冲着后面喊道:"昨晚,我在以前的一个女朋友家里住了一晚。"

他们爆发出一阵狂欢声。

"可惜的是她不在家。"

又响起一阵狂欢声。

裘弟也想起了南莉家的欢乐氛围。

他在密尔惠尔后面说道:"密尔惠尔,如果我妈换成另外一个人,我会是什么样?或者我就不是我了?"

密尔惠尔大声喊道:"喂!裘弟想换个新妈妈呢。"

他用力地捶打着密尔惠尔的后背。

"我才不要新妈妈呢,我就是我,我不想成为其他人。我只是随便问问。"

就算清醒的密尔惠尔也不可能回答上这个问题。酒醉的他也只能做出下流的回答而已。

"现在,我们只要穿过那片硬木林,就能看到我们的缺趾老熊了。"贝尼说道。

一伙人下马后,雷姆不屑地唾了一口。

"这个教士养的幸运小子……"

"只要愿意紧追不放,谁都能抓到它,"贝尼说道,"或许带着跟我一样的疯狂劲儿去追击它。"

关于怎么分割熊肉,大家的意见并不一致。勃克想不分割,这样才能保存整头熊的外观。贝尼认为这根本不可能实现。最后,勃克被大家说服了,老熊被以通常的方法一分为四。去掉皮,每一块还有一百多磅重。但熊皮依然是完整的,保存了巨大的熊头、具有利爪的熊掌。

"我就是要这样剥皮,我想到了一个寻开心的好办法。"勃克说道。

酒瓶在他们中传了一圈之后,他们把四块熊肉放到了四匹马上,熊皮单独放在一匹马上,拖着走上大路。除了福列斯特这样的大家庭,谁还能既装运缺趾老熊又带着巴克斯特父子呢?队伍兴高采烈地行进着,他们彼此呼喊着不要掉队。

天黑了,他们也赶到了巴克斯特岛地。巴克斯特家门窗紧闭,没有一丝光亮,也没有袅袅升起的炊烟。看来巴克斯特妈妈已经赶着车去参加圣礼了。连小旗也不见了踪影。福列斯特兄弟下马后又开始喝酒,还吵着要喝水。虽然贝尼建议他们留下来吃晚饭,但他们的心早就飞到了伏流西亚镇。他们在熏房中挂好熊肉,但勃克怎么都不肯放下熊皮。

黑暗中,裘弟绕着门窗紧闭的屋子,感到很特别。仿佛这并不是巴克斯特家,而是住着其他什么人。他绕到屋后喊着:"小旗,到这里来!小旗,这个家伙!"他并没有听到尖细蹄子踏在地面的声音。他又一次大声喊了起来,声音中充满了恐惧。最后,他转到大路上,才看到小旗正从树林中飞奔过来。裘弟用力地抓着它,它开始不耐烦地反抗。福列斯特兄弟们正在大声地催促他。他多么想让小旗跟他一起走,但他实在无法忍受它的逃跑。他带着它到棚屋里,拴好后还插上门，这样可以让小旗免受野兽攻击。他再次跑出去，把背包中的食物都扔给了小旗。福列斯特兄弟的叫喊变成了咆哮。他关好门，满意地爬上了密尔惠尔的马背。他回来之前，小旗总算能让他放心了。

福列斯特兄弟们从院子中涌了出来，同时爆发出一阵类似乌鸦一般的歌声。他也跟着唱了起来。

勃克唱着：

我去看我的苏珊

她在门口等着我

她说我无须来这里

再也别去看她

密尔惠尔嚷道："哈哈，雷姆，这首歌如何啊？"

勃克继续唱着：

她已经爱上了卢发思

他的名气像杰克逊

我盯着她的脸说道

苏珊·珍妮小姐，再见喽

"哈哈！哈哈！"

接着，葛培唱出了婚姻的哀愁。大家还会齐声合唱每一段末尾的叠句。

我娶了另一个女人

她凶得如同魔鬼的奶奶

我还想重新过单身

他们的呼喊声回荡在丛林之中。

他们到达河岸时已经九点了，一伙人大声喊着渡船。过河后，一伙人骑马直奔教堂。教堂里金碧辉煌，院子里满满的都是马啊、货车啊、牛啊、牛车啊等等，树下已经满了。

"我们现在太粗野了,不适合进去参加圣礼。就让裘弟进去给我们拿点儿吃的出来吧,你们觉得呢?"贝尼说道。

但什么样的干涉和劝说都不可能再管得了福列斯特兄弟了。

"现在,你们都帮我准备好,我要把教堂中的魔鬼给吓出来。"勃克说道。

雷姆和密尔惠尔帮他穿上熊皮。他四脚着地地趴在地上,沉重的熊头耷拉下来,熊皮的肚子已经被剖开了,看上去并没有达到逼真的效果。贝尼急着要去教堂里,好让巴克斯特妈妈安心。可是福列斯特兄弟却慢悠悠的。他们奉献出两三副靴带,熊皮才被牢牢地绑在了勃克的身上,效果也变成了勃克所期待的。巨大的熊皮被勃克宽阔厚实的肩背撑开,看上去仿佛一头真的巨熊。他试着大吼一声,在大家的簇拥下上了教堂的台阶。雷姆一下子把门推开,放勃克进去后又立刻关门,只剩下一条宽缝让其他人偷看。刚开始,参加圣礼的人并没有注意他。勃克摇晃着走到人前,真切地模仿着缺趾老熊晃动的步调,连裘弟都感到汗毛直立了。勃克大吼一声,聚集在一起的人们转身看过来。勃克停下脚步,大家顿时呆住了,接着就有人乱糟糟地向窗口逃去,好似一阵狂风扫过落叶,整个教堂瞬间空空如也。

福列斯特兄弟们走了进来,发出狂傲的笑声。贝尼和裘弟也跟了进来,突然,贝尼向勃克扑了过去,拉开熊头,露出了勃克的脸庞。

"勃克,赶紧脱掉,难道你想吃枪子儿吗?"

他一眼就看到窗口处闪烁着一根枪管。勃克站起来,熊皮也滑落下来。逃走的客人又回来了,而外面一位妇女还在尖叫,谁也劝不住,两三个孩子也因为害怕大声地哭了起来。

返回的人们最先感受到的是愤怒。

"用这种方式来庆祝圣诞前夜，真是不错啊，孩子的魂都被吓没了。"一个男人喊道。

但是节日的气氛非常热烈，喝醉酒的福列斯特兄弟具有很强的感染力，那张巨大的熊皮吸引了大多数人的眼光。人群中不时爆发出一阵哄笑，最后整个教堂的人都哄堂大笑。大家一致认为，相比缺趾老熊，勃克更像一头巨熊。横行多年的缺趾老熊，早已在这里被众人所知了。

大部分的男人和孩子都围在贝尼四周。他的妻子表示了祝贺，并且快速地拿来一盘食物。他坐在教堂的长凳上，背后是光滑的墙壁，做好了大吃一顿的准备。但是，刚吃了几口，男人们抛出的问题就淹没了他，他只好继续讲述着打猎的详细情况。搁在他膝盖上的食物，却怎么也无法进到他的嘴里。

裘弟小心地左右瞧着，到处都是陌生的光泽和色彩。小小的教堂里有冬青、槲寄生以及捐来的花花草草的点缀，还有无籽小葡萄、天竺、叶兰以及海甘蓝等。沿墙的架子上放着煤油灯，闪耀着灯光。天花板上覆盖着绿色、红色和黄色的彩色纸。教堂前部是平时用来布道的讲坛，此时也摆上了圣诞树。树上灌满了成串的爆米花、耀眼的金银丝、用硬纸剪出来的各种图案以及"玛丽·特雷拨"号船长的闪光圆球。大家的礼物都放在圣诞树下。四处走动的小女孩们神情有些恍惚，她们身穿格子布，把新做成的布娃娃紧紧地抱在胸前。那些幼小的、无法靠近贝尼的男孩子们还坐在地板上玩闹。

圣诞树旁的几张长条木板桌上放着食物，郝陀婆婆和妈妈带着裘弟去了桌边。他发现他也获得了无限荣耀，一切都那么甜蜜。女人们围着他，不断给他递过来美食。她们也想听打熊的故事。刚开始,他什么都说不上来,只感觉一阵冷一阵热,连手里拿着的一盘色拉也倒了出来,另一只手的饼也被紧紧地捏着。

"还是让他随便些吧。"郝陀婆婆说道。

突然,他好像害怕自己没有说话的机会、害怕自己丢掉现在的荣耀一样。

他快速地说着:"我们差不多跟了它三天,有两次都差点追上它。我们陷进泥塘的时候,爸爸说非常危险。但最后我们还是抓到了它。"

她们都一脸献媚地听着。裘弟感到精力十足。他又从头说了起来,并且努力模仿贝尼的口气。讲到一半,他注意到了面前的糕饼,顿时就不想再讲下去了。

"这个时候,爸爸开枪打死了它。"他匆忙结束话题。

他拿起一块蛋糕,使劲咬了一口。围着他的女人们又开始拿各种食物给他。

"你现在吃这么多蛋糕,一会儿就吃不了别的东西了。"巴克斯特妈妈说道。

"别的我还不吃了呢。"

"奥拉,随他便吧。他平常有的是时候吃玉米面包。"郝陀婆婆说道。

"我明天就吃玉米面包,"他预约了一下,"我知道你很喜欢玉米面包。"

他吃了一种蛋糕又吃另一种,之后再重新吃一遍。

"妈妈,你走之前,小旗回来过没有?"

"昨天天黑的时候它回来了。我说太不让人省心了,它回来但你没回来啊。后来,我今天晚上听南莉·秦雷特说了你们的事情。"

裘弟赞赏地看着妈妈，穿上黑呢衣服的妈妈真的很好看。她把灰白色的头发梳得非常光滑，脸上满是骄傲和满足，红扑扑的很可爱。其他女人和她说话的时候都表现得很尊敬，能做贝尼·巴克斯特的家属，真的是非常幸福。

"我在家里藏了一件很好的东西给你。"裘弟说道。

"真的吗？是不是光溜溜、红彤彤的东西？"

"你找到啦！"

"我每天都要打扫屋子。"

"喜欢它吗？"

"真是最漂亮的。我原本想着戴上的，但是我觉得你一定想亲自交给我。你想知道我给你藏什么了吗？"

"想！"

"我买了一袋薄荷糖给你，你爸爸给你做了一个鹿腿骨刀鞘，正好配奥利弗给你的猎刀。他还给你的小鹿做了一个公鹿皮的项圈。"

"我怎么一点儿也不知道他做了这些东西。"

"你睡着后，他给你再盖个床单，你就不会听到了。"

他叹口气，但感到非常满意，然后把手里吃剩的蛋糕塞到了妈妈手里。

"我不吃了。"裘弟说道。

"你也差不多吃饱了。"

他看看周围，不免又感到胆怯。蕾莉亚·鲍尔斯正跟不爱说话的摆渡男孩躲在角落里玩造房子游戏。裘弟默默地看着她，差点没认出来。她身上的白色童装上镶着天蓝色的褶皱，两根猪尾巴一样的辫子上晃荡着两条蓝缎带做成的蝴蝶结。他感到有些愤怒，但并不是针对蕾莉亚，而是针对摆渡男孩。他隐约觉得蕾莉亚应该是属于他裘弟的，他想怎么对她就怎么对她,哪怕是拿土豆丢她。

福列斯特兄弟们在教堂后面靠近门口的地方,那是他们的天地。虽然看任何一位福列斯特两眼都可能招来非议,但也有大胆的女人会拿几盆食物给他们。这些男人看到女人,喧闹声会更大,酒瓶也会以更快速度传来传去。福列斯特式大嗓门压过了节日盛会上的人声。小提琴手拿来了乐器,开始拉奏。他们招呼着别人加入他们的广场舞队伍中。勃克、密尔惠尔和葛培还邀请那些呵呵傻笑的女孩来做舞伴。而雷姆只是皱着眉头待在圈子外面。福列斯特兄弟们的舞蹈疯狂而嘈杂。郝陀婆婆坐在远处的一张凳子上,她的黑眼睛中闪烁着愤怒。

"早知道这些魔鬼也来这里,永远也别想我能到这里来。"

"我也是这样。"巴克斯特妈妈说道。

她们肩并肩坐在一起,静默得如同石头一般。她们两个观点一致、和睦相处还真是头一回。闹腾、音乐、食物以及激动弄得裘弟头脑昏沉。虽然外面是一片寒冷,但教堂内却有木柴炉子的怒吼以及流汗的人群散发着热气,闷热得厉害。

教堂门口出现了一张男人的新面孔。一股寒冷的空气跟着他涌了进来,所有人都抬起头来看看发生了什么。有人看到雷姆·福列斯特跟他说话,雷姆听完后又跟兄弟们说了几句,接着所有的福列斯特都出去了。贝尼周围的人终于听完了打猎的故事,现在正在用自己的故事补充说明。跳广场舞的人少了,有人带着刚来的人去桌子边用餐。这是一位轮船上下来的旅客,而轮船现在正在码头装木柴。

"富人们,刚才我跟他们说,还有人跟我一起在这里下船。我想你们肯定认识,是奥利弗·郝陀先生和一位年轻太太。"他说道。

郝陀婆婆站了起来。

"你确定这是他的名字?"

"夫人,我当然确定。他还说他就住在这里。"

贝尼推开人群挤到她身边,把她拉到一边,说道:

"我想你已经知道了。我怕福列斯特兄弟已经去了你家。我打算马上去那里尽量避免纠纷。你一起去吗?如果你在的话,他们可能会因为羞愧而不那么放肆。"

她赶紧拿上披肩和帽子。

"我跟你们一起去,非得让那些流氓尝尝我的厉害不可。"巴克斯特妈妈说道。

裘弟跟着他们一起跳上了巴克斯特家的马车,向河边驶去。突然,天空亮了起来。

"看来是什么地方的森林起火了。哦,不,老天啊!"

没错,着火的地方正是路的拐弯处、夹竹桃树巷里,冲向夜空的火焰正熊熊燃烧着。那里正是郝陀婆婆家!他们进了院子,但屋子已经变成一片火海。在火光的映衬下,屋内的摆设清晰可见。夹着尾巴的"绒毛"冲着他们跑了过来。他们跳下车。

"奥利弗,奥利弗!"婆婆大声地喊道。

火光四周已经烧得难以靠近。贝尼用力地拉住了想要奔进火海的郝陀婆婆。

"你想被烧死吗?"他的声音压过了怒吼的火焰以及发出爆裂声的屋子。

"奥利弗,奥利弗在里面!"

"他不可能在里面。他一定不在里面了。"

"他们肯定会开枪打死他!奥利弗,他一定在!"

贝尼使劲拉住她。在火光的照耀下,地面上的马蹄印显得异常清晰。但是这里根本就没有福列斯特兄弟以及他们马匹的踪影。

"这些黑鹈鹕,简直没有他们干不出来的事儿!"巴克斯特妈妈说道。

郝陀婆婆正努力地挣脱贝尼。

"裘弟,赶紧,赶紧赶着车去鲍尔斯商店打听打听,问问有没有人看到奥利弗下船后的情形。如果那里没人知道,马上去教堂找送来消息的那个人,快!"贝尼喊道。

裘弟快速地爬上车座,指挥着老凯撒拐上了小巷。他感到自己双手麻木,只能在缰绳上胡乱摸着。他慌乱了,不知道爸爸说的是先去教堂还是先去商店。要是奥利弗没有死,他再也不会背叛他了,永远不会。马车上了大路。冬天的夜空月朗星稀。凯撒打着响鼻。裘弟看到一对男女正沿着大路向河边走去。男人的笑声传进了他的耳朵。

"奥利弗!"他一边喊着一边跳下尚未停稳的马车。

"快看,那个独自赶车的人是谁?你好,裘弟!"奥利弗喊道。

他旁边的女人正是吐温克·薇赛蓓。

"快,奥利弗,快上车!"裘弟说道。

"这么着急?发生了什么事?你的礼貌呢?跟女人说话怎么能这么没礼貌?"

"奥利弗,婆婆的屋子着火了。福列斯特兄弟放的火!"

奥利弗把行李袋扔到车上,先把吐温克抱上车座,接着跳上马车,接过缰绳。裘弟爬上车坐到了他的旁边。奥利弗掏出手枪放到了身旁的车座上。

"福列斯特兄弟已经不见了。"裘弟说道。

奥利弗打着鞭子催促着老凯撒,很快便进了小巷。他的眼前出现了陷在火海中的房架,火焰仿佛被装到了那个箱子里。奥利弗喘着粗气。

"妈妈没在里面吧?"

"她在那里!"

奥利弗停下马车,跳了下来。

"妈!"奥利弗喊道。

郝陀婆婆挥舞着两条胳膊,飞奔向奥利弗。

"安静点,妈妈,好啦,安静,别害怕!"

贝尼一直陪着他们。

"奥利弗,现在任何男人的声音都不如你的声音。"贝尼说道。

奥利弗推开婆婆,看着燃烧的屋子。屋顶塌了,新的火焰点燃了栎树上的苔藓。

"福列斯特们从哪条路走的?"奥利弗问道。

裘弟听到婆婆小声地喊着"老天啊"。

她稳定了一下情绪后,大声说道:

"你现在找他们做什么?"

奥利弗猛然转身。

"裘弟说是他们点着了屋子!"

"裘弟,这个浑小子。孩子的想法总是这么天真。我走的时候,忘记熄灯了,而这盏灯就在窗户前。我想,肯定是风吹着窗帘给烧了起来。我参加圣礼的这一晚上都不放心。裘弟,你乱说话是想闯大祸吗?"

裘弟不知所以然地看着她。巴克斯特妈妈也张大了嘴巴。

"怎么,你……"巴克斯特妈妈说道。

裘弟看到爸爸正狠狠地拽着妈妈的胳膊。

"没错,儿子,你不能随便冤枉几英里外的人,他们是无辜的。"贝尼说道。

奥利弗松了一口气。

"这件事跟他们没关系我当然感到高兴。要不然，他们谁也别想活着。"他转身把吐温克拉过来，"各位，现在，我要隆重地介绍一下我的妻子。"

郝陀婆婆有些犹豫，但还是走到姑娘身边，亲吻了她的脸颊。

"我感到高兴，你们真的决定了。"郝陀婆婆说道，"或许奥利弗能抽出时间常来看看我。"

奥利弗拉着吐温克的手，绕着屋子走着。婆婆严肃地告诉巴克斯特一家：

"要是你们敢泄露半句……我想，你们也不想我因为一所烧毁的房子而让福列斯特兄弟的鲜血和我儿子的尸骨撒到两片土地上吧？"

贝尼双手放到她的肩膀上。

"亲爱的夫人，我已经明白你的用意了……"贝尼说道。

贝尼抱住了有些颤抖的婆婆，努力让她安静下来。奥利弗和吐温克走了回来。

"妈妈，别太难过。我们会在河边帮你盖一所更好的房子。"

婆婆鼓起勇气说道。

"不，我已经老了。我想跟你们到波士顿去。"

裘弟看着爸爸，爸爸的脸拉了下来。

她试探着说道："明天一早，我就想离开这里。"

"什么？妈妈，你是说离开这里？"奥利弗说道。

他的脸上露出了喜悦。

他开心地说道："我每次都从波士顿出发。妈妈，我喜欢那个地方。可是让你跟那些北方佬在一块儿，真害怕你会挑起'南北战争'。"

第二十七章　奥利弗一家被气走

寒冷的早上,河边的码头上站着巴克斯特一家和郝陀婆婆、奥利弗、吐温克以及"绒毛",这是一幅离别的画面。南面的河湾里行驶着正在北上的汽船,汽笛呜呜地响着,正在做靠岸的准备。婆婆拥抱了巴克斯特妈妈,又示意性地拥抱着裘弟。

"你已经开始写字了,以后记得给婆婆写信,寄到波士顿去。"

奥利弗和贝尼握握手。

"我和裘弟都会非常想念你们的。"贝尼说道。

奥利弗又向裘弟伸出了手。

"非常感谢你对我的忠诚,我永远都不会忘记你,即便到了中国的海域,我也会记着你的。"奥利弗说道。

婆婆紧闭着嘴巴,下巴绷得坚硬,好似一块燧石箭头。

"如果你们想通了,还想回来,巴克斯特岛地随时欢迎你们的到来。"

汽船已经绕过了河湾,靠岸了。船上有几盏灯亮着,而两岸中间的河面上依旧一片昏暗。

"我们差点忘了把那件礼物送给裘弟。"吐温克说道。

奥利弗在口袋中找了找,把一个圆圆的小包递给了吐温克。

"裘弟,这个送给你,谢谢你曾经帮奥利弗打架。"她说道。

这一天的遭遇已经令裘弟麻木了。他接过来，面无表情地看着。吐温克低头亲吻了他的面颊，裘弟感到了一股惬意。她的嘴唇那么柔软，她金黄色的头发散发着芳香。

船上放下了跳板，卸载了一堆货物。婆婆弯腰抱起"绒毛"。贝尼双手捧着婆婆满是皱纹却依旧柔软的脸，面颊轻轻地依偎着她。

"我真的很爱你，我……"贝尼都发不出声音了。

郝陀一家踏上跳板，轮桨拍打着河水，河水吸吮着轮船，轮船驶离河岸，回到了河水中央。站在船栏边上的奥利弗和婆婆冲他们挥手。汽笛呜呜，驶向河流的下游。裘弟回过神来，拼命地舞动手臂。

"婆婆，再见！奥利弗，再见！吐温克，再见！"

"裘弟，再见……"

他们的声音越来越远，裘弟感到他们真的离开了，好像去了另一个世界，好像在看着他们丢了性命。东方那玫瑰色的曙光出现了，可是相比夜晚的寒冷，这个黎明好像更加冻人。郝陀家的房子已经化为灰烬，但隐隐约约仍在闪光。

巴克斯特一家驾着马车回家去了。因为朋友的离开，贝尼伤心极了，他一脸肃穆的表情。裘弟的心头满是离愁别绪、矛盾而纷乱，所以他最终放弃了想要解决它们的想法，而是舒适地蜷缩在爸爸和妈妈之间那个暖和的空间里。他打开了吐温克递给他的小圆包，是一个白瓷小罐，用来装枪药正好。他紧紧地把它搂在怀里。他突然想到依然留在东岸的伊粹·奥赛尔，如果他知道郝陀婆婆离开了，会不会追着她去波士顿？颠簸的马车终于到达耕地。这是一个寒冷却异常晴朗的日子。

巴克斯特妈妈说道："要是这事发生在我身上，我绝不会让这帮混蛋逃过法律的制裁。"

"没人能证明是他们干的。马蹄印吗？哼，他们完全可以说是看到着火了所以来看看情况。他们还能说镇上那么多马，那根本不是他们的马蹄印。"

"反正，我倒是更想让奥利弗知道事情的真相。"

"没错，但知道了又能怎么办？发怒，然后去干掉他们几个？奥利弗不冷静的时候什么事都干得出来。不管是谁，对于烧了自己房子的混蛋都会跟他一样杀人泄愤。唉，杀几个福列斯特，自己再承受绞刑，或者没被杀死的福列斯特再来报仇，杀死他们一家。他，他的妈妈，还有他娇小漂亮的太太。"

"娇小漂亮的太太？明明就是个贱货。"巴克斯特妈妈冷哼一声。

裘弟顿时感到心头涌上一阵忠诚。

"妈妈，她真的很漂亮。"他说道。

"男人没一个好东西！"巴克斯特妈妈总结着。

巴克斯特岛地出现了，裘弟感到了一种安全、幸福的感觉。别人家遭遇灾难的时候，耕地却安然无恙。茅屋还在等着他们，熏房里都是好肉，还有缺趾老熊的尸体。小旗，最重要的是小旗。他急不可耐地跑到棚屋，现在，他要给小旗讲一个非常精彩的故事。

第二十八章 孤寂的狼

一月里,天气已经转暖。寂静的黄昏时分,太阳常常自在地隐没在淡红色的晚霞里。晚上盖被子已经感觉热了。薄冰也只会出现在清晨的水桶中。在每一个暖和的午后,巴克斯特妈妈都会坐在阳光下或者门廊上缝补衣物,裘弟去树林里闲逛的时候也能摆脱羊毛短外套了。

巴克斯特家的生活平静得犹如这天气。贝尼说,住在河岸边的居民都在为郝陀家的大火、尖牙利嘴、令人捉摸不透的母亲以及长得像外国人的水手儿子和一头金发的本地姑娘吐温克担心不已。可是,所有人都认为:喝醉酒的福列斯特兄弟听说奥利弗带着吐温克回来后,就一把火烧了郝陀家。但耕地距离遥远,所以过了很久巴克斯特岛地才知道这件事。贝尼、巴克斯特妈妈和裘弟每天黄昏都会坐在火炉边,回忆着那天晚上的情况。他们和郝陀一家站在那里,看着烧成灰烬的房屋,在灰烬的余热中,陪着郝陀一家等汽船,而且谁也阻挡不了郝陀婆婆去波士顿的决定。

"照我说,如果那个来报信的人不说那是他的情人,而说是他的太太,我想就算雷姆也不可能找奥利弗的麻烦。她结了婚,他们也就该放弃了。"贝尼说道。

"什么太太太太的,这伙不要脸的东西,在知道里面有人的情况下居然烧了房子。"

贝尼深深地叹气,只能表示同意。福列斯特兄弟们肯定去葛茨堡做生意了。他们不曾经过巴克斯特岛地,回来的时候竟然没来拿那半份熊肉。他们在躲着贝尼,可见确实是他们干的。他感到非常难过,他费尽千辛万苦得到的和平,又一次失败了。仿佛有一块本来要扔别人的石头砸到了自己头上一般,他感到非常苦恼。

裘弟虽然也在关心这件事,但他关心的好像是故事中的每一个人物。郝陀婆婆、奥利弗、吐温克还有绒毛,他们仿佛随着河流远去的书中人物,而奥利弗成了他故事中的人物之一。现在,故事里还有郝陀婆婆、吐温克以及绒毛。奥利弗说过:"我永远都不会忘记你,即使到了中国海域也会记着你。"总的来说,在裘弟的想象中,奥利弗永远地留在中国海,并且受到了一些难以捉摸的人的虐待。

一月底的天气一直都非常暖和。虽然春暖花开之前依然会有寒霜甚至冰冻,但持续的暖和天气已经预兆着春的临近。贝尼正在即将播种早熟作物的耕地上忙碌。他新翻了一块耕地,这块地还是遭遇响尾蛇事件后,勃克帮着开垦的。他决定在这里种棉花赚钱。北边靠近硬木林的那块低地,他想留着种烟草。屋子和葡萄棚中间有他预留下来的苗床。因为家畜中只剩下母牛和老凯撒了,所以他想减少扁豆的种植面积,多出来的土地都种上玉米。因为再多的玉米也不会被嫌弃。鸡群没什么饲料,猪喂不肥,全都是因为玉米太少的原因。耕地里最重要的就是玉米。裘弟帮忙从马厩里运出来冬天储存的肥料,撒到了沙地上。他想平好土地,等三月初听到第一声夜鹰啼叫的时候开始播种。

巴克斯特妈妈一直埋怨着想有个生姜圃,因为别人家都有。河边杂货店老板的太太已经同意给她姜根,他们随时都可以拿。贝尼和裘弟准备好了种姜的地方。他们在屋子一旁挖了四英尺深的坑,坑底铺了木板条,还从耕地的西南角拉了土填满。贝尼说等他去河边做生意的时候，一定把鹿角一样的姜根拉回来。

他们出去打猎的情况并不好。熊的觅食范围很广，他们正在为二月里的冬眠做准备。它们把巢穴选在了被狂风刮倒的树根下，或者两棵大树的树干倒着交叉而提供遮掩的地方。有的时候，它们还会把树枝以及棕榈枝塞到空心的树洞内，建成一个简陋的巢穴。无论巢穴在哪里，里面都会有深沟，而熊的前腿就搭在沟沿上。裘弟感觉很奇怪，十二月里真正的寒冷天气到来的时候，它们不躲在巢穴里过冬反而在三月而不是四月就跑出来。

"我认为它们很会安排自己的事情。"贝尼说道。

鹿也少得可怜。不仅仅是因为瘟疫，还因为幸存下来的猛兽越来越贪婪。公鹿看上去非常可怜，身体瘦弱，皮毛粗糙得犹如灰色苔藓。它们经常孤独地徘徊着。而母鹿也是独自或者三三两两地闲逛。一头老母鹿带领着一头年轻母鹿以及一岁的小公鹿。很多母鹿的肚子已经沉甸甸地怀上了宝宝。

翻完地后，最重要的事情是劈木柴，这样两处炉灶才不至于熄火。相比以前，现在更容易找到木头。因为很多树木都在暴风雨中倒下了。而更多的树木则因为狂风以及长期的雨水浸泡、树根松动而倒下。地势低洼的地上甚至出现成片的死树林。看上去仿佛不是洪水造成的，而是火烧留下的。这是因为死去的树就那么光秃秃地站在那里。

"幸亏我住在高地上，否则看到这种凄凉的情景，我一定非常难过。"贝尼说道。

裘弟喜欢到远处找木柴，这就像外出打猎。他们可以自由地展开活动。贝尼经常在凉爽而晴朗的早上，吃完早饭就套上马车随心所欲地找条想走的路去往低地。狗总是跟着马车小跑，而小旗经常会快跑到马车前面，或者和马车肩并肩走着。它戴着公鹿皮项圈，显得格外聪明伶俐。他们拐进一块空地后，再走路去寻找合适的树木：黄松或水橡。除此之外，树林里的油松非常丰富，这是最容易点燃，也是最亮、最热的燃料，但是锅和水壶却会被熏黑。他们轮流砍树，或者两人一起锯倒树木。锯子有节奏地摆动以及锯齿咬住木头的刺刺声让他感到欣喜，而且锯末的芬芳以及飘落的情形也令他们开心。

狗会到附近的树林里寻找和追赶野兔。小旗则啃食嫩芽或寒霜中幸存下来的嫩草。贝尼总会带上枪，当裘利亚把兔子赶到附近的时候，或松鼠旁边出现一只傻乎乎的狐鼠时，他们晚上的餐桌上就会出现肉菜。有一次，树上有一只大胆的纯白色狐鼠在凝视他们，但贝尼没有开枪。他说，纯白色非常少见，就和白色浣熊一样稀奇。缺趾老熊的肉很老，煮上很长时间才会烂。能吃完它，巴克斯特一家感到非常庆幸。但因为在缺乏兽肉的时候，大家才会想起吃它，所以大部分熏肉还是喂了狗。可是，不管怎么说，那只大木桶里还是装满了用它熬好的油脂。它的油脂纯净而金黄，犹如头茬儿蜂蜜一般，随便烹调什么都非常美味。油渣儿也香脆可口，好似猪油渣一般。无论何时，无论谁嚼着它，都会感到非常满意。

巴克斯特妈妈花了大量的时间把棉被翻新。贝尼一直在教裘弟读书写字。黄昏时分，熊熊燃烧的炉火为他们提供了光和热。连屋子四周呜呜呼号的风似乎都变得让人舒服了。在安静的月夜，狐狸的叫声从硬木林中传出来。这个时候，他们会停下功课，贝尼冲裘弟点点头，两人开始侧耳倾听。可是，狐狸却很少去巴克斯特家的鸡棚里。

"它们连裘利亚头上有几根毛都了解得很清楚,它们可不想招惹这个上帝。"贝尼笑着说道。

一月末,在一个清冷的夜晚,贝尼和巴克斯特妈妈已经上床,裘弟和小旗还在炉火旁不舍得离开。他听到院子中响了一阵,仿佛狗在打架。但是相比平常的动静,两条狗活跃得多。他走到窗户边,贴近冰凉的玻璃。列波正在跟一条奇怪的狗蹦跳着、玩耍着,裘利亚却悠闲地在旁边看。他屏住呼吸,原来那不是狗,而是一条精瘦的大灰狼,它的一条腿瘸了。他想转身去喊爸爸,但外面的情形吸引着他继续观望着。很明显,这条狼以前也跟狗一起玩耍过,它们熟悉彼此。它们秘密地玩耍,连狗也没有发出警告。裘弟来到卧室门口喊起爸爸,贝尼走了出来。

"儿子,什么事?"

裘弟小心翼翼地走到窗边,点头示意贝尼。贝尼赤脚走了过来,顺着裘弟指出的方向看去。他轻轻地吹了一声口哨,但没去拿枪,而是默默地看着外面。清朗的月光下,它们的动作清晰可见。狼的一条后腿瘸了,行动稍显笨拙。

"真是可怜啊。"贝尼小声说道。

"我觉得,它应该是在那次围猎中逃掉的狼中的一条。"

贝尼点着头。

"可以确定它是最后一条狼了。真是可怜,不光寂寞,还受了伤……找它的近亲玩耍是它唯一的乐趣了。"

或许他们的声音穿透了紧闭的门窗,或许它嗅到了他们的气味。突然,它默默地转身离开了两条狗,艰难地翻过栅栏,消失在了黑夜之中。

"它会在这里捣乱吗?"裘弟问道。

贝尼在炉火的余烬上烘烤着自己的脚。

"我真怀疑他还能不能为自己猎食。我可不想打扰它,或许一头豹子或熊就能结束它的生命。让它安然度过余生吧。"

他们蹲在火炉边,感到一种奇异的悲哀。就算是对狼,这种情况也太残酷了。孤独到这样的地步,居然要到敌人的院子里寻找伙伴。裘弟伸出手臂搭在小旗身上。他希望小旗能够明白,它不会感受到这样的孤独寂寞,而对他来说,小旗的存在也减少了折磨他的孤独。

下半个月,他又一次见到了孤狼。但这之后再也没见过它。父子俩默契地对巴克斯特妈妈隐瞒了这件事,因为他们知道,她一定主张打死它。贝尼认为,可能是某次打猎的时候狗和它熟悉了,也可能是他们砍树的时候,狗闲逛时认识了它。

第二十九章　烟苗被踩坏

二月里，因为风湿的折磨，贝尼走路一瘸一拐得特别严重。几年间，一遇到潮湿或者寒冷的天气，风湿病总会发作。不管气候怎样，他总是大意地暴露着身体去做他想做的事情，或是他觉得需要做的事情，根本不爱惜身体。巴克斯特妈妈说，现在对他来说最好是卧床休息。可他怕这样会耽误播种，很是烦恼。

"让裘弟去干吧。"她没有耐心了。

"他只跟着我学了些杂事，还没干过农活儿。一个孩子，怎么能干好这种活儿呢？会出纰漏的。"

"说得没错。但谁想这样呢？他现在还不懂这个不懂那个，还不是你惯的？你十三岁的时候，已经跟大人一样什么都干了。"

"没错，我之所以不让他干这个就是因为这一点。等他长大成人的时候，力气足够了再说吧。"

"你真是心肠好的老实人。我还没听过耕地还会伤人。"她小声嘀咕着。

她捣好商陆根，煮好后制成药敷上去，再用刺槐、商陆根以及钾盐熬了滋补剂给他喝下。对于她的护理他非常感激，但并没有得到什么效果。他只好重新擦豹油，他耐心地揉擦着膝盖，一擦就会耗上一个小时。但豹油是对风湿最有效的。

爸爸卧床休息的日子里，裘弟只要干好杂活、劈好木柴就可以了。他每次都会抓紧时间干活，干完后就可以带着小旗玩耍了。贝尼允许他带着后膛枪。没有爸爸陪伴，这种独自打猎让他感到兴奋。他和小旗悠闲自在地一起闲逛。他喜欢去凹穴。那天，他跟小旗去凹穴挑水的时候，竟然悠闲地玩起游戏来了。他们疯狂地追逐，他们沿着凹穴斜坡奔跑着。小旗永远是胜利的，裘弟爬上去一次，小旗已经上下爬了四五次了。它发现裘弟根本追不上它，便开始捉弄裘弟。时而让他拼命狂奔，时而又讨好他，故意让他捉住自己好看到他开心的样子。

二月中旬，那是一个晴朗而温暖的日子。裘弟从凹穴底部向上望去，他看到了小旗的侧影。那一瞬间他感到无比惊讶，他仿佛看到了另一头小鹿。它真的长大了。他第一次发现小旗长得这么快，那些猎到的一岁小鹿可没有一头像它这么高大。他回家后兴奋地告诉了爸爸。天气很暖和，但贝尼依然披着棉被坐在火炉边。

"爸爸，你说小旗真要长成一岁小鹿了吗？"裘弟问道。

贝尼一脸滑稽。

"我最近还真偷偷地想过这个问题。再过一个多月，它就真的是一头一岁小鹿了。"

"到时候，它会有什么变化吗？"

"嗯，它会更喜欢留在树林里。它的个头会更大，它就像站在两国交界处一样，处于两个时期之间。它会离开某一个地方到另一个地方去。它处于小鹿和公鹿的过渡期。"

裘弟有些茫然无措。

"它会长犄角吗？"

"七月之前，它可能会长出角来。这个时候公鹿们正在换角。整个春季，它们都会到处乱撞。过了夏天，它的鹿角会长出来，但还不会分叉。等到了发情的季节，它的鹿角就成熟了。"

裘弟认真地观察着小旗的头部。他摸着小旗头顶坚硬的边角。这时，巴克斯特妈妈端着盘子经过。

"妈妈，小旗就快长成一岁小鹿。它漂亮吧，妈妈，它就要长出鹿角了。它的角好看吧？"

"就算它戴上皇冠，长出天使的翅膀，我还是不觉得它好看。"

他跑过去讨好着妈妈。当妈妈坐下来分拣干扁豆的时候，他开始用鼻子摩挲着妈妈脸上的汗毛。这种毛茸茸的感觉让他开心。

"妈妈，你身上有一股烤猪耳朵的香味。而且是在太阳底下烤的香味。"

"走远点。我刚揉好烤玉米面包的面。"

"不是那个味儿。妈妈，你听我说，你难道一点儿也不关心小旗有没有长角？"

"它要是长了角，就会更烦人地到处乱撞。"

他无法坚持自己的主张了。说实话，小旗的确开始给他丢脸。它学会了挣脱束缚，如果束缚太紧挣脱不掉的话，它会像小牛犊那样拼命抵抗，拼命向外挣扎，甚至会眼珠突出、没了呼吸。为了保留它的生命，裘弟只好把它放开。但自由之后的它会四处闯祸。棚屋里的一切都无法阻止它，任何妨碍它的东西统统完蛋。它野蛮而莽撞，裘弟只有形影不离地守着它的时候它才能进屋。但是关着门的时候，它一心想进去。要是没门，它会一头撞进去。只要看到巴克斯特妈妈转身，它准能闯点祸出来。

巴克斯特妈妈把剥好的扁豆放到了桌子上，走向火炉边。裘弟回卧室找生皮。突然，他听到一阵响动，接着就听到巴克斯特妈妈发怒了。小旗竟然跳上桌子吃了口扁豆,还打翻了盘子。厨房的地上到处都是扁豆。裘弟赶快跑过来,妈妈正推开门,拿着扫帚打着小旗。它好像很喜欢这种吵嚷,一直踢着后蹄、摇动着白色的小尾巴、晃动着脑袋,似乎正在用梦中的角发出抵抗和威胁。之后,小旗跳过栅栏,飞奔向了树林。

"妈妈,是我错了,我不应该让它自己留在这里。可怜的小旗早上没吃饱,它只是饿了。妈妈,别打它,你打我吧。"

"你们两个哪个都逃不了。现在,你立刻蹲下去捡起来所有的扁豆,还得洗干净。"

裘弟很愿意这么干。他钻到桌子底下,爬到食柜后面,钻到水架下头,穿梭在厨房的每一个角落,找回了所有的扁豆。之后,又将扁豆清洗干净,还去凹穴把自己用掉的水挑了回来。现在,干净的水比之前更多了。干完一切,他终于安心了。

"妈妈,你看,没事了吧。以后小旗闯祸的时候,你都来找我,我一定办好。"裘弟说道。

一直到太阳落山,小旗才回来。裘弟在院子里喂饱它,等爸妈上床后才悄悄地带着小旗回到自己的卧室。可是,小旗已经没有了小时候的耐心。它可不想睡那么长时间,半夜里的小旗非常不安分。巴克斯特妈妈抱怨说,好几次她都听到半夜里小旗走来走去的声音,要么在裘弟卧室里,要么就在前厅里。裘弟编造了一个老鼠的故事,可是妈妈并没有完全相信。这天晚上,小旗居然离开了地铺,自己撞开了裘弟房间的门,自由地在屋子里闲逛起来。下午的时候,它可能在林子里睡了一觉。妈妈一声尖叫惊醒了裘弟,因为小旗湿漉漉的鼻子居然碰到了妈妈的脸,她被吓醒了。在妈妈狠狠教训小旗之前,裘弟偷偷地从前门把小旗放跑了。

"事情到此为止吧,这个小畜生搅得我日夜难安,从今往后绝对不能让它进屋!无论何时,绝对不能进来!"妈妈愤怒地喊着。

原本贝尼并不想插嘴,但他不得不发表意见了。

"儿子,你妈说得没错。它已经大了,不适合待在屋里,否则我们都难以安宁。"

裘弟回到床上,却无法入睡。他想知道,小旗会不会冻着。他想它只不过用柔软干净的鼻子碰了碰妈妈的脸,她怎么能生气呢?他对它柔嫩的鼻子喜欢得不得了。这个女人简直冷酷无情,根本不管别人是否孤独。这种怨恨令他安静下来,他想象着枕头就是小旗,抱着它安然入睡。小鹿喷着鼻息,踩着蹄子,一整夜都在围着屋子转悠。

第二天早上,贝尼觉得身体好多了。他穿上衣服,拄着拐杖、瘸着腿去耕地里查看。他转悠了几圈,看到屋子后面的情形时,表情严肃起来。他叫来了裘弟。原来种好的烟草苗床上,留下了小旗来回践踏的痕迹,就快长出来的烟苗被毁了一大半,剩下的烟苗只够贝尼种植自用的烟草,原本他还想为店主鲍尔斯种一些可以换现钱的烟草,这下毫无希望了。

"小旗一定没有恶意,它大概只是想在上面跑着玩。"贝尼说道,"现在,你去找些小棍插到苗床外围,这样剩下的烟苗就不会遭殃了。我早就该这么做,可我没想到它居然在这样特殊的地方玩耍。"

贝尼的态度和蔼,理由也那么充分,裘弟感到沮丧,但妈妈的怒火却不会让他感到自责。他难过地转身去按照爸爸吩咐的做了。

"这次只是偶然事件,别告诉你妈妈。这个倒霉时候,要是让她知道有我们不会有好果子吃。"贝尼说道。

裘弟一边干活一边绞尽脑汁地想着怎么才能防止小旗闯祸。他觉得它只是在恶作剧,它只是在耍小聪明,但苗床被毁,事态非常严重。他相信,以后再也不会发生类似的事情了。

第三十章 春耕悲剧

丛林迎来了阳光明媚、气候宜人的三月。花期较晚的黄色茉莉花遮盖了栅栏,耕地上充满了茉莉的芬芳。桃树和野莓已经开花,整天都能听到红鸟的歌声。黄昏时分,它们会停止唱歌,但模仿鸟的歌声开始了。地鸽建好巢穴,成双成对地说着悄悄话,沙地上散步的它们好似移动着的影子。

"这么好的天气,我就是死了,也得坐起来好好看看。"贝尼说道。

昨夜一阵细雨过后,日出时蒙上了一层迷蒙的烟雾,这说明今天天黑之前还会下雨。但是早上的阳光却非常灿烂。

"种玉米刚刚好,"贝尼说道,"种棉花刚刚好,种烟草刚刚好。"

"我觉得你一定很喜欢这种天儿。"巴克斯特妈妈说道。

他嘴角上扬地微笑着吃完了早饭。

"你现在只不过是刚恢复了一点儿,"她警告他道,"可不能下地干活累死自己。"

"我觉得那样还不错,我会消灭任何阻止我去种地的东西。我非得种上整整一天不可!今天,明天,后天,种地,种地,种地!我要种玉米、种棉花、种烟草!"贝尼说道。

"我知道了。"巴克斯特妈妈说道。

他站起来,用力地拍拍她的后背。

"还有,扁豆!甜薯!蔬菜!"

她忍不住哈哈大笑起来,裘弟也笑了。

"听你的口气,仿佛世界的每个角落都是你的耕地。"

"我就是这么想的。"他伸出手臂,继续说道,"在这么好的天气里,我真想从这里一直种到波士顿,然后回头一直种到得克萨斯。等到达得克萨斯后,我就会返回波士顿,看看种子有没有发芽。"

"我终于知道裘弟那些神话故事是怎么来的了。"巴克斯特妈妈说道。

贝尼又拍拍裘弟的后背。

"儿子,你今天的活儿干得不错。你去种烟苗吧。我只要弯腰,就会背痛,否则我一定自己干。因为栽苗可是我喜欢的事情。那嫩油油的小东西,我们可是在给予它们生长的机会。"

他吹着口哨干活去了。裘弟赶紧吃完早饭跟了出去。贝尼正从烟草苗床上拔下嫩油油的烟苗。

"你得小心地拿着,就像对待新生娃娃一样。"贝尼说道。

他先做了示范,种了十二棵。之后裘弟继续栽种的时候,他就站在一旁指导。他牵着老凯撒,拉着犁走了。他画出了种玉米的范围,堆好垄。接着又为烟苗挖了一条水沟。裘弟弯着腰前进着,他感到两条腿太累了,便跪下来前进。贝尼交代过,工作一定要干好,不必着急,所以他不慌不忙地干着活。三月里,上午的太阳越来越强烈,但阵阵微风吹来,非常凉爽。他身后的烟苗虽然蔫了,但在傍晚的凉爽中它们会重新站起来。他一边走一边浇水,所以他只能两次往返于凹穴挑水。吃完早饭,小旗就跑没影了,直到现在也没出现。裘弟挂念着它,但又为小旗现在离开感到庆幸。要是它跟平时一样跟着他跑来跑去,那么它毁坏烟苗的速度绝对快于他栽种的速度。午饭的时候他完成了工作。贝尼准备好的烟草地，只种上了一部分。午饭之后，父子俩一起过来查看烟苗地的情况，贝尼的希望之火熄灭了。

"儿子，苗床里没有烟苗了吗？你确定全种下了？"

"一棵也没剩下，就连那些细小的烟苗我都栽下了。"

"这样的话，就只能用其他的来补满这块地了。"

裘弟立刻殷勤地说道："我现在就帮你种其他东西，也可以帮你去挑水。"

"不用挑水了，看这天气，应该很快就能下雨。你去种玉米吧。"

贝尼已经翻好了玉米地，他沿着长长的垄沟用一根尖头细棍在地上扎着洞眼，裘弟跟在贝尼后面，在每个洞眼里撒上两粒玉米。他迫切地想让爸爸高兴，也好忘记那块变小的烟草地。

"两个人干活，是不是快多了，爸爸？"裘弟喊道。

贝尼没有说话。但是，当天空中出现积雨云，东南风吹起，种好的玉米经历了一场阵雨的浇灌之后，贝尼又重新振奋了精神，因为玉米即将快速发芽。傍晚的时候，阵雨来了，但他们并没有停下工作，而是一直种完整块玉米地。翻耕过的黄褐色土地仿佛滚动起来了，正在用柔软的胸脯快速地吸收着雨水。贝尼离开耕地，在栅栏旁边坐下休息。他满意地回头看了一遍，同时他的眼光中流露出渴望的神色，仿佛他已经放弃了抗争，任由老天安排了。他的一切希望，仿佛都只是但愿老天不再捉弄他。

阵雨中，小旗出现了。它跳跃着从南面跑来，到了裘弟身边，任由裘弟抓挠着它的耳朵后面。它在栅栏上跳来跳去，最后停在一棵桑树下面，抬头啃咬着嫩枝。裘弟挨着爸爸坐着，他努力地想让爸爸看看小鹿，小鹿一直伸着细长的脖子努力地去啃咬桑树的嫩枝。贝尼的脸上露出了难以捉摸的表情，他在研究小鹿。只见他眯着眼睛，陷入了沉思。他的表情看上去和追踪缺趾老熊的时候一模一样，非常陌生。裘弟吓了一跳，这一定不是因为淋雨。

"爸爸……"裘弟喊道。

贝尼惊醒过来，回头看着裘弟。他看着地面，好似在掩盖眼中的某种神情。

他心不在焉地说着："你这头小鹿长得太快了。它再也不是那个你抱回来的小东西了。不可否认，它已经是一头一岁的小公鹿了。"

裘弟并没为爸爸的话感到高兴，不管怎样，他感觉爸爸刚才并不是在想这个。贝尼伸出手在裘弟的膝盖上按了按。

"你们这对一岁小鹿，真是让我操心。"贝尼说道。

他们离开栅栏，去马厩中干完杂活后才回屋。他们在火炉边烤干衣服。雨水敲打着木屋屋顶。被关在外面的小旗发出呦呦的叫声。裘弟抬头充满恳求地看着妈妈，但妈妈装作什么也没听见。贝尼感到关节僵硬，正背着火炉而坐，揉搓着膝盖。裘弟要了几块陈面包，出去了。他用面包把小旗引到棚屋里的新窝。他坐下来，小旗也收起长腿卧到他身旁。裘弟捏着它的两只尖耳朵，用自己的鼻子碰触着它湿润的嘴唇。

"现在，你已经一岁了。你能听懂我说什么吗？你长大了。现在，你好好听着，你必须乖一点儿，因为你不再是小娃娃了。绝不能到烟草上跳来跳去。否则爸爸也会讨厌你的。听懂了吗？"裘弟说着。

小旗若有所思地动着嘴巴。

"现在好了，种完地我们又能一起玩了。你得等着我，今天,你怎么出去那么长时间?你真是越来越野了,这怎么行?我刚才告诉你了,你已经一岁了!"

看到小鹿满意地待在棚屋里,裘弟才心满意足地离开。他回到厨房的时候,爸妈已经开始吃晚饭。对于他的迟到,他们并没有说什么。大家默不作声地吃饭。很快,贝尼便上床休息。裘弟也感到很累,没有洗掉脚上的尘土便躺到了床上。巴克斯特妈妈来到门口提醒他洗脚的时候,看他已经躺在枕头上熟睡了。她站着看了一会儿后,并没有叫他,便离开了。

第二天一早,贝尼的心情大好。

"今天,种棉花再好不过了。"贝尼说道。

昨夜的细雨已停,早上的露水很重。田野一片玫瑰色,但在远处起雾的地方又变成紫色。模仿鸟沿着栅栏唱着动听的歌声。

"它们是催着桑葚赶紧熟呢。"贝尼说道。

棉花种子被随意种成一垄一垄,但等长出来之后还要用锄头间苗,每棵之间需要保持一英尺的距离。裘弟的工作仍然是跟在爸爸后面撒下小而光滑的种子。棉花是巴克斯特家新种的农作物,他充满好奇地提出各种问题。早饭后,小旗又没了踪影。但上午的时候又快步跑到了正在干活的爷儿俩跟前。贝尼看着它尖尖的四蹄陷进潮湿而蓬松的泥土里,好在棉花种子埋得深,还不至于受到伤害。

"每次它想你的时候,都会想着跟你一起外出。"贝尼说道。

"爸爸,难道它不像一条狗吗?它总想跟着我,就像裘利亚总想跟着你。"

"儿子,你是不是经常惦记着它?"

"当然啦,怎么啦?"

他认真地注视着爸爸。

"好吧,我们再看看吧。"贝尼说道。

这样的谈话并没有什么特别的内容,所以裘弟很快便忘记了。

整整一个星期的时间,他们都在播种。玉米和棉花之后是扁豆,扁豆之后又是甜薯。洋葱和萝卜就种在屋后的菜园里,因为那几天月色暗沉,正是栽种地下茎作物的好时机。因为风湿病的折磨,贝尼无奈地错过了二月二十四日。那天是青菜种植的日子,如果能在当时种下去,以后就不用操心了。他想这几天就赶紧种上,但因为月亮快变圆的时候才是种植阔叶作物的最佳时期,所以他想等一个星期之后再说。

贝尼天天早出晚归,好不疼惜自己的身体。播种工作基本结束,可他依然不满意。面对春季的农活,他充满了激情。因为当下天气这么好,现在的战绩将直接影响一整年的收成。他一次次地往返于凹穴和耕地之间,用那两只沉甸甸的木桶挑水浇灌菜园和烟苗。

勃克·福列斯特留在新开垦的耕地里的树桩,在种完棉花后腐烂了。他为此非常恼火。他连挖带砍,最后赶着老凯撒用带钩的链条把烂树根拖了出来。老凯撒用力地拉、拖,随着用力两侧不停起伏。贝尼用粗绳子捆住树桩,指挥着老凯撒一起一阵猛拉。突然,裘弟看到爸爸脸色苍白,紧紧地捂住自己的腰部,跪倒在地。裘弟立刻跑了过来。

"没事,我一会儿就好,可能是刚才用劲太大了⋯⋯"

贝尼躺在地上痛苦地翻腾着。

"我一会儿就好⋯⋯现在,去把老凯撒牵回去⋯⋯等等,扶我一把,我得骑着它回去。"

他感觉自己的腰疼得站不起来,好像断了一般。裘弟帮着他站到树桩上,终于想办法爬上马背。他头朝前地趴着,靠在老马的脖子上,用力地抓住马鬃。裘弟解开链条,拉着马走出棉花地,从栅栏门走进院子。无法动弹的贝尼下不了马,裘弟赶紧找了把椅子给他垫脚。贝尼滑进椅子,又滑到地上,爬进了屋。巴克斯特妈妈正在厨房忙碌着,刚转过身看到他,吓得她手里的煎锅都掉到了地上。

"我就说,你非得累趴下不行。你根本不知道心疼下自己。"

贝尼朝床边挪去,脸朝下倒在了床上。她跟过去,帮他翻身,帮他垫上枕头,帮他脱下鞋子,盖好被子。他终于可以放松地伸展双腿,合上了双眼。

"奥拉……这下好了,可好了……我很快就会好的。一定是我刚才用劲太猛……"

第三十一章 跃过最高的栅栏

贝尼的身体没有恢复,他仍然毫无怨言地、痛苦地躺在床上。巴克斯特妈妈想让裘弟去请威尔逊大夫,但贝尼拒绝了。

"我已经欠了他的人情,我一定能自己好的。"贝尼说道。

"你可能受了内伤。"

"就算是,我也能自己好。"

巴克斯特妈妈哭了,"要是你能稍微动动脑子……可是你却什么都想干,你以为自己像福列斯特兄弟那么高大吗?"

"我的迈尔斯叔叔可是个大高个儿,他受内伤的时候就是自己康复的。好啦,奥拉,让我安静会儿。"

"我偏不让,我就是要你记住这个教训,而且得牢牢地记住。"

"我已经记住了。让我安静会儿。"

裘弟的思绪纷乱,每次贝尼想用自己那小身板做十个人才能完成的事情,都会碰到点小意外。比如,那次贝尼砍树,树倒下来的时候砸中了他的肩膀。他不得不吊了好几个月的胳膊,但最终他还是康复了,并且与以前一样健康。任何东西都不可能长时间地伤害贝尼。就算那条响尾蛇也不可能,他安慰着自己。贝尼和大地一样,难以侵犯。但巴克斯特妈妈还在为此苦恼,她当然会这样,哪怕他伤到的只是一根小手指,她也会非常紧张。

贝尼在床上躺了没几天,裘弟就来告诉他,玉米苗长出来了，并且长得很好。

"真是太好了。"

枕头上那张苍白的面孔瞬间容光焕发。

"如果真是这样，我还无法下床，就只能由你这个小伙子去趟地里了。"贝尼皱着眉头，"儿子，你我都知道，你必须看好你的小鹿，不能让它去地里。"

"我会看好它的。它不会骚扰任何农作物。"

"那就好，可是你必须好好地看着它。"

第二天，裘弟用大部分时间领着小旗打猎，他们差不多跑到了裘尼泊溪，并且猎到了四只松鼠。

"看看，这就是我的儿子，都已经能带着野味回来孝敬父母了。"贝尼说道。

晚饭的时候，巴克斯特妈妈做了松鼠肉饭。

"味道真的是太好了。"巴克斯特妈妈说道。

"当然啦，这么嫩的肉，只要轻轻吻一下，骨肉就会分离。"贝尼说道。

裘弟和小旗都受到了极大的表扬。

夜里，一场细雨来临。第二天一早，贝尼就要求裘弟到玉米地看看昨夜的雨是不是已经让玉米苗长高了，看看地里是否有夜盗蛾光临。他越过栅栏，向玉米地走去。走了几步后，他才想起来查看嫩嫩的玉米苗，但地上什么也没有。他不知所措。再往前走，还是没有看到任何的玉米苗。一直走到地头上，还是没有看到任何玉米苗。他又顺着地垄返回来，地上留着清晰的蹄印，很明显这就是小旗留下的。它一大早上就跑到地里来，啃光了所有的玉米苗，干净得像人手拔掉的一样。

裘弟吓了一跳，他在地里走来走去，希望奇迹能够出现，希望他一转身所有的玉米苗都完好无损地长在地上,或者这只是场噩梦,梦里小旗啃光了玉米苗,等他醒来,跑到外面就能看到玉米苗正嫩嫩绿绿地生长着。他拿了一根小棍扎扎胳膊,传来了清晰的痛感,真切得犹如被毁灭的玉米苗。他脚步沉重而缓慢地回到屋里,呆坐在厨房里,他不想去爸爸跟前。听到贝尼喊他,他不得不走进卧室。

"儿子,怎么样了?庄稼长得好吗?"

"棉花露头了,看上去跟秋葵似的。"很显然,他表现出来的热心那么虚假,"扁豆也长出来了。"

他赤裸着双脚,扭动着分开的脚趾。他目不转睛地看着脚趾,仿佛这是一种刚开发出来的新功能。

"裘弟,玉米呢?"

他心跳加速,速度赶上了蜂鸟振翅。他吞咽着唾沫,突然开口道:"有什么东西吃掉了大部分的玉米苗。"

贝尼躺在床上没说话。他沉默着,但裘弟觉得这也是个噩梦。贝尼终于开口了。

"你看不出来是什么东西吃的吗?"

他看着爸爸,眼神中满是恳求和绝望。

"没关系,喊你妈过来,她肯定知道是什么。"贝尼说道。

"不要让妈妈去!"

"她必须知道这件事!"

"不能让她去!"

"是小旗干的,是不是?"

裘弟抖动着嘴唇。

"爸爸,是的……我想是的。"

贝尼同情地看着他。

"儿子,对不起,我早就想到是它。你去玩一会儿吧,让你妈妈过来。"

"爸爸,我求求你,不要告诉妈妈!"

"裘弟,她必须知道。你去吧,我会尽量跟她好好说的。"
他心惊胆战地去了厨房。

"妈妈,爸爸找你。"

他走出屋子,用颤抖的声音呼唤着小旗。小鹿冲出黑橡林,跑到他面前。裘弟把胳膊搭在它的背上,一起沿着大路走了。它犯下罪行的时候,他更加爱它了。小旗踢着后蹄,逗弄着裘弟。但裘弟没有心思玩闹。他带着小旗一直走到凹穴,这里美得犹如春天的花园。山茱萸花还没开完,翠绿的香桉树和胡桃树映衬着最后一批花朵,现出一片洁白。他甚至没有心思围着凹穴转圈。等他回到家里的时候,发现爸爸和妈妈还在交谈。贝尼喊他过来,巴克斯特妈妈一脸通红,显然是因为争论的失败而憋着怒火。她紧紧地闭着嘴唇。

贝尼从容地说道:"我们已经谈好了,虽然这件事情非常糟,但我们必须想法补救。我想你肯定也想多做一些挽救的事情。"

"爸爸,无论什么,我都愿意。我可以把它关起来,一直等庄稼长大……"

"这种野东西,哪里都不可能关住它。听我说,你马上到仓库里拿玉米,找最好的玉米棒。你会帮着你剥下玉米粒,你回到地里去,按照我们之前种玉米的方法,在原来的地方重新种上玉米。先用小棍扎洞眼,再撒好种子,盖好泥土。"

"我知道怎么做的。"

"你干完这些之后,明天早上套上马车,到老耕地那边,就是去福列斯特家的那个岔路口。把那些旧栅栏拔起来,装车拉回来。别装太多,因为要走上坡路,老凯撒拉不动的。

你需要多少就拉多少，统统拉到这里，沿着栅栏堆好。你前面拉过来的，先堆到玉米地的东边和南边，就是院子这头。之后，你开始接栅栏，用运来的木头能接多高就接多高。我早就注意到那头一岁小鹿了，它会从这头跳进去。如果你能阻止它从这边跳进去，也许能把它拦在外面，你需要把两边都接高。"

裘弟刚刚还感觉自己被关在一个小小的黑箱子里，但现在，箱子被打开了，他获得了阳光和空气，还有自由。

"等栅栏接到你够不到的高度，我要是还无法下地，你妈会帮你扎栅栏的。"

裘弟开心地转身，抱住了妈妈。但他的妈妈一言不发地用一只脚敲击着地板，发出不祥的声音，她正目瞪着前方。他想他最好还是不要招惹妈妈，他的心情已经获得了最好的安慰。他跑到外面，伸手抱住了正在栅栏附近啃青草的小鹿。

"爸爸决定了，虽然妈妈还没有消气，但爸爸已经决定了。"裘弟说道。

小旗挣脱了裘弟，继续寻找青草。裘弟吹着口哨跑到仓库，挑出来玉米粒最大的棒子。这一次播种，将消耗掉玉米棒中很大一部分。他用袋子装好棒子，拿到后门，坐在台阶上开始播玉米粒。妈妈也在他身边坐下，她看上去像是戴着一副冰冷的面具。她捡起一个玉米棒。

"哼！"她冷哼一声。

贝尼不允许她直接骂裘弟，但无法阻止她自言自语。

"哼！同情他的感情！我看今年冬天有没有人来同情我们的肚子，哼！"

裘弟转过身，背对着妈妈。他没有回应妈妈，只是小声地哼着。

"烦死了!"

但是他马上就停下了哼哼声,当下可不是跟妈妈顶撞和争论的时候。他快速翻动着手指,棒子上哗啦啦地落下玉米粒。他期待自己能马上离开这里,去播种。马上要到午饭时间了,但他还能干一个小时。空旷的田野里,他悠闲地哼唱着歌曲,吹着口哨。硬木林中的模仿鸟婉转啼鸣,他也搞不清楚它是在和自己合唱还是竞争。三月的天空不只是蓝色的,也是金色的。他感受着播撒玉米粒的快感以及为玉米粒盖土时的愉悦。小旗找到他,跑过来陪着他。

"伙计,你还是赶紧到其他地方玩耍吧,我很快就会把你关在玉米地外面。"裘弟说道。

中午,他快速地消灭了午饭,匆忙地播种玉米去了。他速度很快,明天早上再干两个小时就能完工了。吃完晚饭,裘弟坐在贝尼床前,叽叽咕咕地如同松鼠在咂舌。贝尼和平时一样认真地听着,但时不时会表现出一副心不在焉的样子。他无法集中精神。而巴克斯特妈妈依旧是一副冷冰冰的样子。午饭、晚饭都非常简单,也做得马马虎虎,她好像躲进了自己的壁垒里,不理任何人,而且在默默地报复着他们。裘弟突然安静地听着,硬木林里,传来了夜鹰的啼叫。突然,贝尼一脸欣喜。

"夜鹰啼,种玉米。儿子,我们还来得及。"

"明天早上种上最后一点儿,就完工了。"

"不错不错。"

贝尼闭上双眼,长时间的静养已经减少了之前的剧烈疼痛。可是,一动弹,又会疼痛剧烈。风湿病正不断地破坏着他的身体健康。

"你也回屋睡觉吧。"贝尼说道。

裘弟离开床边，在没人催促的情况下洗完脚就上床睡觉去了。他感到疲惫不堪，但心情非常好，没多久便沉沉地睡着了。第二天天不亮，他就带着无尽的责任感醒了。他立刻跳下床，穿好衣服。

"真是遗憾，这么点事就值得你拼命去干。"巴克斯特妈妈说道。

过去的几个月时间里，裘弟一直处于妈妈和小旗之间的尴尬位置。但他已经了解到爸爸那种不争论、不抗辩的重要性。这样做虽然会让妈妈更生气，但她很快就会放弃谩骂。他匆忙地吃着早饭，悄悄地抓了一大把饼干给小旗，塞进衬衣之后便跑去干活了。刚开始，他根本看不清。等太阳爬上葡萄棚后，淡淡的金色光亮洒在葡萄架上，嫩芽和卷须像极了吐温克的金发。裘弟感到，不管是日落还是日出，都会带给他一种安慰式的忧伤。日落的忧伤是舒适而惆怅的，日出的忧伤是寂寥而苍凉的。他被那种安慰式的忧伤淹没了，当脚下的大地由灰色变成淡紫色，又变成橙红色犹如晒干的玉米壳一样时，他兴奋得开始干活。小旗跑出树林，来到他身边，很明显，昨夜它待在了林子里。他拿出饼干喂它，它把鼻子探进他的衬衣口袋寻找饼干碎屑。在小鹿柔软而湿润的鼻子碰触裸露的皮肉时，裘弟感到一阵震颤。

早饭后，他很快就完成了种玉米的工作。他开心地跑回马厩，老凯撒正在马厩南面吃草。它惊讶地抬起头看着裘弟，真是难得，来套车的居然是裘弟。它温顺地等着裘弟套上车，驯良地退到车辕之间。裘弟感到一种心满意足的权威感。他尽量压低自己的声音，发出各种需要和不需要的命令。老凯撒听从了一切指令。裘弟爬上车座，晃动缰绳，朝已经荒废的溪边老耕地走去。小旗跑在马车前面，得意地调皮捣蛋着。

它时不时地停在路中央不走，耍着恶作剧，裘弟只好下车哄着它闪开。

"你已经长大了，是一头一岁小鹿了。"他喊着。

他抖动着缰绳，指挥老凯撒跑起来。之后，他想到还要往返多次，便又让它恢复了慢悠悠地走路。在老耕地里拔旧栅栏简直就称不上工作，很容易就可以拆掉木桩和横栏，装车也非常轻松。但很快，裘弟就感到了腰酸背痛，只好停下来休息一下。马车并不会超重，因为根本不可能把木桩堆积得过高。他尝试着诱惑着小旗和他一起到车座上来。但小鹿根本看不上那块狭窄的地方，不肯上来。裘弟尝试着抱它上来，但它实在太重，裘弟把它的前腿抬到车轮上后就再也干不了什么了。他只能放开它，调转车头回家去。小旗快速奔向前方，在裘弟到家之前早已到家了。他想先把木头卸到靠近屋子的栅栏角落里，这样便可以交替着往两边展开工作。等木头用完后，他还可以在小旗最喜欢越过的地方接上最高的栅栏。

他花了远超过想象的时间去完成运输和卸车的工作。运了一半的时候，他感到绝望了，这根本就干不完。他还没开始接高栅栏，恐怕玉米苗就要破土而出了。然而，天气干燥，玉米苗迟迟没有露头。每天早上，他都会焦急地寻找玉米幼芽，但每天都没有发现破土而出的幼芽令他感到欣慰。每天天不亮，裘弟就会起床，甚至不惊动妈妈而自己吃完冷冰的早饭，或者先出去拉一趟后再回来吃早饭。他一直到太阳下山才收工，红色和橙色的夕阳消失在林木之间，木头也隐没在大地的颜色之中。因为睡眠不足，他的黑眼圈非常严重。贝尼也顾不上为他理发，他蓬松的头发已经披散到了眼前。吃完晚饭，他已经困得睁不开眼了，但妈妈还要求他抱木柴去。虽然妈妈完全可以轻松完成这件工作,但裘弟没有任何怨言。贝尼看着裘弟,心中的痛苦比他的腰痛还要沉重万分。一天晚上,他喊裘弟来到床前。

"儿子,看到你工作得这么用心,我很高兴,但你要知道,就算是你喜爱的一岁小鹿,也不值得你拼了命去干。"

"我没有拼命,你看看我的肌肉,我可是越来越健壮了。"裘弟语气倔强。

贝尼抚摸着儿子瘦削而坚硬的臂膀,说得没错,不停地搬运动作令他的肩膀、手臂和背部的肌肉都更加发达了。

"如果我能帮你干完,我宁愿用一年的寿命来换。"贝尼说道。

"我自己能完成。"

第四天早上,裘弟决定开始接高小旗常常跳跃的地方。如果他还没有完工玉米苗就露了头,小旗肯定能发现。他甚至想绑住小旗的腿,时时刻刻地拴住它,任凭它如何挣扎,都必须等他的栅栏完工之后再放开。他为自己的工作进展迅速而感到欣慰。两天后,东边和南边的栅栏已经接到五英尺高。看到裘弟实现了他不可能完成的工作,巴克斯特妈妈也心软了。第六天早上,妈妈说:"我今天有空,帮你把栅栏再接高一英尺吧。"

"啊,妈妈,真是我的好妈妈……"

"你不用担心会累垮我,我真没想到,为了小鹿,你居然这么拼命地工作。"

虽然妈妈喘着粗气,但木头两端都出现一双勤奋的手,工作也变得轻松起来。木头的挪动像挥动锯子一样有规律。巴克斯特妈妈的胖脸发红,喘着粗气,汗水不停地流淌下来,但她笑了,几乎一整天的时间都和裘弟一起工作着。第二天,她也抽出时间帮助裘弟。他拉回来的木头足以将栅栏接高，他们把栅栏接到了六英尺高之上，这个高度超过了贝尼所说的能够挡住一岁小鹿的高度。

"如果它长成一头成年公鹿，就会轻松地跳过八英尺高的栅栏。"裘弟说道。

那天晚上，裘弟发现了破土而出的玉米苗。第二天早上，他尝试着给小旗加上"脚镣"。他在它的一条后腿骨与另一条后腿骨之间拴了一根粗绳子，只留下了一英尺长的距离。但小旗撞着、踢着，发疯一样地跌倒在地上。它绊倒了，跪在地上疯狂地挣扎。很显然，要是再不放开它，它一定会弄断自己的腿。裘弟不得不解开绳子放开它，小鹿奔向丛林，一整天都没回来。裘弟疯狂地接高西边的栅栏，东边和南边都不能跳进去的时候，一岁小鹿很可能会从西边进攻玉米地。下午，巴克斯特妈妈也抽出两三个小时过来帮忙，他把西边和北边的木头都用光了。

两场阵雨过后，玉米苗长出了一英寸高。早上，裘弟想到老耕地再拉些木头。他跑去接高的栅栏边，爬上栅栏想要看一下玉米的情况。突然，他看到了小鹿，它正在北边啃玉米苗。他跳下来呼喊着妈妈。

"妈妈，帮我去拉木头好吗？我们必须快点，小旗又从北边跳进去了。"

"不是北边的问题。它是从最高的栅栏那里跳进去的。"妈妈说道。

他看向了妈妈指着的方向。地上留下了清晰的蹄印，一直通到栅栏边上，接着又出现在了栅栏的另一边，通向了玉米地。

"这批玉米苗也被它啃光了。"妈妈说道。

裘弟看着玉米地，还有被连根拔起的玉米苗。它已经啃光了几垄玉米苗，垄地之间的小鹿足迹来来回回的，非常有规则。

"妈妈，它吃得也不多。你看，那边的玉米苗还安然无恙，它吃的只是一小部分。"

"对啊，但怎么才能不让它吃掉剩下的那些？"

她跳回地上，面无表情地走回屋里。

"这次完蛋了，我太傻了，竟然会做出这种让步。"巴克斯特妈妈说道。

裘弟麻木地抓紧栅栏。他无法思考，也没有任何感觉。小旗嗅到了他的气味，抬起头，蹦蹦跳跳地跑过来。裘弟爬下围栏，走进院子，现在他不想看到小鹿。他还没来得及转身，小鹿已轻松地跃过了他辛苦接高的栅栏最高处，如同一只疾飞的模仿鸟。裘弟转身回屋去了。他走到自己的卧室，栽倒在床上，埋进枕头。

他等着爸爸的召唤。这次，爸爸和妈妈的谈判并没用多长时间。他想好了接受即将到来的麻烦，他想好了去接受纠缠着他的倒霉劲儿。可是，对于爸爸说出的话他根本没有想到，他根本没有任何准备。

贝尼说道："裘弟，我们做了这么多还是毫无作用。我太难受了，我不知道要怎么表达我内心的痛苦。但是，我们不能让一年的收成全毁了。我们不能让自己饿死。带着一岁的小鹿去树林里，找地方捆住它，开枪结束它的生命吧。"

第三十二章　用水汪汪的眼睛盯着他

裘弟领着小旗，沉重地向西走着。他扛着贝尼的后膛枪，心跳得厉害。

"我不干！我不能这么干！"他喃喃自语。

他在路上停下脚步。

大声喊道："他们不能强迫我这么做！"

小旗瞪大眼睛望着他，之后低头去啃路边的一簇嫩草。裘弟迈开步再次慢慢前行。

"我不干！我不！我不能这么干！他们打死我好了，打死我好了！我不能这么干！"

他想象着和爸爸妈妈的交谈。他跟他们说，他恨他们。爸爸没有说话，妈妈非常生气。妈妈拿着桃木树枝打他，打得他鲜血淋淋。他咬她，她打得更厉害。他踢她，她再次狠狠地打他，还把他推倒在角落里。

他坐在地板上昂着头说道："你们不能逼我！我不能这么干！"

他就这样想象着和父母打架的画面，一直到他浑身乏力，停在了废弃的老耕地边上。地上留着一段短木头，他没有拆下来的那段。他躺在了一棵苍老的栋树下的草地上，哭了起来，哭到再也哭不出来了才停下来。小旗伸出舌头舔着他，他抱紧小鹿，又一次抽泣起来。

"我不干！我不能这么干！"他喊着。

站起来的时候，他感到眩晕，便立刻靠在了栋树粗糙的树干上。盛开的栋花之间，飞舞着勤劳的蜜蜂，春日的空气中飘散着甘美的香味。他突然感到羞愧，居然还在这里浪费时间哭泣。这可不是哭泣的时候。他得好好想想，应该如何解决这件事，他必须像贝尼遇到危险的时候一样，尽快想到拯救的办法。刚开始，他只是胡思乱想。给小旗建一道十英尺的栅栏关住它？然后用橡实、青草或者浆果去喂它。但是为一只被关起来的动物寻找食物，只会浪费他很多时间。贝尼卧病在床，地里的农活等着他干，除了他，谁还能承担起这份责任呢？

他想起了奥利弗·郝陀。原本，在贝尼康复之前，奥利弗可以帮他种地。但奥利弗搬去了波士顿，或许现在已经到了中国海。他躲开了灾难，去了远方。他想起了福列斯特兄弟们。但他们现在却成了巴克斯特家的敌人。原本勃克可以帮他，但现在勃克又能怎么办？突然，他想到了一个办法。如果一岁的小鹿能留下性命，生活在世界的某一个角落，或许他就能鼓起勇气离开它。他想象着它还能活蹦乱跳地活着，还能开心地摇动着小旗一般的尾巴。他必须去请求勃克发发善心，他要跟勃克说起草翅膀、谈谈草翅膀，一直说到勃克不忍心地抽泣。然后，他就会恳求他让小旗上车，像运小熊那样把它带到杰克逊维尔。可以把小旗卖给公园，一个人们可以参观动物的地方。那个时候，小旗就可以活蹦乱跳了，不仅能得到各种食物，还能得到一头母鹿当伴侣，所有人都会赞扬它。而自己，也可以攒下路费，每年都去看望它。他会存钱，等可以买一块地皮后就把小旗接回来。从此就可以永远和它一起生活下去。

他兴奋极了，他快速向福列斯特家奔跑起来。他喉咙发干，双眼肿痛，但是他满怀希望地振作起来。很快他走上了通往福列斯特家那条栎树小路，他感到一切都会好的。他跑到屋子门口，踏上台阶，敲了敲虚掩的房门后走进屋子。房间里除了福列斯特老两口，没有任何人。他们纹丝不动地坐在椅子上。

"你们好，勃克在吗？"裘弟喘着粗气问道。

福列斯特老爹慢悠悠地转过头，好似一只头缩进脖子里的老乌龟。

"你上次走了之后，真是好久不见啊。"

"老人家，能告诉我勃克去哪儿了吗？"

"勃克？什么事？勃克和他们一起去肯塔基贩马了。"

"播种时节去贩马？"

"播种时节正是做买卖的好时候。他们不想种地，倒想做生意。他们觉得做生意赚来钱可以买口粮。"老人家唾了一口继续说道，"他们好像确实做到了。"

"他们所有人都去了？"

"一个不剩。但派克和葛培会在四月回来。"

福列斯特老妈妈说道："对一个女人来说，最好不过就是生一堆孩子，等养大他们之后再放出去。依我看，他们留得口粮和柴堆足够了。四月之前，就算没人回来，我们也够吃够用了。"

"四月……"

他目光呆滞地转过身去。

"孩子，能跟我们坐坐吗？如果你能在这里吃午饭就太好了。吃葡萄干布丁怎么样？你跟草翅膀一样都喜欢吃我做的葡萄干布丁。"

"谢谢您，我得走了。"裘弟说道。

他转身要走。

突然，他语气绝望地说道："如果你们有一头一岁小鹿，它把地里的玉米苗吃光了，你们却没办法阻止它，而你爸爸要求你开枪打死它，你会怎么做？"

他们吃惊地看着他。福列斯特老妈妈笑了。

福列斯特老爹说道："当然是开枪打死它了。"

他知道他说得不够清楚。

裘弟又说道："但是这头一岁小鹿是你们非常喜欢的，就跟你们全家喜爱的草翅膀一样。"

"怎么？喜爱不喜爱跟玉米苗毫无关系啊。你怎么能让一头畜生来毁坏庄稼？除非你的孩子和我一样多，就算不种地也能生存。"福列斯特老爹说道。

"是去年夏天你带过来，让草翅膀起名字的那头小鹿吧？"福列斯特老妈妈问道。

"是的，是小旗。你们可以养着它吗？如果草翅膀在，他一定会留下它的。"

"唉，我们也想不到办法啊，关不住的。不管怎么说，它是不会留在这里的。对一头一岁小鹿来说，四英里路还叫距离吗？"

他们也是一样的顽固不化。

"好吧，再见！"裘弟说完就走出了屋子。

没有了身材高大的男人和马匹，福列斯特耕地看上去荒凉了。大部分的狗都被他们带走了，留下的只有两条锁在屋外，正悲哀地搔痒的癞皮狗。从这种地方离开，裘弟感到心情愉悦。

他想要带着小鹿步行到杰克逊维尔。他想做一个能牵着小鹿走的项圈，四处找着合适的材料。这样就可以防止小鹿掉头往家跑了，圣诞节打猎那次就是这样。他费劲地用折刀割了一段野葡萄藤。他将野葡萄藤做成项圈套在了小旗的脖子上,之后便向东北走去。他知道,那条小路经过霍普金斯草原,在那里可以拐上去葛茨堡的大路,和贝尼一起追击缺趾老熊的时候就是在那里碰到福列斯特兄弟的。小旗有时候会温顺地任凭项圈拉扯,但它慢慢地开始嫌弃这种束缚,反抗着向后退。

"你怎么就变成了这么一个不服管教的小混蛋了?"裘弟说道。

他尝试着诱惑小鹿顺从地跟他走,但他被小旗弄得筋疲力尽。最后,他只能顺从了它,拿开了项圈。小旗终于满意了,跟在他的后面。下午,裘弟感到饥饿、浑身乏力。他离家的时候没有吃早饭,当时他只想赶紧离开。黑莓子的花还没有落,他像小旗一样咀嚼它的叶子,但这只能让他更加饥饿。他慢悠悠地走着,躺在路边的阳光下休息,引诱着小旗卧在身边。饥饿、愁苦以及头顶上三月的阳光麻醉着他,他睡了过去。等他醒过来的时候,小旗已经不见踪影。他跟着小旗的足迹,进了丛林,之后又转上大路,一直通往家的方向。

除了循着小鹿的足迹走以外,没有任何办法。他已经疲惫不堪,他不想再动脑子想办法了。夜幕降临,他终于到达巴克斯特岛地。厨房里燃着一根蜡烛。两条狗冲他跑了过来,他拍拍它们,令它们安静。他悄悄地走进厨房,观察着里面的一切。他们已经用过晚饭,妈妈正在烛光下做着永无尽头的缝补。他正想着是否进去的时候,小鹿跑进了院子。可他看到妈妈抬头侧耳倾听,便赶紧跑到了熏房后面,小声地呼唤着小旗。一岁小鹿跑了过来。他躲进角落里。妈妈打开了厨房门,一道黄光出现在沙地上,接着门又关上了。他等了很长时间，一直等到厨房的烛光消失，等到妈妈上床睡觉，他才走进熏房，找到一块熏熊肉。他割下一小块，开始津津有味地咀嚼那又硬又干的熊肉。虽然他想到小旗已经在树林中吃过嫩草了，可他还是担心它会饿。他跑到玉米仓库拿了两根玉米棒，剥掉外壳，喂它吃玉米粒。他也嚼了些玉米粒。他无比想念已经冷掉的食物，厨房的食柜上一定有吃的，可是他不敢走进去，他感到自己是一个贼或是陌生人。他想，那些饿狼一定也是这种感觉。而那些窥视着耕地的野猫、豹子或者其他野兽也是忍受着饥饿、瞪着眼睛想着美食的。他跑到马厩里，抱了些剩余不多的干草打了地铺。他躺在那里，小旗靠着他，就这样在还有丝丝凉意的三月里度过了一个晚上。

他醒的时候，太阳已经出来了。他感到身体僵硬，一肚子愁绪。小旗已经不见了踪影。他无奈地走进屋子。走到栅栏门的时候他听到妈妈怒火中烧的声音。她看到了他放在熏房墙上的后膛枪，也看到了小旗，而且发现了一大早那一岁小鹿就啃光了刚发芽的玉米，一大片扁豆也被它扫荡光了。他无奈地靠近大发雷霆的妈妈，低着头，站着不动任凭她用话抽打他。

最后，妈妈说道："去找你爸爸，我们总算达成了一致的意见。"

裘弟走进卧室，看到了爸爸愁眉苦脸的样子。

贝尼语气柔和地说道："为什么不按照我说的做？"

"爸爸，不管怎样，我都不能那么做！我不能！"

贝尼往枕头上靠了靠。

"儿子，过来，到我这里来。裘弟，你知道，我已经尽力了，我们保不住你的小公鹿。"

"爸爸……"

"你知道的,我们只能靠着一年的收成生活。"

"爸爸……"

"你知道的,世界上任何人都不可能任凭一头桀骜不驯的一岁小鹿去毁灭庄稼。"

"爸爸……"

"你为什么不去完成你该完成的事情?"

"我不能这么做!"

贝尼沉默了一会儿。

"去,喊你妈过来。你到自己屋里去,把门关好!"

"爸爸……"

听到爸爸如此简单的指令,他感到一阵轻松。

"妈妈,爸爸喊你过去。"

他回到卧室,关好门。他坐到床边,不断地扭动着双手。他听见一阵低语,接着是一阵脚步声。突然,外面传来一声枪响。他匆忙地冲出卧室,跑到厨房门口。门口打开着,妈妈手里拿着冒烟的后膛枪站在台阶上。小旗躺在栅栏边,不停地挣扎。

"我也不想打伤它,但我枪法不准。你知道,我枪法不准。"妈妈说道。

裘弟向小旗跑过去。一岁小鹿站起来了,用三条腿。它痛苦地挣扎着,跑着,好像裘弟是它的敌人。妈妈打中了它的左前腿,鲜血直流。贝尼忍着痛苦下床,刚到门口就跪倒在地上。他用手抓紧门框,坚持着不倒下去。

他喊着:"我要是能动,一定亲自了结它。但我怎么也站不起来……去吧,去了结他,裘弟,你必须让它结束痛苦。"

裘弟跑过来,一把夺过妈妈手里的后膛枪。

他尖声喊着:"你是故意的,你一直都讨厌它!"

他又转向爸爸,喊道:"你背叛了我,你让妈妈打死了它。"

他声音尖利,好似喉咙就要撕裂一般。

"我恨你们!我巴不得你们都死!我永远都不要见到你们!"

他一边哭着一边跟着小旗跑。

贝尼喊道:"奥拉,我站不起来,拉我一把……"

小旗用三条腿跳跃着,它一定痛苦极了害怕极了,它跌倒两次。裘弟终于追了过来。

他沙哑着嗓音喊道:"小旗,是我啊,是我!"

小旗又一次跳开。鲜血直流,如小溪一般。一岁小鹿跑到凹穴边,晃悠悠地倒了下去,滚落到了凹穴底。裘弟紧紧追着它。小旗倒在了浅滩边,瞪着水汪汪的大眼睛盯着他,眼光中充满了疑惑。裘弟用枪口紧紧地压住它光滑的脖子,他开枪。小旗浑身颤抖了一会儿,躺下再也没有动弹。

裘弟扔了枪,倒在了地上。他先干呕一阵,又呕吐一阵,接着又干呕起来。他用指头抠着泥土,用拳头敲打着地面。整个凹穴好像都回荡着他的哀号。很快,遥远的怒吼转变成了模模糊糊的哼唧声。他眼前一黑,整个人都陷入了深不见底的深渊。

第三十三章 再见，童年

裘弟向北踏上了去往葛茨堡的大路。他步调僵硬、身体麻木，他除了两条腿以外，好像浑身上下都已经死去。他丢下了已经僵硬的一岁小鹿，甚至不敢看它一眼。现在，除了离开这里，他别无选择。就算没人能收留他，也不要紧。在葛茨堡，他可以坐船过河。他渐渐地有了清晰的计划。他向着杰克逊维尔走去，他计划到波士顿去。他要去那里找奥利弗·郝陀，跟着奥利弗出海，再也不要想起这种背叛，他要像奥利弗曾经做过的那样。

去杰克逊维尔和波士顿，坐船是最好的方法。他多想马上到河边，他急需一艘小船。他想起南莉·秦雷特那艘废弃的独木舟，曾经他跟贝尼追击缺趾老熊的时候就是用它渡过咸水溪的。想到爸爸，他感觉到一把利刃刺破了他冰冷而麻木的心脏，但很快那伤口就凝结了。他可以把衬衣撕碎，把独木舟的裂缝塞住，之后便顺水而下，撑着船到乔治湖，再沿着大河一路北上。他一定可以在大河上遇到汽船，接着就可以搭乘汽船到波士顿去。到达波士顿之后，奥利弗会帮他支付船费。要是找不到奥利弗，他一定会被送到监狱，即便这样也没什么。

他走下大路，到达咸水溪。他口渴极了，走下浅水，弯腰痛饮潺潺的溪水。他的身边跃起鲷鱼，还有横着爬行的蓝色小螃蟹。溪水下游有一个刚要出发去打鱼的渔夫。裘弟顺着岸边走过去，叫住了渔夫。

"我能搭乘你的船吗？一直到我的小船那里。"

"我觉得可以。"

渔夫调转船头，靠岸让裘弟上船。

渔夫问道："你在附近住？"

裘弟摇着头。

"你的小船在哪里？"

"一直走，在南莉·秦雷特小姐家那里。"

"她是你的亲戚？"

裘弟再次摇头。陌生人的话好似一枚扎入他创口的外科用针头。渔夫好奇地望着他，之后便专心划船。简陋的小船在湍急的溪流中缓缓驶去。溪流的上游非常宽阔，河水清澈，而三月的天空也是清澈而湛蓝的。白云在微风的吹拂下缓缓移动。这种好天气常常令裘弟感到高兴。两岸是玫瑰色的，因为沼泽地的枫树和紫荆正在展示着它们春日的风姿。沼泽地的月桂盛开着鲜花，溪流上满是四溢的花香。裘弟感到一阵痛苦困在喉咙里，他多想伸手抠出来。三月下旬的春日非常冷，但这只会令他更加难受。他不想看新针丛生的柏树，只好低头看着流水和水中的鱼、乌龟，他一点儿都不想抬起头来。

渔夫说道："南莉小姐家到了，你要下船吗？"

裘弟摇摇头。

"我的小船还在前面。"

经过陡峭的河岸边时，裘弟看到了站在家门口的南莉小姐。听到渔夫打招呼，南莉小姐也挥手回应。裘弟并没有动，他想起了之前在她家里过夜，想起了第二天早上她一边做早饭一边跟贝尼开玩笑并送他们离开。她让他们感到了温暖、精神振奋以及满满的友情。他不再想这些，河流变得狭窄起来，两岸的沼泽和香蒲草越来越近。

"我的小船在那里。"裘弟说道。

"什么？孩子，它都快沉到水里了。"

"我想把它修好。"

"有人帮你吗？有船桨吗？"

裘弟摇摇头。

"我这里有个不用的桨，但我觉得那真不能称为小船了。你自便吧，再见。"

渔夫对裘弟挥手告别后，便驾船离开。他打开坐板下的一只小木箱，从里面拿出一块熟肉和一块烙饼，一边吃着一边划着船。裘弟闻到了食物的香味，他想到两天来他只吃了几口熊肉和一点儿干玉米粒。但是这都不要紧，他根本没感觉到饿。

他把独木舟拉到岸边，把船舱里的水舀干净。长时间的浸泡，船板开始膨胀，船头的裂缝在漏水，但船底的缝很紧密。他扯下衬衫的袖子，撕成布条塞到裂缝中。接着又跑到松树旁边用折刀刮了很多松脂，用以填补船板的裂缝。

他将独木舟推到水中，划着桨流向下游。他笨拙地划着，水流将船冲到了对岸，搁浅在了锯齿草之间。他尝试着把船推出来，手却被划破了。独木舟倾斜了，旋转着顺着南岸陷进了软软的泥浆中。他终于救出了小船，但脑海中立刻浮现出小鹿被害的情形，他瞬间感到了自己的软弱，不禁一阵晕眩袭来。他心想让渔夫再等一下多好。四周没有一点生气，只有蓝天上盘旋的一只鹬鹠。躺在凹穴底的小鹿一定被这些鹬鹠发现了。想到这里，裘弟又是一阵难受。没有操控的小船在香蒲草间随意飘着。他把头靠在膝盖上，一直等到恶心感消失。

他发了一会儿呆，又开始划船。他要划到波士顿去。他紧闭嘴唇，两只眼睛眯成一条缝。他到达河口的时候，太阳已经偏西。溪流很快便消失在乔治湖宽阔的湖湾里。南面是一段狭长的河岸，但对面却是一片沼泽。他调转船头，晃晃悠悠地划到岸边，跳出了小船，并把船拖到高处。他原本希望能在这里碰到汽船，虽然那里真有一艘路过的汽船，却停靠在遥远的湖中央。现在，他认为河口一定和某片水湾或者湖相连。

再过一两个小时，太阳就要落山了。他可不想在黑暗中乘着晃悠的小船漂荡在湖面上。他决定去河岸那边等待来往的汽船。如果碰不上，他也可以在那棵栎树下宿营，明天早上再划着小船离开。整整一天，他都处于麻木之中。现在，他的脑海中出现了各种想法，仿佛牛栏里闯进了狼群。狼群撕咬他，他感觉自己已经血流成河，如同小旗一样。但小旗已经死了，它再也不可能冲他跑过来。他自言自语地折磨着自己。

"小旗不会回来了！"

这句话苦涩难耐，犹如仙鹤草熬的汁。

但是，这并不是他最难过的地方。

他大声喊着："爸爸背叛了我！"

这件事的恐怖程度超过了贝尼被响尾蛇咬。他用手指擦擦前额，死亡可以忍受，就像忍受草翅膀的死一样。如果小旗是溜进来被狼、熊或者豹子咬死的，他也会非常难过，但绝对可以忍受。他可以向爸爸倾诉哀愁，爸爸也可以给自己安慰。但爸爸的背叛让他得不到任何安慰。他感到脚下的大地崩塌了，他的痛苦和哀愁互相交缠，交融在一起。

太阳落山了，他不再抱有希望，天黑之前不会出现任何船只了。他采了苔藓,在靠近栎树树根的地方打好地铺。对岸的沼泽地中传来了鸟儿沙哑的啼叫,太阳落下,又响起了青蛙的呱呱叫声。在家的时候,他喜欢凹穴底部传来的这种音乐声。它们好似也沉浸在哀伤之中。几千只青蛙忍受不住没有尽头的哀愁,齐声鸣叫着。又传来一只林鸭的叫声,同样充满了哀愁。

湖面一片玫瑰色的光芒,但岸边已是暮色降临。如果在家里,现在是晚饭时间了。无论他怎么晕眩,他还是想到了食物。他感到了胃痛,不是空荡荡的痛而是吃得过多而感到的痛。他想到了渔夫的熟肉和烙饼味道,他开始留恋那种香味。他嚼了几根草,用牙齿撕着草茎,仿佛野兽在撕扯鲜肉一般。突然,他看到了那些在小旗尸体旁边爬来爬去的动物,他呕吐起来。

水面上暮色深沉。密林中传来了猫头鹰的啼叫。晚风轻拂,寒气阵阵,他忍不住战栗起来。又一阵沙沙声传来,大概是随风旋转的树叶,也可能是一只匆匆跑过的小动物。但他并不害怕。他想,就算现在路过一头熊或者豹子,他也会去抚摸它,因为它肯定能安慰自己的愁绪。可是周围不断传来的声音令他汗毛直竖。要是有一堆篝火就太好了。贝尼就算不用火石都能生一堆火,简直跟印第安人一样,但是裘弟还没有学会这项本领。如果贝尼在这里,一定会有熊熊燃烧的篝火,一定会得到食物、温暖和慰藉。他不害怕了,他感到的只有无尽的孤独。他把苔藓盖在身上,在哭泣中睡着了。

裘弟在清晨的阳光中醒来。芦苇中传来了红翼乌鸫的鸣叫声。他站起身,扯掉黏在头发和衣服上的苔藓。他感到眩晕而虚弱,休息一晚上后,感觉更加饥饿了。饥饿在折磨他。饥饿像一把灼热的小刀一样划过他的胃。他想划船逆流而上,到南莉小姐家里找些吃的。但是她一定会问东问西。为什么一个人来这里，裘弟会无言以对。难道说爸爸害死了小旗、爸爸背叛了自己？所以，最好还是按照计划继续前行。

他感到了一股崭新的孤独感。小旗不在了，爸爸也不见了。他最后见到爸爸的时候，他正痛苦地跪倒在厨房的过道里，需要别人搀扶才能站起来，那么弱小，但现在也和自己没关系了。他把船推出来，划着桨进入了宽阔的水面。他离开了湖湾，仿佛划到了另一个世界。他好像变成了一个孤苦无依的孤儿，进入了一个虚幻的世界。他努力划向汽船驶过的地方。人生的苦难已经过去，希望即将到来。从陆地上的隐蔽处刮来阵阵清爽的春风，他顾不上自己的饥肠辘辘，只能拼命划着船。风中的小船团团转，他难以稳定船头。风浪越来越大，原先的轻拍声已经变成了一种怒吼声。风浪涌过小船船头，小船发生倾斜时，浪花会进入船舱。船颠簸了起来。船底的积水已有一英寸深，但湖面上却看不到一艘船。

他回头望向河岸，河岸越来越远。他前方的水面非常宽阔，仿佛无穷无尽。他慌张地调转船头，发疯似的划向岸边。无论如何，现在这种情况下，最好的办法就是逆流而上向南莉小姐求助。就算从那里步行到葛茨堡，也比现在安全。身后的大风吹送着他，他感到大河正在滚滚北去。他划向一个港汊，那里肯定是咸水溪的出口。但是他到达后才发现那里却是一个死港汊，另一边是一片沼泽。根本不是咸水溪的出口。

过度用力和恐惧令他颤抖起来，但他相信自己并没有迷失方向。大河向北会流出乔治湖，之后便在杰克逊维尔进入大海，他只要顺流而下一定可以。但是，河面宽广，河岸混乱……他休息了一阵后，才接近长满柏树的陆地，他又开始沿着没完没了的曲线缓缓划向北方。饥肠辘辘演变为剧烈的疼痛。他开始疯狂地想象巴克斯特家的餐桌。上面摆好了冒着热气的棕色煎火腿片,香喷喷的油缓缓淌了下来,这香味真是令人难以抵抗。还有黄褐色的烙饼以及焦黄的烤玉米面包,当然也少不了大碗的扁豆汤,上面还漂浮着咸肉丁。他似乎闻到了炸松鼠的香味,口水已经流了出来。他想象着老奶牛那带着泡沫、热腾腾的奶汁。备受饥饿折磨的裘弟,即使看到狗的凉粥和肉汁,也会跑上去争抢一番。

没错,这就是饥饿。妈妈说的"我们都得饿死"就是这个意思。听到这句话的时候,他笑了,他原以为自己了解饥饿,那应该是模糊而愉快的感觉。但现在,他终于明白这和食欲没有任何关系。这是一种令人感到恐惧的东西——它巨大的胃会吞噬他,它尖利的爪子会撕裂他的内脏。他用力地想摆脱这种恐惧。他对自己说,很快就能找到一间茅屋或者一个渔夫的帐篷。他可以先厚着脸皮向他们讨要些食物后再继续赶路,应该会有人愿意匀出一份口粮给他的。

整整一天,他都在向北划着。在太阳的炙烤下,傍晚到来之前他开始肚子疼。但呕吐出来的只有喝进去的河水,再没有任何其他东西。突然,他看到了丛林中的那所小房子,他充满希望地划过去,却发现屋子早已荒废。他悄悄地溜进去,看上去犹如一只饥饿的负鼠或者浣熊。木架上蒙着灰尘,虽然有很多罐子但全空了。其中一个罐子里,装有差不多一杯发霉的面粉。他加水搅拌一下便大吃起来。虽然已经饥饿难耐,但面糊还是没有任何滋味。好在腹痛得到了缓解。他想用石子打中树上的鸟儿或者松鼠,但最后仅仅赶走了它们。他身上发热,疲惫不堪,吃进肚子的面糊令他昏昏欲睡。小屋成了他的栖身之所,他用那些爬满蟑螂的破布条打地铺。

但整个夜晚他都噩梦连连，睡得迷迷糊糊。

一大早，强烈的饥饿感再次来袭，一阵痉挛袭来，犹如指甲尖在划拉他的肠子。他又找来一些松鼠埋起来的橡实，囫囵吞枣似的吃了下去。未充分咀嚼的坚硬橡实像尖刀一样割着他皱缩的胃。他感到浑身乏力，甚至快要拿不动船桨了。如果不是水流的推动，他肯定已经无法前进了。一上午，他只走了很短的距离。下午，河心驶过三艘汽船。他站着挥动着手臂高声大喊。可是汽船上没有人注意他。汽船消失了，他痛苦地哭了。他决定离开岸边，这样才能截停船只。风停了，河面非常平静，但水面上反射的阳光令他的脸庞、脖子、赤裸的手臂感到烧灼感。阳光热烈，他感到自己的头脑抽搐，眼前飞舞着无数的黑点和金星，耳中响起了嗡嗡的低鸣声。突然，低鸣声消失了……

他醒来的时候，发现天已黑，其他什么也不知道，他正躺在什么人的怀抱中。

"他没喝醉，这只是个孩子。"这是一个男人的声音。

"让他躺着吧。他生病了，把他那艘小船拴到后面。"这是另一个人的声音。

裘弟抬起头，发现他躺在一个墙边的卧铺上，这是一艘邮船。墙上挂着一盏灯，灯光摇曳。一个男人弯腰看着他。

"小伙子，感觉怎么样？黑暗中，你差点被我们撞翻了。"

他很想开口说话，但他嘴唇肿了。

上面又响起另一个声音："给他点东西吃看看。"

"孩子，饿吗？"

裘弟点点头。船还在行进中。那个男人摆弄着炉子上的杯盘。裘弟看到一个厚杯子伸了过来，便抬头咬住杯子。杯子中是又油又浓的凉汤，刚开始喝的时候，裘弟没感到任何味道。接着嘴里唾液泛滥,整个身心都调动起来了。他贪婪地吞咽着浓汤,里面的土豆块和肉块差点噎死他。

"你多长时间没吃饭了?"男人好奇地问道。

"不知道……"

"啊呀,船长,这小伙子连自己什么时候吃过饭都不记得了。"

"多给他吃点,但别太快。一下子给他太多吃的,他会吐出来弄脏我的床铺。"

杯子又递了过来,还带着饼干。裘弟想控制自己的食欲,但只要对方递过来的速度稍慢,他就会浑身颤抖。吃到第三杯,他终于感觉到汤的美好味道了,但对方阻止了他。

"你从哪里来?"对方问道。

裘弟感到一阵虚弱,他喘着粗气。摇曳的灯光牵动着他目光,他闭上眼睛,如那条河流一般沉沉地睡去。

小轮船停泊的动静叫醒了他,瞬间他以为自己还在独木舟里漂泊。他站起身揉了揉眼睛,看到炉子的时候才想起昨天的饼干和肉汤。腹痛已经消失。他登上船梯,上到甲板。天就快亮了。有人正在往码头上卸邮袋。他认出这里是伏流西亚镇。船长走了过来。

"小伙子,你对我们的访问真是亲密无间了。现在我可以问问你叫什么名字,要去哪里吗?"

"我想去波士顿。"裘弟回答。

"你知道波士顿在哪里吗?那里可是遥远的北方。就你这么走,走到死也到不了。"

裘弟面无表情地看着他。

"赶紧说,这是公家的船。我们可不能等你,你住在什么地方?"

"巴克斯特岛地。"

"我可从来没听说过这条河还有这么个地方。"

船上的另一个男人说道:"船长,这可不是岛。是丛林里的一块地方,距离这里大概十五英里。"

"孩子,你是想在这里上岸吧?什么波士顿,想都别想了。你家里还有人吗?"

裘弟点头。

"他们知道你要去哪里吗?"

裘弟摇头。

"你是逃出来的?哈哈,要是我像你这样瞪着大眼睛,身材瘦小,我宁可老实地留在家里。除非是你的家人,否则没人会操心你这么个穿着无袖旧衬衫的小东西。把他丢在码头上吧。"

裘弟被一对强壮的胳膊举起来又放下。

"把小船给他,孩子,拉好了。我们走吧!"

汽笛声响起,邮船搅动着流水逆流而上,留下串串翻腾的水流。一个陌生人正在扛起邮袋。裘弟蹲在地上,紧紧抓住小船。陌生人看了裘弟一眼,扛着邮袋走向了伏流西亚镇。河面上映衬着朝阳的第一缕光辉,河岸上的莲花如白色杯子一样享受着阳光的爱抚。水流推动着小船,裘弟只好用力抓紧,很快他就感到手臂酸疼。陌生人渐渐消失。眼下,裘弟只能回巴克斯特岛地,别无他选。

他跳进小船,拿着船桨划着船去了西岸。小船被拴在了木桩上,裘弟望向对岸。郝陀婆婆家的灰烬正映着缓缓上升的太阳。他喉咙哽塞,感觉整个世界都抛弃了他。他转过身上了大路,饥饿和软弱的感觉再次袭来。可是经过昨晚的恢复,他已恢复精力。疼痛和恶心已经不见了。

他漫无目的地朝西走着。他能选择的也只有西方。此时的巴克斯特岛地犹如吸引他的磁石一般。只有耕地才是真正存在的。他痛苦地行走着,他不知道自己是否还敢回去。他们可能已经放弃了他,妈妈也许会像赶走小旗那样赶走自己。对他们来说,他没有任何用处。他只是个胡乱玩耍、不加克制乱吃东西的闲人。他们一直忍受着他的懒惰和冒失。而且今年的美好光景已经毁在了小旗的手里。他基本上可以断定,他消失后,他们可能会过上更好的生活。他可能已经不再受欢迎了。

他走在大路上,阳光非常猛烈。冬天已过,他模糊地记着四月已经来临。丛林已进入暮春时节。鸟儿都开始唱歌求偶,整个世界仿佛只剩下他一人无依无靠。他曾经到过一个长满柏树、处处沼泽的地方,那里犹如梦境一般,荒凉、流动、令人烦恼。上午,他停在了大路和北上的岔路口休息。这里的低矮植物在太阳下暴晒。他感到头痛,便站起身朝银谷走去。他对自己说,不想回家,要到溪水边上去,要去凉爽而幽静的溪流边,要躺在奔流的溪水旁。向北的路高低不平,走在沙地上,他的光脚板感到一阵烧灼感。他肮脏的脸上滚落下层层汗珠。爬上坡地的高处,他能够看到东面远处的乔治湖,它是那样的蓝,滚滚不息的波涛幻化成白色线条,在那里他曾被残忍地赶到岸边。他继续前行。

越往东,草木越是繁茂。马上就到水边了。他走上了通往银谷的小路。陡峭的溪岸突然落到了小溪边上,小溪又向南流进大溪流,两者共有一个源头。他感到全身骨头酸痛,口渴难耐,他感到舌头好像粘到了上颚上。他快速地冲下溪岸,爬到清凉的溪水边,痛饮溪水。凉爽的溪水掠过他的鼻子和嘴唇,他一直喝到肚子发胀。一阵难受袭来,裘弟仰面躺下闭上眼睛。一阵晕眩之后，他开始昏昏欲睡。他躺在疲劳的麻木之中，仿佛飘浮在一片虚空里。他无法前进，也无法后退。好像有什么事情已经结束，什么事情还没开始。

傍晚到来之前，他醒了过来。坐起身，发现头顶上的木兰树正盛开着白蜡一般的鲜花。

"四月来了。"裘弟想道。

他陷入了回忆中。一年之前，一个天气晴朗而温和的日子，他来过这里，在小溪中蹚水，在羊齿草和绿草之间仰面朝天，就像现在这样。当时，他觉得很多事情都非常美好。他还给自己做了一架呼呼转动的小水车。他站起来，带着好奇和冲动，寻找着小水车曾经待过的地方。他觉得，要是能找到小水车，那随着小水车一起消失的美好事物也会回来的。呼呼转动的小水车已经不见了。它和它悠闲的转动一起消失在洪水中。

他执拗地想着："我得为自己再做一架。"

他割下用作支架的树枝，从野樱桃树上割下用作支架上横轴的枝条。他疯狂地削光枝条，又割下细长的棕榈叶当做轮叶。他把支架插进溪流，轮叶开始转动。升起、翻身、落下，升起、翻身、落下。小水车呼呼地转动着。飞溅起银色的水珠。但拨动水流的只不过是棕榈叶片而已，这种转动起不了任何作用。呼呼转动的小水车已经失去了曾经的魔力。

"什么破东西……"裘弟说道。

他抬脚踢掉水车，碎片随水流去。他扑倒在地，痛苦地哭了起来。什么地方都找不到足以安慰他心灵的东西。

但是贝尼还在。对家的思念如洪水猛兽一般冲击着他。他突然受不了看不到爸爸的日子。对他来说，爸爸的声音是生命的一部分。他从来没有如此渴望过看到爸爸佝偻的背影，在他最饥饿的时候,对事物的渴望也没有这么强烈过。他爬起来,跑上溪岸,顺着大路向耕地飞奔而去。他边跑边哭,也许爸爸已经不在家了,也许爸爸已经不在人世了。庄稼地被毁,儿子离家,也许他会绝望地离开那个地方。那样他就再也见不到爸爸了。

"爸爸,等我……"他哭泣着。

夕阳快要落山了。他着急起来,天黑之前可能赶不回去了。他已经疲惫不堪,脚步越来越慢。一路上,他惊慌失措,他不敢停下来休息,再有半英里就到家了。天黑了下来。黑暗中,依旧能清晰地看到耕地的界标。他能看到那些高大的松树,相比已经来临的黑暗,它们的身影更黑。他靠近栅栏,沿着栅栏向前走。他打开栅栏门,走进院子,经过屋子的一侧走进厨房,踏上台阶。他赤裸着脚,悄无声息地靠近窗口,窥视着屋内。

火炉中燃烧着无精打采的火焰。贝尼佝偻着身子坐在火炉边,身上裹着被子,一只手挡住了他的双眼。裘弟靠近门口,拉开门闩走了进去。贝尼抬头问道:

"奥拉回来了?"

"是我!"

他怕爸爸听不到,重复道:

"是裘弟!"

贝尼惊讶地回过头,望着裘弟。裘弟脸上、淌着污秽的汗水、哗哗流出眼眶的眼泪、黏成一团的乱发以及那对凹陷的眼睛,瘦小而衣衫褴褛的孩子似乎是他期盼已久的陌生人,似乎是能倾听他心声的陌生人。

"裘弟!"他喊道。

裘弟低下了头。

"快过来!"

他走过去站到爸爸身旁。贝尼伸手拉住裘弟的手,把它们翻过来,用自己的两只手反复地抚摸着。裘弟感到了滴在自己手上的泪珠,那是爸爸落下的温暖春雨。

"儿子,我差点把你折磨死啊。"

贝尼顺着裘弟的肩膀摸上去,抬着头注视着他。

"你还好吗?"

裘弟点点头。

"你还好,还活着,也没有逃跑。你还好。"贝尼的脸上扬起一阵喜悦的神情,"太奇妙了。"

真是令人难以置信,爸爸居然没有不要他。

"我只能选择回家。"裘弟说道。

"当然,你当然得回家。"

"我不是说这个,我是说我恨你……"

喜悦的神情瞬间变成一抹熟悉的笑容。

"嗯,你对我的恨当然不是真的。我还是个孩子的时候,也常常说些孩子气的话。"

贝尼坐在椅子上转了转。

"吃的放在食柜里,水壶里是开水。你饿不饿?"

"我只在昨天晚上吃过一顿饭。"

"一顿?那你现在知道饥饿的真正滋味了吧。"他的眼睛和裘弟想象的一样,闪烁着火光,"饥饿是个魔鬼,它的嘴脸比缺趾老熊还要卑鄙,是不是?"

"太可怕了。"

"那里有饼干。把蜜罐打开,瓢里应该还有牛奶。"

裘弟摸索着盘碟,站着就狼吞虎咽起来。他从一盆煮熟的扁豆里捞起一把就塞到嘴里。贝尼怜惜地看着他。

"我感到难过,只有这种苦难才能让你知道饥饿的真面目。"贝尼说道。

"妈妈呢?"

"她赶着车,去福列斯特家换玉米种了。她说她必须重新种上庄稼,就带着几只鸡去了。这使她的自尊心大大受伤,但她没得选择。"

裘弟关好茅屋的门。

"我得洗个澡,身上脏得不像样了。"他说道。

"热水在炉灶上。"

裘弟在水盆中盛上清水,擦洗着手脸和臂膀。洗下来的水洗脚都会嫌太黑的。他把脏水泼出去,重新添入清水,坐在地板上开始洗脚。

"我很想知道你去了哪里?"贝尼说道。

"我一门心思想到波士顿去,一直在河上漂泊。"

"我知道了。"

裹在被子中的贝尼更显瘦小。

"爸爸,你觉得怎么样?好点了吗?"裘弟问道。

贝尼注视着火炉中的余烬。

"我最好还是告诉你真相,我可能再也不能打猎了。"贝尼说道。

"等我干完地里的活,就去请老大夫过来。"裘弟说道。

贝尼认真地看着裘弟。

"你好像变了。你接受了这次惩罚,再也不是一岁小鹿了。裘弟……"贝尼说道。

"是的,爸爸。"

"那我现在和你说话可以用大人和大人说话的态度了。你认为是我背叛了你,但每一个大人都会明白一点,或许你已经明白了。不光是我,也不光是你的一岁小鹿,都毁在它的手里。儿子,背叛你的是生活啊。"

裘弟看着爸爸,点了点头。

"你已经看到了,人活着到底是怎么回事。你也看到了人的卑鄙和自私。你看到过被死神玩弄于股掌的把戏,你也亲身体验了饥饿。每个人都希望拥有美好而安逸的生活。儿子,生活确实美好,但并不安逸。生活能压倒一个人,就算他站起来,生活能再压倒他。我这辈子的生活就不安逸。"

贝尼用手把玩着被子的褶皱。

"曾经,我希望你能过上安逸的生活,怎么也得比我过得舒坦。如果一个人看着他幼小的孩子必须面对生活,如果一个人知道他的孩子必须承受他曾经承受的折磨,他该多么难过。我原本想让你尽量不承受这种折磨,时间越长越好。我多想看到你和一岁小鹿无忧无虑地嬉笑玩闹。我也明白,它的到来让你不再寂寞。但是每个大人都要承受寂寞,这可怎么办?如果他被生活压倒了,他怎么办?当然,最好的选择就是勇敢地接过生活的重担勇往直前。"

"我太惭愧了,我逃走了。"裘弟说道。

贝尼在椅子上挺直了上身。

"现在你基本上已经长大,可以选择自己的生活了。你可以像奥利弗那样出海去。有的人适合大陆,也有些人适合大海。可我真的感到高兴,你选择了留在这里经营耕地。我很想看到有一天,你能挖一口井,好让这里的女人不用跑到凹穴去洗衣服。你愿意这么做吗?"

"我非常愿意。"

"好,握个手吧。"

他闭上双眼,火炉里只剩下燃烧的余烬。裘弟用灰盖上余烬，好让烧红的木炭一直燃烧到明天早上。

"现在，你得把我扶到床上去，你妈大概要在那里住下了。"

在裘弟的搀扶下，贝尼重重地靠上裘弟的肩膀，一瘸一拐地上了床。裘弟给他盖上被子。

"儿子，你是被饥渴逼回来的。赶紧上床休息吧。晚安！"

听到这话，裘弟感到热乎乎的。

他走进卧室，关好门，脱下破烂的衬衣和裤子，钻进了温暖的被窝。床铺既柔软又暖和，他尽情地伸展双腿，舒服地躺在床上。他明天必须早早起床，挤牛奶、砍柴、种庄稼。但是，他干活的时候，再也不会出现小旗跑来的情形了。爸爸已经无法挑起生活的重担，但没关系，他完全可以独立承担一切。

他仿佛听到了什么声音，那一定是一岁小鹿的声音。它在屋里跑来跑去，在卧室角落的苔藓地铺上发出响声。但是他再也听不到小鹿的声音了。他想知道，妈妈会不会把垃圾倒在它的尸体上，它的尸体会不会被鸟儿啄空了。小旗，他觉得自己以后对任何东西，男人、女人甚至自己的孩子，都不可能像对小鹿那么喜爱了。寂寞会伴随他一生一世。但是作为男子汉，唯一的选择就是挑起生活的重担，勇往直前。

快要睡着的时候，他忍不住喊了声："小旗！"

但这不是他发出的声音，而是一个孩子的喊声。在凹穴的某个低地，一个孩子和一头一岁小鹿肩并肩从木兰树旁经过，永远地消失在栎树丛中。